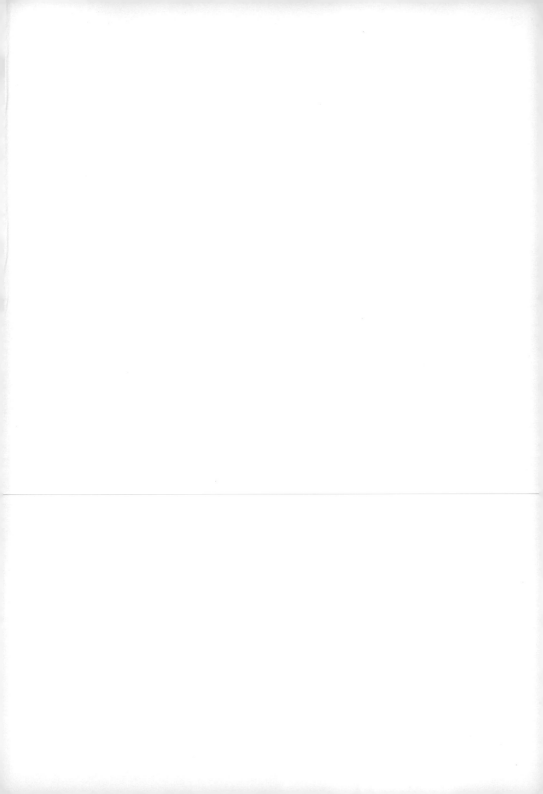

沈松勤　注譯
王基倫　校閱

新譯王安石文選

三民書局　印行

國家圖書館出版品預行編目資料

新譯王安石文選／沈松勤注譯;王基倫校閱.－－二版二刷.－－臺北市: 三民, 2019
面; 公分.－－(古籍今注新譯叢書)

ISBN 978-957-14-5305-7 (平裝)

845.15 98025057

© 新譯王安石文選

注譯者	沈松勤
校閱者	王基倫
發行人	劉振強
著作財產權人	三民書局股份有限公司
發行所	三民書局股份有限公司
	地址 臺北市復興北路386號
	電話 (02)25006600
	郵撥帳號 0009998-5
門市部	(復北店) 臺北市復興北路386號
	(重南店) 臺北市重慶南路一段61號
出版日期	初版一刷 2000年9月
	二版一刷 2011年1月
	二版二刷 2019年6月
編號	S 031840

行政院新聞局登記證局版臺業字第〇二〇〇號

ISBN 978-957-14-5305-7 (平裝)

http://www.sanmin.com.tw 三民網路書店

刊印古籍今注新譯叢書緣起

劉振強

人類歷史發展，每至偏執一端，往而不返的關頭，總有一股新興的反本運動繼起，要求回顧過往的源頭，從中汲取新生的創造力量。孔子所謂的述而不作，溫故知新，以及西方文藝復興所強調的再生精神，都體現了創造源頭這股日新不竭的力量。古典之所以重要，古籍之所以不可不讀，正在這層尋本與啟示的意義上。處於現代世界而倡言讀古書，並不是迷信傳統，更不是故步自封；而是當我們愈懂得聆聽來自根源的聲音，我們就愈懂得如何向歷史追問，也就愈能夠清醒正對當世的苦厄。要擴大心量，冥契古今心靈，會通宇宙精神，不能不由學會讀古書這一層根本的工夫做起。

基於這樣的想法，本局自草創以來，即懷著注譯傳統重要典籍的理想，由第一部的四書做起，希望藉由文字障礙的掃除，幫助有心的讀者，打開禁錮於古老話語中的豐沛寶藏。我們工作的原則是「兼取諸家，直注明解」。一方面熔鑄眾說，擇善而從；一方面也力求明白可喻，達到學術普及化的要求。叢書自陸續出刊以來，頗受各界的喜愛，使我們得到很大的鼓勵，也有信心繼續推廣這項工作。隨著海峽兩岸的交流，我們注譯的成員，也由臺灣各大學的教授，擴及大陸各有專長的學者。陣容的充實，使我們有更多的資源，整理更多樣化的古籍。兼採經、史、子、集四部的要典，重拾對通才器識的重視，將是我們進一步工作的目標。

古籍的注譯，固然是一件繁難的工作，但其實也只是整個工作的開端而已，最後的完成與意義的賦予，全賴讀者的閱讀與自得自證。我們期望這項工作能有助於為世界文化的未來匯流，注入一股源頭活水；也希望各界博雅君子不吝指正，讓我們的步伐能夠更堅穩地走下去。

新譯王安石文選　目次

六 雜著

七　書

八 啟

九 記

十　序

十一　祭　文

十二　墓　表

十三 墓誌

導讀

王安石（西元一〇二一—一〇八六年），字介甫，晚號半山，撫州臨川（今屬江西省）人。仁宗慶曆二年（西元一〇四二年）進士。應簽書淮南判官、知鄞縣（今屬浙江寧波）、通判舒州（今安徽安慶），召為群牧判官，出知常州（今屬江蘇省），移提點江東刑獄。嘉祐三年（西元一〇五八年），入為度支判官，獻萬言書，極陳當世之務。六年，遷知制誥。英宗治平四年（西元一〇六七年），出知江寧府（今屬江蘇南京），尋召為翰林學士。神宗熙寧二年（西元一〇六九年），除參知政事，推行新法。次年，拜同中書門下平章事。熙寧七年，因新法迭遭攻擊，辭相位，以觀文殿學士知江寧府。次年，復相。復相後，變法派的內訌，同僚呂惠卿的背叛，兒子王雱的病逝，使王安石陷入極度苦悶和孤立之境，不得不於熙寧九年再度辭相，以鎮南郡節度使、同平章事判江寧府。十年，免府任，為集禧觀使，居江寧鍾山。元豐元年（西元一〇七八年），封舒國公，後改封荊國公。哲宗元祐元年（西元一〇八六年）卒，享年六十六，贈太傅，哲宗紹聖中，謚文。

王安石的時代，是社會衝突日趨激烈的時代，也是士大夫渴望通變救弊、更張法制的思潮日趨高漲的時代。宋太祖從後周的孤兒寡母手中奪取政權後，有鑒於唐末五代方鎮割據、兵革不息、蒼生不寧的教訓，收兵權和地方政權、財權悉歸中央，建立了一個高度一統的中央集權，這使得百姓消除了長年戰火之苦，安居樂業，努力從事生產。但是隨著這一集權制度的運作，各種社會衝突也隨之而生。冗兵、冗官、冗費之弊日趨突出，積貧積弱的窘況日漸嚴重。這種局面不斷加深了具有高度社會責任感的士大夫們的不安與憂慮，也激發起通變救弊、更張法制的思潮。范仲淹的慶曆新政和王安石的熙寧變法，便是在這種思潮推動下的具體實踐。

王安石的時代，是儒學中興和義理之學盛行的時代。北宋是繼漢代以後的第二次儒學復興，但是北宋儒學具有了有別於漢唐儒學的特徵。北宋儒學的中興，始於仁宗慶曆年間（西元一〇四一—一〇四八年）。慶曆年間的儒者跨越了漢唐儒者拘守儒家經典的章句注疏之域，自出議論，發明儒典精義，義理之學開始盛行。他們倡導義理之學的目的，則在於經世致用，即如洛學領袖程頤所言：「語學而及政，論政而及禮、樂、兵刑之學，庶幾善學者。」（《河南程氏粹言》卷一〈論學篇〉）朔學的劉安世還認為：「學問必見用乃可貴，不然，即腐儒爾。」（《元城語錄》卷下）發明儒典精義，注重實用功能的經世之學，又成了士大夫入世的理論基礎，與他們的參政意識相輔相成，相互激發。

王安石的時代，又是知識分子的主體特徵和社會角色產生新變的時代。北宋知識分子有一個與漢唐士人不同的特徵，那就是融參政主體、學術主體和文學主體三位於一體，一般來說，其知識結構遠比漢唐士人淵博融貫，格局宏大。清人陸心源在〈臨川集書後〉中指出：

三代而下，有經濟之學，有經術之學，有文學之學，得其一皆可以為儒。意之所偏喜，力之所偏注，時之所偏重，甚至互相非笑，蓋學之不明也久矣。自漢至宋千有餘年，能合經濟、經術、文章而一之者，荊國王文公（安石）其一焉。（《儀顧堂集》卷一）

稱譽王安石兼長經術之學與文章之學而又施諸經世濟民的政治實踐。其實，這也是北宋知識分子所普遍具有的。在他們當中，大都既是參政的官僚，又是振興儒學的學者和繁榮文學的文士。政治家、學術家和文學家，有機構成了當時的「士大夫之學」。

在這個時代潮流中，王安石主導時勢，在他的身上，典型地體現了這個時代的精神和特徵。王安石是一位勇於變革的政治家。仁宗嘉祐年間，他多次上書，條陳時弊，並就北宋社會政治全局性的問題，提出了系統的改革意見和措施。神宗熙寧初年當政後，便創立置制三司條例司，議行均輸、青苗、市易、免役、保甲等新法；同時，整頓學校，改革考試制度，使培養和選拔的人才適應新法的需要。這就是著名的熙寧變法。

不過，王安石的熙寧變法並沒有成功，最後以失敗而告終。其失敗的原因既來自司馬光等「老成」之人的竭力反對，又來自王安石自身的聽言不廣，擇吏不精，但關鍵更在於「變之不得其中」。朱熹說：「本朝鑒五代藩鎮之弊，遂盡奪藩鎮之權，兵也收了，財也收了，賞罰刑政，一切收了，州郡遂日就困弱。靖康之禍，虜騎所過，莫不潰散。」接著又論熙寧變法：「亦是當苟且廢弛之餘，欲振而起之，但變之不得其中耳。」（《朱子語類》卷一二八）所謂「一切收了」，就是指高度統一的中央集權；而「變之不得其中」，則又指中央集權帶來的種種弊端，王安石沒有做到標本兼治，並且在很大程度上強化了產生弊端的本源——中央集權。他以經濟立法的方式，制定和實施了一系列新法，用以抑制「阡陌閭巷之賤人，皆能私取予之勢，擅萬物之利」而與「人主」爭利的經濟行為（〈度支副使廳壁題名記〉），使整個社會財富成為國家的「專利」，由中央統一支配，嚴格控制；也即是在宋初以來「一切收了」的基礎上，進一步強化了中央集權，從而束縛了地方財政的手腳，使之處於支絀無措的境況，反過來又削弱了整個國家經濟的活力。

熙寧變法以理財為中心，以富國強兵為目的，體現了王安石的政治理想。然而，其政治理想是建立在高度統一的中央集權的基礎之上的，故對造成弊端的中央集權不願改，也不能改。因此，王安石雖然在「苟且廢弛之餘，欲振而起之」，發動了大規模的變法運動，展示出果敢進取的政治風采和堅毅不撓的政治素質，但在實踐中，不可能真正達到救弊振衰的目的，也命中注定了熙寧變法的失敗。而王安石的變革思想和實踐的一個重要特徵，是託古改制；託古改制則又是其學術思想的一大表現形式。

嘉祐中，王安石在〈上仁宗皇帝言事書〉中指出：

> 夫以今之世，去先王之世遠，所遭之變、所遇之勢不一，而欲一二修先王之政，雖甚愚者，猶知其難也。然臣以謂今之失，患在不法先王之政者，以謂當法其意而已。……法其意，則吾所改易更革，不至乎傾駭天下之耳目，囂天下之口，而固已合乎先王之政矣。

把「今之失」歸咎於「不法先王之政」，意即沒有利用儒家經典，進行改易更革，通變救弊。熙寧執政後，王安石便將「法先王之政」落實到變法實踐中。他在〈上五事劄子〉中稱新法「可謂師古」，如「免役之法，出於《周官》」，「保甲之法，起於三代丘甲」，「市易之法，起於周之司市」。又晁公武《郡齋讀書志》卷二〈新經周禮義〉按語曰：

> 熙寧中，介甫自為《周官義》十餘萬言。……以其書理財者居半，愛之，如行青苗之類，皆稽焉。所以自釋其義者，蓋以其所創新法盡傳著之。

《周官》即《周禮》。《周禮新義》和《詩新義》、《書新義》合稱《三經新義》，是表現王安石學術思想的重要著作。始撰於熙寧六年，成書於熙寧八年，旋即播諸學官，成為官學，「用其說者入官，不用其說者黜落，於是天下靡然雷同，不敢可否。」（《東都事略》卷一〇五〈崔鶠傳〉）

王安石既是一位勇於變革的政治家，又是一位著名的學術家。在北宋諸學派中，他創立了「新學」，世稱「荊公新學」。而「荊公新學」與王安石的政治思想和變革實踐互為表裡，其代表作《三經新義》於熙寧八年之後，又作為改詩賦取士為以經義策論取士的教科書，成了當時的一種顯學。

與此同時，王安石又是北宋文壇、詩壇上的一位大家。其詩歌創作與蘇軾、黃庭堅和陸游齊名，散文創作則又被列為「唐宋八大家」的行列。而王安石的詩文創作往往出之於政治變革家的眼光和論調，熙寧以前創作的〈兼并〉、〈發廩〉、〈省兵〉、〈收鹽〉等一系列政治詩歌，便表達了作者通變救弊的熱望。在散文創作上，王安石又明確提出了「治教政令，聖人之所謂文」的命題（〈與祖擇之書〉），主張以文學之文緣飾治道，使文學「務有補於當世」；在他看來，「所謂辭者，猶器之有刻鏤繪畫也。誠使巧且華，不必適用；誠使適用，亦不必巧且華。要之以適用為本，以刻鏤繪畫為之容而已」（〈上人書〉）。如果「辭弗顧於理，理弗顧於事，以襞積故實為有學，以雕繪語句為精新，譬之擷奇花之英，積而玩之，雖光華馨采，鮮縟可愛，求其根柢濟用，則蔑如也」（〈上邵學士書〉）。「辭」即文，「理」即道。在文與道的關係上，主張兩不偏廢，但更加強調道的作用；強調道的作用，就是為了「求其根柢濟用」，則又與王安石在學術上認為聖人之學「在於安危治亂，不在章句名數」（〈答姚辟書〉），亦即「通經致用」相一致。因此，其散文創作不僅強調「務為有補於世」的政治功能和社會效果，同時在很大程度上，成了「荊公新學」。而這正是融政治家、學術家和文學家三位一體的時代特徵，在王安石身上的典型體現。

王安石的散文，多為有關政令教化和表述經世之學的作品，其中政論、書札、序跋、記敘和小品等，尤為突出。

政論文大都體現了作者的變革思想，直接為變法服務，具有強烈的現實性和針對性。洋洋萬言的〈上仁宗皇帝言事書〉，針對北宋王朝面臨的內外衝突和危機，系統地提出了陶冶人才、更治法度的政治主張，是最早展示王安石變法思想的宏篇巨構。〈上時政疏〉則在分析前代的政治事件中，歸納出歷史教訓，建議仁宗正視宋廷的政治危機，更革「因循苟且，逸豫而無為」的積習，及早實現「眾建賢才」、「大明法度」的方略。應神宗詢問而作的〈本朝百年無事劄子〉，在回顧了北宋建國百年的歷史狀況後，著重剖析了「累世因循末俗」，指出在表面承平的局勢之下所隱伏的種種危機，深刻闡明了更張法制的緊迫性。〈上五事劄子〉是總結新法推行情況的一封奏章，強調說明了「免役」、「保甲」、「市易」正待展開，至關厲害，能否「得其人緩而謀之」，乃是這三項新法的成敗所在。這些政論一方面都緊密聯繫王安石的政治實踐，為其宣揚變革思想和推行新法服務；一方面標榜師古據經，闡發作者的經世之學，時人稱之為「貫穿經史古今，不可窮詰」（《苕溪漁隱叢話》後集卷二五），據經而不拘，師古而不泥，帶有濃烈的託古改制色彩。在論述中，犀利透闢，樸摯峭厲，即梁啟超〈王安石傳〉中所云：「公論事之文，其刻入峭厲似《韓非子》，其強聒肫摯似《墨子》。」

王安石的書札，議政論學居多，長於說理，而感情色彩不濃。如〈答司馬諫議書〉、〈答呂吉甫書〉、〈答曾子固書〉，或申論變法，或探究學術，都表現出理直氣壯，果毅不撓，而能簡當精警地闡發個人見解。另外一些敘舊寫懷、陳述身邊瑣事的手札，如〈與參政王禹玉書〉、〈回蘇子瞻簡〉，也能運筆自如，略展心曲，言簡意賅，涵蘊不露。王安石自稱「某天稟疏介，與時不相值，平生所得，數人而已」（〈答孫少述書〉）。這種落落寡合的性格，可以從他的書札中窺知一二。他的序跋如〈老杜詩後集序〉、〈張刑部詩序〉和評論經籍的文字如〈周禮義序〉、〈詩義序〉、〈書義序〉等，均辭氣高古，筆力俊拔，又都簡核老當，絕無枝辭贅語。

王安石的記敘體散文雖然數量不多，但能別開門戶，引人矚目。如〈遊褒禪山記〉結合遊華山，闡述治學之道在於不避險遠；〈傷仲永〉則借早慧兒童變為庸才的事例，強調後天教育是成材的關鍵；〈芝閣記〉寫珍貴的靈芝在不同時期，或增聲價，或遭遺落，感嘆人才進退的機緣，常出於偶然。這些文字立意深遠，卓有識度，不專注敘事，而在於借題發揮，因事及理。寫法上由事件生發出見解，由感性上升到理性，敘述與議論相結合，具有引人入勝的效果。

王安石的小品文通常以簡潔的議論，抒寫一種別具慧心的見解。如〈讀孟嘗君傳〉、〈讀柳宗元傳〉、〈孔子世家議〉、〈太古〉、〈知人〉等，都是一二百字的短文，但言簡義深，使人領略不盡。〈知人〉裁剪王莽、楊廣、鄭注的歷史史實，說明奸佞善於矯情偽裝，以假象迷人，從而議論知人之難。全文僅僅一百餘字，論據充實，說理顯豁，惜墨如金。〈讀孟嘗君傳〉不滿百字，卻以斬釘截鐵的筆力，一下把「世皆稱孟嘗君能得士」的舊案翻轉過來，篇幅雖然極為短小，卻幾經轉折，文勢不平。這些短文，局段不凡，含意豐腴，文情迭宕，頗有「尺幅千里」之勢。

王安石為文主要取法韓愈，參酌韓非、墨子而自成一家。韓愈散文兼有平易條暢和奇倔勁峭。歐、王都追跡韓愈，而歐陽脩發展了韓文的平易，王安石則吸取了韓文的勁峭，運筆遒勁老當，使篇中迴盪著倔強之氣、峭折之勢，形成了一種峻法嚴整、峭厲勁拔的風格。梁啟超〈王安石傳〉謂：「公與歐公同學韓，而皆能盡韓之技而自成一家。」

這裡，我們據《臨川集》選錄了王安石除詩歌外的各類文體凡六十餘篇。《臨川集》共一百卷，係南宋紹興間詹大和校定重刊，後嘉靖何氏翻刻，有《四部叢刊》、《四部備要》本。王安石另有《王文公文集》一百卷，為南宋紹興年間兩浙東路刊本，有中華書局印影本、上海人民出版社校點本。該本與《臨川集》所收篇目大致相同，但編次有異，有些篇章的字句也有出入。本書所錄王文參校了《王文公文集》，個別文字據以校改。書中對於每篇文字，先作題解，以說明寫作背景及意圖，並且扼要提示作品的主要內容和藝術特色。接著是分段，每段有章旨、注釋、語譯。章旨概括段落大意，注釋力求準確明白，語譯則以忠於原文原意為宗旨，譯成現代漢語語體。但王安石散文涉及到政治、經濟、文教、制度、學術等諸多領域，對此作注解、闡述，難度頗大，加諸我們水平有限，書中錯誤在所難免，望讀者批評指正。

沈松勤

於浙江大學西溪校區中文系

再版說明

本書選錄王安石政論、書信、序跋、記敘、小品等十餘類文章六十餘篇，深入解題、注釋、語譯，以供讀者賞鑑王安石之散文成就。本書初版於二〇〇〇年九月，以《新譯王安石文集》之名印行。值此重排再版之際，依叢書體例，將書名改為《新譯王安石文選》，特此說明。

編輯部　謹識

一　古賦

龍賦

【題解】本文據李德身《王安石詩文繫年》，為嘉祐四年（西元一〇五九年）從江東提刑任上召還汴京後作。其為文之用心，是為後來變法而作思想準備和輿論動員。該文是一篇寓言小品。但這裡所說的「寓言」，不是指諸如先秦諸子寓言之類的題材作品，先秦寓言僅是諸子宣傳其思想理論時譬喻的部分，本身並未獨立，只是思想理論的附庸；王安石所作，則是獨立成篇的藝術散文，它主要繼承了韓（愈）柳（宗元）以來的寓言傳統，因物比事，借物擬人，賦予客觀之物以生動而形象的人格精神，從而成為一篇寓意精深的諷刺小品文。龍是中國人心目中的神物，伸縮自如，變幻莫測，在龍的身上還體現了中國人一貫的道德標準，即仁和智。王安石借龍喻己，表示了只和同類為伍，而不屑於世俗之意。這種士大夫在道德上和用世方面的自傲有其典型意義。當然，和一般士人純粹自高自大不同的是，王安石確實因有一定的政治和文學才能而永垂史冊。文章篇末點題，見其藝術精神。文約意豐而思想深刻，概括性強而形象生動，或敘或議各得其宜又富有激情，其藝術創新啟悟人們去作深入一層的人生思考和政治選擇。本文有的版本題為〈龍說〉。說，我國古代的一種文體。

龍之為物❶，能合❷能散❸，能潛❹能見❺，能弱能強，能微❻能章❼。惟不可見，所以莫知其鄉❽；惟不可畜❾，所以異於牛羊。變而不可測，動而不可馴❿，則常出乎害人，而未始出乎害人，夫此所以為仁。為仁無止，則常至乎喪己，而未始至乎喪己⓫，夫此所以為智。止⓬則身安⓭，曰惟知幾⓮；動則物利⓯，曰惟知時⓰。然則龍終不可見乎？曰：與為類者常見之⓱。

【注釋】❶龍之為物　龍是中國古代神話傳說中的一種神奇之物。《管子・水地》云：「龍生于水，被五色而游，故神。欲小則化如蠶蠋，欲大則藏于天下，欲上則凌于雲氣，欲下則入于深泉，變化無日，上下無時，謂之神。」❷合　聚合。❸散　散開。❹潛　潛藏。❺見　同「現」。顯現；出現。❻微　微小，指隱匿、隱蔽。❼章　通「彰」。彰明；顯現。❽莫知其鄉　不知道龍的趨向。鄉，同「向」。❾惟不可畜　因為不能畜養。惟，由於；只因。畜，畜養；飼養。❿馴　馴服。⓫為仁無止三句　謂過於仁厚的動物，常使自身受害，但龍從來不曾受到傷害。喪己，傷害自己。⓬止　靜止。⓭身安　使自身安詳。安，使……安詳。⓮知幾　早知預兆。即能洞知事物的隱微變化。語出《易・繫辭下》：「知幾其神乎！……幾者動之微，吉之先見者也。」⑮物利　使萬物獲利。⑯知時　知道能夠有為的時機。⑰與為類者常見之　從與龍相類者的身上時常可見。

【語譯】龍作為一種神物，既能合群又能離散，既能把自己潛藏起來又能把自己給顯現出來，牠可以化柔弱為剛強，又可因微小而彰大。只因牠不容易被人看見，所以沒有人知道牠的住所；又因為牠不能被飼養，故又與家養的牛羊不同。那些變化莫測，桀驁不馴的動物常出來為害百姓，龍雖然神通廣大，也有能力隨時害人，但牠卻從未出來害過人，這就是所謂的「仁」。過於仁厚的動物，常常會受到戕害，而龍從未受到過他物的損害，這就是所謂的「智」。龍靜止下來則會使自身安詳，這是由於牠早知事物變化的徵兆；牠活躍起來則會帶給萬物好處，這是因為牠懂得掌握事物發展的契機。既然這樣，那麼龍最終不可能被看見嗎？答案是：從與龍相似的人的身上常常看見牠。

二 銘

伍子胥廟銘

【題解】本文作於皇祐二年（西元一〇五〇年）。伍子胥，名員，春秋末期楚國人。其父親、兄長均被楚平王所殺，他潛逃出國，投奔吳國，幫助吳國討伐楚國，最終得以報仇雪恨，後來因進諫吳王夫差被殺。吳人哀憐他的忠義，便立祠紀念，其廟址在今浙江杭州吳山。千年之後，王安石為它作銘，表達了對忠義氣節的崇尚。

予觀❶子胥出死亡逋竄❷之中，以客寄❸之一身，卒以說吳❹，折不測之楚❺，仇執耻雪❻，名震天下，豈不壯哉！及其危疑之際❼，能自慷慨不顧萬死，畢諫❽於所事❾，此其志與夫自恕以偷一時之利❿者異也。

孔子論古之士大夫，若管夷吾⓫、臧武仲⓬之屬，苟⓭志於善⓮而有補於當世者，咸⓯不廢也。然則子胥之義又曷⓰可少耶⓱？

【章　旨】讚揚伍子胥報仇雪恨的壯偉和不顧個人安危勇於直諫的忠貞。

【注　釋】❶觀　此處作體察之義。❷逋竄　逃亡。❸客寄　客居異國，寄人籬下之義。❹卒以說吳　最終說服吳王。❺折不測之楚　打敗強大的楚國。折，折敗。不測，不可預料。❻仇執恥雪　指伍子胥率師伐楚，攻入楚國都城，發掘楚王墓，鞭屍三百，為父親兄長報仇。❼其危疑之際　指伍子胥進諫吳王夫差不許越國求和，以除後患，又進諫夫差不要對齊國用兵。危，指夫差聽信讒言，決心要殺子胥。❽畢諫　盡力進諫。❾所事　所侍奉的君主。❿自恕以偷一時之利　偷安一時，謀取私利而又自我寬恕。⓫管夷吾　即管仲（？—西元前六四五年），名夷吾，字仲，春秋齊潁上人。初事公子糾，後相齊桓公，主張通貨積財，富國強兵，曾九合諸侯，一匡天下，使桓公成為春秋五霸之首。《史記》有〈管晏列傳〉。孔子論管仲，有「微管仲，吾其被髮左衽矣」之句，見於《論語・憲問》等篇。⓬臧武仲　春秋時期魯國大夫。孔子論臧武仲，見於《論語・憲問》。⓭苟　誠也。⓮志於善　有志於修治。⓯咸　都。⓰曷　何；怎麼。⓱耶　表示疑問的語氣詞。

【語　譯】我看伍子胥在死亡逃奔的艱危困境中，孤身一人客居吳國，終於說服吳王，興兵伐楚，打敗了強大的楚國，捉住仇人報仇雪恨，威名震驚天下，這難道不是很豪壯嗎！而當他處在危險疑難的時候，又能獨自慷慨陳辭，不顧個人生死，盡力進諫關係吳國存亡的大事。這種忠心與那些偷安一時，謀取私利而又自我寬恕的人是絕對不同的。孔子在議論古代的士大夫時，像管仲、臧武仲這類人，只要有志於行善而對時代有所補益的，都不會廢棄。那麼伍子胥的忠義在歷史上又怎麼可以缺少呢？

康定二年❶，予過所謂胥山❷者，周行廟庭，嘆吳亡千有餘年❸，事之興壞廢革者不可勝數，獨子胥之祠不徙不絕❹，何其盛也！豈獨神之事❺吳之所興？蓋亦子胥之節有以動後世，而愛尤在於吳也。後九年❻，樂安❼蔣公為杭使❽，其州人力而新之，余與為銘也。

【章　旨】簡述自己寫作此文之由來。

【注　釋】❶康定二年　即宋仁宗康定二年（西元一〇四一年）。❷胥山　在今浙江杭州。《史記・伍子胥列傳》：「伍子胥死，吳人憐之，為立祠江上，因命曰胥山。」❸千有餘年　吳王夫差於周元王二年（西元前四七五年）被越王句踐所滅，至宋仁宗康定二年，相距一千五百餘年。❹不徙不絕　既沒有被遷徙，也沒有被遺棄。❺神之事　指吳越祀神的風俗。❻後九年　即皇祐二年（西元一〇五〇年）。❼樂安　今江西臨川西南的樂安縣。❽杭使　杭州的知州。

【語　譯】康定二年，我經過所謂的胥山，環行於廟庭，慨嘆吳國滅亡已經一千多年了，這期間世事的興衰、廢敗、變革不可勝數，唯獨伍子胥的祠廟既沒變遷也沒廢絕，是多麼的興盛啊！難道僅僅是因為吳人喜歡祀神的風俗嗎？大概也是由於伍子胥的氣節足以感動後人，所以對他的熱愛懷念仍然留在吳地吧。又過了九年，樂安縣人蔣公到杭州任職，該州的人盡力把子胥廟修整一新，我為它寫下這篇銘文。

烈烈❶子胥，發節窮逋❷。遂為冊臣❸，奮不圖軀❹。諫合謀行❺，隆隆❻之吳。厥廢不遂❼，邑都俄墟❽。以智死昏❾，忠則有餘。胥山之巔，殿屋渠渠❿。千載之祠，如祠之初。孰作新之，民勸而趨⓫。維忠肆懷⓬，維孝肆孚⓭。我銘祠庭，示後不誣⓮。

【章　旨】以銘文讚揚伍子胥的忠義氣節。

【注　釋】❶烈烈　剛正威武貌。❷發節窮逋　在窮困奔逃中振起忠義名節。發，起。節，忠義名節。❸冊臣　受冊封的歷史名臣。❹圖軀　顧念自己的安危。❺諫合謀行　他的諫議謀略都是合適可行的。❻隆隆　強大興盛。❼厥廢不遂　它（吳國）終於衰敗未成大業。厥，其。遂，成。❽邑都俄墟　國都頃刻間變成廢墟。俄，頃刻。❾以智死昏　以你的智勇卻死於昏庸的君主。❿渠渠　深廣貌。⓫民勸而趨　民眾的要求與催促。⓬維忠肆懷　你內心充滿著忠愛國家的熱忱。維，唯獨。肆，陳；列。引申為充滿。⓭維孝肆孚　指繼承先祖之志，為父親報仇。孚，信心。⓮不誣　沒有妄言。

【語　譯】威烈剛正的子胥，你的忠義名節起於窮困之中。成為受冊封的名臣，奮不顧身。你的諫議謀略都合適可行，使吳國強大興盛。它終於衰敗未成大業，國都頃刻成為廢墟。以你的智勇卻死於昏庸的君主，忠心是足夠了。在那胥山的高處，有你盛大的廟宇。經歷了千年的神祠，其殿宇仍如初建時那樣輝煌。誰為之整新，是人民的請求與催促。你內心充滿著忠愛國家的熱忱，也能繼承先祖之志，為父親報仇。我為你的神祠作一篇銘文，告訴後人此事沒有虛假。

三 書疏

上仁宗皇帝言事書

【題解】本文他本或作〈上仁宗皇帝萬言書〉，是王安石嘉祐三年（西元一〇五八年）自提點江南東路刑獄調任三司度支判官時上給仁宗的奏疏，此時作者三十八歲。在十八歲時，王安石就懷有「材疏命淺不自揣，欲與稷契遐相希」（〈憶昨詩示諸外弟〉）的用世之志，而十餘年的仕宦生涯，又使他對社會的各個方面有了深刻地省察和獨到的見解。所以，他並未被當時所謂「太平盛世」的假象所迷惑，而是對宋廷面臨的內外矛盾和政治危機，保持著十分清醒的頭腦，並以強烈的憂患意識和經世致用、捨我其誰的精神，寫下了這篇「秦漢之後第一大文」（梁啟超語）。文中明確提出了陶冶人才以變更法度的政治主張，系統地闡明了為革除各種弊端應採取的具體措施，表現出王安石矯變世俗的堅定決心，是他熙寧執政後推行新法的政治綱領。全文長達萬餘言，緊緊圍繞陶冶人才這一中心逐次展開，經穿緯織，條分縷析，行文曲折暢達，脈絡有條不紊；議論風起雲湧，說理引經據典，縱貫古今，反覆剖析，犀利透闢。沈德潛譽之為「部勒有方」，並說：「如

大將將數十萬兵而不亂，中間絲聯繩牽，提挈起伏，照應收繳，動嫻法則，極長篇之能事。」《唐宋八大家文讀本》

臣愚不肖❶，蒙恩備使一路❷，今又蒙恩召還闕廷❸，有所任屬❹，而當以使事歸報陛下❺。不自知其無以稱職，而敢緣使事之所及❻，冒言❼天下之事，伏惟❽陛下詳思而擇其中，幸甚！

【章旨】此段為本文總起，說明上書的緣由。

【注釋】❶愚不肖　自謙之詞。愚，愚笨。不肖，不賢。❷備使一路　充任一路的地方官。備，備員；充數。使，當時全國分為十八路，由中央委派官員到各路監察地方行政、財賦等事。王安石上書之前任提點江南東路刑獄，負責督察當地的司法、行政，故稱「使」。路，宋代行政區劃名稱。宋初承唐代後期之制，實行道、州、縣三級建制，太宗時改道為路，分全國為十五路，仁宗初年又析為十八路。其官僚機構主要有皇帝委派的帥、漕、憲、倉四監司。嘉祐二年（西元一〇五七年）二月至十月，王安石掌江南東路提點刑獄公事，察所部疑難不決案件，每月申報本路囚犯審訊情況等，並兼勸課農桑、舉刺官吏。❸闕廷　指朝廷。闕，古代皇宮殿門兩旁的門樓。❹任屬　委任；任命。屬，同「囑」。託付。❺陛下　古代臣下對皇帝的敬稱。原為皇宮的臺階。❻緣使事之所及　根據任職期間所了解的情況。緣，根據。❼冒言　冒昧地談論。❽伏惟　古代常用為下對上陳述時表示恭敬的敬詞，有「請求、希望」的含義。

【語譯】臣愚昧無能，承蒙聖上恩典，讓臣充當一路的提點刑獄官，現在又承恩召還朝廷，將要有所任用，臣本應當把在地方任職期間的情況回來向您彙報。卻缺乏自知之明，做官不能稱職，膽敢根據出使地方時所見所聞，冒昧談論天下大事，敬請您詳加考慮並選擇其中可取的意見，臣將不勝榮幸。

臣竊觀❶陛下有恭儉之德，有聰明睿智❷之才，夙興夜寐❸，無一日之懈；聲色狗馬❹、觀遊玩好之事，無纖介❺之蔽❻，而仁民愛物之意，孚於天下❼。而又公選天下之所願以為輔相者，屬之以事，而不貳於讒邪傾巧之臣❽。此雖二帝三王❾之用心，不過如此而已，宜其家給人足❿，天下大治。而效不至於此，顧內則不能無以社稷⓫為憂，外則不能無懼於夷狄⓬，天下之財力日以困窮，而風俗日以衰壞，四方有志之士，諰諰然⓭常恐天下之久不安。此其何故也？患在不知法度故也。

【章旨】以仁宗用心治國與實際效果相對比，引出「不知法度」作為自己論述的起點。

【注釋】❶竊觀 私下觀察。❷睿智 通達明智。❸夙興夜寐 早起晚睡，形容勤奮不懈。夙，早。寐，睡眠。❹聲色狗馬　概指奢侈腐化的享樂生活。聲色，指歌舞女色。狗馬，指玩好之物。❺纖介　喻指細微。介，通「芥」。小草。❻蔽　沾染。❼孚於天下　為天下人所信服。孚，信服。❽而又公選天下三句　意謂又憑公選拔全國所擁戴的人作為輔佐大臣，託付他們國事，而不信任奸詐的小人。願以為，即願以之為。輔相，指宰相，北宋初年稱之為同中書門下平章事。屬之以事，把國事託付給他們。貳，不專一；懷疑。傾巧，狡詐；見風行事。❾二帝三王　二帝，指傳說中堯、舜。三王，指夏禹、商湯、周文、武王。他們都是儒家經典中的理想君主，在文中多次被王安石引用為君主應模仿的楷模。❿家給人足　家家寬裕，人人豐足。給，原義為供給，此處作供給充足、百姓豐裕。⓫社稷　原指土神和穀神。古時建國必立社稷祭祀，故用於代指國家。⓬夷狄　原是我國古代對於邊疆少數民族和外族的蔑稱，此處指當時威脅北宋王朝的契丹族政權和党項族政權西夏。⓭諰諰然　恐懼、擔憂的樣子。

【語譯】臣私下觀察，陛下您謙恭儉樸，通達明智，為了治理國家早起晚睡，沒有一天懈怠；歌舞美色、打獵遊玩，沒有一絲沾染，而且慈愛人民，珍惜物力，為天下人所信服。同時，您又憑公選拔受天下一致擁護的人作為輔佐，把國事託付給他們，而不被那些奸邪的小人所迷惑。即使是二帝三王這樣聖明君主的用心，也不過如此，這樣理應是家家寬裕，人人豐足，天下太平。然而實際效果卻並非如此，對內，不能不擔憂國家政權的穩定；對外，不能不為外族的侵擾感到恐懼，全國的財力一天天消耗竭盡，社會風俗一天天衰落敗壞，天下的仁人志士常常憂慮治安不能長久持續。這是什麼原因呢？問題在於不懂得建立法令制度的緣故。

今朝廷法嚴令具❶，無所不有，而臣以謂無法度者，何哉？方今之法度多不合乎先王❷之政故也。孟子曰：「有仁心仁聞，而澤不加於百姓者，為政不法於先王之道故也❸。」以孟子之說，觀方今之失，正在於此而已。

【章旨】強調建立「合乎先王之政」的法度。

【注釋】❶法嚴令具　法律嚴備，制令具備。❷先王　上古的聖明君主，即上文所說的「二帝三王」。❸有仁心仁聞三句　語出《孟子・離婁上》。原文為：「今有仁心仁聞，而民不被其澤，不可法於後世者，不行先王之道也。」意謂有仁愛之心，有仁愛之名，但民眾卻沒有蒙受恩澤，是因為治理政事不學習效法先王的緣故。仁心，仁愛之心。仁聞，仁愛的名聲。澤，恩澤。

【語譯】如今朝廷法律嚴格，制令具備，無所不有，而我卻說沒有法令制度，為什麼呢？這是因為如今的法令制度大多與先王治理政事的原則不合。孟子說：「有仁愛之心，有仁愛之名，但民眾卻沒有蒙受恩澤，是因為治理政事不學習效法先王的緣故。」用孟子的說法，來觀察當今的闕失，正在於此。

夫以今之世，去先王之世遠，所遭之變、所遇之勢不一，而欲一二❶修先王之政，雖甚愚者，猶知其難也。然臣以謂今之失，患在不法先王之政者，以謂當法其意❷而已。夫二帝三王，相去蓋千有餘載，一治一亂❸，其盛衰之時具矣❹。其所遭之變、所遇之勢亦各不同，其施設之方亦皆殊，而其為天下國家之意❺，本末先後，未嘗不同也❻。臣故曰：「當法其意而已。」法其意，則吾所改易更革，不至乎傾駭天下之耳目❼，囂天下之口❽，而固已合乎先王之政矣。

【章　旨】申明「法先王之政」的目的，在於「改易更革」。

【注　釋】❶一二　逐一之意。❷法其意　效法先王施政的原則、精神。❸一治一亂　有時太平，有時大亂。一，此處是副詞，「有時」之義。❹其盛衰之時具矣　意謂興盛與衰敗的時世都已經具備經歷過。時，時世。❺為天下國家之意　治理天下國家的用意精神。為，治理。意，精神。❻本末先後二句　意謂施政的本末輕重，未嘗不同。❼傾駭天下之耳目　使天下人驚嚇。傾駭，驚嚇。❽囂天下之口　使天下人喧譁騷動。囂，喧譁。

【語　譯】如今的時代，距離先王的時代很遠，所經歷的變故、遭遇的形勢都不一樣，而要想逐一恢復古代先王行政的措施，即使是十分愚蠢的人，也知道這是非常困難的。然而臣所說的當今的得失，在於沒有效法先王的政治，其義在於應當效法他們施政的精神。二帝三王，他們之間相距一千多年，有時太平有時混亂，興盛與衰敗的時世都曾經經歷過。他們所遭遇的變故、所面臨的形勢也各自不同，他們所採取的措施也都不一樣，但是他們治理國家政事的基本精神、輕重緩急卻是相同的。臣因此說：「應當效法他們施政的原則精神。」這樣，我們所要進行的改革變更，就不至於使全國人受到驚駭，使天下人議論喧譁，實際上就已經符合古代先王的施政精神了。

雖然❶，以方今之勢揆❷之，陛下雖欲改易更革天下之事，合於先王之意，其勢必不能也。陛下有恭儉之德，有聰明睿智之才，有仁民愛物之意，誠加之意❸，則何為而不成，何欲而不得？然而臣顧❹以謂陛下雖欲改易更革天下之事，合於先王之意，其勢必不能者，何也？以方今天下之人才不足故也。

【章　旨】引出全文議論的中心人才問題，並指出「方今人才不足」是效法先王之意進行改革所面臨的關鍵問題。

【注　釋】❶雖然　即使這樣。❷揆　揣度；估量。❸誠加之意　如果能特別留意、用心。誠，如果。❹顧　卻。

【語　譯】即使如此，以現在的形勢估量，陛下雖然希望改革變更天下大事，以符合古代先工的施政精神，卻勢必不能做到。陛下有謙恭儉樸的美德，有聰明睿智的才華，有慈愛民眾、珍惜物力的誠意，如果留意變革，那麼還有什麼事情做不成，什麼要求得不到滿足呢？然而臣卻認為陛下雖然想改革變更天下大事，符合古代先王的施政精神，勢必不能做到，為什麼呢？這是因為如今天下人才不足的緣故。

臣嘗試竊觀天下在位之人❶，未有乏於此時者也。夫人才之乏於上，則有沉廢伏匿❷在下而不為當時所知者矣。臣又求之於閭巷草野❸之間，而亦未見其多焉。豈非陶冶而成之者非其道而然乎？臣以謂方今在位之人才不足者，以臣使事之所及則可知矣。今以一路數千里之間，能推行朝廷之法令、知其所緩急，而一切能使民以修其職事❹者甚少。而不才苟簡貪鄙❺之人，至不可勝數❻。其能講先王之意，以合當時之變者，蓋闔郡❼之間，往往而絕也。朝廷每一令下，其意雖善，在位者猶不能推行，使膏澤加於民❽。而吏輒❾緣❿之為姦，以擾百姓。臣故曰：在位之人才不足，而草野閭巷之間亦未見其多也。夫人才不足，則陛下雖欲改易更革天下之事，以合先王之意，大臣雖有能當⑪陛下之意而欲領此⑫者，九州⑬之大，四海⑭之遠，孰能稱陛下之指，以一一推行此，而人人蒙其施⑮者乎？臣故曰：其勢必未能也。孟子曰：「徒法不能以自行⑯。」非此之謂乎？然則方今之急，在於人才而已。誠能使天下之才眾多，然後在位之才，可以擇其人而取足焉。在位者得其才矣，然後稍視時勢之可否⑰，而因人情之患苦⑱，變更天下之弊法⑲以趨⑳先王之意，甚易也。今之天下，亦先王之天下，先王之時，人才嘗眾矣，何至於今而獨不足乎？故曰：陶冶而成之者，非其道故也。

【章旨】指出合乎仁宗變革之意的人才「往往而絕」。

【注釋】❶在位之人　指居官任職的人。❷沉廢伏匿　埋沒隱藏。匿，隱藏。❸閭巷草野　概指民間。閭巷，街巷。閭，古代以二十五家為一閭。草野，鄉野。❹修其職事　做好本職工作。修，治。❺苟簡貪鄙　苟且馬虎，貪婪鄙俗。❻勝數　盡數。❼闔郡　整個郡。郡，古代行政區名稱，郡下轄縣。宋代已經改郡為府，此處只是沿用古稱。闔，整個。❽膏澤加於民　語出《孟子・離婁上》。意謂使百姓得到恩澤。膏澤，恩惠。❾輒　往往。❿緣　憑藉。⓫當　擔當。⓬領此　指接受任務。⓭九州　古代分天下為九個區域，稱為九州。後來用為全國的代稱。⑭四海　古人的地理觀念認為我國四周都有大海包圍，稱為四海。後來用為代指整個國家。⑮蒙其施　蒙受陛下旨意的恩澤。⑯徒法不能以自行　語出《孟子・離婁上》。意謂只有法令卻沒有執行法令的人才，就不能實行。⑰然後稍視時勢之可否　意謂然後逐漸觀察形勢時機是否成熟。⑱因人情之患苦　根據人們的憂慮疾苦。因，根據。⑲弊法　指原有的弊政弊制。⑳趨　走向，引申為符合、投合。

【語譯】臣曾經私下觀察全國在職的官員，感到從來沒有比現在更缺乏人才的了。上層人才缺乏，就意味著有的人才隱藏埋沒在山林而未被當時所發現。臣又在鄉間山野處尋求，也沒有發現很多。這難道不是培養造就人才的方法不對而導致的嗎？臣認為當今在職的人才不足，根據臣擔任提點刑獄時所了解的情況就可以知道。如今一路數千里之間，能夠推行朝廷的法令、知道法令的輕重緩急，從而一切施政能使民眾做好本職工作的官員太少了。而那些苟且敷衍、貪婪鄙俗的官員，卻數不勝數。官員中間能夠闡明先王行政的原則，以符合當世的具體情況的，整個州郡之間，往往沒有一個。朝廷每下達一道命令，用意雖然很好，在職的官員也不能推行，使民眾蒙受恩澤。官吏卻反而借此做壞事，煩擾民眾。臣因此說：在職的人才不足，而鄉間山野也沒見到多少。人才不足，那麼陛下雖然想改革變更天下大事，以符合先王的施政原則，大臣中雖然也有能夠符合陛下心意並願接受這一任務的，但九州廣大，四海遼遠，誰能夠切合陛下的旨意，一一加以推行，而使人人蒙受恩惠呢？臣因此說：勢必不能做到。孟子說：「只有法令卻沒有執法的人，法令也不能自己施行。」不正是指此而言嗎？而今最迫切的，在於人才而已。如果能使全國出現大量人才，那麼各級官吏就可以從中選拔，從而配備齊全。在職的官員人盡其才，然後再觀察時勢的變化，以及根據人們的疾苦渴求，來變革天下的弊政壞法，使它符合先王的執政精神，就十分容易。如今的天下，也是先王那時的天下，先王那時人才濟濟，為何如今人才偏偏不足呢？所以說：這是因為培養成就人才的方法不對的緣故。

商❶之時，天下嘗大亂矣，在位貪毒禍敗❷，皆非其人。及文王❸之起，而天下之才嘗少矣。當是時，文王能陶冶天下之士，而使之皆有士君子之才，然後隨其才之所有而官使之❹。《詩》曰：「豈弟君子，遐不作人❺？」此之謂也。及其成也，微賤兔罝❻之人，猶莫不好德，〈兔罝〉❼之詩是也，又況於在位之人乎？夫文王惟能如此，故以征則服，以守則治❽。《詩》曰：「奉璋峨峨，髦士攸宜❾。」又曰：「周王于邁，六師及之❿。」言文王所用，文武各得其才，而無廢事⓫也。及至夷、厲之亂⓬，天下之才又嘗少矣。至宣王⓭之起，所與圖天下之事者，仲山甫⓮而已。故詩人嘆之曰：「德輶如毛，維仲山甫舉之，愛莫助之⓯。」蓋閔⓰人士之少，而山甫之無助也。宣王能用仲山甫，推其類以新美天下之士⑰，而後人才復眾。於是內修政事，外討不庭⑱，而復有文武之境土⑲。故詩人美⑳之曰：「薄言采芑，於彼新田，於此菑畝㉑。」言宣王能新美天下之士，使之有可用之才，如農夫新美其田，而使之有可采之芑也。由此觀之，人之才未嘗不自人主陶冶而成之者也。

【章　旨】強調指出人才當由人主陶冶而成之。

【注　釋】❶商　古代朝代名，西元前十六世紀商湯滅夏以後建立的政權，西元前十一世紀被周武王攻滅。❷貪毒禍敗　貪婪殘暴，禍國殃民。❸文王　指周文王，姬姓，名昌，商末周族首領，是歷史上著名的聖明君王，儒家君主的楷模。其子武王繼承他的遺志，興兵滅商，建立西周王朝。❹官使之　委派給他們官職。官，任命。❺豈弟君子二句　語出《詩經・大雅・旱麓》。意謂開明平易的君子，怎麼不造就人才。豈弟，通「愷悌」。開明平易之意。遐，何；怎麼。❻兔罝　捕捉兔子的網。罝，同「罟」。網。❼兔罝　《詩經・國風・周南》篇名。《詩序》曰：「〈兔罝〉，后妃之化也，〈關雎〉之化行，則莫不好德，賢人眾多也。」意謂周文王時人才眾多，連捕捉兔子的人也有良好品德。王安石語意本此。❽以征則服二句　意謂出征則敵人馴服，守防則天下太平。❾奉璋峨峨二句　語出《詩經・大雅・域樸》。意謂捧璋助祭的人儀容肅穆，俊秀的卿士各得其所。奉，捧。璋，指璋瓚，祭祀時盛酒所用的器具，以玉製柄。峨峨，儀容端莊的樣子。髦士，英俊之士，此處指參加祭祀的諸侯卿士。攸宜，所宜。❿周王于邁二句　語出《詩經・大雅・域樸》。意謂周王遠征，全軍將士緊緊跟隨。于，往。邁，行。六師，古代帝王擁有六軍，也稱為六師。《毛傳》：「天子六軍。」師，古代以二千五百人為一師。

⑪廢事　使政事荒廢。⑫夷厲之亂　夷，指周夷王，西周國王。厲，指周厲王，周夷王之子。周夷王在位時，西周已經逐漸走向衰落，他曾經被迫親自下堂迎接來朝見的諸侯。周厲王即位之後，統治殘暴，命令監視國人並殺死議論他的人，引起國人普遍反抗。西元前八四一年國人暴動，他逃奔到山西彘（今山西霍縣），十四年後死於此。⑬宣王　指周宣王，厲王之子，西元前八二八－前七八二年在位。他在位期間，採取一系列改良措施，西周統治有所鞏固、復興，因而被史學家稱為中興之主。⑭仲山甫　周宣王時的功臣，魯獻公次子，封於樊（今河南濟源），即周樊侯。⑮德輶如毛三句　意謂道德輕如鴻毛，只有仲山甫去舉起它，可惜無人幫助。這是《詩經．大雅．烝民》中尹吉甫讚頌仲山甫的話。原詩為：「德如毛，民鮮克舉之。我儀圖之，維仲山甫舉之，愛莫助之。」輶，輕。⑯閔　通「憫」。憐惜。⑰推其類以新美天下之士　意謂周宣王又推薦引進仲山甫的同類，以磨礪陶冶天下士人。其，代指仲山甫。新美，作動詞用，有刷新而使之美好之意，此處引申為磨礪陶冶。⑱外討不庭　對外討伐不來朝見的諸侯。不庭，諸侯不去朝見天子。⑲文武之境土　文王和武王時的疆土。⑳美　稱讚。㉑薄言采芑三句　語出《詩經．小雅．采芑》。意謂一把一把地採芑菜，那塊熟地裡有菜，這塊新開墾的田地裡也有。薄言，語氣詞，無義。芑，菜名。新田，古時稱開墾兩年的田。菑，古時稱開墾一年的田地。

【語　譯】商朝的時候，天下曾經大亂，官員們貪婪殘暴，禍國殃民，沒有一個合格的人選。及至周文王興起，而天下人才一度很少。在那時，周文王能夠造就天下的士子，使他們都具有君子士人的才能，然後根據他們所具有的不同才能，委任他們不同的官職。《詩經》說：「開明平易的君子，怎麼能不造就人才？」就是這個意思。等到人才造就成功，即使微賤卑俗的捕捉兔子的人，也無不崇尚道德修養，〈兔罝〉篇說的就是這種情況，又何況擔任官職的人？正因為周文王依靠這些人才，所以出征則能使敵人馴服，守衛則能使天下太平。《詩經》說：「捧著酒器助祭的人儀容肅穆，俊秀的公卿各得其所。」又說：「周王遠征，六軍緊緊跟隨。」說的即是周文王任用的文官武將各盡其職，而沒有辦不成的事情。周夷王、周厲王時天下大亂，人才又一度缺乏。到宣王興起的時候，幫助他謀劃天下大事的，只有仲山甫一人。所以詩人嘆息說：「德行輕如鴻毛，只有仲山甫把它舉起，可惜無人幫助。」這就是嘆傷人才太少，而仲山甫無人幫助。周宣王能任用仲山甫，又讓他推薦引進同類的人才，以磨礪陶冶天下的士人，此後人才又逐漸多起來。於是對內修明政事，對外討伐不來朝見的諸侯，從而又恢復了文王、武王時的疆土。所以詩人讚美道：「一把一把地採芑，那塊原來的地裡有，這塊新開墾的地裡也有。」說的便是周宣王能夠重新培養天下的士子，使他們具備有用的才能，如同農夫翻新他們的土地，而使土地有可採的芑菜。由此觀之，人才無不由國君磨礪陶冶而成。

所謂陶冶而成之者，何也？亦教之、養之、取之、任之有其道而已。

所謂教之之道，何也？古者天子諸侯，自國至於鄉黨，皆有學❶，博置❷教導之官而嚴其選❸。朝廷禮樂刑政❹之事，皆在於學。士所觀而習者，皆先王之法言德行、治天下之意，其才亦可以為天下國家之用。苟❺不可以為天下國家之用，則不教也；苟可以為天下國家之用者，則無不在於學。此教之之道也。

【章　旨】闡述君主陶冶人才的教育方針。

【注　釋】❶自國至於鄉黨二句　據《禮記・學記》：「古之教者，家有塾，黨有庠，術有序，國有學。」古代以二十五家為閭，同在一巷，每一巷都設有「塾」，教授在家的小孩。五百家為黨，黨的學校叫做「庠」，收閭塾升上的學生。天子京都和各國諸侯國都所在地，設有「國學」，教授天子、諸侯、公卿的子弟，以及其他升學上來的優秀學生。國，此處指京都。鄉黨，泛指地方鄉間。古代以五百家為黨，一萬二千五百家為鄉。❷博置　普遍地設置。❸嚴其選　嚴格選拔教導的官員。❹禮樂刑政　統指社會的上層建築，包括教育、刑法、禮節等政治規章制度。❺苟　如果。

【語　譯】所謂的培養造就人才是指什麼呢？也不過是教育、培養、選拔、任用都要有一定的原則而已。所謂教育的方針是什麼？古代的天子、諸侯，從京都到地方鄉間都設有學校，廣泛地設置並嚴格選拔教導官員。朝廷的禮儀、典樂、刑法、政務等事情，都屬於學習的範圍。讀書人所見所學，都是古代先王的言行、德行，以及治理天下國家的原則精神，因此他們所學習到的才能也可以用來治理天下國家。如果對治理國家沒有用的知識，那就不教；如果對治理國家有用的，那麼都屬於學習的範圍。這就是教育的方針。

所謂養之之道，何也？饒之以財❶，約之以禮❷，裁之以法❸也。何謂饒之以財？人之情，不足於財，則貪鄙苟得❹，無所不至。先王知其如此，故其制祿[5]，自庶人之在官者[6]，其祿已足以代其耕矣。由此等而上之[7]，每有加焉，使其足以養廉恥而離於貪鄙之行。猶以為未也[8]，又推其祿以及其子孫，謂之世祿[9]。使其生也，既於父子、兄弟、妻子[10]之養，婚姻、朋友之接[11]，皆無憾矣。其死也，又於子孫無不足之憂焉。何謂約之以禮？人情足於財而無禮以節之[12]，則又放僻邪侈[13]，無所不至。先王知其如此，故為之制度[14]。婚喪、祭養、燕享[15]之事，服食、器用之物，皆以命數[16]為之節[17]，而齊之以律度量衡之法[18]。其命可以為之，而財不足以具，則弗具也；其財可以具，而命不得為之者，不使有銖兩分寸[19]之加焉。何謂裁之以法？先王於天下之士，教之以道藝[20]矣，不帥教[21]，則待之以屏棄[22]遠方、終身不齒[23]之法。約之以禮矣，不循禮則待之以流、殺[24]之法。〈王制〉曰：「變衣服者，其君流[25]。」〈酒誥〉曰：「厥或誥曰：『群飲，汝勿佚，盡執拘以歸於周，予其殺。』」[26]夫群飲、變衣服，小罪也；流、殺，大刑也。加小罪以大刑，先王所以忍[27]

而不疑者，以為不如是㉘，不足以一天下之俗而成吾治㉙。夫約之以禮，裁之以法，天下所以服從無抵冒㉚者，又非獨其禁嚴㉛而治察㉜之所能致㉝也，蓋亦以吾至誠懇惻㉞之心，力行而為之倡㉟。凡在左右通貴之人㊱，皆順上之欲而服行㊲之，有一不帥者，法之加必自此始㊳。夫上以至誠行之，而貴者知避上之所惡㊴矣，則天下之不罰而止者眾矣。故曰：此養之之道也。

【章旨】具體從「饒之以財」、「約之以禮」、「裁之以法」三方面論述「養之之道」。

【注釋】❶饒之以財　意謂增加他的財富，使他富足。饒，富足；豐饒。❷約之以禮　用禮節來約束他。❸裁之以法　用法制來制裁他。❹貪鄙苟得　貪婪鄙俗，用不正當的方法獲取財物。❺制祿　規定的俸祿。❻庶人之在官者　意謂那些在官府裡充擔徭役的人。指《周禮．春官》中所謂不夠「王臣」資格的「府、史、胥、徒」四種充擔徭役的人。❼由此等而上之　意謂從「庶人之在官者」往上的官員。❽猶以為未也　仍然認為不夠。❾世祿　指世代承襲的官爵與俸祿。❿妻子　妻和兒女。⓫接　交往接觸。⓬無禮以節之　不用禮節來約束他。⓭放僻邪侈　指放蕩任性，為非作歹。僻，邪行。侈，放縱。⓮為之制度　給他們制定法制典章。⓯燕享　同「宴享」。泛指宴會。⓰命數　據《周禮．春官．典命》載，諸侯公卿以至官員，劃分等級，最高九命，最低一命，按命數不同，確定其服飾、待遇，不可逾越。⓱節　制約；調度。⓲齊之以律度量衡之法　意謂從禮儀、服飾、生活飲食等方面，按照等級制定出統一的規格標準。度量衡，計量單位，此處指數量標準。⑲銖兩分寸　比喻其輕微細小。銖兩，古代重量單位，一兩等於二十四銖。⑳道藝　道德和技藝。藝，原指六藝，即禮、樂、射、御、書、數，此處泛指對治理國家有用的才能技藝。㉑不帥教　不遵循教導。帥，通「率」。㉒屏棄　驅逐；斥退。㉓不齒　不收錄。《禮記・王制》：「命鄉簡不帥教者以告。……不變，屏之遠方，終身不齒。」㉔流殺　流放、殺死。流，指把犯罪的人流放到偏遠地方。㉕變衣服者二句　意謂改變衣服樣式的，君主就流放他。《禮記・王制》的原文是：「變禮易樂者為不從，不從者君流；革制度衣服者為畔，畔者君討。」王安石此處是引述大義。㉖酒誥曰六句　意謂天子有文告說：「聚眾飲酒，你們不要放肆；否則，就捆綁起來押縛京師，我要處死你們。」語出《尚書・酒誥》。厥，其，指周天子。或，有。誥，皇帝所下命令、文告。㉗忍　狠心。㉘不如是　不如此；不這樣。㉙一天下之俗而成吾治　統一天下的風俗，成就我太平盛世。一，統一。㉚抵冒　抵觸冒犯。㉛禁嚴　嚴格的禁令。㉜察　此處指嚴密。㉝致　達到。㉞懇惻　誠懇。㉟倡　倡導。㊱左右通貴之人　指皇帝身邊的達官貴人。通，達，指達官。㊲服行　服從實行。㊳法之加必自此始　刑罰的施行一定要從這些人開始。加，施行；執行。此，代指不遵守法令制度的達官貴人。㊴惡　厭惡。

【語　譯】所謂培養人才的方針是什麼？就是給予他們充裕的財物，用禮節來約束他們，用刑法來制裁他們。什麼叫給予他們充足的財物？就人的本性而言，如果財物不足，就會貪婪卑俗不擇手段地去攫取財物，什麼壞事都做得出來。先王知道這一點，所以在制定俸祿時，從在官府充擔徭役的平民開始，這樣他們的俸祿就足夠代替他們耕種田地的收入。由這些平民依次往上，逐級增加，使他們足以保持廉潔的品行而遠離貪婪卑俗無恥的行徑。這樣仍以為不夠，又把俸祿推廣到他們的子孫，稱之為世祿。使他們活著的時候，對於父子、兄弟、妻子的養育，親戚朋友的往來應酬，都無所遺憾。對於死後，又沒有子孫財用不足的憂慮。什麼叫用禮節來約束？人之常情，如果財用豐足卻沒有禮節約束，那麼就會放蕩任性，為所欲為。先王知道這一點，所以為此制定制度。婚姻、喪葬、祭祀、宴會等各種事情，以及服裝、食品、用具等，都用等級加以限制，而且有統一的數量規定。他的等級很高，而財力不具備，就不能照此等級的禮節來做；他的財力具備，等級卻規定不能做的，也就不能有所奢侈。什麼叫用刑法來制裁？先王對於天下的讀書人，用道德和技藝來進行教育，不服從教育的，就驅逐遠方、永不錄用。用禮節來約束，不服從約束的就用流放、殺頭的方法來處置。〈王制〉說：「擅自改變服裝式樣的人，國君要流放他們。」〈酒誥〉記載：「天子有文告說：『聚眾飲酒，你們不要放肆，否則就把你們押往京師，我要處死你們。』」聚眾飲酒、擅自改變服裝式樣，是小罪；流放、殺頭，是重刑。犯小罪卻施以重刑，先王之所以下定決心毫不猶豫，是因為他認為如果不這樣做，就不能統一天下的風俗、治理好國家。用禮節來約束，用刑法來制裁，天下民眾就可以服從君命而無抗拒之人，這又並非僅僅依靠禁令嚴格、管制嚴密所能做得到的，還由於國君自己至誠懇切、心憂天下，身體力行加以倡導。凡是在國君周圍的達官貴人，都要順從國君的旨意去執行，若有誰不照辦，那麼刑罰的執行就必須從他開始。國君以至誠懇切的心意去推行，而達官貴人知道避免做國君所痛惡的事情，那麼天下即使不用刑罰也不會犯罪的人就多了。因此說：這就是培養人才的方針。

所謂取之❶之道者，何也？先王之取人也，必於鄉黨，必於庠序，使眾人推其所謂賢能，書之以告於上而察之❷。誠賢能也，然後隨❸其德之大小、才之高下而官使之。所謂察之❹者，非專用耳目之聰明❺而聽於一人之口也。欲審知❻其德，問以行；欲審知其才，問以言。得其言行，則試之以事❼，所謂察之者，試之以事是也。雖堯之用舜❽，亦不過如此而已，又況其下乎❾？若夫九州❿之大，四海之遠，萬官億醜⓫之賤所須士大夫之才則眾矣。有天下者，又不可以一二自察之也，又不可以偏屬⓬於一人，而使之於一日二日之間考試其行能⓭而進退之⓮也。蓋吾已能察其才行之大者，以為大官矣，因使之取其類以持久試之，而考其能者以告於上，而後以爵命⓯、祿秩⓰予之而已。此取之之道也。

【章　旨】論述所謂的「取之之道」，即是從鄉黨、庠序中根據士之言行、品德，並且根據其實踐才能加以選拔錄用。

【注　釋】❶取之　選拔人才。❷先王之取人也五句　據《周禮·鄉大夫》載，在西周時期，鄉大夫（下層地方官）三年大考一次，考察士子的德行、道藝，選拔其中的賢能人才，寫成文件上報朝廷。王安石據此在文中作了引申發揮，也即他所謂的「法先王之意」。庠序，泛指古代的學校。❸隨　根據。❹察之　考察選拔人才。❺聰明　聰，聽覺靈敏。明，視覺敏銳。❻審知　詳細知道。審，詳細周密。❼試之以事　意謂讓他工作，在實踐中考察他。❽堯之用舜　據說堯在傳位給舜之前，曾經考察過他三次，然後才讓位給他。文中借此說明選取人才要在實踐中進行考察。❾乎　此處表示反詰語氣。❿九州　此處代指全天下。⓫萬官億醜　意謂億萬下層官吏。億，謂其多。醜，通「儔」。同類。⓬偏屬　專門任用。⓭行能　行為才能。⓮進退之　提升或貶降他。⓯爵命　官爵任命。爵，爵位。⓰祿秩　俸祿等級。

【語　譯】所謂選拔的方針是什麼？古代先王選拔人才，一定要從地方上，從學校中，讓眾人推選他們所認為賢能的人，寫成文件報告給上面並對他們進行考察。如果的確賢能，就根據他們品德的大小、才能的高下委派給他們官職。所謂考察選拔人才的方法，不僅僅只依靠自己的所見所聞，專門聽信一人所言。要詳細地得知他們的品德，就要了解他們的行止；要詳細地得知他們的才能，就要注意他們的言論。得知了他們的言行，就在實踐中用工作來考察，所謂的考察，就是讓他們在實踐中辦事。即使是堯任用舜，也不過如此而已，又何況才能在他們以下的人呢？至於九州廣大，四海遼遠，各級下層官吏數以億萬，所需要的人才就很多了。擁有天下的君主，又不能一個一個自己去考察，又不能專門委任一個人，讓他在一天二天之間考察他們的行為才能，從而提升或是貶降。我們已經考察到德行出眾的，就任命他為大官，然後再委派他選拔與他同類的人進行長期考察，並將考察到的賢能之人上報國君，最後再授予他們爵位俸祿而已。這就是所謂選拔的方針。

所謂任之之道❶者，何也？人之才德，高下厚薄不同，其所任有宜有不宜。先王知其如此，故知農者以為后稷❷，知工者以為共工❸。其德厚而才高者，以為之長❹；德薄而才下者，以為之佐屬❺。又以久於其職，則上狃習❻而知其事，下服馴而安其教，賢者則其功可以至於成，不肖者則罪可以致於著❼，故久其任❽而待之以考績❾之法。夫如此，故智能才力之士，則得盡其智以赴功❿，而不患其事之不終，其功之不就⓫也。偷惰苟且⓬之人，雖欲取容⓭於一時，而顧僇辱⓮在其後，安敢⓯不勉乎？若夫無能之人，固⓰知辭避而去矣。居職任事之日久，不勝任之罪不可以幸⓱而免故也。彼且不敢冒而知辭避矣，尚何有比周⓲、讒諂⓳爭進之人乎？取之既已詳，使之既已當，處之既已久，至其任之也又專⓴焉，而不一二以法束縛之㉑，而使之得行其意，堯、舜之所以㉒理百官而熙眾工㉓者，以此而已。《書》曰：「三載考績。三考，黜陟幽明㉔。」此之謂也。然堯、舜之時，其所黜者，則聞之矣，蓋四凶㉕是也。其所陟者，則皋陶㉖、稷㉗、契㉘皆終身一官而不徙㉙。蓋其所謂陟者，特㉚

加之爵命、祿賜而已耳。此任之之道也。

【章旨】論述所謂「任之之道」，首先要根據人才能的高下而定，並且要使其「久於其職」，任用「專焉」，最後輔之以考績。

【注釋】❶任之之道　委任官吏的方法、原則。❷后稷　唐堯時管理農政的官員人名，此處借稱管理農政的官。❸共工　虞舜時掌管百工的人，此處借稱掌管百工的官。❹長　長官。❺佐屬　助手；屬員。❻狃習　熟悉。❼著　明顯；顯著。❽久其任　延長他的任期。❾考績　考核。❿赴功　努力建立功勞。⓫不就　不成。⓬苟且　敷衍塞責。⓭取容　取得自己的容身之地。⓮僇辱　懲罰羞辱。僇，通「戮」。懲罰。⓯安敢　豈敢；怎敢。⓰固　肯定。⓱幸　僥倖。⓲比周　《論語．為政》：「君子周而不比，小人比而不周。」此處指結黨營私。⓳讒諂　說別人的壞話，巴結奉承。⓴專　指任命專一，不使人掣附、分權。㉑一二以法束縛之　時時用各種法制來約束他們。㉒所以　用來。㉓熙眾工　使眾事皆興。熙，興盛，此處為「使……興盛」。工，通「功」。㉔三載考績三句　語出《尚書．堯典》。意謂每三年對官員進行一次考核，既黜不稱職的官員，提拔有政績賢明的官員。考績，考核。黜，罷黜。陟，提升。㉕四凶　指被舜所流放的渾敦、窮奇、檮杌、饕餮四人。據《左傳．文公十八年》：「舜臣堯，賓于四門，流四凶族：渾敦、窮奇、檮杌、饕餮，投諸四裔，以禦螭魅。」㉖皋陶　傳說中舜的大臣，掌管刑獄之事。㉗稷　即后稷，周族之始祖。傳說他善於種植各種糧食作物，曾經在堯舜時代擔任司農，教民種植農作物。㉘契　傳說中商的始祖，曾經助禹治理洪水有功，被舜任命為司徒，掌管教化。㉙徙　此處指官員調動。㉚特　只；不過。

【語譯】所謂任用人才的方針是什麼？人的才能與品德，有高下厚薄之別，不盡相同，有的適合擔任某種職務，有的卻不適合。先王知道這一點，所以通曉農事的讓他主管農業，通曉手工的讓他主管百工。德厚才高的，讓他做主管官員；德薄才低的，讓他做僚屬助手。又因為讓他們長久地擔任某種職務，上司就可以熟悉官員，知道他辦事的情況，下屬也就會心悅誠服聽從他們的管教，賢能的官員可以做出成績，腐敗官員的罪惡就會充分暴露，因此先王讓他們長期任職並且用考核的方法來監督他們。正因為如此，所以賢能而有才華智慧的官員，能夠盡情施展他們的才華來建立功業，而無需擔心他們所從事的事業不能完成、功業不能成就。那些偷懶敷衍塞責的官員，雖然想占據官位、取得一時的容身之地，卻顧慮將來受到懲罰，怎麼敢不努力呢？至於那些無能的官員，肯定曉得辭去官職躲避離去。在職任事的時間一長，不勝任的罪責是不能僥倖免除的。無能之輩不敢貿然充任而自知辭避，哪裡還會有結黨營私、諂媚陷害、一心鑽營之人呢？選拔的制度既已完善，任用的方法既已得當，任職的時間既已長久，至於委任官職又專一，而且沒有時時用繁瑣的規章法制來約束他們，使他們能夠按照自己的意圖獨立行事，不受牽扯，這就是堯、舜之所以統領百官而使眾業興盛的原因。《尚書》說：「每三年對官員進行一次考核。經過三次考核，罷黜不稱職的，提拔政績優秀的。」就是說這種情況。堯、舜之時，他們罷黜的是「四凶」，這是人所周知的。他們所提拔的，就是皋陶、后稷、契，都是終身擔任一官而無變更。他們所謂的提升，不過就是加封爵位、增加俸祿而已。這就是任用人才的方針。

夫教之、養之、取之、任之之道如此，而當時人君，又能與其大臣悉❶其耳目心力，至誠惻怛❷，思念❸而行之。此其人臣之所以無疑，而於天下國家之事，無所欲為而不得也。

【章旨】小結上文，指出只要陶冶人才，而人主又能與臣下盡心竭力以為國家，就可以「無所欲為而不得」。

【注釋】❶悉　盡。❷至誠惻怛　指對國家深切關心。惻怛，憂慮擔心。❸思念　思考忖度。

【語譯】教育、培養、選拔、任用人才的方針是這樣，而當時的君主，又能與他的大臣們竭盡全力、誠心誠意為國擔憂，凡事思考忖度之後再實行。這就是臣下沒有疑慮，對於天下國家大事，沒有想做卻做不到的原因。

方今州縣雖有學❶，取牆壁具❷而已，非有教導之官、長育人才❸之事也。唯太學❹有教導之官，而亦未嘗嚴其選❺。朝廷禮樂刑政之事，未嘗在於學。學者亦漠然❻，自以禮樂刑政為有司之事，而非己所當知也。學者之所教，講說章句❼而已。講說章句，固非古者教人之道也。

近歲乃始教之以課試之文章❽。夫課試之文章，非博誦強學、窮❾日之力則不能。及其能工也，大則不足以用天下國家，小則不足以為天下國家之用。故雖白首於庠序，窮日之力以帥上之教，及使之從政，則茫然不知其方❿者皆是也。蓋今之教者，非特不能成人之才而已，又從而困苦毀壞之⓫，使不得成才者，何也？夫人之才，成於專而毀於雜。故先王之處民才，處工於官府，處農於畎畝，處商賈於肆，而處士於庠序，使各專其業而不見異物，懼異物之足以害其業也⓬。所謂士者，又非特使之不得見異物而已，一⓭示之以先王之道，而百家諸子⓮之異說，皆屏⓯之而莫敢習者焉。今士之所宜學者，天下國家之用也，今悉使置之不教，而教之以課試之文章，使其耗精疲神⓰，窮日之力以從事於此。及其任之以官也，則又悉使置之⓱，而責之以天下國家之事。夫古之人以朝夕專其業於天下國家之事，而猶才有能與不能；今乃⓲移其精神，奪其日力，以朝夕從事於無補之學。及其任之以事，然後卒然⓳責之以為天下國家之用，宜其才之足以有為者少矣。臣故曰：「非特不能成人之才，又從而困苦毀壞之，使不得成才也。」又有甚害者，先王之時，士之所學者，文武之道也。士之才，有可以為公卿大夫，有可以為士。其才之大小、宜不宜則有矣。至於武事，則隨其才之大小，未有不學者也。故其大者，居則為六官之卿⑳，出則為六軍㉑之將也。其次則比、閭、族、黨㉒之師，亦皆卒、兩、師、旅㉓之帥也。故邊疆宿衛㉔，皆得士大夫為之，而小人不得奸其任㉕。今之學者，以為文武異事㉖，吾知治文事㉗而已，至於邊疆、宿衛之任，則推而屬之於卒伍㉘，往往天下姦悍㉙無賴之人。苟其才行足自託於鄉里者，亦未有肯去親戚而從召募者也㉚。邊疆、宿衛，此乃天下之重任，而人主之所當慎重者也。故古者教士，以射御㉛為急，其他技能，則視其人才之所宜，而後教之。其才之所不能，則不強㉜也。至於射，則為男子之事。人之生，有疾則已，苟無疾，未有去射㉝而不學者也。在庠序之間，固當從事於射也。有賓客之事，則以射；有祭祀之事，則以射；別士之行同能偶㉞，則以射。於禮樂之事未嘗不寓以射，而射亦未嘗不在於禮樂、祭祀之間也㉟。《易》曰：「弧矢之利，以威天下㊱。」先王豈以射為可以習揖讓之儀㊲而已乎？固以為射者，武事之尤大，而威天下、守國家之具也。居則以是習禮樂，出則以是從戰伐㊳。士既朝夕從事於此，而能者眾，則邊疆、宿衛之任，皆可以擇而取也。夫士嘗學先王之道，其行義嘗見推㊴於鄉黨矣，然後因其才而託之以邊疆、宿衛之事。此古之人君所以推干戈以屬之人㊵，而無內外之虞㊶也。今乃以夫㊷天下之重任、人主所當至慎之選，推而屬之姦悍無賴才行不足以自託於鄉里之人，此方今所以然常抱邊疆之憂，而虞宿衛之不足恃以為安也。今孰不知邊疆、宿衛之士不足恃以為安哉？顧㊸以為天下學士㊹以執兵㊺為恥，而亦未有能騎射行陣之事者，則非召募之卒伍，孰能任其事者乎㊻？夫不嚴其教，高其選，則士之以執兵為恥，而未嘗有能騎射行陣之事，固其理也。凡此皆教之非其道故也。

【章　旨】集中分析北宋人才教育在實踐中的種種弊端，在結構上與上文「所謂教之之道」的正面論述相對照。其中，自「方今州縣」至「使不得成才也」著重指出二點：一是士之所學非所用，以致入仕後不能學以致用，無所作為。二是士之所學太雜，不能各專其業，使業有所精。自「又有甚害者」至「教之非其道故也」著重結合當時積弱之勢及募兵制的弊端，指出人才教育的另外一大弊端，即只治文事，不修武備，並以先王為證，說明教育人才自古即是文武兼修。

【注　釋】❶方今州縣雖有學　指宋仁宗慶曆四年（西元一〇四四年）以來各州縣辦學之事。《宋史》卷一百六十七：「景祐四年，詔藩鎮始立學，他州勿聽。慶曆四年，詔諸路、州、軍、監，各令立學。學者二百人以上，許更置縣學，自是州郡無不有學。始置教授，以經術行義訓導諸生，掌其課試之事，而糾正不如規者。委運司及長史於幕職州縣內薦，或本處舉人有德藝者充。」❷取牆壁具　只具備牆壁的功能，意謂空有其名。❸長育人才　培養教育人才。❹太學　兩宋的最高學府。漢武帝始設太學，歷代多沿其舊。仁宗慶曆四年置太學，內舍生二百人，自八品以下官員和平民的優秀子弟中招收。神宗時擴大名額，推行三舍法。學生各習一經，隨所屬講官受學。始入學為外舍，經過考核之後，遞升內舍和上舍，徽宗時創辟雍為外學，外舍生都入外學，名額三千。太學內舍生六百，上舍生二百。北宋滅亡後，太學廢。南宋紹興十三年（西元一一四三年）重建。太學設學官和學職。學官有國子祭酒、司業、博士、丞、主簿、正、錄等，學職有學諭、直學等。北宋太學大致由官府供給飲食。南宋外舍生自費。徽宗時還從太學直接選拔人才，停止解試和禮部試。❺未嘗嚴其選　未曾嚴格選拔官員。《宋史》卷一百六十五〈職官志〉：「(國子監)直講八人，以京官、選人充，掌以經術教授諸生。舊以講書為名，無定員。淳化五年，判監李至奏為直講，以京朝官充。其後，又有講書、說書之名，並以幕職、州縣官充。其熟於講說而秩滿者，稍遷京官。皇祐中，始以八人為額，每員各專一經，並選擇進士并九經及第之人，相參薦舉。」此為宋初以來培養和選拔人才的基本情況。但是選舉不精，泥沙俱下。至於整個選舉亦是如此。至和二年，諫議大夫李柬指出：「唐制，明經、進士及第，每歲不得過五十人，今三四年間，放四、五百人；校年累舉不責詞藝謂之恩澤者，又四、五百人，……諸科雖專記誦，責其義理，一所不知，加之生長畎畝，不習政術，臨民治眾能曉事者，十無一二，歲放五百餘人，此所謂選舉之路未精也。」(《續資治通鑑長編》卷一八一)❻漠然　毫不關心在意。❼學者之所教講說章句　宋初以來盛行的學風。講說章句，指漢唐以來拘泥訓詁，拘守注疏之說。南宋吳曾《能改齋漫錄》卷二「注疏」之學條說：「慶曆以前，學者尚文辭，多守章句注疏之學。」所指即此。按：至仁宗慶曆年間，北宋學術有了顯著變化，即由拘守章句注疏之學，轉為發明儒典精義。朱熹說：「理義大本復明於世，固自周(敦頤)、程(顥)、程(頤)，然先此諸儒亦多有助。舊來儒者不越注疏而已，至永叔(歐陽脩)、原父(劉敞)、孫明復(復)諸公，始自出議論。」(《朱子語類》卷八〇)所謂「自出議論」，就是指跨越章句注疏之域，發明儒家經典精義和字說，目的在於「崇禮義，尊經術，欲復二帝三代。」(《朱子語類輯略》卷八)王安石反對「講說章句」的學風，目的亦在此。❽課試之文章　指應付科舉考試的文章。❾窮　盡。❿方　方略。⓫困苦毀壞之　指目前的教育方式，壓制並摧殘了人才。⓬故先王之處民才七句　語意本自《管子‧小匡》：「士農工商四民，國之石民也。……是故聖王之處士必於閒燕，處農必就田壄，處工必就官府，處商必就市井。……少而習焉，其心安焉，不見異物而遷焉。」另外，《周禮》中亦有相類似的記載。處，安置；利用。處工於官府，據《周官‧冬官‧考工記》載，周代時有司空官，負責把各種工匠集中在官府裏製造各種用具武器。王安石在此借以說明造就人才要各專其業。畎畝，田間；田地。處商賈於肆，把商人集中在市場裡，意本於《周禮‧司市》。商，古代指行販者。賈，指坐賣者。後來通稱商人為商賈。⑬一 盡；專。⑭百家諸子 指春秋戰國時出現的儒家以外各種學術流派以及其代表人物。如道家、法家、墨家及其代表老子、莊子、韓非子、墨子等人。⑮屏 摒棄；排除。⑯耗精疲神 消耗精力，疲憊精神。⑰置之 放在一邊。⑱乃 卻。⑲卒然 通「猝然」。突然。⑳六官之卿 據《周禮》記載，周代設有天官冢宰、地官司徒、春官宗伯、夏官司馬、秋官司寇、冬官司空，分管財政、軍事、刑法、教育、製作等，合稱六官或六卿。㉑六軍 按周代兵制，周天子有六軍，諸侯國則有三軍、二軍不等。《周禮・夏官・司馬》記載：「凡制軍萬有二千五百人為軍。王六軍，大國三軍，次國二軍，小國一軍。」後來以六軍代稱軍隊。㉒比閭族黨 此處泛指古代地方行政組織。五家為比，五比為閭，五閭為族，五族為黨。㉓卒兩師旅 此處泛指古代軍隊的編制。百人為卒，二十五人為兩，二千五百人為師，五百人為旅。㉔邊疆宿衛 保衛邊疆，守衛宮廷。㉕奸其任 謀求這個職位。奸，此處通「干」。求取；謀求。㉖以為文武異事 即認為文事與武功是兩碼事情。㉗治文事 學習文章詩賦。㉘卒伍 泛指軍人。㉙姦悍 姦邪凶狠。㉚苟其才行二句 意謂只要才能品行能夠在鄉里立足，也沒有肯離開家鄉而應徵入伍的。按：有宋一代實行募兵制，其禁軍、廂軍都由招募而來。其應招者，或是游手好閒之人，或是負罪亡命之徒，又往往於災年招募饑民，從而使得軍隊數量激增，素質卻極差。㉛射御 射箭御車。㉜強 勉強。㉝去射 即拋棄射箭的訓練。㉞別士之行同能偶 區別士人們的品行才能。行同能偶，品行才能相當。偶，相同。㉟於禮樂之事二句 意謂射本來就屬於禮樂的一部分。寓，寄託。㊱弧矢之利二句 語出《易・繫辭下》。意謂弓箭的作用，即在於威懾天下。弧，木製弓。矢，箭。㊲揖讓之儀 指古代賓主相見的禮節，如打躬作揖等。㊳以是從戰伐 憑射來從事戰爭討伐。是，指射。㊴見推 被……所推重。㊵推干戈以屬之人 意謂把兵權託付給別人。干戈，古代常用的兩種兵器，此處代指兵權。㊶虞 憂慮。㊷夫 此處是指示代詞，那些。㊸顧 只是。㊹學士 此處代指天下的讀書人，非官職稱謂。㊺兵 兵器。㊻非召募之卒伍二句 意謂除了招募而來的士兵外，又有誰能夠擔任邊疆、宿衛的重任呢。《宋史》卷一百九十三〈兵志〉：「太祖揀軍中彊勇者，號兵樣，分送諸道，令如樣招募。後更為木梃，差以尺寸高下，謂之等長杖，委長吏、都監度人材取之。當部送闕者，軍頭司覆驗，引對便坐，分隸諸軍。」

【語　譯】如今各州縣雖然設有學校，但只是幾面牆壁而已，並沒有教導的官員和進行培育人才的工作。只有太學設有教導的官員，但是也未曾經過嚴格的挑選。朝廷的禮儀、樂儀、刑法、政事，未曾在學校的學習範圍之內。學者也對此漠不關心，自以為這些都是政府有關部門的事，並非自己所應當知道的。學者所教的，只是講解章句而已。講解章句，本就不是古人用以教育人才的方法。近年來才開始教太學生學習應付科舉考試的文章。科舉考試的文章，若不是多讀硬背、整天學習就不能掌握。等到他們熟練掌握了，大的方面不能用來治理國家，小的方面不能為天下國家做一些實事。所以，雖然一生都消耗在學校裡面，天天盡力學習上面所教的，等到讓他們從事政事，就茫然不知所措，這樣的人到處都有。現在的教育，非但不能把人培養成材，反而束縛和摧殘了人才，使他們不能成材。為什麼呢？人的才質，由專門培養而成，因駁雜而毀壞。因此，先王使用人才，把工匠集中在官辦作坊，把農夫安置在田間，把商人集中在市場，而把士人安置於學校，使他們專攻自己的業務而不接觸其他事物，生怕其他事物會妨礙他們的工作職務。所謂士人，又不只是使他們不接觸其他事物而已，還一律要求他們只學習先王治理國家的道理，而對於諸子百家的學說，都要摒棄，使誰都不敢學習。如今士人所應該學習的，是那些對治理天下國家有用的學問，如今把這些全部放在一邊不教，卻教他們應付考試的文章，使他們精疲力盡，整天從事在這方面。等到一任命他們官職，就又讓他們放棄，而責成他們來治理天下國家的政事。古代的人整天從事於學習怎樣治理天下國家，尚且有能與不能；如今卻轉移他們的注意力，消耗他們的精力，整天從事於沒有用的學問。等到讓他們任職做事時，才突然責成他們做對天下國家有用的事情，那麼要能適當運用才能而有所作為的就少了。臣因此說：「非但不能把人教育成材，又進而束縛毀壞了他們，使他們不能成材。」更為嚴重的是，古代先王的時候，士人所學習的，是文武並重。士人的才能，有的可以擔任公卿大夫，有的可以做普通官吏。他們的才能有大有小，所擔任的職務有的適合有的不適合。但是至於武學，卻根據他們才能的大小，沒有不曾學習的。因此，他們當中才能大的，平時在朝廷之上是六部長官，戰時在外出征就是領兵的大將。才能稍微差一點的，也可以做比、閭、族、黨的師長，或卒、兩、師、旅的指揮。所以戍邊殺敵、守衛宮廷，都必須由士大夫擔任，而奸邪小人不能夠謀取其職位。如今的學者，以為文事武功屬於兩種事情，自己只知道修治文事就可以了，至於戍邊殺敵、守衛宮廷的責任，就推給軍人，而軍人往往是天下的一些姦邪凶悍之徒。如果這些人的才能品行足以在鄉閭立足，也就不肯離開親人應募當兵了。戍守邊疆、守衛宮廷，這是天下國家的重任，是人主所應當慎重對待的。因此古人教育士人，以射、御為急務，其他的技能，就根據他們各自的情況然後因材施教。至於才能不夠的，就不勉強。至於射，是男子的事情。人出生後，有病就罷了，若沒有病，就沒有放棄射箭而不學習的。在學校裡面，本來就應當從事於射。有賓客應對也用射，祭祀時也用射，區別士人的品行才能也用射。對於禮樂等事未嘗不以射寄託，而射也未嘗不包含在禮樂祭祀之間。《易》說：「弓箭的作用，在於威懾天下。」先王難道認為射僅僅可以用來熟悉揖讓的禮節嗎？當然認為射是武事中最重要的，是威懾天下、守衛國家的方式。平時用來熟悉禮儀，戰時用來從事征伐。士人既然已經整天從事於此，並且擅長的人很多，那麼戍邊殺敵、守衛宮廷的重任，就都可以從中選拔委任。士人曾經學習先王之道，他們的品行節義曾被鄉里所推重，然後根據他們的才能委派他們保衛邊疆、守衛宮廷。這就是古代君主之所以把兵權交與臣下，而沒有內憂外患的原因。如今卻把天下的重任、人君所應當至為慎重的人選，託付給姦邪凶狠、才能品行不足以在鄉里立足之徒，這就是如今之所以經常擔心邊疆安寧、憂慮宮廷宿衛不足為恃的原因。如今誰不知道戍邊、宿衛的人不足為恃？只是天下的讀書人認為手執兵器是一種恥辱，也沒有人能夠騎馬射箭、行兵布陣，那麼除了招募而來的士兵，誰能夠來保衛邊疆、守衛宮廷呢？沒有嚴格的教育，不以高標準來選拔人才，那麼天下士人都以手執兵器為恥辱，沒有人能夠騎馬射箭、行兵布陣，也必定是理所當然的。以上都是教育方針不對的緣故。

方今制祿，大抵皆薄❶。自非❷朝廷侍從之列❸，食口稍眾，未有不兼農商之利而能充其養者也。其下州縣之吏，一月所得，多者錢八九千，少者四五千，以守選❹、待除❺、守闕❻通之❼，蓋六七年而後得三年之祿，計一月所得乃實不能四五千，少者，乃實不能及三四千而已。雖廝養之給，亦窘於此矣❽。而其養生、喪死、婚姻、葬送之事，皆當於此❾。夫出中人❿之上者，雖窮而不失為君子；出中人之下者，雖泰⓫而不失為小人。唯中人不然，窮則為小人，泰則為君子。計天下之士，出中人之上下者，千百而無十一⑫，窮而為小人泰而為君子者，則天下皆是也。先王以為眾不可以力勝⑬也，故制行不以己⑭，而以中人為制⑮，所以因其欲而利道之⑯，以為中人之所能守，則其志可以行乎天下而推之後世。以今之制祿，而欲士之無毀廉恥⑰，蓋中人之所不能也。故今官大者，往往交賂遺⑱、營貲產⑲，以負貪汙之毀⑳；官小者，販鬻㉑、乞丐㉒，無所不為。夫士已嘗毀廉恥以負累於世㉓矣，則其偷惰取容之意起，而矜奮㉔自強之心息，則職業安得而不弛，治道何從而興乎？又況委法㉕受賂、侵牟㉖百姓者，往往而是也，此所謂不能饒之以財也。婚喪、奉養㉗、服食器用之物，皆無制度以為之節，而天下以奢為榮，以儉為恥。苟其財之可以具，則無所為而不得，有司既不禁，而人又以此為榮。苟其財不足，而不能自稱於流俗㉘，則其婚喪之際，往往得罪於族人親姻而人以為恥矣。故富者貪而不知止，貧者則強勉其不足以追之。此士之所以重困㉙，而廉恥之心毀也。凡此所謂不能約之以禮也。方今陛下躬行㉚儉約，以率天下，此左右通貴之臣所親見。然而其閨門㉛之內，奢靡無節，犯上之所惡，以傷㉜天下之教者，有已甚㉝者矣，未聞朝廷有所放絀㉞以示天下。昔周之人，拘群飲而被㉟之以殺刑者，以為酒之末流㊱生害，有到於死者眾矣，故重禁其禍之所自生。重禁禍之所自生，故其施刑極省，而人之抵於禍敗者少矣。今朝廷之法所尤重者，獨貪吏耳㊲。重禁貪吏，而輕奢靡之法，此所謂禁其末而弛其本。然而世之識者，以為方今官冗㊳，而縣官㊴財用已不足以供之，其亦蔽於理㊵矣。今之入官誠冗矣，然而前世㊶置員蓋甚少，而賦祿又如此之薄，則財用之所不足，蓋亦有說矣。吏祿豈足計哉？臣於財利固未嘗學，然竊觀前世治財之大略㊷矣。蓋因天下之力，以生天下之財；取天下之財，以供天下之費㊸。自古治世，未嘗以不足為天下之公患也，患在治財無其道耳㊹。今天下不見兵革之具，而元元㊺安土樂業，人致己力，以生天下之財。

然而公私常以困窮為患者，殆[46]以理財未得其道，而有司不能度世之宜而通其變耳。誠能理財以其道而通其變，臣雖愚，固知增吏祿不足以傷經費也。方今法嚴令具，所以羅[47]天下之士，可謂密矣。然而亦嘗教之以道藝，而有不帥[48]教之刑以待之乎？亦嘗約之以制度，而有不循理之刑以待之乎？亦嘗任之以職事，而有不任事之刑以待之乎？夫不先教之以道藝，誠不可以誅其不帥教；不先約之以制度，誠不可以誅其不循禮；不先任之以職事，誠不可以誅其不任事。此三者，先王之法所尤急也。今皆不可得誅，而薄物細故[49]，非害治之急者，為之法禁，月異而歲不同，為吏者至於不可勝記，又況能一二避之而無犯者乎？此法令所以玩[50]而不行，小人有幸而免者，君子有不幸而及者焉。此所謂不能裁之以刑也。凡此皆治之非其道也。

【章旨】本段具體論述分析北宋在人才管理上的弊端，即所謂「治之非其道」。作者指出三大弊端：一、不能饒之以財，認為官吏俸祿太低，以至於官吏貪贓枉法，鮮廉寡恥。二、不能約之以禮，使世俗以奢侈為榮，從而影響士大夫「廉恥之心毀」。三、不能裁之以刑，強調刑罰之必要。然後作者進一步反面駁斥那種「財不足供」的觀點，認為增祿不足傷經費。

【注釋】❶方今制祿二句　承前文「人之情，不足於財，則貪鄙苟得，無所不至」而來，是本文論述士風不純的一個前提。按：北宋前期大部分官員的俸祿收入是比較低的，史稱：「宋初之制，太凡約後唐所定之數」，「百官奉錢雖多」，實則「減半而支」，「所支半奉，復從虛折」（《宋史》卷一七一〈職官志〉）。宋人王栐亦云：「國初士大夫俸入甚微，簿、尉月給三貫五百七十而已。縣令不滿十千，而三分之二又復折支茶、鹽、酒等，所入能幾何？所幸物價甚廉，粗給妻孥，未至凍餒，然艱窘甚矣。」（《燕翼詒謀錄》卷二〈增百官俸〉）這是指下級外路官員的俸祿收入情況。又楊億在咸平四年（西元一〇〇一年）上疏指出：「唐制，內外官俸錢之外，有祿米、職田，又給防閤、庶僕、親事、帳內、執衣、白直、門夫，各以官品差定其數，歲收其課以資於家。本司又有公廨田、食本錢以給公用。……今群官於半俸之中已是除陌，又與半俸三分之內，其二以他物給之，鬻於市鄽，十纔得其一二，曾糊口之不及，豈代耕之足云。……竊見今之結髮登朝，陳力就列，其俸也不能致九人之飽，不及周之上農；其祿也，未嘗有百石之入，不及漢之小吏。若乃左右僕射，百僚之師長，位莫崇焉，月奉所入，不及軍中千夫之帥。」（《武夷新集》卷一六〈次對奏狀〉）據此，不但中下級官員，就連高級官員的俸祿也是偏低的。慶曆三年（西元一〇四三年）九月，范仲淹上書言十項施政綱領中，也提到這一點，並且將士風不純的原因，歸結為俸祿太低：「咸平之後，民庶漸繁，時物遂貴。入仕門多，得官者眾，至有得替守選一二年、又授待闕一二年者。天下物貴之後，而俸祿不繼，士人鮮不窮窘。男不得婚，女不得嫁，喪不得葬者，比比有之，復於守選待闕之日，衣食不足，貸債以苟朝夕，到官之後，必來見逼，至有冒法受贓，賒舉度日，或不恥賈販與民爭利。」（《范文正公政府奏議》卷上〈答手詔條陳十事〉）王安石也看到這一點，而且在本章的論述中，還將改善士人俸祿、「饒之以財」，作為端正士風、培養人才的一個重要措施。❷自非　若非。❸侍從之列　指在朝廷擔任高級官職的人。❹守選　等待朝廷任命。❺待除　除去舊官就任新職。❻守闕　候補。❼通之　綜合計算。❽雖廝養之給二句　意謂這點俸祿縱然供給一個奴僕的生活所需，也會感到窘迫的。廝養，指地位低微的差人。給，供給。窘，窘迫。❾皆當於此　都用這些俸祿來支付。❿中人　品行才能中等的人。王安石此處沿用《論語・陽貨》中孔子所謂「惟上知與下愚不移」的人性觀，把人區分為「君子」、「中人」、「小人」三等，認為「君子」與「小人」是永遠不會改變的。詳見〈原性〉一文。⓫泰　此處指生活安定充裕。⓬千百而無十一　千人中不到十人，十人中不到一人。⓭不可以力勝　不可以用強制的辦法折服。⓮制行不以己　意謂評定行為準則不以自己為標準。⓯制　準則。⓰利道之　意謂以利誘導。道，通「導」。⓱無毀廉恥　不敗壞廉恥。⓲交賂遺　互相賄賂營私舞弊。⓳營資產　謀求財產。⓴負貪汙之毀　背上貪汙的壞名聲。㉑販鬻　做買賣。鬻，出賣。㉒乞丐　指公開用無賴的手段求乞。丐，強求。㉓負累於世　在世上背上貪汙的惡名。㉔矜奮　嚴謹奮勉，自發圖強。矜，自重；嚴謹。㉕委法　不守法紀。委，棄。㉖侵牟　侵奪。牟，取。㉗奉養　供養父母。㉘自稱於流俗　意謂與世俗同流合汙。稱，適應。㉙重困　困難重重。㉚躬行　親自實行。躬，身體。引申為親自之意。㉛閨門　內室之門，此處指達官貴人的家裡。㉜傷　損害。㉝甚　過分。㉞放絀　放逐，指一般性的處罰。絀，通「黜」。㉟被　施及。㊱末流　原指河流的下游，此處用以比喻時勢後來的發展狀態。㊲今朝廷之法所尤重者二句　北宋自建國以來，注重嚴懲貪吏。《宋史紀事本末》卷七：「自開寶以來，犯大辟非情理深害者，多得貸死；惟贓吏棄市，則未嘗貰。」李元綱《厚德錄》卷三：「仁宗嘗謂近臣曰：『比有貪墨之吏，賊民自厚，朕誠惡之。今後曾有贓私罪犯，更不得許臣僚奏舉，審官院、流內銓、三班院，更不得引見、磨勘轉官。』」時士人亦有才高而不能事上官者，或上官以私忿而捃拾米鹽果菜細碎以為贓私者，遂永不得進用，眾以為冤。右正言、知制誥、流內銓吳育奏，欲乞應選人中曾犯贓私之類，除情理重者，無復在官，其餘罪名雖同，事體不一，或以微物致累，或以周防偶虧，而所犯稍輕，故得敘用。候經兩任，如別無私罪，顯有才能，並許奏舉，特為磨勘。」㊳冗　多而無用。㊴縣官　古代稱天子為縣官，此處指朝廷。㊵蔽於理　不通情理。㊶前世　前代，指宋初。㊷大略　大概；大體。㊸費　費用；消費。㊹患在治財無其道耳　擔憂無理財之道。王安石曾多次強調理財之道。《宋史》卷三三六〈司馬光傳〉：「安石曰：『……且國用不足，非當世急務，所以不足者，以未得善理財者故也。』光曰：『善理財者，不過頭會箕斂爾。』安石曰：『不然，善理財者，不加賦而國用足。』」㊺元元　指百姓。㊻殆　大概。㊼羅　網羅；收執。㊽帥　遵循；服從。㊾薄物細故　細小的事情，輕微的過失。㊿玩　褻玩；被人輕視。

【語　譯】現在的官吏俸祿，一般都很微薄。若非本人在朝廷裡面做高官，只要家中人口稍多，就沒有不兼營農商收入而能生活充裕的。下面州縣的小官，一月的俸祿所得，多的八九千，少的四五千，把守選、待除、候補的時間一併計算上，大概六七年只能得到三年的俸祿；算一下一個月的收入，其實不到四五千，少的甚至不到三四千。這點俸祿縱然供給一個奴僕的生活所需，也會感到窘迫。而他們的日常生活以及婚姻喪葬等事的費用，都要從這裡開支。品行在中等以上的人，即使是貧窮也不失為君子；品行在中等以下的，即使是生活充裕也仍然是小人。只有中等人不是這樣，貧窮了就成為小人，充裕時便為君子。總計天下的士人，在中等人以上或以下的，千人中沒有十人，百人中沒有一人；但貧窮了就成為小人，充裕時便為君子的中等人，到處都是。先王認為這麼多的人不可能用強力制伏，所以制定各種行為措施時不以自己為標準，而以中等人為準則，根據中等人的欲望而加以引導，認為中等人若能遵守奉行，那麼自己的意志就可以在天下施行，以至於後世。憑現在規定的俸祿，想要使士大夫不喪失廉恥心，這是中等人所不能做到的。所以現在官大的，往往互相賄賂、謀取財產，背上貪汙的壞名聲；官小的，做買賣、向別人強取豪索，無所不為。士大夫既然已經不顧廉恥而遭世人譴責，那麼他們就會興起苟且懈怠的意念，而消失了奮勉自強的信心，這樣下去，本職工作怎能不鬆弛，而良好的吏治又從何談起？又何況枉法受賄、侵奪百姓的人，往往到處都有。這就是所謂的不能用財物來滿足他們。現在婚姻、喪葬、供養父母、衣服飲食以及日常生活所用的東西，都沒有制度加以節制，而天下都以奢侈為榮，以儉樸為恥。只要可以聚斂財產，那就無所不為，無論如何也要得到，有關部門不加以禁止，而人們又以奢侈為榮。如果財用不足，不能適應奢侈的世俗，那麼在婚姻喪葬的時候，往往得罪族人親戚，而人們把這認為是一種恥辱。因此，富人貪圖虛榮而極盡鋪張，窮人硬撐門面來追隨奢侈浪費的風氣。這就是士人之所以困難重重而廉恥之心喪失的原因。所有這些就是所謂的不能用禮節制度來約束。現在陛下親自厲行節儉，為天下人作表率，這是您左右的顯貴大臣親眼所見。然而他們在家中，奢侈浪費無度，觸犯人君所厭惡的，損害天下的教化，有的已經太過分了，卻未曾聽到朝廷有所處罰來昭示天下。過去周朝的人，拘捕聚眾飲酒的人並施以殺頭的刑罰，是認為酗酒會造成禍害，以至於喪生的人很多，所以用重刑禁止禍害的產生。由於用重刑禁止禍害的產生，所以施刑並不多，而人們因犯法造成禍亡的就很少。現在朝廷法律懲治特別厲害的，只是貪官汙吏。嚴懲貪官，卻忽視對奢侈腐化的官吏的懲處，這是所謂的禁止末節而放鬆根本。然而社會上一些有名望的人，認為現在官吏冗多，國家財力已經不足以供應，這種看法也是於理難通的。如今做官的人的確很多，然而前代設置的官員很少，而俸祿也如現在一樣微薄，那麼財用不足的問題，大概是另有原因。官吏的俸祿難道也值得重視計較嗎？臣下對於財政經濟固然沒有學習過，但也曾經考察過前朝治理財政的大體情況。那就是依靠天下的人力物力，來創造天下的財富；用天下的財富，來供給天下人的開支。自古太平盛世，從來沒有財用不足成為公患的，問題在於管理財政缺乏正確的方法罷了。現在國家沒有戰爭，百姓安居樂業，人盡其力來創造天下的財富。然而國家及民眾都常常為財政困難感到苦惱，大概就是因為治理財政缺乏正確的方法，而有關部門又不能根據時世所需進行變革。如果的確能以正確的方法進行理財又能權衡通變，那麼臣下雖然愚蠢，也知道增加吏祿不足以損害國家經費。如今法律嚴格、政令具備，用來約束天下的讀書人，可以說是非常周密了。然而也曾用道義來教育他們，而對不服從教化的施以刑罰嗎？也曾用制度來約束他們，而對於不遵守的施以相應的刑罰嗎？也曾委任他們職事，對不盡職的施以相應刑罰嗎？不首先用道藝來教育他們，就當然不能懲罰他們不服從教育；不首先用制度來約束他們，就當然不能懲罰他們違反制度；不首先任命給他們職事，就當然不能懲罰他們不盡職守。這三個方面，是古代先王法律中尤其重要的。如今卻都不加以處罰，而許多微小的事情，對於治理國家並沒有多大的妨礙，卻要制定法律頒布禁令，月月變更而年年不同，甚至於當官的也不能完全記清，普通人又怎麼能一一避免而不觸犯呢？這就是法令之所以被輕慢而至於不能推行，小人僥倖可以避免、君子不幸而觸犯的原因。這些就是所謂的不能用刑罰來制裁他們。以上這些都是管理人才沒有正確的方法。

方今取士，強記博誦而略通於文辭，謂之茂才異等❶、賢良方正。茂才異等、賢良方正者，公卿❷之選也。記不必強，誦不必博，略通於文辭，而又嘗學詩賦，則謂之進士❸。進士之高者，亦公卿之選也。夫此二科所得之技能，不足以為公卿，不待論而後可知。而世之議者，乃以為吾常以此取天下之士，而才之可以為公卿者，常出於此，不必法古之取人而後得士也。其亦蔽於理❹矣。先王之時，盡所以取人之道，猶懼賢者之難進❺，而不肖者之雜於其間也。今悉廢先王所以取士之道，而驅❻天下之才，悉使為賢良、進士，則士之才可以為公卿者，固宜為賢良、進士，而賢良、進士亦固宜有時而得才之可以為公卿者也。然而不肖者，苟能雕蟲篆刻❼之學，以此進至乎公卿；才之可以為公卿者，困於無補之學，而以此絀死於嵒❽野，蓋十八九❾矣。夫古之人有天下者其所以慎擇者，公卿而已。公卿既得其人，因使推其類以聚於朝廷，則百司庶物❿，無不得其人也。今使不肖之人，幸而至乎公卿，因得推其類聚⓫之朝廷，此朝廷所以多不肖之人，而雖有賢智，往往困於無助，不得行其意也。且公卿之不肖，既推其類以聚於朝廷，朝廷之不肖，又推其類以備四方之任使⑫；四方之任使者，又各推其不肖以布於州郡。則雖有同罪舉官之科⑬，豈足恃哉？適足以為不肖者之資⑭而已。其次，九經⑮、五經⑯、學究⑰、明法⑱之科，朝廷固已嘗患⑲其無用於世，而稍責之以大義⑳矣。然大義之所得，未有以賢於故也。今朝廷又開明經之選，以進㉑經術之士，然明經㉒之所取，亦記誦而略通於文辭者，則得之矣。彼通先王之意，而可以施於天下國家之用者，顧㉓未必得與於此選也。其次則恩澤子弟㉔，庠序不教之以道藝，官司不考問其才能，父兄不保任㉕其行義，而朝廷輒以官予之，而任之以事。武王數紂之罪，則曰：「官人以世㉖。」夫官人以世，而不計㉗其才行，此乃紂之所以亂亡之道，而治世之所無也。又其次曰「流外」㉘。朝廷固已擠之於廉恥之外，而限其進取之路矣，顧屬之以州縣之事，使之臨士民之上㉙，豈所謂以賢治不肖者乎？以臣使事之所及，一路數千里之間，州縣之吏出於流外者，往往而有，可屬任以事㉚者，殆無二三，而當防閑㉛其姦者，皆是也。蓋古者有賢不肖之分，而無流品之別，故孔子之聖，而嘗為季氏㉜吏。蓋雖為吏，而亦有不害其為公卿。及後世有流品之別，則凡在流外者，其所成立㉝，固嘗自置於廉恥之外，而無高人之意矣。夫以近世風俗之流靡㉞，自雖士大夫之才，勢足以進取，而朝廷嘗獎之以禮義者，晚節末路㉟，往往怵而為姦㊱，況又其素㊲所成立無高人之意，而朝廷固已擠之於廉恥之外，限其進取者乎？其臨人親職㊳，放僻邪侈，固其理也。至於邊疆、宿衛之選，則臣固已言其失矣。凡此皆取之非其道也。

【章旨】本段論述朝廷在選拔人才上的弊端，主要有三個方面：一、科舉考試的科目不合理，使得賢愚並進。二、「官人以世」而不計其才行。三、「流外」之制使得官員素質低下。

【注釋】❶茂才異等　當時科舉考試的一個項目，屬於非常科。茂才，即秀才，因避漢光武帝劉秀的名諱而改，後世遂沿襲。異等，即特等，指才能突出。《宋史》卷一百五十六〈選舉志〉：「太祖始置賢良方正能直言極諫、經學優深可為師法、詳閑吏理達於教化凡三科，不限前資，見任職官，黃衣、草澤，悉許應詔，對策三千言，詞理俱優則中選。」又《續資治通鑑長編》卷一百零七天聖七年（西元一〇三〇年）閏二月，詔曰：「朕閱數路，以詳延天下之士，而制舉獨久置不設。意吾豪傑，或以故見遺也。其復置此科，曰賢良方正（此處指朝廷的高級官員）能言直極諫科、博通墳典達于教化科、才識兼茂明于體用科、詳明吏理可使從政科、洞識韜略運籌決勝科、軍謀宏遠材任邊寄科，凡六，以待京朝官之被舉者。又置書判拔萃科以待選人之應舉者。又置高蹈丘園科、沉淪草澤科、茂才異等科，以待布衣之被舉及應書者。又置武舉以待方略志勇之士。」以上這些都是非常科。❷公卿　指三公六卿。❸進士　當時選拔士人的重要科目。其考試內容主要承襲唐制，試詩、賦、論，史稱「三題」。對此，宋初以來，朝臣不斷提出非議，如天禧元年（西元一〇一七年），諫官魯宗道上疏說：「進士所試詩賦不近治道。」（《續資治通鑑長編》卷九〇）王安石對以詩賦進退士人的做法也持反對態度，故於熙寧變法期間改為以經義策論取士。❹蔽於理　於理不通。❺進　進用。❻毆　通「驅」。❼雕蟲篆刻　揚雄《法言》：「雕蟲篆刻，壯夫不為。」此處指寫作應付考試的文章微不足道。❽嵒　同「喦」，通「巖」。❾十八九　即十之八九。❿百司庶物　指政府各部門。⓫類聚　同黨之人。⓬四方之任使　指宋代的各路轉運使。⓭同罪舉官之科　指某一官員獲罪，其推薦者也要一併治罪。⓮資　憑藉。⓯九經　當時的考試科目之一，指儒家奉為經典的九種古籍。宋刻《九經白文》，以《周易》、《尚書》、《詩經》、《春秋左傳》、《禮記》、《周禮》、《孝經》、《論語》、《孟子》為九經。⓰五經　當時的考試科目之一，指上注九種古籍中前五種。⓱學究　凡是考試一經得中的稱為學究。⓲明法　當時的考試科目之一，主要考試法律。⓳患　擔心憂慮。⓴而稍責之以大義　指要求用儒家經典的要旨測試士子，是宋廷根據以往科舉的弊端而採取的改革措施。北宋對科舉的改革主要有三次。第一次是仁宗天聖年間的兼以策論升降天下士。《續資治通鑑長編》卷一百零五天聖五年（西元一〇二八年）正月載：「乙未，詔禮部貢院：比進士以詩、賦定去留，學者或病聲律而不得騁其才，其以策、論兼考之，諸科毋得離摘經注間耳。」第二次是仁宗慶曆年間的進士重策論和諸科重大義。《宋史》卷一百五十五〈選舉志〉：「時范仲淹參知政事……三場：先策，次論，次詩賦，通考為去取，而罷帖經、墨義，士通經術願對大義者，試十道。」第三次是神宗熙寧年間王安石執政後，盡罷詩賦取士，專以經義、策論取人。稍，漸漸。

㉑進　引進。㉒明經　《宋史》卷一百五十五〈選舉志〉云：「所謂明經，不過帖書、墨義，觀其記誦而已。」所謂「帖書」，即指帖經，具體的做法是掩住所習經書某頁的兩端，中間留出兩行，令考生讀出掩住的字，類同於今天語文試卷中的填充。所謂「墨義」，指以書面的形式用經書的原話回答問題，如：「『作者七人矣』，請以七人之名對。」回答是：「七人某某也，謹對。」又如：「『見有禮於其君者，如孝子之養母也』，請以下文對。」回答則是：「下文曰：『見無禮於其君者，如鷹鸇之逐鳥雀也。』謹對。」還要求考生對出某一句經文的注疏，答案也要求考生默寫出注疏的原文，而不許自作解釋，頗類於今天的「默寫」。㉓顧　表示揣測。㉔恩澤子弟　官宦子弟因恩蔭而封官。恩蔭並非開始於北宋，但入宋後，任子恩蔭的範圍不斷擴大，至仁宗朝尤其突出。仁宗皇祐二年（西元一〇五〇年）侍御史知雜事何郯上疏云：「文臣自御史知雜已上，武臣自閤門使已上，每歲遇乾元節，得奏親屬一人，諸路轉運使、提點刑獄、三司判官、推官郎中至帶館職、員外郎、諸司使至副使，遇郊祀得奏親屬一人，總計員數，自公卿下至庶官子弟，以蔭得官及它恩，每三年為率，不減千餘人。」（《國朝諸臣奏議》卷七四〈上仁宗乞臣僚奏蔭親屬以年月遠近為限〉）㉕保任　即擔保之意。㉖官人以世　語出《尚書・泰誓》。官人，即任命人官職。世，家世。意謂只憑藉家世任命官職。㉗計　計較；考慮。㉘流外　隋唐時官制分為九品，一品至九品稱為流內，在九品以下的稱為流外。宋代沿襲這一區別，凡是朝廷諸司吏職及諸州、監司吏人，在九品之外者皆稱為「流外人」。㉙臨士民之上　即為官管理民眾之意。㉚屬任以事　可以託付政事。㉛防閑　防備禁止。㉜季氏　春秋時魯國的公族，魯桓公子季友的後裔，又稱為季孫氏。魯文公時，季氏為大夫，專魯國國政，孔子曾經為其屬吏。《史記・孔子世家》：「孔子貧且賤，及長，嘗為季氏史，料量平，為司職吏，而畜蕃息。」㉝成立　成就。㉞流靡　萎靡不振。㉟晚節末路　晚年失意。末路，原指路走到盡頭，此處比喻失意。㊱怵而為姦　語本《漢書・食貨志下》：「善人怵而為姦邪。」怵，誘惑。㊲素　平時；一向。㊳臨人親職　意謂為官視事。

【語　譯】現在選拔人才，把那些記憶力強、背誦較多、略為通曉文章辭采的人，稱為茂才異等、賢良方正。茂才異等、賢良方正是公卿的人選。記性不必很好，背誦不必很多，略為通曉文辭，而又曾經學習詩賦，就稱之為進士。進士中突出的，也是公卿的人選。這二科所選取的士人的技能，並不足以擔任公卿，這是不必論說就知道的。然而世上有的人卻以為，我們常常用這種方法來選拔士人，有才能可以做公卿的士人常常出自這裡，而不必效法古代選取人才的方法就可以得到人才。這也是於理不通的。古代先王的時候，用盡選拔人才的方法，尚且擔心有才能的人難以選拔上來，而不肖之徒卻混雜在所選取的人中。如今完全廢除古代選拔人才的方法，卻驅使天下的讀書人，盡讓他們成為賢良、進士，那麼士人中有才能可以做公卿的，固然應該去做賢良、進士，而賢良、進士中也當然會有具備公卿才能的人。然而不肖之徒，如果能寫一點應試文章，就可以由此爬上公卿的高位；具備公卿才能的人，苦於那些無用的學問而被埋沒、屈死山野的，大概十有八九。古代擁有天下的人，他所慎重考慮選擇的，就是公卿罷了。公卿已經得到了合適人選，就讓他們推薦同類人集中在朝廷，那麼政府各個部門，就沒有哪兒得不到合適的人選。如今讓不肖之徒，僥倖官至公卿，從而拉攏同黨占據朝廷要位，這就是朝廷之所以有很多不賢的人，而且即使有賢明君子，也往往孤立無援不能施展自己抱負的原因。而且公卿中的不肖之徒，已經拉攏同黨占據朝廷了，而朝廷中的不肖之徒，又推薦同類人充任四方官吏；地方官吏，又各引薦其同類遍布各州郡。那麼雖然有同罪舉官的律令，難道還能靠得住嗎？恰好成為不肖之徒的藉口而已。其次，九經、五經、學究、明法等科目，朝廷本就擔心無用於世，而逐漸要求士人要明瞭治國大略。然而通過這樣來選拔的人才，也並沒有比以前的更好。現在朝廷又開設明經科，以此選取通曉經術的士人，然而明經科所選取的，也不過是要求記憶背誦又略懂寫作的人。那些通曉古代先王治國本意，而可以用於治理天下國家的人，恐怕未必能夠被選拔出來。其次那些因恩蔭而封官的官宦子弟，學校不教給他們品德和技藝，有關部門不考察他們才能，父兄也不擔保他們的品行，而朝廷就把官職授予他們，委任他們差事。周武王列舉紂王的罪行時，說：「只憑家世授予官職。」官職只授予當官的子弟，而不看他們的才能和品行，這就是紂王昏亂亡國的原因，這種情形在太平盛世是沒有的。又其次是那些沒有進入正式職官品級的流外官員。朝廷本來已經把他們排除在廉恥之外，限制了他們進取的道路，但又把管理州縣的事務託付給他們，使他們凌駕於士民之上，這難道就是所謂的用賢人來治理不賢的人嗎？根據臣任職在外所了解的情況，一路幾千里之間，州縣官吏中屬於流外出身的，處處都是，但可以委派他們任職辦事的，大概沒有二三個，而要提防他們做壞事的，就處處都是。古代有賢與不肖之分，而沒有「流外」和「九品」的區別，所以像孔子那樣的聖人，也曾經做過季氏家的小吏。雖然如此，卻並不妨礙他做公卿。等到後世才有「流外」和「九品」的區別，那麼凡是「流外」的，他平素為人本就把自己置於廉恥之外，沒有高出他人的心思了。近代風俗萎靡不振，一個人即使有士大夫的才能，情況足以進取，又受到朝廷禮儀嘉獎，到了晚年將終時，還往往被引誘做壞事，又何況那些平素就沒有超出他人的志向，而朝廷本來已經將他們排除在廉恥之外，限制他們進取的人？他們到職任事就肆意作惡，無所不為，本來就是很自然的事情。至於保衛邊疆、守衛宮廷的人選，臣已經分析過其中的失誤了。所有這些都是選拔人才的方法不對的緣故。

方今取之既不以其道，至於任之，又不問其德之所宜，而問其出身❶之後先；不論其才之稱否，而論其歷任❷之多少。以文學進者，且使之治財；已使之治財矣，又轉而使之典獄❸；已使之典獄矣，又轉而使之治禮❹。是則一人之身，而責之以百官之所能備，宜其人才之難為也。夫責人以其所難為，則人之能為者少矣。人之能為者少，則相率❺而不為。故使之典禮，未嘗以不知禮為憂❻，以今之典禮者未嘗學禮故也；使之典獄，未嘗以不知獄為恥，以今之典獄者未嘗學獄故也。天下之人，亦已漸漬❼於失教，被服❽於成俗，見朝廷有所任使，非其資序❾，則相議而訕❿之。至於任使之不當其才，未嘗有非之者也。且在位者數徙，則不得久於其官，故上不能狃習而知其事，下不肯馴服而安其教。賢者則其功不可以及於成，不肖者則其罪不可以至於著。若夫迎新將故⓫之勞，緣絕簿書⓬之弊，固其害之小者，不足悉數也。設官大抵⓭皆當久於其任，而至於所部者⓮遠，所任者重，則尤宜久於其官，而後可以責其有為。而方今尤不得久於其官，往往數日輒遷之矣⑮。

【章　旨】本段具體分析在人才任用上的兩大弊端。一是任使官吏不以其才，而憑其資序；二是官吏調動頻繁，不得專於其任。

【注　釋】❶出身　指做官的最初資歷。❷歷任　任職的經歷。❸典獄　管理刑獄。典，掌管。❹治禮　掌管禮儀。❺相率　互相跟隨；一個接一個。率，跟從。❻以不知禮為憂　即擔心自己不知禮。❼漸漬　逐漸習慣於。漬，習慣於。❽被服　棉被、衣服。比喻親身感受，可引申為同化之意。❾資序　資歷。❿訕　毀謗；譏笑。⓫迎新將故　即迎接新上任的官員，送別離職的舊官員。⓬緣絕簿書　意謂做官的只與文書發生關係，官吏交接後這種關係也隨之斷絕。緣，緣分；關係。絕，斷絕。簿書，文書。⓭大抵　大都。⓮所部者　所管轄的地方。⓯方今尤不得久於其官二句　指當時官員調動頻繁的現象。

【語　譯】現在選拔人才已經不按照正確的方法，至於任用人才，又不問他們的德行是否合適，而問他們做官的先後；不論他們是否稱職，而論他們做官資歷的長短。以文學進取的，卻委派他管理財政；已經讓他管理財政了，又讓他去管理刑獄；已經讓他管理刑獄了，卻又讓他去修治禮儀。一人之身，卻要求他具備百官的才能，難怪這樣的人才難以成就。要求人們去做難以做到的事情，那麼能夠做到的人就很少。能夠做到的人少了，就會互相仿效敷衍塞責。因此，委派某人去管理禮儀，他未曾為自己不懂禮儀而擔憂，因為現在負責禮儀的人沒有誰學習過禮儀；委派他去管理刑獄，他未曾因不懂刑獄而感到羞恥，因為現在管理刑獄的人沒有誰學習過刑獄方面的知識。天下的人已經逐漸習慣於沒有教育，並已經被世俗所同化，每看到朝廷委派官吏不是按資歷順序，就相互議論譏笑。至於任用的官員才不符職，就未曾有人異議。況且在職的官員經常調動，不能長期任職，因此上級既不能熟悉他的情況得知他的政績，下屬也不會心悅誠服地服從上級的管教。賢能官員的事業來不及完成，而無能之輩的過失也不可能充分顯露。至於迎新送舊的勞苦，吏事文書交接不清的弊病，只是很小的危害，不值得逐一列舉。設置官吏大都應該長期任職，至於所管轄的地方很遠，所擔負的責任很重，就更應該讓他長久地固定任職，然後才可以要求他有所作為。但現在官員尤其不能做到這一點，往往上任幾天後就調動離去了。

取之既已不詳，使之既已不當，處之既已不久，至於任之則又不專，而又一二以法束縛之，不得行其意。臣故知當今在位多非其人，稍❶假借❷之權，而不一二以法束縛之，則放恣❸而無不為。雖然，在位非其人而恃法以為治，自古及今未有能治者也。即使在位皆得其人矣，而一二以法束縛之，不使之得行其意，亦自古及今，未有能治者也。夫取之既已不詳，使之既已不當，處之既已不久，任之又不專，而一二之以法束縛之，故雖賢者在位，能者在職，與不肖而無能者殆❹無以異。夫如此，故朝廷明知其賢能足以任事，苟非其資序，則不以任事而輒進之。雖進之，士猶不服也。明知其無能而不肖，苟非有罪，為在事者所劾❺，不敢以其不勝任而輒退之。雖退之，士猶不服也。彼誠不肖無能，然而士不服者，何也？以❻所謂賢能者任事，與不肖無能者亦無以異故也。臣前以謂不能任人以職事，而無不任事之刑以待之者，蓋謂此也。

【章旨】進一步指出因上文所提到的諸多弊病而導致政府在人才問題決策上的惡性循環，強調其惡劣影響。

【注釋】❶稍　略微。❷假借　給予。❸放恣　放縱。❹殆　幾乎。❺劾　揭發罪狀。❻以　因。

【語譯】官員的選拔已做不到周詳考察，其任用也不十分恰當，而官員的任期又不長久，職權的授予也不專一，並且還用繁瑣的法令束縛他們，使他們不能施展自己的抱負。臣本來知道現任的官員大多不稱職，稍微給他們一點權力而不用法令束縛，他們就會放縱恣肆無所不為。即使這樣，如果在職官員不稱職而只想依靠法令來推行政治措施，那自古至今從未見這樣就能把國家治理好的。即使現在的官員全部稱職，卻一一用繁瑣的法令束縛他們，使他們不能施展自己的抱負，那從古至今，也未見有能把國家治理好的。官員的選拔已不曾做到周詳考察，其任用也不十分恰當，而官員的任期又不長久，職權授予也不專一，並且還用繁瑣的法令來束縛他們，所以雖然有賢人在位，能人在職，與不賢和無能之輩在位也幾乎沒有什麼區別。正因為這樣，所以朝廷雖然明明知道某人賢能足以任事，但若是資歷不夠，就不能委派給他職事並提升他。即使提升他，士人也不能心服。明明知道某人無能不賢，但若非他有罪，被當事人揭發，那就不敢因為他不勝任而貶黜他。即使是貶黜了，士人也不能心服。他的確無能不賢，然而士人為什麼不能心服？因為所謂的賢能之人任職，與不賢無能的人任職沒有什麼不同。臣在前面說過，不能只委派給人職事卻沒有刑罰來對待不盡職的官員，就是指這種情況。

夫教之、養之、取之、任之，有一非其道，則足以敗❶天下之人才，又況兼此四者而有之？則在位不才、苟簡、貪鄙之人，至於不可勝數，而草野閭巷之間，亦少可任之才，固不足怪。《詩》曰：「國雖靡止，或聖或否。民雖靡膴，或哲或謀，或肅或艾。如彼泉流，無淪胥以敗❷。」此之謂也。

【章　旨】小結上文提及的人才問題中四大弊病所產生的嚴重後果，並與前文中對當今人才狀況的分析相照應。

【注釋】❶敗 損壞；敗壞。❷國雖靡止七句 語出《詩經・小雅・小旻》。意謂國家即使不大，也有聖人也有凡夫。民眾即使不多，也有人富於謀略，有人莊重幹練。人才就如泉水一樣，善於利用，就不會敗亡。雖，即使。靡，不。止，至；極。引申為「大」。或，有的人。否，平凡庸俗。膴，多。哲，聰明。肅，莊重。艾，治理。此處指治國能力很強的人。無，發語詞。淪胥，互相陷在水裡。敗，指國家敗亡。

【語譯】教育、培養、選拔、任用，有一個方面不對，就足以敗壞天下的人才，何況這四個方面都存在弊端呢？那麼在職官員中，無能苟且、敷衍馬虎、貪婪鄙俗的人不可勝數，而鄉閭僻野也很少發現有可用之才，當然就不足為怪了。《詩經》上說：「國家即使不大，也有聖人有凡夫。民眾即使不多，也有人聰明睿智，有人莊重幹練。人才就如同泉水，善於利用，國家就不會敗亡。」說的就是這種情況。

夫在位之人才不足矣，而閭巷草野之間，亦少可用之才，則豈特行先王之政而不得也，社稷之託，封疆之守，陛下其能久以天幸為常，而無一日之憂乎？蓋漢之張角❶，三十六方❷同日而起，所在郡國❸莫能發其謀；唐之黃巢❹，橫行天下，而所至將吏無敢與之抗❺者。漢唐之所以亡，禍自此始。唐既亡矣，陵夷❻以至五代❼，而武夫用事，賢者伏匿消沮⑧而不見，在位無復有知君臣之義、上下之禮⑨者也。當是之時，變置社稷⑩，蓋甚於弈碁⑪之易，而元元肝腦塗地⑫，幸而不轉死⑬於溝壑者無幾耳。夫人才不足，其患蓋如此。而方今公卿大夫，莫肯為陛下長慮後顧，為宗廟萬世計，臣竊惑之。昔晉武帝⑭趣過目前⑮，而不為子孫長遠之謀，當時在位，亦皆偷合苟容，而風俗蕩然⑯。棄禮義，捐⑰法制，上下同失，莫以為非，有識⑱固知其將必亂矣。而其後果海內大擾⑲，中國列於夷狄者二百餘年⑳。伏惟三廟祖宗㉑神靈所以付屬陛下，固將為萬世血食㉒，而大庇㉓元元於無窮也。臣願陛下鑒漢、唐、五代之所以亂亡，懲晉武苟且因循之禍，明詔大臣，思所以陶成天下之才。慮之以謀，計之以數㉔，為之以漸㉕，期為合於當世之變而無負於先王之意，則天下之人才不勝用矣。人才不勝用，則陛下何求而不得，何欲而不成哉？

【章　旨】以漢唐農民起義和晉武帝苟且因循之禍為例，警戒仁宗要在人才問題上勇有所為，「慮之以謀，計之以數，為之以漸」。

【注　釋】❶張角　東漢末年黃巾起義（西元一八四—二〇七年）的領袖，鉅鹿（今河北平鄉）人。他以宗教為形式，把起義隊伍編為三十六個軍事單位，每個單位都由一人統帥，稱為「方」，而由他統一指揮，自稱「天公將軍」。下文「方」或作「萬」，據清人沈欽韓《王荊公詩文沈氏注》改。❷方　見上注。《後漢書・皇甫嵩傳》：「鉅鹿張角，自稱大賢良師，奉事黃老道，畜養弟子，……十餘年間，眾徒數十萬，連結郡國，……遂置三十六方，方猶將軍號也。大方萬餘人，小方六七千，各立渠帥。」❸郡國　漢代初年，在秦朝舊有的郡之外，又另立諸侯王國。郡直屬朝廷，國則分封給諸侯、諸王，稱為侯國和王國，合稱郡國。❹黃巢　唐末農民造反的領袖，山東冤句（今山東菏澤）人。他領導農民十年之久（西元八七四—八八三年），失敗後自殺。❺抗　抵擋；對抗。❻陵夷　逐漸衰敗。陵，高丘。夷，平地。❼五代　指唐宋之間的後梁、後唐、後晉、後漢、後周五個朝代。❽伏匿消沮　引遁沮喪。❾上下之禮　指尊卑貴賤的禮節。❿變置社稷　即改朝換代。⓫弈碁　下棋。⓬肝腦塗地　形容悲慘死去。⓭轉死　即死去。轉，屍首倒下稱之為「轉」。⓮晉武帝　即司馬炎（西元二三六—二九〇年），晉朝的建立者，西元二六五—二九〇年在位。他加強門閥制度，大封宗室為王，埋下日後皇室內訌的根源。他在位時荒淫苟且，得過且過，死後不久，全國就重新陷入分裂混戰的局面。⓯趣過目前　即得過且過。趣，通「趨」。⓰蕩然　淨盡狀。⓱捐　棄。⓲有識　指有見識的人。⓳擾　亂。⓴中國句　意謂中原地區被少數民族所分裂達二百多年之久。自晉惠帝永興元年（西元三〇四年）匈奴貴族劉淵自稱漢王，至北周靜帝大定元年（西元五八一年）楊堅建立隋朝止，其間共經歷二七八年，中原地區皆被當時內遷的少數民族政權所占據。列，分裂。㉑三廟祖宗　指北宋初太祖、太宗、真宗三位皇帝。廟，宗廟，古代帝王祭祀祖宗的廟宇。㉒萬世血食　意謂子孫昌盛，祭祀不絕。因祭祀時需要殺牛羊等牲畜作為祭品，故稱祭祀為血食。㉓庇庇護。㉔計之以數 心中策劃謀算。計，策劃。之，代指造就人才一事。數，心中有數。㉕為之以漸 即逐漸實行。

【語譯】在職的人才已經不足了，而鄉閭僻壤也缺少可以任用的人才，那麼豈只是不可能施行先王的政治，就是國家的鞏固，邊疆的防守，陛下又怎麼能長久依靠上天賜予的僥倖，而沒有突然發生變故的憂慮呢？漢代的張角，率領三十六方人馬同日起兵，而所在的郡縣沒有人發現他們的計謀；唐代的黃巢，橫行天下，所到之處沒有一個將領敢與他對抗。漢唐之所以滅亡，禍害就是從這裡開始的。唐朝滅亡後，衰敗一直延續到五代，軍人掌握政權，賢人隱居消沉躲避不出，在職的官員不再知道君臣大義、上下尊卑的禮節。那時，改朝換代比下棋還要容易，而民眾慘遭屠戮，能僥倖不輾轉流離死於野外的沒有幾個。人才不足，它的禍害就是如此嚴重。而如今的公卿大夫，卻沒有人為陛下深謀遠慮，為王朝的萬世永存著想，臣私下對此疑惑不解。當年晉武帝只顧眼前，苟且偷安，不肯為子孫後代作長遠打算，而當時在職的官員也都苟且迎合，得過且過，社會風俗靡然淨盡，拋棄禮義，捨棄法制，上上下下不務正業，也沒有人認為不對，有見識的人就知道天下即將大亂。此後果然天下大亂，中原地區被夷狄之族所分裂占據達二百多年之久。臣想三代祖宗的神靈之所以把天下託付給陛下，當然是為了世世相傳，永遠庇護百姓。臣希望陛下能借鑒漢、唐、五代之所以滅亡的原因，警惕晉武帝因循苟且所帶來的禍害，明令大臣思考怎樣陶冶人才。認真謀劃，心中有數，逐漸推行，力圖符合當前形勢的變化而不辜負背離先王的治國精神，那麼天下的人才就用之不盡了。天下人才用之不盡，那麼陛下還有什麼要求做不到，什麼願望得不到滿足呢？

夫慮之以謀，計之以數，為之以漸，則天下之才甚易也。臣始讀《孟子》，見孟子言王政之易行❶，心則以為誠然。及見與慎子論齊魯之地❷，以為先王之制國❸，大抵不過百里者，以為今有王者起，則凡諸侯之地，或千里，或五百里，皆將損❹之至於數十百里而後止。於是疑孟子雖賢，其仁智足以一天下，亦安能毋❺劫之以兵革❻，而使數百千里之強國，一旦肯損其地之十之八九，比於先王之諸侯❼？至其後，觀漢武帝用主父偃之策，令諸侯王地悉得推恩封其子弟，而漢親臨定其號名，輒別屬漢❽。於是諸侯王之子弟，各有分土，而勢強地大者，卒以分析❾弱小。然後知慮之以謀，計之以數，為之以漸，則大者固可使小，強者固可使弱，而不至乎傾駭變亂敗傷之釁❿，孟子之言不為過。又況今欲改易更革，其勢非若孟子所為之難也。臣故曰：慮之以謀、計之以數、為之以漸，則其為甚易也。

【章　旨】引用孟子之言與漢武帝分封諸侯王一事，加強仁宗信心：只要能夠「慮之以謀，計之以數，為之以漸」，則陶冶人才必成。

【注　釋】❶孟子言王政之易行　《孟子・梁惠王下》有「今王與百姓同樂，則王矣」、「王如好色，與百姓同之，於王何有」等語。《孟子・公孫丑上》有「公孫丑問夫子當路於齊」等章節。❷與慎子論齊魯之地　《孟子・告子下》：「魯欲使慎子為將軍。孟子曰：『不教民而用之，謂之殃民。殃民者，不容於堯、舜之世。一戰勝齊，遂有南陽，然且不可。』慎子勃然不悅，曰：『此則滑釐所不識也。』曰：『吾明告子：天子之地方千里，不千里，不足以待諸侯。諸侯之地方百里，不百里，不足以守宗廟之典籍。周公之封於魯也，為方百里也；地非不足，而儉於百里。太公之封於齊也，亦為方百里也；地非不足也，而儉於百里。今魯方百里者五，子以為有王者作，則魯在所損乎？在所益乎？徒取諸彼以與此，然且仁者不為，況於殺人以求之乎？君子之事君也，務引其君以當道，志於仁而已。』」慎子即慎到，名滑釐，魯國臣子，善於用兵。此段話表現了孟子的「仁政」思想，認為仁者不應致力兵革，而應當致力於引導其君王行仁政。❸制國　建立諸侯國。❹損　減少。❺毋　不要。❻兵革　原指兵器、盔甲，引申為指武力戰爭。❼比於先王之諸侯　與先王時的諸侯國領土大小相比。❽觀漢武帝四句　指的是西漢武帝採納主父偃的建議，施行「推恩令」，命令各諸侯王將自己所封土地，再分給自己的子弟，從而削弱了諸侯王的領地與實力，有利於加強和鞏固中央集權制。漢武帝，即劉徹，西元前一四〇—前八七年在位。主父偃，西漢臨淄（今山東淄博）人，漢武帝時曾經擔任中大夫。推恩，賜予別人恩惠。❾分析　分封。❿釁　爭端。

【語譯】認真謀劃，心中有數，逐漸施行，那麼造就天下的人才就很容易了。臣起初閱讀《孟子》的時候，看到孟子談論王政很容易實行，心中以為的確是這樣。等讀到他與慎子議論魯國、齊國領土的大小，認為古代先王建立諸侯國，大體都不超過百里，並認為現在如果有賢明的君主興起，那麼諸侯的領地凡是達到一千里、五百里的，都將削減到數十里至一百里為止。於是臣就懷疑孟子雖然賢能，仁智足以統一天下，又怎能不用武力，就能使方圓數百上千里的強國，立刻肯削減十分之八九的土地，與先王時的諸侯國領土同樣大小呢？等到後來，臣在史書上看到漢武帝採用主父偃的計策，命令諸侯王把領土再分給他們的子弟，然後由朝廷直接定立他們的名號，分別隸屬於漢朝廷。於是各諸侯王的子弟都有領土，而原先勢力強大、領土廣大的諸侯國，終於被瓜分為數個小國而削弱。此後臣才懂得，只要認真謀劃，心中有數，逐漸施行，那麼廣大的諸侯國當然可以使它變小，強大的諸侯國也可以使它變弱，並且不至於產生駭人聽聞的事端災難，孟子所說的並沒有錯。又何況現在打算改革變更，形勢並不如孟子想像的那樣艱難。臣所以說：只要認真謀劃、心中有數、逐漸施行，造就人才就很容易。

然先王之為❶天下，不患人之不為，而患人之不能；不患人之不能，而患己之不勉。何謂不患人之不為，而患人之不能？人之情所願得者，善行、美名、尊爵、厚利也，而先王能操之以臨❷天下之士。天下之士，有能遵之以治者，則悉以其所願得者以與之。士不能則已矣，苟能，則孰肯舍其所願得，而不自勉以為才？故曰：不患人之不為，患人之不能。何謂不患人之不能，而患己之不勉？先王之法，所以待人者盡矣。自非下愚不可移之才❸，未有不能赴❹者也。然而不謀之以至誠惻怛之心，力行而先之，未有能以至誠惻怛之心，力行而應之者也。故曰：不患人之不能，而患己之不勉。陛下誠有意乎❺成天下之才，則臣願陛下勉之而已。

【章　旨】勉勵仁宗帝應該「以至誠惻怛之心，力行而先之」，為天下人作表率。

【注　釋】❶為　治理。❷臨　統治。❸下愚不可移之才　王安石此處採用孔子所謂「上知、下愚」說，可詳見《論語・陽貨》。❹赴　趨向。❺乎　於。

【語　譯】然而先王治理天下，不擔心人們不肯做，而是擔心人們沒有能力去做；不是擔心人們沒有能力去做，而是擔心自己不能奮勉。為什麼不擔心人們不肯做，而擔心人們沒有能力去做？按常情，人們所希望得到的，是善行、美名、高官、厚利，而古代先王掌握著這些東西來駕馭天下士人。天下士人，有能夠遵從先王意志行事的，就把他們所希望得到的東西全部給與他們。沒有才能的就罷了，如果有才能，那麼有誰肯捨棄他所希望得到的東西，而不努力使自己成材？所以說：不擔心人們不做，而擔心人們沒有能力去做。為什麼不擔心人們沒有能力去做，而擔心自己不肯奮勉呢？古代先王的法令，在對待人才問題上可以說是盡善盡美了。一個人除非自己愚笨不可救藥，否則沒有不來為國家盡力的。然而，如果國君沒有誠心誠意憂國憂民，未能先行實踐，那麼也就不會有人誠心誠意來身體力行地響應。所以說：不擔心人們沒有能力做，而擔心自己不奮勉。陛下如果確實誠心誠意想造就天下人才，那麼臣希望陛下自己努力奮勉。

臣又觀朝廷異時欲有所施為變革，其始計利害未嘗不熟也，顧有一流俗僥倖之人不悅而非之，則遂止而不敢❶。夫法度立，則人無獨蒙❷其幸者。故先王之政，雖足以利天下，而當其承弊壞之後、僥倖之時，其刱法立制，未嘗不艱難也。使其刱法立制，而天下僥倖之人，亦順說以趨之，無有齟齬❸，則先王之法，至今存而不廢矣。惟其刱法立制之艱難，而僥倖之人不肯順悅而趨之，故古之人欲有所為，未嘗不先之以征誅，而後得其意。《詩》曰：「是伐是肆，是絕是忽，四方以無拂❹。」

此言文王先征誅，而後得意於天下也。夫先王欲立法度，以變衰壞之俗而成人之才，雖有征誅之難，猶忍而為之，以為不若是不可以有為也。及至孔子，以匹夫❺遊諸侯，所至則使其君臣捐所習，逆所順，強所劣，憧憧如❻也，卒困於排逐。然孔子亦終不為之變，以為不如是，不可以有為。此其所守，蓋與文王同意。夫在上之聖人莫如文王，在下之聖人莫如孔子，而欲有所施為變革，則其事蓋如此矣。今有天下之勢，居先王之位，刱立法制，非有征誅之難也。雖有僥倖之人不悅而非之，固不勝天下順悅之人眾也。然而一有流俗僥倖不悅之言，則遂止而不敢為者，惑也。陛下誠有意乎成天下之才，則臣又願斷❼之而已。

【章　旨】以文王、孔子為例，勸諫仁宗施行變革要勇決果斷，不要被流俗所惑。

【注　釋】❶臣又觀四句　指仁宗慶曆年間（西元一〇四一～一〇四八年），以范仲淹為首的革新派為挽救時弊而提出一系列改革政治的措施，並為仁宗所接受。後因章得象等人反對，攻擊范仲淹等人交結朋黨，仁宗動搖，變法以范仲淹出知陝西而流產。異時，過去。❷蒙　受。❸齟齬　牙齒不整齊。比喻意見不合。❹是伐是

肆三句　語出《詩經・大雅・皇矣》。意謂縱兵討伐敵人，消滅殺絕，四方不敢再違抗。這幾句引文本是炫耀文王討伐崇侯的戰功。是，發語詞。伐，征伐。肆，縱兵攻擊。絕，殺絕。忽，消滅。拂，違逆反抗。❺匹夫　庶人；平民。❻憧憧如　來往不絕的樣子。❼斷　決斷。

【語　譯】臣又看到朝廷過去也想有所變革，開始時對於厲害的得失，未嘗沒有深思熟慮，只是一旦遭到隨俗守舊、投機取巧之徒的不滿與攻擊，就立刻停止而不敢繼續實施。建立法令制度，不僅僅是某一個人單獨蒙受好處。因此，先王為政雖然足以有利於天下，但當承接前代衰敗的局面之後、投機取巧之風盛行的時候，他創立法制也未嘗不艱難困苦。如果他創立法制後，天下問投機取巧之徒也順應遵從，沒有什麼抵觸，那麼先王的法令就會保存至今而不會廢棄了。正因為創立法制十分艱難，而投機取巧之徒不肯順應遵從，所以古人想要有所作為，都首先從事討伐征服，然後才能稱心如意，建立法制。《詩經》說：「縱兵討伐敵人，消滅殺絕，四方不敢再違抗。」這是說周文王首先從事討伐征服，然後才得以在天下推行他的主張。先王想建立法度，以改變衰壞的風俗、造就天下人才，即使有討伐征服的困難，也還是堅決去做，認為如果不這樣，就不能有所作為。到了孔子，以平民的身分遊說諸侯，每到一處就要求其君臣拋棄他們的陋俗，不要得過且過，要加強他們的不足。他來往奔波不絕，卻最終被排斥、驅逐。然而，孔子並不因此而改變自己的做法，認為如果不這樣，就不能有所作為。他所堅持的，大概與周文王是一致的。在上位的聖人沒有比得上周文王的，處下位的聖人沒有比得上孔子的，而他們想要有所變革，所作所為就是這樣。如今，聖上您擁有天下至高無上的權力，處於先王曾經處在的位置上，建立法令制度就沒有討伐征服的困難。即使投機取巧的人表示不滿意並進行攻擊，可是總沒有天下擁護變革的人多。然而一聽到守舊投機之徒的非議，就立刻停止不敢堅持，那就是缺乏信心啊。陛下如果確實有意造就天下的人才，那麼臣又希望陛下勇決果斷。

夫慮之以謀，計之以數，為之以漸，而又勉之以成，斷之以果，然而猶不能成天下之才，則以臣所聞，蓋未有也。

【章旨】小結造就人才的具體方法步驟，並強調若如此實行，則不可能不成功。

【語譯】認真謀劃，心中有數，逐步推行，並且奮勉去做，勇決果斷，如果這樣還不能造就天下的人才，那麼就臣所知，還從來沒有過。

然臣之所稱，流俗之所不講，而今之議者以謂迂闊而熟爛❶者也。竊觀近世士大夫，所欲悉心力耳目以補助朝廷者，有矣。彼其意，非一切利害，則以為當世所不能行者。士大夫既以此希世❷，而朝廷所取於天下之士，亦不過如此。至於大倫❸、大法❹、禮義之際，先王之所力學而守者，蓋不及也。一有及此，則群聚而笑之，以為迂闊。今朝廷悉心於一切之利害，有司法令於刀筆❺之間，非一日也，然其效可觀矣。則夫所謂迂闊而熟爛者，惟陛下亦可以少留神而察之矣。昔唐太宗貞觀❻之初，人人異論，如封德彝❼之徒，皆以為非雜用秦漢之政，不足以為天下，能思先王之事開太宗者，魏文貞公❽一人爾。其所施設，雖未能盡當先王之意，抑其大略，可謂合矣。故能以數年之間，而天下幾致刑措❾，中國安寧，蠻夷順服，自三王以來，未有如此盛時也。唐太宗之初，天下之俗，猶今之世也。魏文貞公之言，固當時所謂迂闊而熟爛者也，然其效如此。賈誼曰：「今或言德教之不如法令，胡不引商、周、秦、漢以觀之？」❿然則唐太宗之事亦足以觀矣。

【章　旨】引唐太宗採納魏徵建議以致貞觀之治的例子，駁斥流俗對作者見解稱之為「迂闊」、「熟爛」的非議，從而重申自己觀點的正確。

【注　釋】❶迂闊而熟爛　指脫離現實的陳辭濫調。迂闊，大言而不合實際。❷希世　迎合時勢；追隨流俗。❸大倫　指君臣、父子之間的關係。❹大法　指國家的法紀。❺刀筆　古代未發明紙張前，用竹簡寫字記事，錯了用刀削去，所以稱為刀筆。此處代指文書。❻貞觀　唐太宗李世民（西元五九九－六四九年）的年號（西元六二七－六四九年）。在這段時期，唐太宗任用賢能，勇於納諫，社會經濟迅速發展，政治比較清明，被史學家稱之為「貞觀之治」。❼封德彝　名倫，唐代渤海（今河北景縣）人，唐太宗時曾位至尚書右僕射。❽魏文貞公　即魏徵，唐代館陶（今屬河北）人。唐太宗時曾任諫議大夫、祕書監等職，封為鄭國公，諡文貞，以善於進諫而著名。❾刑措　指民眾不違法，刑法等於廢棄不用。措，放置。❿賈誼曰三句　語出《漢書・賈誼傳》：「上疏陳政事曰：『今或言禮誼之不如法令，教化之不如刑罰，人主胡不引殷、周、秦事以觀之也？』」引文與原文略有不同。

【語譯】然而臣所陳述的，是世俗之輩並不討論，卻被現在一些高談闊論的人以為是脫離現實的老生常談。我私下觀察，近代士大夫中想要盡心竭力輔佐朝廷的人是有的。他們認為，如果不是關係到眼前利害，當代就無法推行。士大夫既已用這種觀點來迎合世俗，而朝廷所選取的人才，也不過是這樣而已。至於君臣大義、國家法紀、禮儀倫理，這些為先王所努力學習並堅持的東西，卻沒有涉及。一旦有人涉及這方面，就群起嘲笑，認為是迂闊而不合現實。如今朝廷集中精力於眼前利益，有關部門頒布法令只是在修飾文辭，已經不止一天了，然而這樣做的效果是顯而易見的。那麼所謂脫離實際的老生常談，也希望陛下能夠稍微留意觀察。唐太宗貞觀初年，人人對於怎樣治理國家都有不同的意見，如封德彝之徒，都認為如果不兼用秦漢之政，就不能治理天下，能夠追思古代先王的所作所為來啟發太宗的，只有魏徵一人。他當時所採取的措施，雖然未能完全符合古代先王的思想，但大體上可以是符合的。因此在幾年之間，天下就實現了太平，幾乎不需刑罰。國內安寧，外族順服，自從夏、商、周三代以來，從來沒有這樣興盛的時候。唐太宗初年，天下的風俗也和現在一樣。而魏徵的話，當時也被認為是脫離實際的老生常談，然而國家卻治理得如此之好。賈誼說：「如今居然有人說道德教化不如法令約束，為什麼不引證商、周、秦、漢的史實來看一下？」然而唐太宗的史實，也足以看清了。

臣幸以職事歸報陛下，不自知其駑下❶無以稱職，而敢及國家之大體者，以臣蒙陛下任使，而當歸報。竊謂在位之人才不足，而無以稱朝廷任使之意，而朝廷所以任使天下之士者，或非其理，而士不得盡其才，此亦臣使事之所及，而陛下之所宜先聞者也。釋此不言，而毛舉❷利害之一二，以汙陛下之聰明，而終無補於世，則非臣所以事陛下惓惓❸之義也。伏惟陛下詳思而擇其中，天下幸甚！

【章　旨】文章結語，重申上書之意。

【注　釋】❶駑下　比喻平庸。自謙詞。駑，劣馬。❷毛舉　瑣碎地列舉。毛，瑣碎。❸惓惓　懇切。

【語　譯】臣榮幸地把任職情況回來呈報陛下，不考慮自己愚昧無能又不稱職，卻膽敢言及國家根本大事，是因為臣蒙陛下信任，應當回來呈報。臣私下以為，現在在職人才不足，不能實施朝廷委派他們的意圖，而朝廷任用、委派天下士人時，有的地方也不合理，致使士人不能人盡其才，這也是臣在地方任職所接觸到、而陛下所應當及早知道的。如果捨棄不言，只是繁瑣地列舉一些小事來玷汙陛下耳目，終究於世無補，那就不是臣下侍奉陛下一片忠誠之心。臣懇切希望陛下詳細考慮，選擇其中的可取之處，那麼天下就萬分榮幸了！

上時政疏

【題　解】宋自開國至仁宗嘉祐年間，已歷百年，統治者為粉飾太平，號稱「無事」，其實正值多事之秋。農民被苛稅所迫，苦不堪言，起義此起彼伏；又有契丹、党項邊患，北宋王朝卻採取獻歲幣方法，買取一時苟安。君臣之間一味文恬武嬉，無意革新政治。惟王安石深以為憂，先是在嘉祐四年（西元一〇五九年）寫了〈上仁宗皇帝萬言書〉，未引起重視，時過二年（西元一〇六一年），又寫下了此文。文章從分析晉武帝、梁武帝和唐明皇由興盛到衰敗的史實中歸納經驗教訓，尖銳指出宋王朝面臨的政治經濟危機，力諫仁宗革除因循苟且、逸豫無為的積習，務必盡快實施大明法度、眾建賢才的方策，表現出王安石對宋王朝前途的深深憂慮和要求變革的急迫心情。文章無所顧忌地以史論今，犀利懇切，用意深警。

年月日，具位臣某昧死再拜上疏尊號皇帝陛下❶：臣竊觀自古人主享國日久❷，無至誠惻怛❸憂天下之心，雖無暴政虐刑❹加於百姓，而天下未嘗不亂。自秦已❺下，享國日久者，有晉之武帝❻、梁之武帝❼、唐之明皇❽。此三帝者，皆聰明智略有功之主也。享國日久，內外無患，因循❾苟且❿，無至誠惻怛憂天下之心，趨過目前⓫，而不為久遠之計⓬，自以禍災可以無及⓭其身，往往身遇災禍，而悔無所及。雖或僅得身免⓮，而宗廟⓯固已毀辱，而妻子固已困窮⓰，天下之民，固已膏血塗草野⓱，而生者不能自脫於困餓、劫束⓲之患矣。夫為人子孫⓳，使其宗廟毀辱；為人父母⓴，使其比屋㉑死亡，此豈仁孝之主所宜忍者乎？然而晉、梁、唐之三帝，以晏然致此㉒者，自以為其禍災可以不至於此，而不自知忽然㉓已至也。

【章　旨】分析晉武帝、梁武帝和唐明皇三朝由盛而衰的歷史教訓，說明因循苟且、逸豫無為，國家就要敗亡。

【注　釋】❶具位臣句　唐宋以後，官吏起草向皇帝報告的文件時，常把本人的官爵、品級，簡寫為「具官」或「具位臣」，意思是掛名而不稱職。某，這裡是王安石自稱。昧死，冒死。古時臣下上書多用此語，以示敬畏。尊號皇帝，專制社會尊崇皇帝的稱號，這裡指宋仁宗，當時他的尊號是「景祐體天法道仁明孝德皇帝」。陛下，對皇帝的尊稱。「具位」、「某」、「尊號」及上文的「年月日」，在正式謄錄奏札時，都要具體寫明。❷人主享國日久　皇帝在位時間長。人主，指皇帝。享國，享有其國，指帝王在位之年。❸至誠惻怛　十分誠懇地體恤考慮。惻怛，憂傷、悲痛，也作同情、哀憐講。❹虐刑　殘暴的刑罰。虐，殘暴。❺已　同「以」。❻晉之武帝　晉武帝司馬炎，在位二十六年（西元二六五—二九〇年）。他分封同姓諸侯王，偷合苟容，死後不久，爆發八王之亂，西晉滅亡，中國陷入南北朝和十六國混戰分裂的局面。❼梁之武帝　即南朝梁武帝蕭衍，在位四十八年（西元五〇二—五四九年）。他重用士族，崇信佛教，大建寺院，不理政事。大同二年（西元五四七年）他接受東魏大將侯景歸降。後二年，侯景引兵渡江，發動叛亂，攻破都城，他餓病而死。❽唐之明皇　即唐玄宗李隆基，在位四十三年（西元七一二—七五六年）。因謚號「至道大聖大明孝皇帝」，故稱唐明皇。他後期奢侈荒淫，政治腐敗，官吏貪瀆，於天寶十四年（西元七五五年）爆發了「安史之亂」，逃往四川。❾因循　照舊不改。❿苟且　只圖眼前，得過且過。⓫趨過目前　只圖眼前，得過且過。趨過，度過。趨，行。⓬久遠之計　長遠打算。久遠，長遠。計，打算。⓭及　到。⓮免　免死。⓯宗廟　古代帝王祭祀祖先之處。也作為古代王室的代稱，象徵國家。⓰妻子固已困窮　妻子兒女早已貧窮困苦。妻子，妻子兒女。⓱膏血塗草野　血肉已經塗滿了草野。膏血，即指人體的脂肪、血液。塗，汙染。草野，即鄉野。⓲劫束　劫掠、束縛。⓳為人子孫　為人子孫的「人」，指皇帝的祖先。⓴為人父母　為人父母的「人」，指百姓。㉑比屋　屋子連著屋子，即家家戶戶，言人數之多。比，相連。㉒以晏然致此　在安逸之中結果卻弄到這個地步。晏然，安然的樣子。致此，招致這些禍災。㉓忽然　形容時間短。

【語譯】某年某月某日，不稱職的臣子王安石冒死再拜，報告至高無上的皇帝陛下：臣私下觀察自古以來當政時間久的帝王，如果沒有至誠懇切憂慮天下之心，即使未對百姓施加暴政酷刑，天下也沒有不動亂的。自秦朝以來，在位時間長的君主有晉朝的武帝、梁朝的武帝、唐朝的明皇。這三個皇帝，都是聰明智慧、有膽有略並建立過赫赫功業的人。他們在位時間長了，沒有內憂外患，便因循守舊，苟且偷安，沒有至誠哀憐、憂慮天下百姓之心，只顧眼前利益，得過且過而不作長遠打算，自以為災禍可以不落到自己身上，往往等到身遭禍患，才後悔莫及。雖然有時自己可以免遭禍災，但祖宗神廟已經遭到毀壞，妻子兒女已經窮困，天下的百姓已經肝腦塗地，活著的人也不能逃脫困餓、劫奪的災難了。作為先王的子孫，使自己的祖宗廟宇遭到毀壞；作為百姓的父母官，使手下的百姓家家戶戶死的死逃的逃，這難道是仁孝的君主所能夠忍受的嗎？然而晉、梁、唐三位皇帝，因為貪圖安逸而落到如此下場，自以為禍災不至於到這般地步，卻沒料到這些災禍忽然間已經降臨頭上了。

蓋夫天下至大器❶也，非大明法度❷，不足以維持；非眾建賢才❸，不足以保守❹。苟無至誠惻怛憂天下之心，則不能詢考❺賢才，講求法度。賢才不用，法度不修❻，偷假歲月❼，則幸或可以無他，曠日持久❽，則未嘗不終於大亂。

【章　旨】提出大明法度，眾建賢才以維持統治的主張，認為皇帝如不能以至誠詢考賢才、講求法度，國家終必大亂。

【注　釋】❶大器　寶貴的器物，這裡指國家政權。❷法度　法令制度。❸眾建賢才　廣泛培養賢能之才。❹保守　保持國家政權。❺詢考　詢問考察。❻修　修明。❼偷假歲月　即苟延歲月，偷閒過日子。偷假，苟延。

偷，苟且。❽曠日持久　空廢時日，拖延很久。

【語　譯】作為天下最重要的國家政權，不大力修明法令制度，就不能夠維持；不廣泛造就賢能的人才，也就不足以保有它。如果沒有至誠懇切憂慮天下之心，就不能考察賢才，講求法令制度。賢能之才不任用，法令制度不建立，苟且偷安度日，那麼或許可以僥倖沒有事，天長日久，就必然要出大亂子。

伏惟皇帝陛下，有恭儉❶之德，有聰明睿智❷之才，有仁民愛物之意。然享國日久❸矣，此誠當惻怛憂天下，而以晉、梁、唐三帝為戒之時。以臣所見，方今朝廷之位❹，未可謂能得賢才；政事所施，未可謂能合法度。官亂於上，民貧於下，風俗日以薄❺，才力❻日以困窮。而陛下高居深拱❼，未嘗有詢考講求之意。此臣所以竊為陛下計❽而不能無慨然❾者也。

【章　旨】深刻地指出宋王朝面臨的政治經濟危機，懇切希望仁宗以晉、梁、唐三帝為戒。

【注　釋】❶恭儉　恭敬儉約。❷睿智　明智。❸享國日久　宋仁宗在西元一〇二三年即位，至王安石上本疏時，已在位三十八年。❹位　指官位。❺薄　澆薄；不厚道。❻才力　人才物力。❼高居深拱　指端居宮中，無所事事。拱，斂手，形容無為之狀。❽計　考慮。❾慨然　感慨嘆息的樣子。

【語譯】臣想皇帝陛下有謙恭節儉的美德，有聰敏智慧的才能，有仁愛百姓、愛惜萬物的心意。然而在位長久了，這實在是到了應該十分真誠地憂慮同情天下百姓，而以晉、梁、唐三位皇帝為鑒戒的時候了。以臣所見，當今在朝廷做官的，還不能說是已經得到了賢能之才；政事的施行，還不能說是已經符合法令制度。官吏在上面為非作歹，百姓在下面受窮受難，社會風氣一天天變壞，人才物力一天天困乏，而皇帝陛下您高高在上，無所作為，不曾有考核賢才、講求法度的意思。這是臣所以私下為陛下考慮並不能不感慨的原因。

夫因循苟且，逸豫而無為❶，可以徼倖❷一時，而不可以曠日持久。晉、梁、唐三帝者，不知慮此，故災稔❸禍變生於一時❹，則雖欲復詢考講求以自救，而已無所及矣。以古準❺今，則天下安危治亂，尚可以有為。有為之時，莫急於今日，過今日，則臣恐亦有無所及之悔矣。然則以至誠詢考而眾建賢才，以至誠講求而大明法度，陛下今日其可以不汲汲乎❻？《書》曰：「若藥不瞑眩，厥疾弗瘳❼。」臣願陛下以終身之狼疾❽為憂，而不以一日之瞑眩為苦。

【章　旨】建議宋仁宗盡早實行大明法度、眾建賢才的方策，錯過時機，將後悔莫及。

【注　釋】❶逸豫而無為　安樂而沒有作為。❷徼倖　偶然獲得意外的利益或免去不幸，也指希望獲得意外成功。❸災稔　災難醞釀成熟。稔，本指莊稼成熟。❹生於一時　一旦發生。❺準　衡量。❻其可以不汲汲乎　現在還能不急切振作嗎。其，表示疑問的語氣詞。汲汲，心情急切貌。❼若藥不瞑眩二句　語出《尚書・說命》，意謂如果吃了藥不感到頭昏眼花，他的病就不會痊癒。引用此話是要說明宋王朝已危機重重，病入膏肓，應痛下決心，立即變法革新，不要怕頑固派的攻擊和反對。瞑眩，眼花，這裡指藥物發作時心中難受。厥，他。弗，不。瘳，病癒。❽狼疾　昏憒。據《孟子・告子上》說，有人只保養他的一隻手指而忘掉肩背，並且自己還不明白，就是「狼疾人」。這裡指致命的疾病。

【語　譯】因循苟且、貪圖安逸而無所作為，可以僥倖一時，卻不可以維持長久。晉、梁、唐三位皇帝不知道考慮這一問題，因此災難醞釀成熟，禍患突然發生在一時之間，那麼即使想要再考核賢才、講求法度來解救自己，也已經來不及了。拿古代來衡量現代，那麼對現在天下的安危治亂，還是可以有所作為的。但有所作為之時，沒有比現在更緊迫的了。錯過今天，臣恐怕將會後悔莫及。既然如此，那麼用十分真誠的心來考核並大量地培養賢能之才，用至誠的心來講求並大力嚴明法度，陛下今天難道還不應急切努力於此嗎？《尚書》上說：「如果吃了藥，藥性不發作，心裡不難受，那麼他的病就好不了。」臣希望陛下要為關係到國計民生的疾病擔憂，而不要為一時頭昏眼花的難受而卻步不前。

臣既蒙陛下採擢❶，使備從官❷，朝廷治亂安危，臣實預❸其榮辱，此臣所以不敢避進越之罪❹，而忘盡規之義❺。伏惟陛下深思臣言，以自警戒，則天下幸甚！

【章旨】說明上疏本意。

【注釋】❶採擢　錄用提拔。❷使備從官　命我做侍從官。備從官，聊備從官之數，是表示謙卑的話。王安石當時任知制誥（皇帝的祕書），是宋仁宗的侍從官。❸預　參與；關係著。❹進越之罪　超越權限的罪過。❺盡規之義　盡心規勸的責任。義，義務；責任。

【語譯】臣既然承蒙陛下的信任，被選拔擔任侍從的官員，那麼國家的治亂安危，實際上也關係到臣的榮辱。這就是臣不敢因為要逃避越職進諫的罪名，而忘記盡到規勸義務的原因。臣想陛下如果能夠仔細考慮臣的意見，用來警戒自己，那麼就是天下的大幸了！

進戒疏

【題解】奏疏是古代臣下向皇帝陳述事理的一種文體。進戒，即進言勸戒之意。熙寧二年（西元一〇六九年）二月，王安石出任參知政事，議定新法，而能否成功，與神宗趙頊的支持密切相關。為此，王安石上疏神宗，對年輕的皇上寄予極大期望，以聖人功業期望神宗能夠大有作為，希望神宗本人能勵精圖治。因此，王安石在奏疏中諄諄告誡年輕的皇帝，不要沉溺於聲色犬馬之誘惑，並以歷史正反事例為證，勸勉神宗奮發圖強，表現了作者作為一名銳志革新的政治家對於新任皇上的一片忠貞。文中多用頂針格式，層層剖析，步步深入，說理明白而流暢；並時用反詰句法，語氣誠摯而深沉，極具藝術感染力。

熙寧二年五月十一日，朝散大夫❶、右諫議大夫❷、參知政事❸、護軍❹賜紫金魚袋臣某❺，昧死❻再拜上疏皇帝陛下：

臣竊以為陛下既終亮陰❼，考之於經，則群臣進戒之時。而臣待罪近司❽，職當先事有言者也❾。竊聞孔子論為邦，先放鄭聲，而後曰遠佞人⑩；仲虺稱湯之德，先不邇聲色，不殖貨利，而後曰用人惟己⑪。蓋以為不淫⑫耳目於聲色玩好之物，然後能精於用志⑬；能精於用志，然後能明於見理；明於見理，然後能知人；能知人，然後佞人可得而遠，忠臣良士與有道之君子，類進於時⑭，有以自竭⑮，則法度之行，風俗之成，甚易也。若夫⑯人主雖有過人之材，而不能早自戒於耳目之欲，至於過差⑰以亂其心之所思，則用志不精。用志不精，則見理不明；見理不明，則邪說詖行⑱，必窺間乘殆而作⑲。則其至於危亂也，豈難哉？

【章旨】首先引用古代聖人賢君之例，指出不近聲色、不貪財貨的重要意義；然後正反論證節制耳目之欲和放縱耳目之欲所造成的不同後果。

【注釋】❶朝散大夫　文散官名。始置於隋，唐貞觀中列入文散官，北宋因之，元豐改制前屬於文散官二十九階之第十三階，從五品下。❷右諫議大夫　見〈寶文閣待制常公墓表〉注。❸參知政事　官名。簡稱參政。北宋建國之初以同平章事為宰相，乾德二年（西元九六四年）置參知政事為副宰相，輔助宰相處理政事。其後權位漸高，至太宗時，已經與宰相輪班知印，同升政事堂，押敕齊銜，行則並馬。元豐三年（西元一〇八〇年）廢，代之以門下、中書兩侍郎和尚書左右丞。建炎三年（西元一一二九年），又以門下、中書侍郎為參知政事，廢尚書左右丞。❹護軍　勳級名。西漢平帝元年始有此名，唐武德七年列為勳官，北宋沿置，為十二勳級之第九轉，次於上護軍，從三品。❺臣某　即王安石自稱。❻昧死　冒昧當死。❼終亮陰　皇帝按禮制結束其守喪的生活。亮陰，古代禮制用語，專指天子守喪。❽待罪近司　指擔任接近皇上的近臣。待罪，謙詞，意指擔任職事。❾職當先事有言者也　意謂因職責所在，應當事先進言。❿竊聞孔子論為邦三句　語出《論語‧衛靈公》：「顏淵問為邦，子曰：『……放鄭聲，遠佞人。鄭聲淫，佞人殆。』」放，即放逐，朱熹注「謂禁絕之」。鄭聲，春秋時期產生於鄭國的民間流行音樂，多是男歡女愛的情歌，歷來為儒家斥為靡靡之音而不齒。遠，疏遠。佞人，與君子相對，指用花言巧語迷惑人的小人。⓫仲虺稱湯之德四句　語出《古文尚書‧仲虺之誥》：「惟王不邇聲色，不殖貨利，德懋懋官，功懋懋賞，用人惟己，改過不吝。」仲虺，傳說中成湯的左相。湯，即商朝開國君主成湯。邇，接近。殖貨利，即生財牟利。殖，孳生增殖。用人惟己，採納別人的意見猶如己出一般。⓬淫　因過分而失當。⓭精於用志　精神高度集中。⓮類進於時　指忠臣良士及有道君子志同道合，同類相助，為時世所用。⓯有以自竭　得以充分發揮自己的聰明才智來為國家服務。⓰若夫　即使；如果。⓱過差　過失；差錯。⓲詖行　偏頗失正的行為。⓳必窺間乘殆而作　必然借君主懈怠之時乘機而入。窺間，窺伺空隙。乘殆，乘其懈怠。殆，通「怠」。

【語譯】熙寧二年五月十一日，朝散大夫、右諫議大夫、參知政事、護軍賜紫金魚袋臣王安石，冒昧當死，行禮致敬上呈奏疏給皇上陛下：

臣私下認為，陛下已經完畢守喪之禮，考察經典，正是諸位臣子進言勸戒之時。臣不材，擔任皇上的近臣，職責所在，應當事先進言。臣私下聽說，孔子談論治國，首先排斥曲調淫蕩的鄭國音樂，然後說要疏遠巧言令色的奸佞小人；仲虺稱頌商王成湯的高尚品德，首先是不近聲色，不貪圖攫財致富，然後是勇於採納別人的意見，如同己出。大概以為只有不讓耳目過分沉溺於聲色歌舞、珍玩逸樂，然後才能集中精力；能集中精力，然後能深明事理；能深明事理，然後能知人善任；能知人善任，然後那些奸邪小人才可能被疏遠，而忠臣良士及有道君子，才能志同道合、同類相助，為世所用，得以充分發揮自己的聰明才智，那麼推行法令制度，形成良好的社會風氣，也就很容易了。如果君主雖然具有超人的才華，卻不能及早克制自己耳目的嗜欲，以致出現過失差錯而使神思紊亂，那麼精力就不能集中。精力不集中，就不能深明事理；不能深明事理，那些不正確的論調、不正當的行為，就必然會借君主懈怠之時乘機而入。那麼，他陷入危險禍亂的境地，難道不是很容易嗎？

伏惟❶陛下即位以來，未有聲色玩好之過聞於外❷，然孔子聖人之盛，尚自以為七十而後敢縱心所欲也❸。今陛下以鼎盛之春秋❹，而享天下之大奉❺，所以惑移耳目者，為不少矣。則臣之所豫慮❻，而陛下之所深戒，宜在於此。天之生聖人之材甚吝❼，而人之值聖人之時甚難❽，天既以聖人之材付陛下，則人亦將望聖人之澤於此時❾。伏惟陛下自愛以成德❿，而自強以赴功⓫，使後世不失聖人之名，而天下皆蒙陛下之澤，則豈非可願之事⓬哉！臣愚不勝惓惓⓭，惟陛下恕其⓮狂妄而幸賜省察ㄔㄚˊ⓯。

【章　旨】提醒神宗正值年輕力壯時，易沉溺於耳目之欲，應作警惕，自愛自重，並勉勵神宗，自強以赴功，大有作為。

【注　釋】❶伏惟　古代常用為下對上陳述時表達恭敬的敬詞。❷聞於外　被外界所知。❸七十而後句　語出《論語・為政》：「吾十有五而志於學，三十而立，四十而不惑，五十而知天命，六十而耳順，七十而從心所欲，不逾矩。」意謂一直到七十歲以後，一切言行都能隨心所欲而又不超越禮制規範。❹鼎盛之春秋　年輕富盛之時。春秋，代指年齡。❺享天下之大奉　享受天下萬民最高供奉的生活。❻豫慮　預先憂慮。豫，通「預」。事先有所準備。❼天之生聖人之材甚吝　意謂聖人之才不可多得。吝，吝惜。❽人之值聖人之時甚難　人們能有幸遇到聖人出現的時代實是機會難得。值，遇上。❾人亦將望聖人句　人們也將在此時期期望能獲得聖人的恩澤。澤，恩澤。❿自愛以成德　意謂自我珍重來培養高尚的道德。⓫自強以赴功　自強不息來成就功業。赴，達到。⓬可願之事　希望見到的滿意之事。⓭惓惓　同「拳拳」。誠懇；忠誠。⓮其　指代自己。⓯省察　審閱。省，察看；檢查。

【語　譯】臣想皇上即位以來，還未曾聽說過有沉溺聲色歌舞、珍玩逸樂的過失，然而以孔子那樣的聖人，還自認為只有在七十歲之後才能隨心所欲而不超越規矩。現在陛下正當年輕力壯，享受天下最高供奉，會導致陛下耳目迷惑、沉溺的嗜好逸樂，肯定不少。這樣看來，臣所預先憂慮的，同時陛下所應深刻警戒的，正在於此。天生聖人之才十分不易，而人們遇到聖人執政的時代也很難得。上天既然已經賦與陛下聖人的才質，那麼人們也將希望在此時得到聖人的恩澤。臣祈願陛下自珍自愛以培養高尚的品德，自強自立以建立不世的功勳，從而使您在身後永遠不失聖人的名聲，而天下民眾也都能蒙受陛下的恩澤，這難道不是令人滿意的事情嗎！臣愚笨，不能盡表一片忠貞，只希望陛下寬恕臣的狂妄，並榮幸地仔細審閱臣的進諫。

四　劄子

上五事劄子

【題解】劄子，是唐代至宋代近侍大臣用以向皇帝進言議事的一種文體，也有用於發指示的，如宋代中書省或尚書省所發指令，凡不用正式詔命的，也稱為劄子，或稱為「堂帖」。本文寫於宋神宗熙寧五年（西元一〇七二年）。當時，各項新法如青苗、募役、均輸、農田水利法等都已經實施。九月，推行青苗法；十一月，須布農田水利條約；三年十二月，定保甲條制；四年十月，須布募役法；五年三月，置市易司於京師。但是，新法在執行過程中，由於用人不當以及操之過急，出現了種種弊病，從而遭受到朝廷內外的猛烈抨擊，神宗因此幾度動搖。為此，王安石寫下這篇劄子，小結新法施行的經驗，並為新法尋找理論依據，反駁朝廷內外的抨擊，堅定神宗信心。劄子的主要內容是：⑴指出和戎、青苗二法的顯著成效。⑵引經據典，為新法尋找理論依據。⑶強調新法成功的關鍵在於是否有得力的官員推行及步驟的緩急。文章條理清晰，極具說服力。

陛下即位五年，更張改造❶者數千百事，而為書具❷，為法立❸，而為利者，何其多也！就其多而求其法最大、其效最晚、其議論最多者，五事也。一曰和戎❹，二曰青苗❺，三曰免役❻，四曰保甲❼，五曰市易❽。今青唐、洮河❾，幅員❿三千餘里，舉⓫戎羌⓬之眾二十萬，獻其地，因為熟戶⓭，則和戎之策已效矣。昔之貧者舉息之於豪民⓮，今之貧者舉息之於官，官薄其息⓯，而民救其乏，則青苗之令已行矣。惟免役也，保甲也，市易也，此三者有大利害焉。得其人而行之，則為大利；非其人而行之，則為大害。緩而圖之，則為大利；急而成之，則為大害。

【章旨】向神宗指明，新法中已有二項初獲成效，其餘三項尚待時日及擁護新法之人才。

【注釋】❶更張改造　更改變革。❷為書具　已經具備了條例。❸為法立　已經確定了法令。❹和戎　指出兵收復西河地區時，爭取當地的藏族共同抵抗西夏侵擾的政策。❺青苗　即青苗法，於熙寧二年（西元一〇六九年）開始實施。青苗法規定，凡是州縣的農戶在夏秋兩造收割之前，可以向當地政府借貸現錢或糧穀，補助耕作。所借的錢於夏收、秋收後歸還政府，每造付息二分。上造的借貸還清後，就可以在規定的時間借下一造的青苗錢。此法施行後在一定程度上抑制了豪強兼并之家的高利貸剝削，客觀上有利於生產的發展。但是由於用人不當，此法在執行過程中出現了許多弊病，如官吏強行攤派、敲詐勒索等現象屢屢出現，以致引起許多人的反對，在各項新法中最受抨擊。如韓琦論青苗：「……今乃鄉村自第一等而下物業抵當者，依青苗例支借。且鄉村上三等并坊郭有物業戶，乃從來兼并之家也，今皆多得借錢，每借一千令納一千三百，則是官放息錢，與初詔抑兼并、濟困乏意絕相違戾，欲民信服，不可得也。又鄉村每保須有物力人為甲頭，雖云不得抑勒，而上戶既有物力，必不願請，官吏防保內下戶不能送納，豈免差役甲頭以備代賠？復峻責諸縣，人不願請，即令結罪申報，若還官曉喻卻有願請者，則干係人別作行遣，或具申奏。」又歐陽脩〈言青苗錢第一劄子〉：「然諸路各有提舉、管勾等官，往來催促，必須盡錢俵散而後止。」（《歐陽文忠公文集・奏議集》）❻免役　即改差役為免役，於熙寧四年（西元一〇七一年）開始施行。此法規定各州縣出錢雇人應役。雇人的費用又由民戶按戶等（宋朝將民戶按資產分為五等）高低分擔。如此一來，原本差役法中免役的「富戶」也要出免役錢，部分地取消了一些官僚地主享受免役的特權，減輕了農民的負擔。❼保甲　即保甲法，於熙寧三年（西元一〇七〇年）開始施行。此法規定把民眾編為保甲，以十家為保，五十家為大保，十大保為一都保，保和人保各有長。一家有二個男壯丁，其中一個要做保丁，接受軍事訓練。這是典型的寓兵於農、寓農於兵的政策，其用意主要是為了加強抵抗西夏、契丹的侵擾，同時也有保護鄉里的作用。❽市易　即市易法，開始推行於熙寧五年（西元一〇七二年）。此法規定：在京都設市易司為總機構，在各地設立市易務，控制市場。凡是市場上滯銷的貨物，可以貸抵款，定期歸還，半年付息十分之一，全年加倍。期以此法來平衡物價，打擊投機商人的囤積居奇。❾青唐洮河　青唐，指青唐族（藏族的一支）居住的湟水流域一帶。洮河，在今甘肅省西南部。當時居住在這兩個地區周圍三千餘里內的都是藏族，西夏利用藏族內部的爭戰，乘機控制這個地區，作為侵擾北宋陝西各路的走廊。熙寧五年王韶率師西征，收復此地。❿幅員　方圓。幅，寬度。員，周圍。⓫舉　整個；全部。⓬戎羌　指當時居住在湟水、洮河流域的青唐族。⓭熟戶　北宋於熙河之役後在西部地區招募藏族進行屯田，分給他們田地耕種，並且委任其大小首領為官吏。這些被招募的藏民稱為熟戶。⓮昔之貧者舉息之於豪民　從前的貧民向土豪大戶借債付息。舉息，借債付息。豪民，指當地的土豪大戶。⑮官薄其息　官府把利息定得很輕。薄，輕微。

【語　譯】皇上即位五年來，進行的改革已經有幾千幾百，其中已寫成條例、確立了法令，而且對國家有利的，有很多很多！就這許多措施來看，其中法令最重要、但收效最遲、而又議論最多的有五件：一是和戎，二是青苗，三是免役，四是保甲，五是市易。如今青唐、洮河一帶，方圓三千多里，全部羌族二十萬人，把土地都獻給了我們，變成了熟戶，那就是和戎政策已經初有成效了。過去貧民向豪富大戶借債，如今轉向官府借貸，官府把利息定得很低，救濟了民眾的貧困。這樣，青苗法也已貫徹施行了。只有免役法、保甲法、市易法這三項法令，關係到大利大害。如果得到可靠的人去推行，就會取得大利，否則就會釀成大害。逐步推行，就會取得大利；急於求成，就很容易釀成大害。

傳曰：「事不師古，以克永世，匪說攸聞。」❶若三法❷者，可謂師古矣。然而知古之道，然後能行古之法，此臣所謂大利害者也。蓋❸免役之法，出於《周官》所謂「府、史、胥、徒」，〈王制〉所謂「庶人在官者」也❹。然而九州❺之民，貧富不均，風俗不齊，版籍❻之高下❼

不足據，今一旦變之，則使之家至戶到❽，均平如一。舉天下之役，人人用募❾；釋天下之農❿，歸於畎畝⓫。苟不得其人而行，則五等⓬必不平，而募役必不均矣。保甲之法，起於三代丘甲⓭。管仲⓮用之齊，子產⓯用之鄭，商君⓰用之秦，仲長統⓱言之漢，而非今日之立異也。然而天下之人，梟居鴈聚⓲，散而之⓳四方而無禁也者，數千百年矣。今一旦變之，使行什伍相維⓴，鄰里㉑相屬㉒，察姦而顯諸仁㉓，宿兵而藏諸用㉔。苟不得其人而行之，則搔之以追呼㉕，駭之以調發㉖，而民心搖矣。市易之法，起於周之司市㉗、漢之平準㉘。今以百萬緡㉙之錢，權㉚物價之輕重，以通商而貰之㉛，令民以歲入數萬緡息㉜。然甚知天下之貨賄未甚行，竊恐希功幸賞㉝之人，速求成效於年歲之間，則吾法隳㉞矣。

【章旨】追溯免役、保甲、市易法的歷史淵源，結合史料，指出三法在理論上的利處。

【注釋】❶傳曰四句　語出《尚書・說命下》，是商朝宰相傅說對商王武丁所說的話。意謂為政如果不效法古人，而能長久的，我還沒有聽說過。傳，泛指古書，此處指《尚書》。克，能。匪，同「非」。說，傅說自稱其名。攸聞，所聞。王安石此處強調師古之重要性，其實並非要真正復古，只不過借復古為名，行變革之實。

❷若三法　即上文所言的免役、保甲、市易三法。❸蓋　表示承上啟下的語氣助詞。❹出於周官二句　《周官》即《周禮》。據《周禮・天官・冢宰》載，西周王朝的官制，除了周王任命的王臣之外，下面還有各部門自己任命的不具王臣資格的四種人：府、史、胥、徒。府是掌管倉庫的，史是管理文書的，胥是十個差役的差頭，徒是差役。這四者都是平民被徵調去官府當差的，即《禮記・王制》中所謂的「庶人在官者」。❺九州　古代分中國為九州，但說法不一。《尚書・禹貢》作冀、兗、青、徐、揚、豫、梁、雍、荊；《爾雅・釋地》有幽、營而無青、梁；《周禮・夏官・職方》有幽、并州而無徐、梁州。後來以九州泛指天下、全中國。❻版籍　名冊；戶籍。❼高下　指民戶等級的高下。❽使之家至戶到　意謂免役法推行到各家各戶。❾用募　出錢雇人服役。❿釋天下之農　使農民從困苦的勞役中解脫出來。釋，使……解脫。⓫歸於畎畝　意即從事農業生產。⓬五等　募役法規定，凡是鄉村及街坊、近郊的民戶，分別按財產的多少劃分為五個等級，每年在夏秋連季按等級繳納免役錢。⓭丘甲　春秋時期魯成公元年（西元前五九〇年）制定的一種軍賦制度。它規定四平方里為一丘，每丘要向國家出軍馬一匹，牛三頭。四個丘叫做甸，每甸要出戰車一輛，軍馬四匹，牛十二頭，襟士三人，步兵七十二人。⓮管仲　（？—西元前六四五年）名夷吾，字仲，春秋中期齊國著名的政治家。西元前六八五年齊桓公當政時他開始任齊國宰相，幫助齊桓公進行政治改革，推行保甲法，使齊國逐漸富強，稱霸諸侯。⓯子產　（？—西元前五二二年）即公孫僑。鄭簡公十三年（西元前五五四年）被封為卿，執政後施行按丘徵收賦稅而致富，類似上文所說的丘甲。⓰商君　（？—西元前三三八年）姓公孫，名鞅，衛國人，又叫衛鞅，秦國封他為商君，戰國時期法家的代表人物之一。他在秦國實行較為徹底的變法，其中就有「什伍」制，即早期的保甲法，使秦國逐漸富強。⓱仲長統　（西元一八〇—二二〇年）字公理，東漢末年哲學家。曾經參與過曹操的軍事活動。他在所著的《昌言》中說：「明版籍以相數閱，審什伍以相連持。」就是要按照軍隊的編制來組織地方的壯丁，近於後世的保甲法。⓲鳧居鴈聚　像野鴨大雁一樣群居。鳧，野鴨的一種。⓳之　動詞，到。⓴什

伍相維　十家五家相互聯繫。維，維繫。㉑鄰里　鄰居。㉒屬　聯結。㉓察姦而顯諸仁　清查壞人，以顯示政府對民眾的愛護。諸，此處相當於「其」，下句的「諸」同。㉔宿兵而藏諸用　即寓兵於農。宿，使……休息。㉕擾之以追呼　以追逼、斥責的手段來騷擾民眾。擾，騷擾。呼，斥責。㉖駭之以調發　用徵調徵派來恐嚇民眾。駭，驚恐。發，徵召。㉗司市　古代官名。負責管理市場。㉘平準　指漢代實行全國的平衡價格的制度。㉙緡　串錢的絲繩。古時以一千文串在一起為一貫，又叫一緡。㉚權　衡量。㉛以通商而貰之　貸款給商人，使他們有錢做生意，用來流通商品。貰，貸款。㉜令民以歲入數萬緡息　使商民每年繳納給國家幾千萬文的利息。歲，每年。入，繳納。㉝希功幸賞　希望有功勞，得到獎賞。㉞隳　毀壞。

【語譯】《尚書》說：「為政如果不效法古人而能長久的，我還沒有聽說過。」像免役、保甲、市易這三條法令，可以說是效法古代的了。然而只有懂得古代治理國家的道理，才能實行古代的法度，這就是臣說的大利大害的問題。免役法來源於《周禮》所說的「府、史、胥、徒」四種差役的設置，也就是《禮記・王制》篇中所說的「在官府裡差役的平民」。然而全國的民眾，由於貧富不均，風俗不同，因此戶口冊登記的等級高低不能作為免役法的根據，現在一旦改變這種狀況，把免役法推行到各家各戶，平均劃一。各人應該負擔的國家勞役都能出錢雇人代替，這樣全國的農民就可以從勞役中解脫出來，回到田間生產。但是，如果得不到可靠的人去推行，那麼貧富五等的劃分，必然不公平，而募役的費用就不能按財產公平合理地負擔了。保甲法源自夏、商、周的「丘甲」制度。管仲在齊國實行過，子產在鄭國實行過，商君在秦國實行過，仲長統在東漢也談論過，並非今天標新立異。然而人們如野鴨、大雁一樣成群聚居，分布在全國的四面八方，沒有人去管他們，已經有幾千幾百年了。現在一旦改變這種狀況，實行保甲法，把居民十家、五家、幾戶、幾十戶地組織起來，既清查了壞人，顯示出對民眾的愛護，又能夠寓兵於農。但是如果得不到可靠的人去推行，那麼執行的人就會用追逼斥責的手段來騷擾民戶，用強行徵調的口號嚇唬民眾，這樣民心就會動搖。市易法源自周朝的「司市」和漢朝的「平準法」。現在政府將百萬貫錢撥給市易司作為收購貨物的資金，以平衡物價，又借貸給商人，使商品流通，同時要商人每年向政府繳納幾萬貫錢的利息。但是臣深知國內的貨物、錢幣還未暢通，擔心那些貪功求賞的人，急於要求新法在一年半載之間就有成效，那麼我們的新法就會被他們破壞。

臣故曰：三法者，得其人緩而謀之，則為大利；非其人❶急而成之，則為大害。故免役之法成，則農時不奪❷而民力❸均矣；保甲之法成，則寇亂息而威勢❹彊矣；市易之法成，則貨賄通流而國用饒❺矣。

【章　旨】再次重申在執行新法的過程中，尤其要注意「人」之重要及步驟的緩急。

【注　釋】❶非其人　意謂任用官員不當。❷奪　失誤。❸民力　民眾為官府服役的勞動力。❹威勢　意指國家政權的力量與威信。❺饒　豐富；富有。

【語　譯】所以臣說：這三項新法，如果得到可靠的人來逐步推行，就會很有利；若是所任用的官員不當而急於求成，就會釀成大害。因此，如果免役法能成功實行，就不致耽誤農時，同時民眾對勞役的負擔，也就公平合理；保甲法如果能行之有效，內憂外患就會平息，國力也就會強大；市易法如果行之有效，那麼貨物就會流通全國，國家的經費也就會充裕。

本朝百年無事箚子

【題 解】百年，指從宋太祖建隆元年（西元九六〇年）至神宗熙寧元年（西元一〇六八年），凡一百餘年。據《續資治通鑑》卷六十六載宋神宗熙寧元年四月：「詔翰林學士王安石越次入對。帝問為治所先。對曰：擇術為先。……又問安石：祖宗奪天下，能百年無大變，粗至太平，以何道也？安石退而書奏。」所奏即此文。文中針對北宋王朝積貧積弱的社會現實，通過對先朝行政利弊的嚴謹剖析，向神宗尖銳指出，「天下無事，過於百年，雖曰人事，亦天助也。」警醒神宗，毋沉溺於百年無事的表面現象，不可再因循守舊，而要「大有為於近日」，為即將實施的新法做好輿論準備。文章組織嚴密，論述充分，條理清晰，層次分明；並採用明褒實貶的手法，欲抑先揚，措辭委婉。語言多用對偶、排比，駢、散結合，音節鏗鏘有力，是王安石政論文的代表作之一。

臣前蒙陛下❶問及本朝所以享國百年❷，天下無事之故。臣以淺陋❸，誤承聖問❹，迫於日晷❺，不敢久留，語不及悉❻，遂辭而退。竊惟念❼聖問及此，天下之福，而臣遂❽無一言之獻，非近臣所以事君之義❾，故敢昧冒❿而粗有所陳⓫。

【章　旨】簡敘自己獻箚子的緣由。

【注　釋】❶陛下　對皇帝的尊稱。❷所以享國百年　掌握政權達一百多年的原因。享國，指帝王在位掌握政權。❸淺陋　學問、見識淺薄，是自謙之語。❹誤承聖問　辜負聖上的詢問。誤承，辱蒙、誤受的意思，自謙詞。❺日晷　日影，此處代指時間。❻語不及悉　未能詳盡全部說出。悉，詳盡。❼竊惟念　我私下在想。這和下文的「伏惟」一樣，都是舊時下對上表示敬意的用語。❽遂　竟然。❾近臣所以事君之義　臣下用來侍奉君主的道理。近臣，皇帝所親近的大臣。當時王安石正任翰林學士，是皇帝的侍從官。葉夢得《石林燕語》卷九：「學士，天子私人也。」所以，用來……。❿昧冒　即冒昧。魯莽；輕率。⓫粗有所陳　粗略地陳述。

【語　譯】臣上一次承蒙皇上問起本朝建立百年以來，天下之所以能太平無事的原因。臣見識淺薄，有負聖上的詢問，又因當時時間緊迫，不敢久留，未及詳細說明就告退了。臣以為皇上問到這個問題，是天下百姓的幸福，而臣卻沒有一言半語進獻，不符合近臣侍奉君主所應有的道理，所以才敢冒昧上書，粗略地陳述自己的意見。

伏惟太祖躬上智獨見之明❶，而周知人物之情偽❷。指揮付託，必盡其材；變置施設，必當其務❸。故能駕馭❹將帥，訓齊❺士卒；外以扞夷狄❻，內以平中國❼。於是除苛賦❽，止虐刑❾，廢強橫之藩鎮❿，誅貪殘之官吏⓫，躬以簡儉為天下先⓬。其於出政發令之間，一以安利元元⑬為事。太宗⑭承之以聰武，真宗⑮守之以謙仁，以至仁宗⑯、英宗⑰，無有逸德⑱。此所以享國百年而天下無事也。

【章　旨】分析從太祖至英宗，之所以天下太平的原因，在於人主「無逸德」，採取比較明智的政治措施。

【注　釋】❶太祖躬上智獨見之明　意謂太祖具有極高的智慧和獨到的見解。太祖，即宋太祖趙匡胤（西元九二七—九七六年），宋代的開國之君，出生於洛陽（今屬河南）。西元九六〇年初，發動陳橋兵變，奪取後周政權，建立宋朝。在位十七年，採取一系列措施加強鞏固了專制中央集權統治。躬，本身，此處用作動詞，具有之意。上智獨見，極高的智慧，獨到的見解。❷周知人物之情偽　意謂太祖完全了解人事的真假虛實。周知，詳盡地知道。情偽，真情與假意。❸當其務　適合事情的需要。❹駕馭　指揮、統帥。❺訓齊　通過訓練使其同心合力。❻扞夷狄　抵抗外族捍衛國家。扞，「捍」的異體字。夷狄，古時對少數民族侮辱性的稱呼。此處指北宋初強大的契丹。❼平中國　此處指北宋建立以後，太祖採取先南後北的戰略，平定南方諸割據政權。乾德元年（西元九六三年）平定荊湖（荊南、湖南），三年後平定後蜀；開寶二年（西元九六九年）曾親征北漢；四年，平南漢；八年，平南唐。中國，指中原地區。❽除苛賦　《宋史・太祖本紀贊》稱宋太祖「務農興學，慎罰薄斂，與世休息」。又《宋史・食貨志二》：「五代以來，常檢視見墾田以定歲租。吏緣為姦，稅不均適，繇是百姓失業，田多荒蕪。太祖即位，詔許民闢土，州縣毋得檢括，止以見佃為額。選官分涖京畿倉庾，及詣諸道，受民租調，有增羨者輒得罪，多入民租者或至棄世。舊諸州收稅畢，符屬縣追吏會鈔，縣吏厚斂里胥以賂州之吏，里胥復率於民，民甚苦之。建隆四年，乃下詔禁止。」❾止虐刑　禁止酷刑。《宋史・刑法志》載宋太祖開寶八年（西元九七五年）：「有司言：『自三年至今，詔所貸死罪凡四千一百八人。』帝注意刑辟，哀矜無辜，嘗嘆曰：『堯、舜之時，四凶之罪止於投竄。先王用刑，蓋不獲已，何近代憲網之密耶？』故自開寶以來，犯大辟，非情理深害者，多得貸死。」⑩廢強橫之藩鎮　唐代在邊疆和內地設置節度使，鎮守一方，總攬軍政大權，稱為藩鎮。但是自「安史之亂」後直到五代時，藩鎮強大。長期發生叛亂，形成割據之局。此處指宋太祖廢除藩鎮的實際兵權，使節度使成為虛設。據《續資治通鑑長編》卷二載宋太祖建隆二年（西元九六一年）：「時石守信、王審琦等，皆上故人，各典禁衛。普數言於上，請授以他職，上不許。普乘間即言之，上曰：『彼等必不吾叛，卿何憂！』普曰：『臣亦不憂其叛也。然熟觀數人者，皆非統御才，恐不能制伏其下。苟不能制伏其下，則軍伍閒萬一有作孽者，彼臨時亦不得自由耳。』上悟，於是召守信等飲。酒酣，屏左右謂曰：『……人生如白駒之過隙，所為好富貴者，不過欲多積金錢，厚自娛樂，使子孫無貧乏耳。爾曹何不釋去兵權，出守大藩，擇便好田宅市之，為子孫立永遠不可動之業；多置歌兒舞女，日飲酒相懽，以終其天年。我且與爾曹約為婚姻，君臣之間，兩無猜疑，上下相安，不亦善乎！』皆拜謝曰：『陛下念臣等至此，所謂生死而肉骨也。』明日，皆稱疾請罷。上喜，所以慰撫賜賚之甚厚。庚午，以侍衛都指揮使、歸德節度使石守信為天平節度使，殿前副都點檢、忠武節度使高懷德為歸德節度使，……皆罷軍職。獨守信兼侍衛都指揮使如故，其實兵權不在也。」⑪誅貪殘之官吏　《宋史・刑法志》：「乾德伐蜀之役，有軍大校割民妻乳而殺之，太祖召至闕，數其罪。近臣營救頗切。帝曰：『朕興師伐罪，婦人何辜，而殘忍至此！』遂斬之。時郡縣吏承五季之習，黷貨厲民，故尤嚴貪墨之罪。開寶四年，王元吉守英州，月餘，受贓七十餘萬。帝以嶺表初平，欲懲掊克之吏，特詔棄市。」據《宋史・太祖本紀》載，當時官吏因貪贓或殘暴而被誅戮者有李瑤、李岳、王治等多人。⑫躬以簡儉為天下先　自己以簡單樸素的生活作為天下人的表率。《宋史・太祖本紀》載：「宮中葦簾緣用青布。常服之衣，澣濯至再。魏國長公主襦飾翠羽，戒勿復用。」⑬元元　人民；民眾。⑭太宗　即趙光義（西元九三九－九九七年），初名匡義，開寶九年即位，改元太平興國。繼續執行太祖對割據政權各個擊破的政策，執行守內虛外的國策，進一步加強中央專制集權，強化重文輕武之風。⑮真宗　即趙恆（西元九六八—一〇二二年），太宗子。至道三年即位。前期勤於政事，曾親征前線，與遼國訂下「澶淵之盟」；後期昏庸，信用奸佞，東封泰山，西祀汾陰，謁孔廟，並大建宮觀，揮霍無度。在位二十六年。⑯仁宗　即趙禎（西元一〇一〇—一〇六三年），真宗子。乾興元年（西元一〇二二年）即位。初由劉太后垂簾聽政，明道二年（西元一〇三三年）太后死，開始親政。在位期間曾與西夏多次交戰，皆大敗，慶曆三年（西元一〇四三年）與西夏議和。在位四十二年，積貧積弱之勢完全形成。⑰英宗　即趙曙（西元一〇三二—一〇六七年），濮王趙允讓之子。嘉祐八年即位，在位五年。⑱逸德　失德。

【語　譯】臣以為太祖具有極高的智慧和獨到的見解，而且完全了解人事的真假虛實。所以他指揮調度，必能做到人盡其材；變更制度、實行措施，必能做到適合當時的需要。因此他能統領將帥，整訓士兵；對外能抵抗外族的侵擾，對內能平定中原地區的割據勢力。然後他廢除苛捐雜稅，禁止酷刑，罷黜橫行的藩鎮，懲辦貪汙殘暴的官吏，自己又以簡樸的生活作風來作為天下人的表率。制定政策、發布命令一概以安定和有利於百姓為準則。太宗以英明神武繼承了太祖的事業，真宗以謙和仁愛守住了江山，一直到仁宗、英宗都沒有什麼過失。這就是百年以來天下之所以太平無事的原因。

仁宗在位，歷年最久；臣於時❶實備從官❷，施為本末❸，臣所親見，嘗試為陛下陳其一二，而陛下詳擇其可，亦足以申鑒於方今❹。伏惟仁宗之為君也，仰畏天，俯畏人⑤，寬仁恭儉⑥，出於自然；而忠恕誠愨⑦，終始如一，未嘗妄興一役⑧，未嘗妄殺一人。斷獄務在生之⑨，而特惡吏之殘擾⑩；寧屈己棄財於夷狄⑪，而終不忍加兵。刑平而公，賞重而信。納用諫官御史，公聽並觀⑫，而不蔽於偏至之讒⑬。因任眾人耳目⑭，拔舉疏遠，而隨之以相坐之法⑮。蓋監司之吏⑯，以至州縣，無敢暴虐殘酷，擅有調發⑰以傷百姓。自夏人順服⑱，蠻夷⑲遂無大變。邊人父子夫婦，得免於兵死，而中國之人安逸蕃息⑳，以至今日者，未嘗妄興一役，未嘗妄殺一人，斷獄務在生之，而特惡吏之殘擾，寧屈己棄財於夷狄，而不忍加兵之效也。大臣貴戚，左右近習㉑，莫敢強橫犯法，其自重慎，或甚於閭巷之人㉒，此刑平而公之效也。募天下驍雄橫猾以為兵，幾至百萬㉓，非有良將以御之，而謀變者輒敗㉔；聚天下財物，雖有文籍㉕，委之府史㉖，非有能吏以鉤考㉗，而欺盜者輒發㉘；凶年饑歲㉙，流者填道㉚，死者相枕，而寇攘者輒得㉛；此賞重而信之效也。大臣貴戚，左右近習，莫能大擅威福，廣私貨賂，一有姦慝㉜，隨輒上聞；貪邪橫猾，雖間或見用，未嘗得久；此納用諫官御史、公聽並觀、而不蔽於偏至之讒之效也。自縣令京官，以至監司㉝臺閣㉞，陞擢㉟之任，雖不皆得人，然一時之所謂才士，亦罕蔽塞而不見收舉者㊱，此任眾人之耳目、拔舉疏遠、而隨之以相坐之法之效也。升遐之日㊲，天下號慟㊳，如喪考妣㊴，此寬仁恭儉，出於自然，忠恕誠愨，終始如一之效也。

【章　旨】從君王的品德、官吏的選拔任用、刑罰制度、納諫等行政層面及其效果入手，具體分析仁宗一朝之所以太平無事的原因，並為下文的弊端揭露做基礎。

【注　釋】❶於時　在那時。❷實備從官　仁宗時，王安石曾直集賢院、同修起居注，並於嘉祐七年（西元一〇六二年）任知制誥（負責起草國家的詔令），是皇帝的侍從官員。❸施為本末　一切措施的經過與原委。❹申鑒於方今　在今天作為借鑒。❺仰畏天二句　表示戒懼、謹慎之意。此語本自《論語・季氏》：「君子有三畏：畏天命，畏大人，畏聖人之言。」❻寬仁恭儉　此語出自《宋史・仁宗本紀贊》：「仁宗恭儉仁恕，出於天性。」❼誠愨　誠實；謹厚。❽未嘗妄興一役　即不妄興工役。王稱《東都事略・本紀六》載仁宗：「於宮室苑囿，无所興作。三司請以玉清舊地為御苑。上曰：『吾奉先帝苑囿，猶謂其廣，何以苑為！』」❾斷獄務在生之　即判刑時盡量免去死刑。《宋史・仁宗本紀》載景祐元年（西元一〇三四年）六月乙卯詔：「州縣官非理科決罪人至死者，並奏聽裁。」生之，使之生。❿殘擾　殘暴侵擾。⓫屈己棄財於夷狄　指宋仁宗慶曆二年（西元一〇四二年）遼國屯兵邊境，聲言大舉南侵。仁宗遣使求和，輸遼歲幣增加銀十萬兩、絹十萬匹。慶曆四年（西元一〇四四年）與西夏和，封元昊為西夏國主，遂賜銀、絹、茶凡二十五萬五千。⓬納用諫官御史二句　仁宗時選用諫官、御史，往往選取學術才行具備、為一世所高者，尊重其地位與職權，養成臺諫敢於說話的風氣。公聽並觀，聽取各方面的意見。舊稱諫官御史為耳目之官，故云。⓭偏至之讒　片面的讒言。⓮因任眾人耳目　信任眾人的言論。因任，聽任；信任。⓯相坐之法　即被薦舉的人如果後來失職，推薦人便要受懲罰。⓰監司之吏　監察州縣的官員。宋代設置諸路轉運使、安撫使、提點刑獄、提舉常平四司，兼有監察的職責，總稱為監司。⓱調發　徵調。⓲夏人順服　指仁宗慶曆三年（西元一〇四三年）正月西夏國主元昊遣使求和，宋夏之間長期的戰爭至此告一段落。參見⓫。夏，即西夏，是北宋時我國西北的党項族所建立的政權，當時占有今甘肅、寧夏等地，宋人習慣上稱為西夏。⓳蠻夷　古時對少數民族侮辱性的稱呼，此處指遼國與西夏。⓴蕃息　繁衍生息。㉑左右近習　指皇上周圍親近的人。㉒閭巷之人　即平民百姓。㉓募天下驍雄二句　有宋一代採取募兵制，應募者多遊惰、負罪、亡命之徒。《宋史・兵志一》載「慶曆中外禁廂軍總一百二十五萬，視國初為最多」。驍雄，勇猛而有野心的人物。橫猾，強橫奸詐的人。㉔謀變者輒敗　仁宗慶曆三年（西元一〇四三年）五月「虎翼卒王倫叛於沂州」，慶曆七年（西元一〇四七年）十一月「貝州宣毅卒王則據城反」，均告失敗。（見《宋史・仁宗本紀》）㉕文籍　記錄的簿冊。㉖府史　書吏，置於諸寺監。㉗鉤考　查核。㉘欺盜者輒發　欺騙偷盜的人常被揭發出來。欺盜，或作「斷盜」，依《宋文鑑》改。輒，常常。㉙凶年饑歲　遭饑荒的年歲。㉚流者填道　流亡的人填滿道路。比喻流離失所的人甚多。㉛死者相枕二句　死者屍體互相堆疊，而殺人越貨的盜賊總是被捕獲。枕，靠在一起。寇攘者，殺人越貨的盜賊。《書・費誓》：「無敢寇攘。」《詩・大雅・蕩》孔疏引鄭玄注：「寇，劫取也。因其失亡曰攘。」㉜姦慝　姦邪的事情。㉝監司　監察機關。㉞臺閣　執政大臣。㉟陞擢　陞遷拔擢。㊱罕蔽塞而不見收舉者　也很少有被埋沒而不加以任用的。罕，少有。蔽塞，隱蔽；埋沒。

收舉，收編任用。㊲升遐之日　對皇帝（這裡指仁宗）死亡的諱稱。㊳天下號慟　舉國痛哭。㊴考妣　稱已死的父母。《書·舜典》：「帝乃殂落，百姓如喪考妣。」

【語　譯】仁宗在位，年歲最久；臣那時充數擔任侍從官，一切政策措施的經過與原委，臣都親眼目睹，在這裡嘗試為陛下您陳說一二，請陛下詳細辨明選擇其中可取之處，拿來在今天作為借鑒。我細思仁宗皇帝作為一位君主，上敬畏天，下敬畏人，寬和仁愛謙恭儉樸，完全出於天性；而忠誠謹厚的本質，始終如一。他從不任意興辦一宗勞役，也不輕率殺害一個人。審判刑獄盡量給犯人留有活路，而最厭惡官吏的殘暴擾民。寧可委屈自己送出錢財給遼和西夏，而終究不忍心發動戰爭。刑法公平合理，賞賜優厚而且信實。採納諫官、御史的意見，公開聽取各方面的意見，不受片面的讒言蒙蔽。相信眾人的見聞，提拔舉用遠方的人才，同時又用相坐之法對舉薦的人加以約束。大致說來，從監察機構到州縣的官吏，沒有敢暴虐殘酷，擅自徵調勞役賦稅來傷害老百姓。自從西夏人歸順以來，其他民族也沒有重大事故。邊地人民父子夫婦，能免於戰亂死亡，而中原內地的人也能夠休養生息，直到今日。這就是仁宗沒有任意興辦一宗勞役，沒有輕率殺害一個人，審判刑獄盡量給犯人留有活路，而最厭惡官吏的殘暴擾民，寧可委屈自己送出錢財給遼和西夏，而終究不忍心發動戰爭的成效。權貴大臣，左右親信，沒有誰敢橫行霸道、違法亂紀，他們謹慎自持，有的甚至超過一般的平民百姓，這就是刑法公平合理所帶來的效果。招募天下勇猛強橫而姦詐的人來當兵，將近百萬，並沒有良將統御領導他們，然而陰謀叛變的人總是敗亡；聚集天下財物，雖然設有賬冊，交給書吏小官掌理，並沒有委派能幹官吏去檢查考核，然而貪汙偷盜的人總是被揭發；饑荒年歲，流亡的人塞滿了道路，屍體堆疊路旁，然而殺人越貨的強盜總是被捕獲，這就是賞賜優厚而且信實所帶來的效果。權貴大臣，左右親信，沒有誰能大肆作威作福，廣受賄賂，一旦有姦邪的行為，隨即有人上報；貪婪姦詐的人，雖然偶爾會被任用，但都不會太久，這就是採納諫官、御史的意見，公開聽取各方面的意見，不受片面的讒言蒙蔽的效果。從縣令、京官以至監察、執政大臣，提拔任用，雖然不是人人都稱職，然而一時之間所謂有才能的人士，也很少被埋沒而不被收編任用的，這就是相信眾人的見聞、提拔舉用遠方的人才，同時又用相坐之法對舉薦的人加以約束的效用。仁宗皇帝辭世那天，舉國痛哭，如喪父母，這是因為他寬和仁愛謙恭儉樸，完全出於天性，而忠誠謹厚的本質，始終如一所造成的效果。

然本朝累世❶因循❷末俗❸之弊，而無親友群臣之議。人君朝夕與處，不過宦官女子，出而視事，又不過有司之細故❹。未嘗如古大有為之君❺，與學士大夫，討論先王之法，以措之❻天下也。一切因任自然之理勢❼，而精神之運❽，有所不加，名實❾之間，有所不察。君子非不見貴，然小人亦得廁❿其間。正論非不見容，然邪說亦有時而用。以詩賦記誦求天下之士⓫，而無學校養成之法。以科名⓬資歷⓭敘朝廷之位，而無官司課試之方。監司無檢察之人，守將非選擇之吏。轉徙之亟⑭，既難於考績，而游談之眾⑮，因得以亂真⑯。交私養望者⑰，多得顯官；獨立營職者⑱，或見排沮⑲。故上下偷惰，取容⑳而已。雖有能者在職，亦無以異於庸人。農民壞於繇役㉑，而未嘗特見救恤，又不為之設官，以修其水土之利。兵士雜於疲老，而未嘗申敕㉒訓練，又不為之擇將，而久其疆埸之權㉓。宿衛㉔則聚卒伍無賴之人，而未有以變五代姑息羈縻之俗㉕。宗室則無教訓選舉之實，而未有以合先王親疏隆殺之宜㉖。其於理財，大抵㉗無法。故雖儉約而民不富，雖憂勤㉘而國不強。賴非夷狄昌熾之時㉙，又無堯、湯水旱之變㉚，故天下無事，過於百年。雖曰人事，亦天助也。蓋累聖相繼㉛，仰畏天，俯畏人，寬仁恭儉，忠恕誠慤，此其所以獲天助也。

【章　旨】從君王用人的方式，以及學校無養成之法、官司無課試之方等角度，說明仁宗一朝的政治亂象，從而歸結國家無事的原因，在於獲得「天助」，而非「人事」。

【注　釋】❶累世　世世代代。❷因循　得過且過，保守因應。❸末俗　指朝代衰亡時期（這裡指五代十國）的舊制習俗。❹有司之細故　官吏們細小的事情。❺大有為之君　大有作為的國君，是儒家理想的聖君。詳見《孟子．公孫丑上》。❻措之　實施它。❼自然之理勢　指客觀的形勢。❽精神之運　指主觀的人為努力。❾名實　名聲和實際情形。❿厠　夾雜；參與。⓫以詩賦記誦求天下之士　詳見〈上仁宗皇帝言事書〉注。⓬科名　科考功名。⓭資歷　年資歲數。⓮轉徙之亟　謂官職調動頻繁。⓯游談之眾　誇誇其談的人。⓰亂真　濫竽充數，以假亂真，混充為有才幹的人。⓱交私養望者　私下勾結、獵取聲望的人。⓲獨立營職者　不依賴別人，盡忠職守的人。⓳排沮　排擠；壓抑。⓴取容　取悅上級。㉑繇役　勞苦的工作。繇，通「傜」。㉒申敕　發布命令，引申為告誡、管理之意。㉓久其疆埸之權　讓他長期擔任武將。疆埸，或作「疆場」。《左傳．桓公十七年》：「疆埸之事，慎守其一而備其不虞。」㉔宿衛　禁衛軍。㉕姑息羈縻之俗　縱容籠絡，胡亂收編的意思。㉖親疏隆殺之宜　親近或疏遠、恩寵或冷落的差別待遇之原則。㉗大抵　大都。㉘憂勤　憂勞，勤勞。㉙昌熾之時　昌盛的時候。㉚堯湯水旱之變　《尚書．虞書．堯典》記載堯時洪水為害，「蕩蕩懷山襄陵，浩浩滔天」，命鯀往治，「九載績用不成」。《墨子．七患》引用〈夏書〉曰：「禹七年水。」〈殷書〉曰：「湯五年旱。」㉛累聖相繼　指前面提到過的太祖、太宗、真宗、仁宗、英宗。

【語　譯】然而，本朝歷代都沿襲末世的陋俗弊端，卻沒有親戚朋友和大臣們的議論批評。國君朝夕相處的，不過是宦官和婦女；出來處理政事，又不過是討論有關部門的一些小事。不像古代大有為的君主那樣，與學士、大夫們討論先王治理國家的方法，並用來實施於天下。一切都聽任自然發展的趨勢，人為努力不夠；名義和效果之間是否相符，也不加以考察。君子不是不被看重，但小人也能混雜其間。正確的意見不是不被採納，但邪說辟論有時也會被採用。用詩賦和記誦來選拔天下的讀書人，卻沒有設立學校以培養人才的法令制度。用科第名次、資歷來排列朝廷官位的高低，而沒有考核官員的具體方法。監察部門沒有設置檢察之人，守將也不是經過選擇的官吏。官員調動頻繁，難以考核成績，誇誇其談的人，因此可以濫竽充數。私下結黨以獵取聲望的人，大多得到顯要的官職。而不靠別人、盡忠職守的反而受到排斥壓抑。所以上下官員都偷閒懶惰，只求討好上級而已。雖然有能幹的官員在職，也與平庸之輩無甚區別。農民苦於各種勞役，卻得不到政府特別救濟撫恤，又沒有為他們設立專管部門，負責興修農田水利。兵士中攙雜著老弱病殘，而沒有加以整頓訓練，又沒有為他們選派得力將領，讓他們長期掌握兵權。禁衛軍聚集著一些地痞無賴，而沒有改變五代依賴縱容籠絡他們的壞習慣。對皇室宗族則缺乏進行教育、培訓和選拔的實際措施，不符合先王以不同待遇對待親疏尊卑的原則。至於國家財政的治理，大都沒有法度。所以皇上雖然簡樸節約，百姓卻並不富裕；雖然憂憤勤勞，國家卻不強盛。幸好不是外敵強盛的時候，又沒有堯、湯時代水旱災害，所以天下太平無事，超過百年。這雖然說是人為的努力，但也是上天保佑的結果。本朝先帝幾代相繼，都是上敬畏天，下敬畏人，寬厚仁和，謙恭儉樸，忠恕誠懇，這就是所以得到上天保佑的原因了。

伏惟陛下，躬上聖之質❶，承無窮之緒❷，知天助之不可常恃，知人事之不可怠終❸，則大有為之時，正在今日。臣不敢輒廢將明之義❹，而苟逃諱忌之誅❺。伏惟陛下幸赦❻而留神，則天下之福也。取進止❼。

【章旨】勸勉神宗，應知「天助之不可常恃」，鼓勵他大展作為於今日。

【注釋】❶躬上聖之質　具備最聖明的資質。躬，親身；親自。此處引申為具有。❷承無窮之緒　繼承永久無窮的帝業。緒，傳統。❸不可怠終　不可能輕易馬虎一直拖到最後。意謂最終要釀成大禍。❹將明之義　奉行職責，辯明事理。語本自《詩經・大雅・烝民》：「肅肅王命，仲山甫將之；邦國若否，仲山甫明之。」將，奉行。明，辯明。❺苟逃諱忌之誅　有所顧忌而不敢言，借以避免罪責。苟，苟且。諱忌之誅，因觸犯皇上諱忌所遭受到的懲罰。❻赦　寬恕免罪。❼取進止　這是寫給皇帝奏章的套語，意謂我的意見是否妥當正確，聽候裁決。葉夢得《石林燕語》卷四：「臣僚上殿劄子，末概言取進止，猶言進退也。……今乃以為可否取決之辭。」

【語譯】臣想陛下具有聖明的資質，繼承著永久無窮的帝業，知道上天的保佑不可能長期依賴，知道人事不可一直拖延馬虎，那麼今天正是您大有作為之時。臣不敢隨便放棄人臣應有的輔佐職責，以逃避因觸犯諱忌所受的懲罰。恭請陛下赦免臣的冒犯，並考慮臣的意見，那就是普天下人的幸運了。是否妥當，聽候裁決。

謝手詔慰撫劄子

【題解】據《宋史・神宗本紀》和《續資治通鑑長編》載：熙寧二年（西元一〇六九年）二月，以王安石參知政事。甲子，陳升之領制置三司條例司，議行新法，王安石同領。……七月，立淮浙江湖六路均輸法，以薛向領之。九月立青苗法。十一月，頒農田水利條約。至此，宋神宗與王安石主持的新法已以強大聲勢展開。然而新法伊始，即遭到強烈抨擊。熙寧三年，重臣韓琦、歐陽脩等相繼上書批評青苗法，要求取消此法。熙寧四年三月，呂公著、張戩、程頤、李常上疏極言新法不便。五月，東明縣民一千多人，前往開封府陳訴提高等級出助役錢之事，後又闖入王安石私宅質問。王安石因此自求引退，上表乞求罷免政事，而神宗堅決不允，手詔撫慰有加，本文即是王安石對神宗手詔的答謝。從文中可以看出，王安石對變法最大的憂慮就是神宗皇帝對自己的信任與否，故文中說：「陛下又若不能無惑，恐臣區區終不足以勝。」同時也可見新法推行之難。手詔，即皇帝所寫的詔書。

臣昨日伏奉手詔，所以慰撫備厚，非臣疵賤之所宜蒙，伏讀不任感激屏營之至❶。今日呂惠卿至臣第❷，具宣聖旨，臣雖糜軀隕首❸，豈能上酬獎遇❹？臣自江南召還，獲侍清光❺，竊觀天錫❻陛下聰明睿智，誠不難與堯舜之治。故不量才力之分❼、時事之宜，敢以不肖之身，任天下怨誹❽，欲以奉承聖志。自與聞政事以來，遂及期年❾，未能有所施為，而內外交搆，合為沮議，專欲誣民以惑聖聽❿。流俗波蕩，一至如此。陛下又若⓫不能無惑，恐臣區區終不足以勝。而久妨衆邪之路，則或誣罔⓬出於不意，有甚於今日，以累陛下知人任使之明，故因疢疾⓭，輒求自放⓮。陛下不以臣狂狷⓯，賜之辠戾⓰，而屈至尊之意，反覆誨喻⓱，臣豈敢尚有固志⓲，以煩督責⓳？只候開假即入謝。區區所懷，冀得面奏。臣無任感天荷聖激切屏營之至⓴，謹具箚子奏知。

【章　旨】答謝神宗手詔慰撫，申明自己對變法的憂慮。

【注　釋】❶臣昨日伏奉手詔四句　意謂我昨天收到您的手詔，您在詔中對我深厚備至地撫慰，這不是卑微多過的我所能承受的。我拜伏敬讀，心中不勝感激惶恐，到了極點。伏，敬副詞。慰撫，安慰撫問。疵賤，卑微而又多過失。疵，缺點。蒙，承受。屏營，惶恐的樣子。❷第　府宅。❸糜軀隕首　爛軀斷頭。糜，爛掉。❹獎

遇　獎賞知遇。❺臣自江南召還二句　宋英宗治平四年（西元一〇六七年），神宗即位，起王安石知江寧府。熙寧元年（西元一〇六八年）四月，神宗詔王安石以翰林學士越次入對。熙寧二年以右諫議大夫參知政事。獲侍清光，指得以侍奉皇上。❻錫　賜予。❼不量才力之分　不思量自己才力是否達到。❽怨誹　埋怨非責。❾期年　王安石於熙寧二年參知政事，開始變法，至本文寫作時已及一年。❿而內外交搆三句　意謂朝廷內外交相抨擊，合力阻撓，言論沮喪，專門想誹誣民事來迷惑聖上。指東明縣民事。⓫若　好像。⓬誣罔　誣蔑；誹謗。⓭疢疾　久病。是一種熱病。⓮自放　指辭去朝中官職，到地方上去做官。⓯狂狷　泛指偏激。狂，激進。狷，拘謹保守。⓰辠戾　罪過。即罪。⓱誨喻　教誨曉諭。⓲固志　原本偏執的心志。⓳督責　督促責問。⓴臣無任句　意謂我不勝感激上天、聖上的恩德，激動惶恐至極。荷，此處特指承受恩德。《左傳・昭公三年》：「伯石之汰也，一為禮於晉，猶荷其祿，況以禮終始乎！」

【語　譯】臣昨天收到您的手詔，您在詔中對臣深厚備至的撫慰，這不是多過而又低微的臣所應承受的，敬讀後不勝感激惶恐。今天呂惠卿來到臣的府第，出示宣讀了聖旨，臣即使是爛軀斷頭，又怎麼能報答聖上對臣的恩寵獎賞？臣從江南被陛下召還，得以侍奉陛下左右，私下以為上天賜予陛下英明智慧，一定不難再興堯舜盛世。因此，臣自不量力，也未審明時勢是否適宜，便膽敢憑自己的不賢能，承擔天下人的怨恨誹謗，而想奉承陛下的意志，實行變革。自從參與政事以來，已有一年，卻未能施展才能有所作為，然而朝廷內外，交相抨擊，合力阻撓，言論沮喪，專門想誹誣民事來迷惑您。世俗流風動盪波瀾，竟然到了這個地步。而陛下又好像不能沒有迷惑，那麼臣區區一身，恐怕終究不能成功。而且臣長久以來，妨礙了眾多奸邪小人的升進，那以後或許有人誹謗中傷，出乎您的意料之外，比今天更為嚴重，以致拖累了聖上知人善任的美名。所以臣因熱病發作，請求到地方上任職。陛下不以為臣偏激狂妄，賜臣罪過，反而屈尊降旨，反覆對臣教誨曉諭，臣怎麼敢堅持原來那偏執的心志，煩擾陛下來督促責問呢？只等假期一銷，臣使進宮拜謝。心中的一點想法，希望能夠當面奏明陛下。臣不勝感激聖上的恩德，激動惶恐至極。恭敬地寫下這篇劄子奏知。

五 論 議

伯 夷

【題 解】本文是王安石著名的翻案之作。伯夷，殷末孤竹君長子，曾與其弟叔齊互讓王位。他曾經勸武王不要伐紂，又於商朝滅亡後，隱居首陽山，不食周粟而亡。司馬遷《史記》專門為他立傳。自春秋以後，伯夷即被推崇為有氣節的仁人隱士典範，韓愈曾作〈伯夷頌〉，稱頌他「特立獨行」，「信道篤而自知明」，認為「微二子，亂臣賊子接迹於後世」。王安石卻一反前人論調，根據《孟子》一書中關於伯夷投奔西周的記載，先從常情推理，認為伯夷的年齡不可能等到武王伐紂；然後又斷以己意，認為伯夷若及武王伐紂，肯定也會參與，從而自標一說，與歷史上稱頌伯夷「義不食周粟」、有氣節的論調大異。其立論的出發點則是他自己所信奉的「有道則仕」，「兼濟天下」的信條，雖然有以己度人的武斷之嫌，卻鋒芒逼人，體現了王安石「好詞強辯」的性格。

事有出於千世❶之前，聖賢辯之甚詳而明，然後世不深考之，因以偏見獨識，遂以為說，既失其本，而學士大夫❷共守之不為變者，蓋有之矣。伯夷是已。

【章旨】引出論題，指出對伯夷之議論，後世學者大都因「偏見獨識」而「失其本」。

【注釋】❶千世　古時以三十年為一世，千世極言其長遠。❷學士大夫　此處泛指讀書人。

【語譯】有的事情發生在千代以前，聖賢們已經詳細明白地辨析過了，然而後世卻不深入地考察，僅憑偏見和個人的看法，提出另一種說法，既已失去事情的本來面目，而學者和士大夫們卻都信奉而不加以改正。對於伯夷的認識就是這樣。

夫伯夷，古之論有孔子、孟子焉。以孔、孟之可信，而又辯之反覆不一，是❶愈益可信也。孔子曰：「不念舊惡，求仁而得仁，餓于首陽之下，逸民也。」❷孟子曰：「伯夷非其君不事，不立惡人之朝，避紂居北海之濱，目不視惡色，不事不肖，百世之師也。」❸故孔孟皆以伯夷遭紂之惡，不念以怨❹，不忍事之❺，以求其仁，餓而避，不自降辱，以待天下之清❻，而號為聖人耳。然則司馬遷以為武王伐紂，伯夷叩馬而諫；天下宗周而恥之，義不食周粟，而為采薇之歌❼。韓子因之，亦為之頌，以為微二子，亂臣賊子接迹於後世❽。是大不然也。

【章旨】以孔孟對伯夷的評價為證，對司馬遷和韓愈的看法提出質疑。

【注釋】❶是　此。❷孔子曰五句　分別出於《論語・公冶長》：「伯夷、叔齊不念舊惡，怨是用希。」《論語・述而》：「伯夷、叔齊……求仁而得仁。」《論語・季氏》：「伯夷、叔齊餓于首陽之下，民到于今稱之。」《論語・微子》：「逸民：伯夷、叔齊……。子曰：不降其志，不辱其身，伯夷、叔齊與！」由上可見，孔子對伯夷的讚頌有三點：一是「不念舊惡」，即不因紂王之惡而怨恨，所以孔子說：「怨是用希。」二是「求仁而得仁」，不惜以生命代價，堅持自己的理想追求。三是「不降其志，不辱其身」，即堅持自己對商王朝的忠貞，不屈事敵國。可見王安石在此有曲解孔子之嫌。逸民，避世隱居的人。❸孟子曰七句　分別出自《孟子・公孫丑上》：「伯夷非其君不事，非其友不友。不立於惡人之朝，不與惡人言。」《孟子・離婁上》：「伯夷辟紂，居北海之濱。」《孟子・萬章下》：「伯夷目不視惡色，耳不聽惡聲。」《孟子・告子下》：「不以賢事不肖者，伯夷也。」《孟子・盡心下》：「聖人百世之師也，伯夷、柳下惠是也。」王安石引文有所刪改。❹不念以怨　不記掛過去的仇恨。❺事之　指侍奉周武王。❻以待天下之清　語出《孟子・萬章下》：「伯夷……當紂之時，居北海之濱，以待天下之清也。」❼然則司馬遷五句　語出《史記・伯夷列傳》：「及至，西伯卒，武王載木主，號為文王，東伐紂。伯夷、叔齊叩馬而諫曰：『父死不葬，爰及干戈，可謂孝乎？以臣弒君，可謂仁乎？』左右欲兵之。太公曰：『此義人也。』扶而去之。武王已平殷亂，天下宗周，而伯夷、叔齊恥之，義不食周粟，隱於首陽山，采薇而食之。及餓且死，作歌，其辭曰：『登彼西山兮，采其薇矣。以暴易暴兮，不知其非矣。神農、虞、夏，忽焉沒兮，我安適歸矣。于嗟徂兮，命之衰矣。』遂餓死於首陽山。」叩馬，指拉住馬的韁繩。

❽韓子因之四句　語本韓愈〈伯夷頌〉：「若伯夷者，特立獨行，窮天地，亙萬世不顧者也。雖然，微二子，亂臣賊子接迹於後世矣。」因之，承襲了這種看法。微，無；沒有。接迹，不斷地興起。

【語譯】關於伯夷，古時議論的有孔子、孟子。以孔、孟這樣值得相信的人，而又反覆不止一次地辨析，這就更加可以相信了。孔子說：「伯夷不記掛過去的仇恨，尋求仁義而得到仁義，餓死在首陽山下，是一位隱居避世的人。」孟子說：「伯夷不侍奉別國的君主，不立於惡人的朝廷，躲避紂王而居住在北海邊，眼睛不看壞東西，不侍奉不賢的人，是百代尊奉的師長。」所以孔子、孟子都因為伯夷雖然遭遇紂王的惡政，卻不記掛過去的仇恨，也不忍心侍奉周王，為了尋求仁義，忍饑挨餓躲避在首陽山，不喪失氣節、自尋恥辱，以等待天下政治的清明，從而稱他為聖人。然而司馬遷卻認為周武王討伐紂王，伯夷拉住馬的韁繩來進諫；天下尊奉周朝，伯夷卻感到恥辱，堅持忠義而不吃周朝的粟米，並且作采薇之歌。韓愈也因襲了這一說法，為伯夷作頌，認為若非伯夷、叔齊二人，後代叛亂的臣子就會接連不斷出現。這些看法是不對的。

夫商衰而紂以不仁殘❶天下，天下孰不病紂❷？而尤❸者，伯夷也。

嘗與太公聞西伯善養老，則往歸焉❹。當是之時，欲夷❺紂者，二人之心豈有異邪？及武王一奮❻，太公相❼之，遂出元元❽於塗炭❾之中。伯夷乃不與❿，何哉？蓋二老，所謂天下之大老⓫，行年⓬八十餘，而春秋⓭固已高矣。自海濱而趨文王之都，計亦數千里之遠。文王之興，以至武王之世，歲亦不下十數⓮，豈伯夷欲歸西伯而志不遂⓯乃死於北海邪？抑⓰來而死於道路邪？抑其至文王之都，而不足以及武王之世而死邪？如是而言伯夷，其亦理有不存者也。

【章旨】根據伯夷的年齡，提出自己對當時史實的推測，從而進一步反駁司馬遷、韓愈之說。

【注釋】❶殘　殘害。❷病紂　痛恨紂王。❸尤　甚。❹嘗與太公聞二句　語本《孟子・離婁上》：「伯夷辟紂，居北海之濱，聞文王作，興曰：『盍歸乎來！吾聞西伯善養老者。』」《史記・伯夷列傳》：「伯夷、叔齊聞西伯昌善養老，盍往歸焉。」太公，即姜尚，姜姓，呂氏，名望。西周初年官至太師，輔佐武王伐紂有功，封於齊。西伯，即周文王，姬姓，名昌。❺夷　削平；鏟除。❻奮　興起。❼相　輔佐。❽元元　指平民百姓。❾塗炭　比喻極端困苦之境。塗是泥，炭是火。❿與　參與。⓫大老　元老；德高望重之人。⓬行年　經歷過的年歲。⓭春秋　指年齡。⓮歲亦不下十數　不少於十幾年。文王之後，武王在位的十一年伐紂。⓯不遂　沒有成功。⓰抑　或是。

【語 譯】商朝衰敗的時候，紂王不仁不義，殘害天下民眾，誰不痛恨他呢？伯夷尤其如此。他和太公曾經聽說周文王善待老人，就去投奔他。在那時，二人要誅滅紂王的心意，難道有什麼不同嗎？等到武王奮起，太公輔佐他，於是把天下的百姓從水火中拯救出來。伯夷卻沒有參與，什麼原因呢？這二位老人，是所謂的天下的元老，年紀八十多，歲數本來就很高了。從海濱到文王的都城，算來也有幾千里路遠。從文王興起到武王時代，年歲也不少於十幾年，難道是伯夷想投奔文王卻未能如願，竟然死在北海了嗎？或者是去時死在路上了呢？又或是他到了文王的都城，卻沒有能夠等到武王的時代就去世了呢？如果這樣來論伯夷，大概也有理由說他不在世了罷。

且武王倡❶大義於天下，太公相而成之，而獨以為非，豈伯夷乎？天下之道二：仁與不仁也。紂之為君，不仁也；武王之為君，仁也。伯夷固不事不仁之紂，以待仁而後出❷。武王之仁焉，又不事之，則伯夷何處❸乎？余故曰：聖賢辯之甚明，而後世偏見獨識者之失其本也。嗚呼！使伯夷之不死，以及武王之時，其烈❹豈減太公哉？

【章 旨】從道理上推測伯夷若沒有早死，肯定會輔佐武王伐紂，從而一反前人論調。

【注 釋】❶倡 倡明。❷以待仁而後出 等待聖賢之君而後出來輔佐他。仁，指聖賢之君。❸何處 如何安排、決斷。❹烈　功績；功業。

【語　譯】況且周武王在天下倡明大義，太公輔佐他成就大業，難道唯獨伯夷認為不對嗎？天下為君之道有二：仁與不仁。紂作為君主，是不仁；武王作為君主，是仁。伯夷當然不願侍奉不仁的君主，而等待仁義之君興起後再出來輔佐他。武王是位仁君，伯夷又不事奉他，那麼伯夷將如何自處呢？所以我說：聖賢已經辨析得很明白了，而後代那些抱有個人偏見的人卻丟失了事情的本來面目。唉！如果伯夷不死，而活到武王的年代，他的功業怎麼會比姜太公遜色呢？

材論

【題解】本文具體寫作時間不詳，但內容則與〈上仁宗皇帝言事書〉相互印證，主要論述了如何選拔與任用人才。文章首先指出在人才問題上存在的三種主觀偏見及後果；然後以形象的比喻強調在實踐中發現人才、使用人才；最後以史為證，指出人才總是應運而生，批駁那種以為天下無才的觀點。文中運用了比喻、排比等修辭手法，論證鮮明，頗富氣勢，曲折回環；意旨顯豁，語言峻峭，鋒芒畢露，體現了王安石散文的峭折剛勁之氣。

天下之患，不患材之不眾，患上之人❶不欲其眾；不患士之不欲為，患上之人不使其為也。夫材之用，國之棟梁也，得之則安以❷榮，失之則亡以辱。然上之人不欲其眾，不使其為者，何也？是有三蔽❸焉。其尤蔽者，以為吾之位可以去辱絕危，終身無天下之患，材之得失無補於治亂之數❹，故偃然❺肆❻吾之志，而卒入於敗亂危辱，此一蔽也。又或以謂吾之爵祿貴富足以誘天下之士，榮辱憂戚❼在我，吾可以坐驕❽天下之士，而其將無不趨我者，則亦卒入於敗亂危辱而已，此亦一蔽也。又或不求所以養育取用之道，而諰諰然❾以為天下實無材，此亦卒入於敗亂危辱而已，此亦一蔽也。此三蔽者，其為患則同，然而用心非不善，而猶可以論其失者，獨以天下為無材者耳。蓋其心非不欲用天下之才，特❿未知其故也。

【章　旨】開門見山，指出上位者在對待人才問題上的三種主觀偏見，並點明其危害。

【注　釋】❶上之人　此處指皇帝。❷以　而。下句「以」同此意。❸三蔽　三種主觀偏見。❹治亂之數　太平之世與混亂之世的命運。數，命運。❺偃然　安然。❻肆　放縱。❼戚　悲傷。❽坐驕　傲視。坐，此處引申為自得的樣子，指「上之人」高高在上自以為是。❾諰諰然　憂心忡忡的樣子。❿特　只。

【語　譯】治理天下所要憂慮的，不在於人才不夠眾多，而是憂慮人主不希望他們眾多；不在於士人不願為國家效力，而是憂慮人主不讓他們效力。人才，是國家的棟梁，得到他們國家就會安定而昌盛，失去他們國家就會敗亡受辱。然而上層的人卻不希望人才眾多，不讓士人為國家效力，這是為什麼呢？這是因有三種主觀偏見在這裡。其中最突出的是：認為自己的地位可以免除恥辱、斷絕危害，永遠不會有天下的災難，人才的得與失和國家的治亂興亡無關，所以就任意放縱自己，最終陷入敗亂危亡和受辱的境地，這是一種偏見。又有人認為自己的官位、俸祿和富貴足以引誘天下的士人，他們的榮耀屈辱憂傷歡樂都由自己掌握，自己可以傲視天下的人才，而他們將沒有不歸向自己的，那麼最終也將陷入敗亂危亡的受辱的境地，這也是一種主觀偏見。又有人不探求怎樣培育選拔任用人才的方法，卻憂心忡忡以為天下確實沒有人才，那麼最終也會陷入敗亂危亡受辱的境地，這也是一種偏見。這三種偏見，造成的危害是相同的，然而其中用心不是不好，還可以探討失策的原因，正是因為他們認為天下無可用之材。他們心中並非不想任用天下的人才，只是不知道其中失誤的原因罷了。

且人之有材能者，其形❶何以異於人❷哉？惟其遇事而事治❸，畫策❹而利害得，治國而國安利，此其所以異於人也。上之人苟不能精察之，審用之，則雖抱臯、夔、稷、契❺之智，且不能自異於眾，況其下者乎？世之蔽者方曰：「人之有異能於其身，猶錐之在囊，其末立見❻，故未有有其實而不可見者也。」此徒有見於錐之在囊，而固未覩夫馬之在廄❼也。駑驥❽雜處，飲水食芻❾，嘶鳴蹄齧❿，求其所以異者蓋寡。及其引重車、取夷路⓫，不屢策⓬，不煩御⓭，一頓⓮其轡⓯而千里已至矣。當是之時，使駑馬並驅，則雖傾輪絕勒⑯，敗筋傷骨，不舍晝夜而追之，遼乎⑰其不可以及也，夫然後騏驥騕褭⑱，與駑駘⑲別矣。古之人君知其如此，故不以天下為無材，盡其道以求而試之。試之之道，在當其所能而已。

【章　旨】首先指出人才之異不在於其形，而在於實踐才能，接著以駑驥為例，形象地說明：人才只有在實踐中方能顯其本色。同時駁斥人才須「其末立見」之謬，從而表明「在上之人」須重視選用人才。

【注　釋】❶形　此處指外表形體。❷何以異於人　與常人有什麼兩樣。聯繫下文，王安石認為一個人的才幹只有通過實踐才能表現出來，而不能看外表。❸事治　事情順利辦好。❹畫策　出謀獻策。畫，籌劃；謀劃。❺皐夔稷契　傳說中的四位賢臣。皐即皐陶，也稱咎繇，傳說是舜的臣子，掌刑獄之事。夔傳說是舜的樂官，精通音樂。稷是傳說中的五穀之神，或為農官之名。契是傳說中商族始祖帝嚳之子，虞舜之臣，其母簡狄吞食玄鳥卵而生。舜時因助禹治水有功，任為司徒，賜姓子氏，封於商。見《史記・殷本紀》。❻錐之在囊二句　據《史記・平原君虞卿列傳》：秦圍攻趙都城邯鄲，平原君趙勝欲向楚求救，門客毛遂自薦同行，平原君疑其才能，說：「夫賢士之處世也，譬若錐之處囊中，其末立見。」比喻有才能的人應當顯示出其鋒芒。囊，口袋。❼廄　馬棚。❽駑驥　劣馬與良馬。❾芻　餵牲畜的草。❿嚙　咬。⓫夷路　平坦的道路。夷，平坦。⓬策　此處是動詞，鞭打。⓭御　駕馭。⓮頓　拉。⓯轡　駕馭用的繮繩與嚼子。⓰傾輪絕勒　車輪傾斜，繮繩拉斷。絕，斷。勒，帶嚼口的馬絡頭。⑰遼乎　遙遠的樣子。⑱騏驥騕褭　駿馬名。⑲駑駘　都是劣馬，比喻庸才。

【語譯】況且有才能的人，他的外表與其他人哪有什麼不同？只是他遇到事情能夠把事情辦好，出謀劃策能辨明厲害，治理國家能使國家安定昌盛，這就是他不同於一般人的地方。因此，在上位的人假如不能精細地考察，慎重地任用，那麼即使他具有皋、夔、稷、契那樣高的才智，也不能使自己突出於一般人，何況是才智不及他們的呢？世上那些見解淺陋的人卻說：「有特殊才能的人，猶如放在口袋裡的錐子，鋒芒馬上就會顯露出來，因此有真實才能而沒被發現的人是不會有的。」說這種話的人只看到放在口袋裡的錐子，卻沒見到圈在馬棚裡的馬。馬棚裡好馬和劣馬混雜相處，飲水吃草，嘶叫踢咬，這時尋找牠們的不同處是很難的。等到讓好馬拉重車、跑平坦大道時，不須多鞭策，不勞駕馭，一拉繮繩牠就能奔馳上千里的路程。在這時，如果讓劣馬與好馬並駕齊驅，即使車輪跑歪，繮繩勒斷，筋骨累傷，晝夜不停地追趕好馬，還是遠遠落後追不上，這時好馬與劣馬才分得出區別啊。古代的君主知道這個道理，因此並不認為天下沒有人才，而是用盡一切辦法去尋找人才、考察人才。考察的方法就是讓他做力所能及的工作罷了。

夫南越❶之修榦❷，鏃❸以百鍊之精金，羽以秋鶚❹之勁翮❺，加強弩❻之上而彍❼之千步之外，雖有犀兕❽之捍，無不立穿而死者，此天下之利器，而決勝覿武❾之所寶也。然而不知其所宜用，而以敲扑❿，則無以異於朽槁⓫之梃⓬。是知雖得天下之瑰材桀智⓭，而用之不得其方，亦若此矣。古之人君知其如此，於是銖量⓮其能而審處之，使大者小者、長者短者、強者弱者無不適其任者焉。如是，則士之愚蒙鄙陋⓯者，皆能奮其所知以效小事，況其賢能智力卓犖⓰者乎？嗚呼！後之在位者，蓋未嘗求其說而試之以實也，而坐⓱曰天下果無材，亦未之思而已矣。

【章　旨】以弩箭為喻，論證人才必須用之得其方，才能夠使人才「奮其所知以效」，感嘆在位者不「求其說而試之以實」。

【注　釋】❶南越　古國名。地在今廣東、廣西一帶。❷修簳　長箭。❸鏃　箭頭。此處用作動詞，即配上箭頭。❹鶚　鳥名，又叫魚鷹，長翼凶猛。❺勁翮　堅硬的翎管，可造箭尾。❻弩　強弓。❼彍　張滿弓弩。❽犀兕　犀指犀牛，有兩角，性情凶猛。兕是雌犀牛，只有一角。❾覿武　以武力相見。指打仗。覿，相見。❿以敲扑　把弓箭用來敲打。指物不稱其用。⓫朽槁　枯幹。⓬梃　棍子。⓭瑰材桀智　奇偉傑出的人物。⓮銖量　仔細衡量。銖，我國古代的一種重量單位。《漢書・律曆志上》：「二十四銖為兩，十六兩為斤。」⓯愚蒙鄙陋　愚昧鄙下淺陋。⓰卓犖　傑出；卓越。犖，本意是雜色的牛。⓱坐　徒然；空。

【語　譯】南越的長箭，用百煉的精鋼作箭頭，用秋鶚的勁翮作箭尾，把它搭在強弓上拉滿弦，射到千步之外，即使是凶悍的犀牛，也都立刻被穿射而死，這是天下的利器，打仗決勝的寶物。然而如果不懂得適當地使用它，卻用來敲打雜物，那就跟枯朽的棍子沒什麼區別了。由此可見，即使得到天下奇偉傑出的人才，若使用不得法，也同這種情況一樣。古代的君主明白這一點，於是仔細衡量人的才能而慎重地加以使用，使他們的才能無論大小、長短、強弱都適合他們所擔任的工作。這樣，愚昧淺陋的人都能夠盡其所能去做一些小事，更何況那些德才兼備、智力超卓的人呢？唉！後世在位的君主，沒有研究過這個道理並在實踐中加以運用，卻徒然說天下果真沒有人才，這是沒有動腦思考過罷了。

或❶曰：「古之人於材有以教育成就之，而子獨言其求而用之者，何也？」曰：「天下法度未立之先，必先索天下之材而用之；如能用天下之材，則能復先王之法度。能復先王之法度，則天下之小事無不如先王時矣，況教育成就人材之大者乎？此吾所以獨言求而用之之道也。」

【章旨】論述人才與法度的關係，指出「欲立法度」必先索天下之才而用之，從而強調了人才的「求與用」之重要性。

【注釋】❶或　有的人。

【語　譯】有人問：「據說古人對於人才是注重教育培養的，而您卻只談人才的尋求與使用，這是為什麼呢？」我說：「在天下法度建立之前，必須先尋求天下的人才來使用；如果能任用天下的人才，那麼就能恢復先王的法度。能恢復先王的法度，那麼即使天下間的小事都會如先王時一樣，何況是教育培養人才這樣的大事呢？這就是我為什麼只談論尋求和使用人才的道理。」

噫❶！今天下蓋嘗患無材！吾聞之，六國合從❷，而辯說之材出；劉項並世❸，而籌畫戰鬭之徒起；唐太宗❹欲治，而謨謀諫諍❺之佐來。此數輩者，方此數君未出之時，蓋未嘗有也；人君苟欲之，斯至矣。今亦患上之不求之、不用之耳。天下之廣，人物之眾，而曰果無材可用者，吾不信也。

【章　旨】本段以古為例，指出人才皆應世而起，當今之世並非沒有人才，人君「不求之、不用之」耳。

【注　釋】❶噫　嘆詞，表感嘆。❷合從　指戰國時期齊、楚、燕、韓、趙、魏六國聯合起來與秦國抗衡。因六國地連南北，故稱其合縱。其謀主為蘇秦。而秦王納張儀之說，實行連橫之策以分化六國。❸劉項並世　劉邦和項羽同處一個時代。二人都是秦末起義領袖。秦亡後，項羽自封西楚霸王，封劉邦為漢王。劉邦不甘稱臣，起兵與項羽爭奪天下，即西元前二〇二年的楚漢戰爭。最後，項羽戰敗，自刎烏江，劉邦稱帝，建立漢朝，劉即漢高祖。❹唐太宗　即李世民（西元五九九－六四九年），唐高祖（李淵）次子。隋末勸其父起兵，推翻隋王朝，消滅了各地割據勢力，被封為秦王。武德九年（西元六二六年）發動「玄武門之變」，得立為太子。即位後，行均田制及租庸調法，政治清明，社會穩定發展，史稱為「貞觀之治」。❺謨謀諫諍　出謀獻策，直言規勸。謨，謀議。

【語　譯】唉！現在天下大概仍在憂慮沒有人才可用！我聽說，六國實行合縱抗秦的政策，於是辯論遊說的人才出現；劉邦項羽並起爭雄，於是出謀劃策、勇敢善戰的人出現；唐太宗想要治理好國家，於是多謀善議、直言諍諫的人才投奔他。這些人才，在這幾位君主沒出現時，也沒出現；君主一旦想要任用他們，他們就到了。現在，也是憂慮上層的人不去尋求人才、不使用人才罷了。天下如此廣大，人物如此眾多，卻說果真沒有人才，我是不相信的。

洪範傳（節錄）

【題解】〈洪範〉是《尚書》中的一篇，講述治理國家的大法，相傳是殷朝箕子與周武王的答話，但據今人考證，很可能是儒家的子思所作。王安石因不滿前儒對〈洪範〉的注解，專門作〈洪範傳〉，以重新闡釋〈洪範〉內涵，並於宋神宗熙寧三年（西元一〇七〇年）上呈神宗，為新法提供理論根據。此處節選「五行」一部分。在其中，王安石通過對〈洪範〉原文的闡釋，肯定了天地萬物是由水、火、木、土、金五種元素的變化所形成。它們之所以能夠運動變化，是因為各自有其對立面，對立面中又包含矛盾，因此萬物的變化無窮無盡。

「五行：一曰水，二曰火，三曰木，四曰金，五曰土❶。」何也？

五行也者，成變化而行鬼神，往來乎天地之間而不窮者也，是故謂之行❷。天一生水，其於物為精；精者，一之所生也。地二生火，其於物為神；神者，有精而後從之者也。天三生木，其於物為魂；魂，從神者也。地四生金，其於物為魄；魄者，有魂而後從之者也。天五生土，其於物為意；精、神、魂、魄具而後有意。自天一至於天五，五行之生數也。以奇生者成而耦，以耦生者成而奇，其成之者皆五。五者，天數之中也，蓋中者所以成物也❸。道立於兩，成於三，變於五❹，而天地之數具。其為十也，耦之而已。蓋五行之為物，其時、其位、其材、其氣、其性、其形、其事、其情、其色、其聲、其臭、其味，皆各有耦，推而散之，無所不通。一柔一剛，一晦一明，故有正有邪，有美有惡，有醜有好，有凶有吉，性命之理，道德之意，皆在是矣❺。耦之中又有耦焉，而萬物之變遂至於無窮❻。其相生也，所以相繼也；其相克也，所以相治也❼。語器也以相治，故序六府以相克❽；語時也以相繼，故序盛德所在以相生❾。〈洪範〉語道與命，故其序與語器與時者異也❿。道者，萬物莫不由之者也。命者，萬物莫不聽之者也。器者，道之散；時者，命之運⓫。由於道、聽於命而不知之者，百姓也；由於道、聽於命而知之者，君子也。道萬物而無所由，命萬物而無所聽，唯天下之至神為能與於此⑫。夫火之於水，妻道也；其於土，母道也⑬。故神從志，無志則從意。志致一之謂精⑭，唯天下之至精為能合天下之至神。精與神一而不離，則變化之所為在我而已。是故能道萬物而無所由，命萬物而無所聽也⑮。

【章　旨】闡述五行變化，產生萬物。

【注　釋】❶五行六句　出自《尚書・洪範》。五行，中國古代哲學概念，即指水、火、木、金、土五種物質。❷五行也者四句　所謂的五行，是指這五種物質神速變化發展而形成萬物，它們運行於天地之間，無終無止，所以稱之為「行」。此處王安石用鬼神出沒無常和變化無窮，來比喻物質的運動、變化發展永遠不停止。❸天一生水二十七句　按：〈洪範〉只提出五行，並沒有講到五行如何產生的。此處王安石根據《周易・繫辭上》所說「天數五，地數五，五位相得而各有合」這段話，以及後來儒家傳注的解釋，用天地、陰陽、奇偶這些對立的現象來說明五行的產生、變化而成萬物的理論。所謂「陰陽」，指事物中的矛盾；所謂「奇偶」，指數量上的矛盾。所謂「奇偶」相成和「陰陽」配合，實即矛盾之統一。天屬於陽，有五個奇數，即一、三、五、七、九；地屬於陰，也有五個偶數，即二、四、六、八、十。奇偶配合，就生出五行，次序是水、火、木、金、土。配合的規律是：「以奇生者成而耦，以耦生者成而奇」。意謂由天的奇數（陽）產生的，要用地的偶數（陰）來配合才形成；反之，由地的偶數產生的，要用天的奇數來配合才形成。即：天一生水，要用地六來配合；地二生火，要用天七來配合；天三生木，要用地八來配合；地四生金，要用天九來配合；天五生土，要用地十來配合。

歸納起來，可列表如下：

產生物	水	木	土	火	金
天數	1	3	5	7	9
地數	2	4	6	8	10

至於人產生的精、神、魂、魄、意，是指人的精神現象。生數，產生的次序。數，次序。奇，單數。耦，雙數。

❹道立於兩三句　意謂「道」是由陰陽二氣所形成；二氣相交，便產生第三種物質，即五行，由五行的運動變化而形成事物。道立於兩，道是由物質性的元氣構成，元氣本身存在陰陽兩個對立面，故稱之。成於三，陰陽相交，就會產生第三種物質，即五行。變於五，由五行變化而成萬物。❺性命之理三句　關於「性命」的原理，「道德」的涵義都是這樣的。性命，此處指人和物的自然性質及其變化發展的必然性。道德，此處指事物運動變化的規律和道德倫理。❻耦之中又有耦焉二句　對立中又有對立，這樣萬事萬物就會變化無窮。王安石認為，任何事物的對立面中又有自己內部的對立面，因此萬物變化就無窮無盡。❼其相生也四句　意謂它們彼此相生，所以能互相繼承；它們彼此相克，所以能互相制約。其相生也，指五行相生，即木生火，火生土，土生金，金生水，水生木。其相克也，指五行相克，即水克火，火克金，金克木，木克土，土克水。〈洪範〉裡沒有明確談到五行的相生相克，但已經提出由五行而化生萬物的觀點。❽語器也以相治二句　意謂由於五行的互相制約、變化才形成器物，所以「六府」的順序是按照它們彼此相克來排列的。這是王安石根據《尚書・大禹謨》所說「六府，三事允治」一語所作的解釋。相治，互相制約。六府，指管理和儲藏水、火、金、木、上、穀這六種東西的倉庫。其中前者克後者，即水—火—土—木—金—穀。❾語時也以相繼二句　我國古代陰陽學家認為，五行與五德是相互聯繫的：春天草木生長，是表現五行的木德；夏天天氣炎熱，是表現五行的火德；秋天西風

涼，是表現五行的水德。木生火所以春去夏來，金生水所以秋去冬來。四時的相繼同五行的相生是一致的。❿洪範語道與命二句　意謂《尚書・洪範》裡五行排列的次序：水、火、木、金、土，《尚書・大禹謨》裡水、火、金、木、土、穀，《禮記・月令》裡木（春）、火（夏）、金（秋）、水（冬）的排列次序不同。因為〈洪範〉的五行是講「道」與「命」的關係（指五行和精、神、魂、魄、意五種現象），而《尚書・大禹謨》的五行是講器物由相克而形成，《禮記・月令》的五行是講時令相繼的關係。⓫道者八句　意謂「道」是萬物不得不遵循的，「命」是萬物不得不順從的；萬事萬物的構成都是「道」的體現，四時的更替都是「命」所決定的。此處王安石指出，規律是萬事萬物所必須遵循的，必然性是萬物發展所必須服從的，故器物的構成體現這事物變化的規律，而四時的更替是事物運動的必然性所致。散，擴展；變化。⓬由於道聽於命七句　意謂不自覺地遵循規律及必然性去行事的，是普通的民眾；明白這個道理的，是君子；隨心所欲地駕馭萬物而不必有所遵循的，天下間只有達到「至神」境界的人才能做到。這裡，王安石根據自然界的「道」和「命」來觀察人類社會，認為「由於道、聽於命」有三種情況：一種是不知道要這樣去做的，這種人是普通的民眾；一種是知道要去這樣做，又能夠做到的，這種人就是「君子」；第三種是隨心所欲地駕馭萬物而不必有所遵循的，只有天下「至神」之人才能做到。⓭夫火之於水四句　意謂水能克火，火對於水是「妻道」；火能生土，火對於土又是母道。⓮故神從志三句　意謂「神」服從志，沒有志就服從於意。志能專一叫做「精」。⓯唯天下之至精五句　意謂只有天下的「至精」才能夠與天下的「至神」相配合，「精」與「神」統一而不分，那麼事物的變化就都在於我自己，所以就能夠隨心所欲地駕馭萬物而不必有所遵循。

【語　譯】「五行：一曰水，二曰火，三曰木，四曰金，五曰土。」這是什麼意思呢？所謂五行，是指這五種物質神速變化發展而形成萬物，它們運行於天地之間，無終無止，所以稱為「行」。天一與地六相配合產生水，它是物體中的「精」；「精」是最先產生的。地二與天七相配合產生火，它是物體的「神」；「神」是有了「精」之後而產生的。天三與地八相配合產生木，它是物體的「魂」；「魂」是從屬於「神」的。地四與天九相配合產生金，它是物體的「魄」；「魄」是有了「魂」之後產生的。天五與地十相配合產生土，它是物體中的「意」；「意」是在「精」、「神」、「魂」、「魄」具備之後才產生的。從天一到天五，是五行產生的次序。五行中的奇數與偶數要相互配合才能產生萬物。它們配合的數字都各有五個。五，是在天數的中間。這個中，就是代表成就萬物的「土」。「道」是由陰陽二氣而成；二氣相交，便產生第三種物質，即五行；由五行的運動變化而形成事物，這樣天數、地數就具備了。所謂十，也就是天的奇數和地的偶數配合罷了。五行的特徵是：論時有寒暑，論位有高低，論才有大小，論氣有陰陽，論性有剛柔，論形有曲直，論事有善惡，論情有愛憎，論色有黑白，論聲有響沉，論嗅覺有香臭，論味有甘苦，都各有自己的對立面，推而廣之，沒有什麼事物不是這樣的。一面是柔，另一面就是剛；一面是暗，另一面就是明；所以有正就有邪，有善就有惡，有醜就有美，有凶就有吉，關於性命的原理、道德的涵義都是這樣的。對立面當中又有對立面，這樣萬事萬物就會變化無窮。它們彼此相生，所以能互相繼承；它們彼此相克，所以能互相制約。《尚書・大禹謨》裡的五行談具體事物的互相制約，所以「六府」是按照水、火、金、木、土、穀的次序排列的，一個克制另外一個；《禮記・月令》是談論時令的相繼，所以按照木、火、金、水的不同特徵來排列，以表示春、夏、秋、冬的互相更替。《尚書・洪範》裡的五行是講事物發展的規律和必然性，所以它的五行排列次序與《尚書・大禹謨》和《禮記・月令》講時令的不一樣。道，是萬物不得不遵循的。命，是萬物不得不順從的。器物的構成都是道的體現，四時的更替都是命這個必然性所決定的。不自覺地遵循規律和必然性去做的，是普通的民眾；明白這個道理的，是君子。至於隨心所欲地駕馭萬物而不必有所遵循，這只有天下的「至神」才能做到。水能克火，火對於水是妻道；火能生土，火對於土又是母道。所以「神」服從於「志」，沒有「志」就服從於「意」。志能專一叫做「精」，只有天下的「至精」才能夠與天下的「至神」相配合。「精」與「神」統一而不分，那麼事物的變化就全在於我自己。所以能夠隨心所欲地駕馭萬物而不必有所遵循。

「水曰潤下，火曰炎上，木曰曲直，金曰從革，土爰稼穡❶。」何也？北方陰極而生寒，寒生水；南方陽極而生熱，熱生火。故水潤而火炎，水下而火上❷。東方陽動以散而生風，風生木，木者，陽中也，故能變，能變，故曲直❸。西方陰止以收而生燥，燥生金，金者，陰中也，故能化，能化，故從革❹。中央陰陽交而生濕❺，濕生土，土者，陰陽沖氣❻之所生也，故發之而為稼，斂之而為穡❼。曰者，所以命其物❽。爰者，言之於稼穡而已❾。潤者，性也。炎者，氣也。上下者，位也。曲直者，形也。從革者，材也。稼穡者，人事也❿。冬，物之性復，復者，性之所，故於水言其性[11]。夏，物之氣交，交者，氣之時，故於火言其氣[12]。陽極上，陰極下，而後各得其位，故於水火言其位[13]。春，物之形著[14]，故於木言其形。秋，物之材成，故於金言其材[15]。中央，人之位也，故於土言人事[16]。水言潤，則火熯，土溽，木敷，金斂，皆可知也[17]。火言炎，則水冽，土烝，木溫，金清，皆可知也[18]。水言下，火言上，則木左，金右，土中央，皆可知也[19]。推類而反之，則曰後，曰前，曰西，曰東，曰北，曰南，皆可知也。木言曲直，則土圜，金方，火銳，水平，皆可知也[20]。金言從革，則木變，土化，水因，火革，皆可知也[21]。土言稼穡，則水之井洫，火之爨冶，木金之為械器，皆可知也[22]。所謂木變者何？灼之而為火，爛之而為土，此之謂變。所謂土化者何？能熯，能潤，能敷[23]，能斂，此之謂化。所謂水因者何？因甘而甘，因苦而苦，因蒼而蒼，因白而白[24]，此之謂因。所謂火革者何？革生以為熟，革柔以為剛，革剛以為柔[25]，此之謂革。金亦能化，而命之曰從革者何？可以圜，可以平，可以銳，可以曲直，然非火革之，則不能自化也，是故命之曰從革也。夫金，陰精之純也，是其所以不能自化也[26]。蓋天地之用五行也，水施之，火化之，木生之，金成之，土和之[27]。施生以柔，化成以剛，故木撓而水弱，金堅而火悍，悍堅而濟以和，萬物之所以成也，奈何終於撓弱而欲以收成物之功哉[28]？

【章旨】闡述《尚書・洪範》中「水曰潤下，火曰炎上，木曰曲直，金曰從革，土爰稼穡」一句。

【注釋】❶水曰潤下五句　出自《尚書・洪範》。潤下，濕潤向下流。炎上，燥熱向上燃燒。曲直，樹木的形狀有彎有直。金曰從革，金屬依靠一定的條件如火的冶煉而發生變革。稼穡，指農業生產。稼，種植穀物。穡，收割穀物。❷北方陰極而生寒六句　此處王安石對原文的解釋，是根據我國北方寒冷南方炎熱的地理、氣候環境以及水往下流動、火向上燃燒的物理性能而言。❸東方陽動以散而生風七句　意謂東方的陽氣運動、擴散而產生風，風能使木生長。木是春天陽氣的集中體現，所以能變；因為能變，所以有曲有直。❹西方陰止以收而生燥七句　意謂西方的陰氣停息、凝聚而產生燥，燥產生金。金是秋天陰氣的集中體現，所以能化；因為能化，所以它能依靠一定的條件而變革。❺中央陰陽交而生濕　意謂中央二氣相交而產生濕。❻沖氣　指從陰陽二氣互相沖擊而產生的中和之氣。❼故發之而為稼二句　因此沖擊之氣生發時莊稼便生長，收斂時莊稼便成熟。發，生發。斂，收斂。❽曰者二句　這是解釋「水曰潤下」等句子中的「曰」字，意謂所謂的「曰」，是給那個事物命名之意。命，稱呼。❾爰者二句　講到土時用「爰」而不用「曰」，是就土有使莊稼生長和成熟的作用而言。王安石此處是指：「土爰稼穡」中的「爰」字與「曰」的用法相同，但不用「曰」而用「爰」，是因為水、火、土、木、金是就它們的特性來說，故都用「曰」，而稼穡不是土的特性，只是土的作用，所以用「爰」。之，其。土爰稼穡，土地能夠使農作物生長、成熟。爰，於。❿潤者十二句　解釋《尚書・洪範》原文中「潤下」、「炎上」等詞。意謂「潤」是說它的性，「炎」是指它的氣，「上下」是說它的方位，「曲直」是說它的形狀，「從革」是說它的材用，「稼穡」是屬於人事。⓫冬五句　此言萬物的本性是靜的，到冬天都由動復歸於靜的狀態，因此用五行中的水來說明冬天之性。⓬夏五句　此言夏天萬物的陰陽二氣交會，「交」是陰陽二氣相交所形成的時令，因此用五行中的火來說明夏天的氣。⓭陽極上四句　意謂火的陽氣盛極於上，水的陰氣盛極於下，然後五行四時各得其所。這是就五行中的土德而言。古代陰陽家以五行配四時，土德沒有專屬，因此要用水火說明土的位置是屬於上下之間的中央，下文說「中央，人之位也」，即根據這點而言。⓮春二句　意謂春天草木發芽、開花，外形的變化特別顯著。⓯秋三句　意謂秋天萬物成材，金是秋天陰氣凝聚的體現，所以說「於金言其材」。⓰中央三句　古代陰陽家把天地人事的一切現象都用陰陽五行來相配，如東配木屬陽，西配金屬陰，南配火屬陽，北配水屬陰，中央配土屬中性。因土地能讓人從事農業生產，長出莊稼養活人類，故中央配土，表示「人之位」。「於土言人事」即由此而來。⓱水言潤六句　此處是從物質的性質方面來談論五行之變化。王安石認為，得知了水的性質是濕潤向下流動，那麼其他火、木、金、土的性質就可以由此推論而出。熯，乾燥。溽，潮濕。敷，擴散。斂，收縮。⓲火言炎六句　此處是從寒溫之氣談論五行之變化。洌，冷。清，冷。⓳水言下六句　從事物的方位來談論五行之變化。⓴木言曲直六句　從物類的形狀來談論五行的變化。㉑金言從革六句　從事物的變化來談論五行之變化。水因，指水與其他物質相混合而隨之發生變化，如水與可溶解的糖相混合，就會隨之變甜。即下文所言的「因甘而甘」。因，隨順。㉒土言稼穡五句　從物質的功能來談論五行之變化。井洫，指飲用灌溉。洫，田間的水溝。爨，燒火煮飯。冶，熔煉金屬。械器，泛指工具、用具。㉓能敷能分散。敷，分布。㉔因甘而甘四句　指水與別的東西融合而起的變化。甘，甜。蒼，青色。㉕革生以為熟三句　此處言火能使物質形態發生變化。如煮肉是「革生以為熟」，陶冶是「革柔以為剛」，煉鐵是「革剛以為柔」。㉖夫金三句　此處言金屬不能自己變化，因為它是純粹的陰氣之精。㉗蓋天地之用五行也六句　此言天地是通過五行的運動以成就萬物的情況。水施之，如雨露之於莊稼。火化之，用火焚化物質。木生之，如果樹長出果實。金成之，如以金屬製成器皿。土和之，指土可以和其他物質調和。㉘施生以柔七句　此處是對老子「柔弱勝剛強」的批判，指出只有剛柔相濟，才能成物成事，不能一味柔弱。撓，柔弱。

【語　譯】「水曰潤下，火曰炎上，木曰曲直，金曰從革，土爰稼穡。」這是什麼意思呢？北方的陰氣極盛而產生寒，寒產生水；南方的陽氣極盛而產生熱，熱產生火。所以水是濕潤的，火是炎熱的；水是向下流動的，火是向上燃燒的。東方的陽氣運動、擴散產生風，風能使木生長，木是春天陽氣的集中體現，所以能變，因為能變，所以有曲有直。西方的陰氣停息、凝聚而產生燥，燥產生金。金是秋天陰氣的集中體現，所以能化；因為能化，所以它能依靠一定的條件而變革。中央陰陽二氣相交而產生濕，濕產生土。土是陰陽沖擊之氣所產生，所以沖擊之氣生發時莊稼便生長，收斂時莊稼便成熟。所謂的「曰」，是給那個事物命名之意。講到土時用「爰」，不用「曰」，是就土有使作物生長成熟的作用而言。「潤」是說它的性。「炎」是說它的氣。「上下」是說它的方位。「曲直」是說它的形狀。「從革」是說它的材用。「稼穡」屬於人事。冬天，萬物回復到其本性，所謂的復，是回復到它本性原來所處的狀態，所以對於水就說它的性。夏天，萬物的陰陽二氣相交會，「交」是屬於陰陽二氣相沖擊所形成的時令，所以對於火就說它的氣。陽氣極盛在上，陰氣極盛在下，然後萬物才能各得其所，所以對於水火就說它的方位。春天，萬物外形變化顯著，所以對於木就說它的方位。秋天，萬物都成材了，所以對於金就說它的材用。中央，屬於人的位置，所以對於人就說人事。如果知道水是濕潤的，那麼就可以推知火是乾燥的，土是濕潤的，木是可以擴展的，金是可以收縮的。知道火是熱的，那麼也就可以知道水是冷的，土是熱的，木是溫的，金是涼的。知道了水在下，火在上，那麼也就可以知道木在左，金在右，土在中央。依次類推，舉一反三，也就可以知道其他事物的方位是後、是前、是西、是東、是北、是南。知道木有曲直，那麼也就可以知道土是團狀，金是方形，火焰是尖的，水面是平的。知道金可以依靠一定的條件而變革，那麼也就可以知道木可以變，土可以化，水能溶入其他物質，火能把其他東西焚化。知道土可以收種莊稼，那麼也就能夠知道水可以飲用、灌溉，火可以焚化其他東西，木和金可以製成其他器物。所謂木能變是指什麼？是指用火燒便著火，腐爛了就變為泥土，這就叫做「變」。所謂土能化是指什麼？土能乾燥，能濕潤，能碎散，能凝聚，這就叫做「化」。所謂水能因其他物質而變是指什麼？是指水和有甜味的東西混合，就有了甜味；和有苦味的東西混合，就有了苦味；水和青色的顏料相融合，就成了青色；水和白色的顏料相融合，就成了白色，這就叫做「因」。所謂火能變革是指什麼？是指用火燒生的東西，就會變熟；用火燒軟的東西，就會變硬；用火燒硬的東西，就會變軟，這叫做「革」。金也可以變化，而稱它為「從革」，這是什麼原因？因為金雖然可以變圓，可以壓平，可以弄尖，可以彎曲、伸直，然而如果沒有火的冶煉，它自己就不能變化，所以稱之為「從革」。金，純粹是陰氣之精，所以它自己不能變化。天地是通過五行的運動造就萬物的，方法是：水潤滋，火焚化，木生長，金成材，土調和。潤滋、生長，依靠水和木的柔性；變化、成材，依靠火和金的剛性。所以木性軟，水性弱，金性堅，火性強悍。對於堅與強悍，就用土來調和，萬物就這樣而形成。如果一味安於軟弱，怎麼能夠成就萬物？

「潤下作鹹，炎上作苦，曲直作酸，從革作辛，稼穡作甘❶。」何也？寒生水，水生鹹❷，故潤下作鹹。熱生火，火生苦❸，故炎上作苦。風生木，木生酸❹，故曲直作酸。燥生金，金生辛❺，故從革作辛。濕生土，土生甘❻，故稼穡作甘。生物者，氣也；成之者，味也❼。以奇生則成而耦，以耦生則成而奇。寒之氣堅，故其味可用以耎❽；熱之氣耎，故其味可用以堅❾。風之氣散，故其味可用以收❿；燥之氣收，故其味可用以散⓫。土者，沖氣之所生也，沖氣則無所不和，故其味可用以緩而已⓬。氣堅則壯，故苦可以養氣⓭；脈耎則和，故鹹可以養脈⓮；骨收則強，故酸可以養骨⓯；筋散則不攣，故辛可以養筋⓰；肉緩則不壅，故甘可以養肉⓱。堅之而後可以耎，收之而後可以散⓲；欲緩則用甘，不欲則弗用也。古之養生、治疾者，必先通乎此，不通乎此而能已人之疾⑲者，蓋寡⑳矣。

【章旨】闡釋《尚書・洪範》中「潤下作鹹，炎上作苦，曲直作酸，從革作辛，稼穡作甘」一句。

【注釋】❶潤下作鹹五句　出自《尚書・洪範》。〈洪範〉認為五味是由五行化生而出。此處王安石分析鹹、苦、酸、辛、甘這五味與五行之間的關係，並由五味聯繫到醫藥的道理，其中隱含治國如治病之意。❷水生鹹　大概是就海水可以煮鹽而言。❸火生苦　指某種東西燒焦後散發出苦味。❹木生酸　大概是從商周時期用酸梅調味而言。❺金生辛　指金屬在冶煉過程中散發出辛辣的氣味。❻土生甘　指農作物味道甘香。❼生物者四句　意謂萬物的生長是依靠陰陽二氣的作用，最後形成某種物品則依靠五味。❽寒之氣堅二句　寒氣可以使物體硬化，如把手腳凍僵。水既是寒所生，又有鹹味，水性又屬於陰柔一類，因此從「堅軟」方面而言，有軟化的作用。《素問・臟氣法時論》：「病在心，……心欲軟，急食鹹以軟之。」就是據此而言。這與下文的「熱之氣耎」等說的都是陰陽五行在醫學上相反相成、相生相克的道理。❾熱之氣耎二句　熱氣可以使東西變軟，如把固體的冰融化成水。火既是熱所生，把物燒焦時又有苦味，而火性又屬「悍堅」陽剛的一類，因而從「堅軟」方面來說，有堅固的作用。《素問・臟氣法時論》說：「病在腎，……腎欲堅，急食苦以堅之。」堅之，即現在中醫所說的「固腎」。❿風之氣散二句　風可以把東西吹散。木既是風所生，又有酸味，而木性又屬「撓弱」陰柔一類，因而從「收散」方面來說，推斷酸有收斂的作用。《素問・臟氣法時論》說：「病在肺，……肺欲收，急食酸以收之。」⓫燥之氣收二句　燥氣可以把東西收斂。金既是燥所生，冶煉時又有辛辣的氣味，而金性又屬「悍堅」陽剛的一類，因而從「收散」方面來說，推斷辛有疏散的作用。如《素問・臟氣法時論》說：「病在肝，……肝欲散，急食辛以散之。」⑫土者四句　土是沖氣所產生，其味為甘。如《素問・臟氣法時論》說：「病在脾，……急食甘以緩之。」緩，原本作「綏」，現據龍舒本改。⑬氣堅則壯二句　意說苦味「可用以堅」，因此可以補養人體的正氣，使人「氣堅」體壯。⑭脈耎則和二句　意說鹹味「可用以耎」，因此可以「養脈」，從而使血脈調和。⑮骨收則強二句　意說酸味「可用以收」，因此可以「養骨」，使骨骼不致鬆散，而堅強有力。⑯筋散則不攣二句　意說辛味「可用以散」，因此可以「養筋」，收到舒筋活絡的效果，而不至於痙攣。⑰肉緩則不壅二句　意說甘味「可用以緩」，因此可以「養肉」，使肌肉富有彈性，而不致有某些部位結成疙瘩（生腫瘤）。壅，原是阻塞之意，這裡指結成硬塊。⑱堅之而後可以耎二句　就治療「氣」和「脈」、「骨」和「肉」的內在聯繫來說。意思是：使氣堅，才能使脈軟；使骨收，才能使肉緩。這裡，王安石把人的身體看成一個有機的整體，認識到內臟之間的辯證關係。⑲已人之疾　把人的病治好。已，止。⑳寡　以上談的表面上雖然是剖析五味在醫療上的應用，但王安石認為治病的道理可以通於治國，這在〈贈陳景初〉詩、〈上田正言書〉裏都有所表白。因此，不能把它僅僅看作是醫藥的理論。

【語　譯】「潤下作鹹，炎上作苦，曲直作酸，從革作辛，稼穡作甘。」這是什麼意思呢？寒產生水，水產生鹹，所以濕潤之氣具有鹹味。熱產生火，火焦了就產生苦，所以炎上之火具有苦味。風使木生長，木產生酸，所以曲直之木具有酸味。燥產生金，金產生辛，所以從革之金具有辛味。濕產生土，土產生甘，所以稼穡之土具有甘香的味道。萬物的產生依靠陰陽二氣，形成某種物品就依靠五味。以奇數生長的依靠偶數完成，以偶數生長的依靠奇數完成。寒氣性堅，所以它產生出來的鹹味，具有軟化的作用；熱氣性軟，所以它產生出來的苦味，有堅固的作用。風的氣質是擴散，所以它產生出來的酸味，有收斂的作用；燥的氣質是收斂，所以它產生出來的辛味，有擴散的作用。土是由沖氣所產生，而沖氣是無所不和的，所以它產生出來的甘味有中和的作用。物質相反相成的原理不過如此。人的力氣強壯，身體就健壯；而苦味有堅固的作用，所以說苦可以養氣。脈溫軟，身體就平和，而鹹味有軟化的作用，所以說鹹可以養脈；骨骼紮實，就堅強有力，而酸味有收縮的作用，所以說酸可以養骨；筋舒就不至於痙攣，而辛味有疏散的作用，所以說辛可以養筋；肌肉富有彈性，就不至於結成疙瘩，而甘味有和緩的作用，所以說甘可以養肉。必先堅固，然後才能使之鬆軟；必先收斂，然後才能使之疏散；如果需要緩則用甘，不需要就不必用。古時講究養生和治病的人，一定要先懂得這些道理，不懂這些而能把病治好的，大概沒有啊。

老子

【題解】老子，即李耳，字老聃，楚國人。春秋時著名的思想家、哲學家，道家思想的創始人，曾為周朝掌管圖書的史官。據傳他見聞廣博，孔子曾經向他請教周禮。著有《老子》一書，共五千言，「言道德之意」，其中含有豐富的辯證思想，對中國後代哲學影響至為深遠。司馬遷《史記》中有〈老子韓非列傳〉。本文是王安石為批判所謂「無為而治」的思想所作的一篇哲學論文。作者首先對「道」作一新的解釋，把它區分為根本的和具體的二種。前者指自然界的天，人們無法干預只能無為；後者涉及到人類社會的具體事物，必須經由人類的有為，而絕不能無為。接著作者又對《老子》闡發無為的論據加以批駁，並反駁治理國家不需有所作為的觀點；在結尾處作者指斥空談「無」之作用的愚蠢。因此，此文雖然論證的是一哲學問題，卻充滿現實的戰鬥精神。文章的立意，與作者奮發有為、銳志革新的不屈不撓精神是一致的；同時又是針對北宋社會百年以來因循守舊、不思進取的弊俗和保守派以「無為」為藉口指責阻撓變革而發。

道有本有末❶。本者，萬物之所以❷生也；末者，萬物之所以成也。

本者，出之自然，故不假❸乎人之力而萬物以生也；末者，涉乎形器❹，故待人力而後萬物以成也。夫其不假人之力而萬物以生，則是聖人可以無言也、無為也；至乎❺有待於人力而萬物以成，則是聖人之所以不能無言也、無為也。故昔聖人之在上而以萬物為己任者，必制四術❻焉。四術者，禮、樂、刑、政是也，所以成萬物者也。故聖人唯務❼修❽其成萬物者，不言其生萬物者，蓋生者尸❾之於自然，非人力之所能預❿矣。

【章旨】指出「道有本有末」，把「道」區分為具體與根本兩種。

【注釋】❶道有本有末　「道」是中國古代道家思想學說的核心，是道家哲學的最高境界。其本意為人行之路，引申為人所必須遵循的法則、軌道，即如天道、人道之謂。在《論語》、《孟子》等先秦儒家古籍中，「道」並非指獨立自主的本體論的範疇，它一般指的是「先王之道」、「君子之道」等，或者是一種一以貫之的思想學說。只是從老子那裡，「道」才開始成為一個本體論的觀念。一般而言，道家的「道」具有以下特性：其一，根本性。即從歷時性而言，「道」先天地而生，自古已存，自本自根；它生天生地，為萬物之源。從共時性而言，「道」是天地萬物統一共存的基礎，為天下母，是萬物之宗，如老子所言：「有物混成，先天地生，寂兮寥兮，獨立而不改，周行而不殆，可以為天下母。吾不知其名，字之曰『道』。」（《老子・第二十五章》）其二，自發性。「道」自然無為而無不為，生養萬物而不私有，成就萬事而不恃功，是自然化生。其三，超形象性。「道」

不是某物，它無形無象，不可感知，不可言說，只能意領。所謂「道可道，非常道；名可名，非常名」（《老子・第一章》）、「夫道，有情有信，无為无形，可傳而不可受，可得而不可見」（《莊子・大宗師》）。其四，實存性。「道」雖不可見，卻是實有，「有先天地生者物耶？物物者非物。物出，不得先物也，猶其有物也。猶其有物也，无已」（《莊子・知北遊》）。其五，逆動性。「道」在推動萬物變化時，表現出相反相成的矛盾運動和反本復初的循環運動的規律性，一切矛盾事物都在相互對立的狀態下互相依存並相互轉化，事物的運動，遵循物極必反的規律，周而復始，動復於靜，所謂「反者道之動」（《老子》）。王安石認為，「道」是自然界的天，物質世界是自然發生的，「道者天也，萬物之所自生」（《老子注》）。他認為，「道」有根本的，有具體的，前者是萬物賴以產生的元氣，後者則是由元氣的運動、變化所構成的萬物。❷所以　……的根據。❸假　依靠。❹形器　指人類社會中的具體事物，禮、樂、刑、政也都包括在內，不限於只有形體的東西。❺乎　於。❻術　治理國家的手段、方法。❼務　從事。❽修　治理。❾尸　主宰。❿預　干預。

【語　譯】 道有根本的道，有具體的道。根本的道，是萬物賴以產生的元氣；具體的道，是萬物賴以造成的方式。根本的道，是出於自然的，所以它不依賴人力而產生萬物；具體的道，因為它涉及具體的事物，所以必須依賴人力才能造成萬事萬物。對於不依賴人力而產生萬物的道，聖人當然可以不議論、無所作為；至於要依賴人力才能造成萬事萬物的這一具體的道，則聖人對它就不能無所議論、無所作為了。所以古代身居上位、以治理萬物為己任的聖人，一定要制定四種措施。這四種措施就是用以生成萬物的禮、樂、刑、政。聖人只是致力於怎樣去治理萬物，而不去議論萬物產生的根源，因為萬物的產生是自然主宰的，不是人的力量所能干預的。

老子者獨不然，以為涉乎❶形器者皆不足言也、不足為也，故抵❷去禮、樂、刑、政而唯道之稱焉。是❸不察於理而務高之過矣。夫道之自然者，又何預乎？唯其涉乎形器，是以必待於人之言也、人之為也。其書曰：「三十輻共一轂，當其無，有車之用。」❹夫轂輻之用，固在於車之無用，然工之琢削未嘗及於無者，蓋無出於自然之力，可以無與也。今之治車者知治其轂輻，而未嘗及於無也，然而車以成者，蓋轂輻具，則無必為用矣。如其知無為用而不治轂輻，則為車之術固已疎矣。

【章　旨】批評老子的「唯道之稱焉」，認為這是「不察於理而務高之過」，並以車的轂輻為喻，論證具體的「道」必待人為。

【注　釋】❶涉乎　涉及。❷抵　排斥。❸是　此；這。❹其書曰四句　這幾句引自第十一章，意謂三十根輻條集中在一個車轂上，把車軸穿進轂中間的空無處（軸孔），車子才有作用。其書，指《老子》一書。輻，車輪裡的輻條。轂，車輪中心的圓木，中有圓孔，既用來撐住那些輻條，又用來套上車軸。這裡的「無」指轂中的軸孔，老子借此闡發哲學意義上「無」的概念。

【語　譯】可是老子卻不這樣認為。他以為涉及人類社會的具體事物，都不值得議論、不值得去做，所以他排斥禮、樂、刑、政，而只講一個「道」。這是他沒能洞察事理而一味追求高深的過錯。根本的道出於自然，又何必去干預它呢？正因為具體的道涉及人類社會的具體事物，所以才一定要依靠人們去議論、去做啊。《老子》說：「三十根輻條集中在一個車轂上，中間有個軸孔，車子才有作用。」車轂和輻條之所以能起作用，其原因固然在於車輪中有一個空無的軸孔，但工匠製造車輪時，從來未在空無的軸孔上花費工夫，因為空無的軸孔是自然形成的，工匠可以不去管它。現在製造車子的工匠，只製造車的車轂和輻條，而從未在空無的軸孔上白費力氣。然而車子之所以造成，是由於車轂和輻條都已具備，這樣軸孔就自然會起作用了。如果只知軸孔的作用卻不去製造車轂和輻條，這種造車的方法當然是太離譜了。

今知無之為車用，無之為天下用，然不知所以為用也。故無之所以為車用者，以有轂輻也；無之所以為天下用者，以有禮、樂、刑、政也。如其廢轂輻於車，廢禮、樂、刑、政於天下，而坐❶求其無之為用也，則亦近於愚矣。

【章旨】指斥那種「坐求其無之為用」的做法實在是愚昧無知。

【注釋】❶坐　徒然。

【語 譯】現在只知道軸孔的空無處對車子起作用，只知道無為對社會起作用，卻不知道為什麼能起作用。其實，空無能夠對車子起作用，正是因為有了車轂和輻條；無為能夠對社會起作用，是因為有了禮、樂、刑、政。如果製造車子去掉車轂和輻條，治理國家廢除禮、樂、刑、政，徒然追求無為的作用，那就未免近於愚蠢了。

莊周（上）

【題解】這是一篇具有新穎見解的哲學論文。王安石在文中批評世人讀《莊子》不知推原莊子本意，甚至挾莊謾儒，以異於儒為貴。他從莊子矯時匡世立說，深入探求莊子著書並對諸家學派詳加評論的苦心，認為莊子能「知聖人」，有意於「存聖人之道」，儒道有相通之處，「學儒」與「好莊子」並不應對立，這體現了他結合儒道，匯通思想的傾向。

世之論莊子者不一❶，而學儒者曰：「莊子之書，務詆❷孔子以信❸其邪說，要焚❹其書，廢❺其徒而後可❻，其曲直❼固不足論也。」學儒者之言如此，而好莊子之道者曰：「莊子之德，不以萬物干其慮❽而能信其道❾者也。彼非不知仁義也，以為仁義小而不足行已❿；彼非不知禮樂也，以為禮樂薄而不足化天下。故老子曰：『道失後德，德失後仁，仁失後義，義失後禮⓫。』是知莊子非不達⓬於仁義禮樂之意也，彼以為仁義禮樂者，道之末⓭也，故薄之⓮云耳。」夫儒者之言善也，然未嘗求莊子之意也；好莊子之言者固知讀莊子之書也，然亦未嘗求莊子之意也。

【章旨】本段指出世之學儒者與好莊者雖然對莊子的看法尖銳對立，但都未能探求莊子學說的真正用心和目的。

【注釋】❶世之論莊子者不一　世上談論莊子的人對他有種種不同的看法。莊子，即莊周，宋國蒙（今河南商丘）人，戰國時哲學家。主張齊物我、齊是非、齊大小、齊生死、齊貴賤，幻想一種「天地與我生，萬物與我為一」的主觀精神境界，提倡安時處順、逍遙自得的人生態度，是道家的主要代表。不一，不統一；看法不同。❷務詆　竭力詆毀。務，竭力。詆，詆毀。❸信　同「伸」。闡述宣揚。❹焚　焚燒。❺廢　黜免；放逐。❻可　是；對。❼曲直　是非。❽干其慮　干擾他的思想。干，干擾；影響。慮，思考。❾信其道　篤信自己的學說。信，篤信；堅持。❿不足行已　不值得推行罷了。足，值得。行，推行。已，同「矣」。⓫道失後德四句　謂喪失了道然後才有德，喪失了德然後才有仁，喪失了仁然後才有義，喪失了義然後才有禮。《老子・第三十八章》：「失道而後德，失德而後仁，失仁而後義，失義而後禮。」此處引述其大意。⓬達　明白。⓭末　非根本的；不重要的。⓮薄之　輕視它。之，代指「仁義禮樂」。

【語譯】世上的人討論莊子時有兩種截然不同的看法，那些學習儒學的人認為：「莊子的書，竭力詆毀孔子來伸張道家的學說，應該焚燒他的書，驅逐他的信徒而後大快人心，至於他學說的是非曲直，根本就不值得談論。」儒生們的言論是這樣的，而愛好莊子學說的人則說：「莊子的道德品行，不受天地萬物的約束而能篤信自己的學說。他不是不知道仁義，不過認為仁義少而不值得推行罷了；他不是不懂得禮樂，不過認為禮樂薄而不足以教化天下的老百姓。所以老子說：『喪失了道然後才有德，喪失了德然後才有仁，喪失了仁然後才有義，喪失了義然後才有禮。』由此可知，莊子不是不明白仁義禮樂的用意，他不過認為，所謂的仁義禮樂對於道德來說是不重要的，所以輕視它罷了。」那些儒生的話固然不錯，然而他們未能探求出莊子學說的真正用心和目的；那些愛好莊子學說的人又只知道讀莊子的書，卻不能探求出莊子的本意。

昔先王之澤❶，至莊子之時竭❷矣。天下之俗，譎詐大作❸，質朴並散❹，雖世之學士大夫，未有知貴己❺賤物❻之道者也。於是棄絕乎禮義之緒，奪攘乎利害之際，趨利而不以為辱，殞身而不以為怨，漸漬陷溺，以至乎不可救已❼。莊子病之❽，思❾其說以矯❿天下之弊而歸之於正⓫也。其心過慮⓬，以為仁義禮樂皆不足以正之，故同是非，齊彼我，一利害，則以足乎心為得，此其所以矯天下之弊者也⓭。既以其說矯弊矣，又懼來世之遂實吾說而不見天地之純、古人之大體也⓮，於是又傷其心於卒篇以自解⑮。故其篇曰：「《詩》以道志⑯，《書》以道事⑰，《禮》以道行⑱，《樂》以道和⑲，《易》以道陰陽⑳，《春秋》以道名分㉑。」由此而觀之，莊子豈不知聖人㉒者哉？又曰：「譬如耳目鼻口，皆有所明，不能相通，猶百家眾技，皆有所長，時有所用㉓。」用是以明聖人之道，其全在彼而不在此㉔，而亦自列其書於宋鈃、慎到、墨翟、老聃之徒，俱為不該不偏一曲之士。蓋欲明吾之言有為而作，非大道之全云耳㉕。然則莊子豈非有意於天下之弊，而存㉖聖人之道乎？伯夷之清，柳下惠之和㉗，皆有矯於天下者也，莊子用其心，亦二聖人之徒㉘矣。然而莊子之言不得不為邪說比㉙者，蓋其矯之過㉚矣。夫矯枉㉛者，欲其直也，矯之過則歸於枉矣。莊子亦曰：「墨子之心則是也，墨子之行則非也㉜。」推莊子之心以求其行，則獨何異於墨子哉？

【章旨】論述莊子著書以矯時弊的本意，指出因其矯枉過正而終至於枉。

【注釋】❶澤　德澤；恩惠。❷竭　盡；用完。❸譎詐大作　流行欺誑。譎詐，詭詐；欺誑。❹質朴並散　質樸的本性喪失殆盡。質，樸實。並，一齊。散，分散失落。❺貴己　注重內在的品質修養。❻賤物　看輕外物。❼於是棄絕乎禮義之緒六句　寫莊子時代毀棄禮義、捨身逐利的壞風氣。緒，指前人留下的禮義。奪攘，侵奪；竊取。際，時候。趨利，逐利。辱，恥辱。殞身，死亡。漸漬陷溺，沉迷而不覺醒。已，語氣詞。❽病之　對這種社會風氣十分擔憂。病，憂慮。之，指代前文所說的壞風氣。❾思　考慮。❿矯　矯正。⓫歸之於正　使之重新符合先王的道德標準。歸，返回。正，標準；準則。⓬過慮　過度擔憂。慮，憂慮；發愁。⓭故同是非五句　是說莊子用「齊物論」以矯正時弊的主張。莊子認為是與非、彼與我、利與害都是相同的，沒有什麼區別。故應去除成心，揚棄我執，超脫塵世，「自事其心」（《莊子・人間世》），「獨與天地精神往來」（《莊子・天下》），以求得心靈的快慰。「同」、「齊」、「一」都是「相同」的意思。足，滿足；滿意。得，獲得；求得。⓮又懼來世之遂句　又擔心後世人證實他的說法而不能見到天地的純美和古人學說的精華。來世，後世。遂，全部；完全。實，證實。吾說，指莊子學說。大體，指古人思想的精華。⓯傷其心於卒篇以自解　在最後的〈天下〉篇中悲傷地自我解說。傷，悲傷。卒篇，最後一篇，指《莊子・天下》篇。其文云：「後世之學者，不幸不見天地之純，古人之大體，道術將為天下裂。」自解，自我解說。⓰詩以道志　《詩經》是用來表達心志的。詩，指《詩經》，我國最早的一部詩歌總集。道志，表達心志。⓱書以道事　《尚書》是用來記述政事的。書，即《尚書》，亦稱《書經》，上古歷史文獻和部分追述古代事跡著作的彙編。道事，記述政事。⓲禮以道行　《周禮》用來說明行為規範。禮，指《周禮》，亦稱《周官經》，是搜集周朝王制和戰國時代各國制度，增添排比而成的彙編。道行，說明行為規範。⓳樂以道和　《樂經》用音樂來調節性情。樂，指《樂經》。道和，用音樂來調節性情。⓴易以道陰陽　《周易》是用來闡明陰陽變化的。易，即《周易》，又稱《易經》。道陰陽，闡明陰陽變化。㉑春秋以道名分　《春秋》體現出尊卑名分。春秋，編年體春秋史。道名分，體現尊卑名分。㉒聖人　指孔子。相傳六經為孔子編定，故說由此可以看出莊子是了解孔子之道的。《莊子・天運》中有「丘治《詩》、

《書》、《禮》、《樂》、《易》、《春秋》六經。」㉓譬如耳目鼻口六句　引自《莊子・天下》篇，是說諸子百家好像耳目鼻口，都有它的功能，不能互相替代，也如同各家眾技一樣，各有所長，在一定時候也有它的用處。明，分辨；區分。㉔用是以明聖人之道二句　謂莊子用此說明孔子的學說其全面處在能兼取眾長。㉕而亦自列其書四句　是說莊子在書中評論了名、法、墨、道諸家學派，把自己列於諸派之一，自己一派同諸派一樣都只是通一端之士，不是察古人之全、備天下之美的大道。宋鈃，戰國時宋國人。《漢書・藝文志》著錄《宋子》十八篇，列名家。慎到，趙國人。戰國時的法家代表之一，著有《慎子》。墨翟，即墨子，春秋戰國之際思想家。老聃，即老子，春秋時思想家，道家學派的創始人。該，同「賅」。完備；備盡。不偏，不周遍。一曲，一隅。為，用。㉖存　保存。㉗伯夷之清二句　古代把伯夷和柳下惠奉為賢哲的典型。伯夷，商孤竹君之子，周武王伐紂時，與叔齊叩馬諫阻。武王滅商後，他們恥食周粟，餓死首陽山中。柳下惠，即展禽，春秋魯大夫，因食邑柳下，謚惠，故稱柳下惠。任士師（掌管刑獄的官）時，曾三次被黜，他以善於講究貴族禮節著稱。孟軻說：伯夷「非其君不事，非其民不使。治則進，亂則退」；「柳下惠不羞汙君，不辭小官」；「伯夷，聖之清者也」，「柳下惠，聖之和者也」（《孟子・萬章下》）。清，高潔。和，適合；恰當；恰到好處。㉘徒　同類的人。㉙比　相近。㉚過　超過一定的限度。㉛矯枉　矯正彎曲。枉，彎曲。㉜墨子之心則是也二句　《莊子・天下》：「墨翟、禽滑釐（墨翟弟子）之意則是，其行則非也。」謂因墨翟、禽滑釐之學，意在濟世；然其行太過，使人難受，故其行則非也。

【語　譯】先王們的恩澤，到莊子時代已全被忘卻了。天下風氣，崇尚詭詐，質樸本性喪失殆盡，即使那些學士大夫，也沒有誰了解應該注意內在品質的修養而看輕外物的道理。於是他們拋棄先人留下來的禮義而去趨名逐利，不以為恥，即使犧牲生命也在所不惜，以致日漸沉迷，到了不可挽救的地步。莊子對此十分擔憂，考慮要用自己的學說來矯正時弊，使之重新符合先王的道德標準。他過度擔心，以致認為仁義禮樂都不足以自矯時弊，因此提出是與非、彼與我、利與害都是相同的，應去除成心，揚棄我執，達到一種超脫塵世的逍遙遊的境界，以求得心靈的快慰，他是想用這種齊物論的主張來改變世俗的。莊子既用他的學說來矯時之弊，又怕後世為證明他的說法而不能見到天地的純美和古人學說的精華，於是只好在最後的〈天下〉篇中悲傷地自我解說。所以他在本篇說：「《詩經》用來表達心志，《尚書》用來記述政事，《周禮》用來說明行為規範，《樂經》是用音樂來陶冶人的性情，《周易》是闡明陰陽變化的，《春秋》是體現尊卑名分的。」由此看來，莊子難道不了解孔子之道嗎？所以他又說：「諸子百家好像耳目鼻口，各有自己的功能，不能互相替代，也如同各家眾技一樣，互有所長，在一定時候也有各自的用處。」以此來說明孔子學說的全面之處在於能兼取眾長，同時把自己只列於宋鈃、慎到、墨翟、老聃諸家學派之一，認為自己一派同其他諸家一樣，都是不全面的、只精通某一方面的。大概是要表示他的言論是有目的而發的，並不是察古人之全、備天下之美的大道。既然這樣，那麼莊子難道不是有意於天下之弊而保存了孔子之道嗎？伯夷、柳下惠二位典型的賢哲，對矯正天下時弊產生過一定的影響，莊子也有類似的用心，跟二位聖人應屬同類的人。然而莊子的學說仍然近似於邪說，大概在於他矯時之弊過了頭。矯正彎曲，想把它變直，矯正過了頭，則又回到彎曲了。莊子曾說：「墨翟之學，意在濟世，所以他的思想是好的，可是他的行為過了火，使人難受，因此又是不對的。」推敲莊子的學說來考求他的行為，與墨子之學又有什麼差別呢？

後之讀《莊子》者，善其為書之心，非其為書之說❶，則可謂善讀矣，此亦莊子之所願於後世之讀其書者也。今之讀者，挾莊以謾吾儒❷曰：「莊子之道大哉，非儒之所能及知也。」不知求其意，而以異於儒者為貴，悲夫！

【章　旨】歸結善讀《莊子》的原則，批評挾莊以謾儒的偏頗。

【注　釋】❶善其為書之心二句　讚許莊子著書的用心，批評莊子的某些見解。善，認為……好。為書，著書。非，認為……錯誤或不是。❷挾莊以謾吾儒　憑著莊子的學說，輕視儒家之道。挾，倚仗；倚以自重。謾，通「慢」。輕視。

【語　譯】後世讀《莊子》的人，讚揚莊子著書的用心，批評莊子的某些見解，這就稱得上善於讀書了，莊子也正是如此希望他的這些後世讀者的。現在某些讀者憑藉莊子的學說，輕視儒家之道說：「莊子之道很完美啊，是儒家之道所不能及的。」他們不知探求莊子的本意，卻以不同於儒者為貴，悲哀呀！

性說

【題解】這是王安石的一篇關於人性問題的論文。此外，王安石對於人性的論述，還散見於〈禮論〉、〈禮樂論〉、〈性情〉、〈原性〉等篇。他的人性論，既不同於孟子的性善論和荀子的性惡論，也不同於揚雄的性善惡混說，其特點是把人性作為單純的心理能力來考察。他認為人性是人的心理能力，出之於自然，是天資之才；這種先天的心理能力是從物質中產生，這種物質就是人的形體。他強調後天的習慣修養，認為「生之謂性」，「性之無分於善與不善」，與戰國時告子的人性論基本相同。在這篇文章中，王安石表面上通過解釋孔子的話來批駁韓愈的「性三品」說，實際上是反對所謂天生命定的人性；認為人之所以有善、惡、智、愚的不同，都是後天習得的結果，「非生而不可移」。文章論證謹嚴，邏輯性極強，體現了王安石哲學論文的一貫特色。

孔子曰：「性相近也，習相遠也。」❶吾是以❷與❸孔子也。韓子之言性❹也，吾不取焉。然則孔子所謂「中人以上可以語上，中人以下不可以語上❺」，「惟上智與下愚不移❻」，何說也？曰：習於善而已矣，所謂上智者；習於惡而已矣，所謂下愚者；一習於善，一習於惡，所謂中人者。上智也，下愚也，中人也，其卒也命之而已矣❼。有人於此，未始為不善也❽，謂之上智可也；其卒也，去而為不善❾，然後謂之中人可也。有人於此，未始為善也，謂之下愚可也；其卒也，去而為善❿，然後謂之中人可也。惟其不移⓫，然後謂之上智；惟其不移，然後謂之下愚。皆於其卒也命之，夫非生而不可移也。

【章　旨】以自己的人性觀，闡發孔子的人性論，繼而提出自己的論點：「上智也，下愚也，中人也，其卒也命之而已矣。」

【注　釋】❶孔子曰三句　語出《論語・陽貨》。意謂人初生時本性都相近於善，只是由於後天所受的社會習染不同才相距遠了。❷是以　因此。❸與　贊同。❹韓子之言性　韓子即韓愈（西元七六八－八二四年），字退之，河南河陽（今河南孟縣西）人，唐代著名的文學家、思想家。著有〈原道〉、〈原性〉等，強調自堯舜至孔孟一脈相傳的道統，企圖重振儒家思想。他的「人性」觀點詳見其〈原性〉一文，本文第二段亦提及。❺中人以上可以語上二句　語出《論語・雍也》。意謂中等以上的人可以和他談論高深的道理，而中等以下的人不可以和他談論高深的道理。❻惟上智與下愚不移　語出《論語・陽貨》。意謂只有中等以上的人與中等以下的人是改變不了的。上智，中等以上的人。下愚，中等以下的人。移，改變。❼其卒也命之而已矣　根據他最後的表現，來稱他是上智、下愚或中人。卒，最終。命，稱呼；命名。此處作決定講。以上幾句是本文的主要論點。

王安石認為，人性是上智或下愚，要看最後的結果，即後天學習的結果，而非天生的，也非生來不可改變的。❽未始為不善也　開始時沒有做壞事。❾其卒也二句　他最終卻棄善從惡。❿其卒也二句　他最終卻棄惡從善。⓫不移　沒有改變。

【語譯】孔子說：「人的本性都是相近的，因習染不同才相差遠了。」我贊成孔子這種說法。而對韓愈談及人性的觀點，我認為是不可取的。那麼，孔子所講的「中等以上的人，可以告訴他高深的道理；中等以下的人，不可以告訴他高深的道理」，「只有上智和下愚是改變不了的」，這又是什麼意思呢？我認為一貫都學好的，就是所謂的上智；一貫都學壞的，就是所謂的下愚；一時學好，又一時學壞的，就是所謂中等的人。是上智、下愚或中等的人，只能根據他最終的表現來決定。比如有一個人，他原先沒有做過壞事，可以說他是上智的人；可是後來他也去做壞事，這時就可以說他是中等的人。又有一個人，原先沒有做過好事，可以說他是下愚的人；但他後來也做好事，這時也可以說他是中等的人。只有他一貫都好，始終不變，然後才可以說是上智；只有他一貫都壞，又始終不變，然後才可以說是下愚。這都要根據他最終的表現來判斷，並非生下來就不可以改變的。

且韓子之言弗顧矣❶，曰：「性之品三，而其所以為性五❷。」夫仁、義、禮、智、信，孰❸而可謂不善也？又曰：「上焉者之於五，主於一而行之四❹；下焉者之於五，反於一而悖於四❺。」是其於性也，不一失焉❻，而後謂之上焉者；不一得焉，而後謂之下焉者。是果❼性善，而不善者，習也。

【章　旨】列出韓愈關於人性的觀點，並加以指摘。

【注　釋】❶且韓子之言弗顧矣　可是韓愈的觀點卻不顧上面所講的事實和道理。弗，不。❷性之品三二句　韓愈在〈原性〉中把人性分為上中下三等，認為上等人全善，沒有雜質，越學越好；下等人是全惡，只能對他採取強制的方法。而上等人和下等人都是天生不變的，只有中等人可上可下。構成人性的是仁、義、禮、智、信這五種品德。❸孰　反問代詞，誰。❹主於一而行之四　以仁這一德為核心，而通於義、禮、智、信這四德。❺反於一而悖於四　違反了仁這一德，也就背離了義、禮、智、信這四德。悖，逆；背離。❻不一失焉　沒有一樣失去，即完全具備。❼果　如果。

【語　譯】韓愈的觀點卻不顧事實與道理，他說：「人的本性分為三等，而構成本性的是五德。」仁、義、禮、智、信這五德，哪一樣能說不好呢？他又說：「就五德而言，上等人是以仁為核心，又能貫通於其他四德；下等人既違反了仁，也就背離了四德。」對於人性而言，五德中沒有失去任何一德的人就叫上等人，連一德都沒有具備的就叫下等人。這樣說來，人的本性如果天生的，那就是善的；而不善的東西，只是後天的習染才成的。

「然則堯之朱、舜之均❶，瞽瞍之舜❷、鯀之禹❸，后稷❹、越椒❺、叔魚❻之事，後所引者❼，皆不可信邪？」曰：「堯之朱、舜之均，固吾所謂習於惡而已者；瞽瞍之舜、鯀之禹，固吾所謂習於善而已者。后稷之詩以異云❽，而吾之所論者常也。《詩》之言，至以為人子而無父。人子而無父，猶可以推其質常乎？夫言性，亦常而已矣。無以常乎？則狂者蹈❾火而入河，亦可以為性也。越椒、叔魚之事，徒聞之左丘明❿，丘明固不可信也。以言取人，孔子失之宰我⓫；以貌，失之子羽⓬。此二人者，其⓭成人也，孔子朝夕與之居，以言貌取之而失。彼其始生也，婦人者以聲與貌定，而卒得之，婦人者獨有過孔子者耶⓮？」

【章　旨】以史實為證，批駁韓愈的人性觀，具體論證「其卒也命之而已矣」的人性論。

【注　釋】❶堯之朱舜之均　堯、舜均詳見〈上仁宗皇帝言事書〉注。朱，即丹朱，是堯之子。均，即商均，是舜之子。據說二人都傲慢荒淫，所以堯才傳位於舜，舜才傳位於禹。❷瞽瞍之舜　瞽瞍是傳說中舜的父親。相傳他多次想殺舜，但舜仍然對他十分孝順。❸鯀之禹　鯀是禹的父親，是我國神話中具有叛逆性格的英雄。

傳說他從上帝處偷來「息壤」（一種可以不斷自行增長的土壤）來防治洪水，因此受到上帝的懲罰。王安石此處沿襲儒家傳統看法，認為鯀剛愎自用，治水無功，應當受到懲罰。❹后稷　傳說中周族的始祖，據說是有邰氏之女姜嫄因踏上帝的足印而生的聖人。❺越椒　姓鬭，春秋時楚國令尹子文的侄子，子良的兒子。《左傳・宣公四年》記載其出生時有熊虎之狀，發豺狼之聲。子文說他長大後必將破家滅族，主張及早殺掉，子良不聽。後來越椒長大，果然起兵攻楚王，被滅族。❻叔魚　姓羊舌，春秋時晉國大夫叔向之弟。出生時相貌凶惡，其母認為他長大後會因財而死，後來果然因受賄被殺。（見《左傳・昭公十三年》）❼後所引者　後人引用的這些事例。關於丹朱、商均、堯、舜、禹、后稷、越椒、叔魚之事，韓愈在〈原性〉中均用為論據，宣揚人性之善惡是先天所決定。❽后稷之詩以異云　記載后稷出生的那一件事，是從怪異方面說的。關於后稷的神奇傳說，均見於《詩經》周民族先民史詩〈大雅・生民〉篇。❾蹈　跳。❿左丘明　春秋時魯國史官。相傳《左傳》、《國語》皆其所著，王安石對此持懷疑態度。⓫以言取人二句　語本《史記・仲尼弟子列傳》。意謂只根據言論來評定優劣，結果孔子看錯宰我了。宰我，即宰予，孔子的學生。他能言善辯，孔子最初肯定他的長處，收他為「言語科」的弟子。他後來反對孔子提倡的父母死，兒子應從孝三年的古禮（《論語・陽貨》）；又曾經「晝寢」，孔子稱之為「朽木不可雕也」（《論語・公冶長》）。⓬以貌二句　語本《史記・仲尼弟子列傳》。意謂孔子只根據子羽的相貌醜惡來斷定他才薄，結果看錯子羽。子羽，即澹臺滅明，字子羽，孔子的學生。據傳他求為孔子弟子時，因相貌醜陋而被拒絕，後來勉強收留。他學成之後，到處宣揚孔子的主張，有弟子三百人。⓭其　此處用同「則」，作「都是」之義。⓮彼其始生也四句　意謂叔魚的母親以體貌判定剛剛出生的兒子不幸的結果，又以啼哭聲判定剛剛出生的兒子不幸的結局，結果都說對了，難道這些婦人勝過孔子麼。

【語　譯】「那麼，堯的兒子丹朱、舜的兒子商均、瞽瞍的兒子舜、鯀的兒子禹，以及后稷、越椒、叔魚等人的事例，後人是引證過的，是否都不可信呢？」我說：「堯的兒子丹朱、舜的兒子商均，就是我所說的一貫學壞的那一種人；瞽瞍的兒子舜、鯀的兒子禹，就是我所說的一貫學好的那一種人。《詩經》裡關於后稷的記載是荒唐的傳說，而我所談論的是正常的情況。《詩經》裡的這種說法，竟然認為兒子可以沒有生父。有兒子卻沒有生父，難道還可以根據正常情況來推斷品質的好壞嗎？談本性，也不過是就正常情況而言。不以正常情況來說嗎？那麼，瘋癲的人跳火坑、投河流，也可以算是人的本性了。越椒、叔魚的事，我們僅僅從左丘明那裡聽來，其實左丘明的話本來就不可相信。因為只憑言談來判斷人的好壞，孔子曾經錯認宰我的本質；只憑相貌來判斷人的優劣，孔子曾經把握不了子羽的真正為人。這二人都是成年人，孔子與他們朝夕相處，憑他們的言談、相貌來判斷好壞，結果都判斷錯了。而對那剛剛出生的嬰兒，一個婦人只憑聲音和相貌來判定他們的結局，竟然都說對了，難道婦人還能超過孔子嗎？」

太古

【題解】本文是王安石的短篇名作之一，作於北宋神宗熙寧三年（西元一〇七〇年），李德身《王安石詩文繫年》認為此文「當有為而發，或作於是年滿朝爭新法之時」。文章具有鮮明的針對性，主要是為批駁新法反對派，如司馬光以老子「無為而治」、「天下神器，不可為也，為者敗之，執者失之」等觀點為由對新法進行的攻擊，為新法闡明理論根據而作。文中體現了王安石的社會進化觀，文筆雄健有力，犀利簡潔而峻直，顯示了王安石作為一名思想家兼政治家的銳氣與膽識。

太古❶之人，不與禽獸朋❷也幾何？聖人惡之也，制作焉❸以別之。下而戾❹於後世，侈裳衣❺，壯宮室，隆❻耳目之觀以囂❼天下，君臣、父子、兄弟、夫婦皆不得其所當然，仁義不足澤❽其性，禮義不足錮❾其情，刑政不足網❿其惡，蕩然⓫復與禽獸朋矣。聖人不作⓬，昧者⓭不識所以化之之術，顧⓮引而歸之太古。太古之道果可行之萬世，聖人惡用⓯制作於其間？必制作於其間，為太古之不可行也。顧欲引而歸之，是去禽獸而之⑯禽獸，奚⑰補於化哉？吾以為識治亂者，當言所以化之之術，曰「歸之太古」，非愚則誣⑱。

【章旨】反駁回歸上古、無為而治的觀點，強調應根據社會的進化，尋求解決社會問題的方法。

【注釋】❶太古　遠古。❷朋　相類相同。《詩經・唐風・椒聊》：「彼其之子，碩大無朋。」《毛傳》：「朋，比也。」❸制作焉　王安石此處認為是儒家聖人制禮作樂，才使人與禽獸得以區分，沿襲了儒家傳統舊說。制作，指聖人制禮作樂。焉，語氣詞，含「於是」之意。❹戾　到達。《詩經・小雅・采芑》：「其飛戾天。」《毛傳》：「戾，達也。」❺侈裳衣　意謂穿著奢侈華麗。侈，奢侈，此處用作動詞。裳衣，古代上曰衣，下曰裳。❻隆　豐盛，此處用為動詞，引申為盡情之意。❼囂　喧嘩；哄動。❽澤　潤滋，引申為陶治之意。❾錮　禁閉；控制。❿網　制約；約束。⓫蕩然　淨盡貌，或為行為放蕩之意，皆通。⓬作　振作；興起。⓭昧者　指愚昧無知的人。⓮顧　反而。⓯惡用　何必；哪裡需。⓰之　往；回。此處相當於「回到……中去」。⓱奚　表示疑問的語氣代詞。⓲誣　胡說八道；欺騙。

【語譯】遠古時代的人，和禽獸不同的地方並沒有多少。聖人討厭這種情況，於是制作禮樂，使人和禽獸區別開來。往下到了後代，人們講究衣服的豪華奢侈，宮室庭院的壯麗堂皇，盡情追逐耳目聲色的樂趣，從而擾亂了社會，以至於君臣、父子、兄弟、夫婦之間的關係都失去了應當遵守的準則，仁義不能陶治他們的性情，禮樂不能禁錮他們的情欲，刑罰不能約束他們的惡行，社會秩序蕩然無存，人們又與禽獸相類了。聖人沒有興起，愚昧無知的人又不知用來教化民眾的方法，反而要把社會拉回到遠古時代去。如果遠古時代那套道理真正可以施行萬世，聖人又何必制禮作樂？之所以一定要制禮作樂，就是因為遠古時代那套道理行不通。如果非要把社會拉回到遠古時代，那就等於使人類脫離禽獸狀態後又返回到禽獸中，這哪裡有助於教化民眾呢？我以為深明社會治亂道理的人，應當講求教化民眾的方法，那種要回復到遠古時代的議論，不是愚蠢，就是謊言。

興賢

【題解】文章通過商、周、兩漢的歷史事實，說明治世和亂世都有賢才，任賢和棄賢關係到國家的興亡，應該十分慎重的對待；朝廷只要信用賢才，充分發揮他們的作用，就能達到太平之境。文章前段論古，從理論上闡明主旨；後段論今，主要提出具體的興賢方法。以古證今，前呼後應，思辨清晰，語言明快，把論史和議政結合起來，頗有說服力。興賢，舉用賢能。

國以任賢使能❶而興❷，棄賢專己而衰❸。此二者必然之勢，古今之通義，流俗❹所共知耳。何治安❺之世有之而能興，昏亂之世雖有之亦不興，蓋用之與不用之謂矣。有賢而用，國之福也，有之而不用，猶無有也。商之興也有仲虺❻、伊尹❼，其衰也亦有三仁❽。周之興也同心者十人❾，其衰也亦有祭公謀父❿、內史過⓫。兩漢⓬之興也有蕭、曹、寇、鄧⓭之徒，其衰也亦有王嘉⓮、傅喜⓯、陳蕃⓰、李固⓱之眾。魏、晉而下，至於李唐⓲，不可偏舉，然其間興衰之世，亦皆同也。由此觀之，有賢而用之者，國之福也，有之而不用，猶無有也。可不慎歟？

【章　旨】援引商、周和兩漢史實，說明不論治安與昏亂之世，都有賢能之士，用賢國家就興盛，棄賢國家就衰敗。

【注　釋】❶任賢使能　即任用賢能之士。賢，指德行高。能，指才幹強。❷興　興旺發達。❸棄賢專己而衰　因拋棄賢能之士、獨斷專行而衰落。專己，自己專斷。衰，衰敗。❹流俗　指世間平庸的人。❺治安　太平；安定。與下文「昏亂」相反。❻仲虺　商王湯的左相。《尚書》有〈仲虺之誥〉。❼伊尹　名摯，商之賢相，助湯伐桀滅夏，建立商朝。❽三仁　指商代末年的微子、箕子、比干。微子見殷紂王昏亂殘暴而離去，箕子、比干勸諫而被辱、被殺。孔子稱他們為三仁，參見《論語・微子》。❾同心者十人　指一心一意輔助周王治理國家的十位大臣。《尚書・泰誓中》：「予有亂臣十人，同心同德。」十人是周公旦、召公奭、太公望、畢公、榮公、太顛、閎夭、散宜生、南公适、文母等十人。❿祭公謀父　周卿士。《國語・周語上》說，穆王將要征討犬戎，祭公謀父認為「先王耀德不觀兵」，極力勸諫他休兵，穆公不從。⓫內史過　即周代的臣子過。內史，周的官名。協助國君掌管爵祿及策命。過，周代朝臣，思想開明，主張以民為本的德政。⓬兩漢　即西漢、東漢。⓭蕭曹寇鄧　蕭即蕭何，曹即曹參，兩人都協助漢高祖劉邦打天下，在高祖、惠帝時二人先後為國相，平定內亂，經營天下，使漢初天下承平。寇即寇恂，鄧即鄧禹，兩人都是東漢光武帝劉秀時人。光武起兵，寇恂坐鎮河內，為光武軍隊保障軍需，其功類似劉邦時鎮守關中的蕭何。鄧禹是重要的軍事將領，號為「鄧將軍」，協助劉秀奪取天下。⓮王嘉　以明經射策甲科為郎，歷任地方官，在朝曾為大中大夫、大鴻臚、御史大夫，漢哀帝建平三年為丞相。其為地方官「治甚有聲」，政績清好，入朝為官敢言直諫。痛陳政治得失，「剛直嚴毅有威重，上甚敬之」。後忤哀帝佞幸董賢，死於獄中。⓯傅喜　少好學問，有志行。成帝選喜為太子庶子。哀帝即位任喜為右將軍，一時內外「眾庶歸望於喜」。傅喜為人恭儉，行義修潔，忠誠憂國。⑯陳蕃　主要政治活動在桓、靈之際。陳蕃志節高亢，「忠清直亮」，與漢末昏俗殊死爭鬥，並志誅亂政的閹黨，後終被閹黨加害，死時年七十餘。⑰李固　歷為荊州刺史、太山太守，入朝時為大司農，漢沖帝時為太尉。為人有才德，有政績，敢言直諫，嫉惡如仇，桓帝時為大將軍梁冀所誣害，死時五十四歲。⑱李唐　即唐朝。因唐統治者姓李，故稱。

【語　譯】國家因任用賢能之士而興盛，因屏棄賢能之士獨斷專行而衰敗。這兩點，是必然的趨勢，古今適用的道理，有一般見識的人也會知道的。為什麼太平安定的時代有了賢能之士就會興盛，昏暗動亂的時代雖然有賢能之士卻不能興盛，這原來是用與不用賢士的緣故。有賢能之士並且任用他，這是國家的福運，有賢能之士卻不加任用，就像沒有一樣。商朝興起時有仲虺、伊尹，它衰敗時也有三位仁人。周朝興起時有同心同德的大臣十位，它衰敗時也有祭公謀父、內史過。兩漢興起時有蕭何、曹參、寇恂、鄧禹等人，它衰敗時也有王嘉、傅喜、陳蕃、李固這些人。魏晉以下，直到李唐王朝，不能一一枚舉，然而在這期間，無論興盛時代還是衰落時代，都有一批賢能之士，在這一點上情形都是如此。由此看來，有賢能之士並能加以任用，這是國家的福氣；有賢能之士卻不能加以任用，就好像沒有一樣。對這個問題能不慎重嗎？

今猶古也，今之天下亦古之天下，今之士民亦古之士民。古雖擾攘之際❶，猶有賢能若是之眾❷，況今太寧❸，豈曰無之，在君上用之而已。

博詢眾庶❹，則才能者進矣；不有忌諱，則讜直之路❺開矣；不邇❻小人，則讒諛者❼自遠矣；不拘文牽俗❽，則守職者辨治❾矣；不責人以細過❿，則能吏之志得以盡其効⓫矣。苟行此道，則何慮不跨兩漢軼三代⓬，然後踐五帝、三皇之塗⓭哉？

【章　旨】聯繫宋朝現實，說明只要君主信用賢能，使他們充分發揮作用，就可達到五帝、三皇那樣的理想社會。

【注　釋】❶擾攘之際　混亂的時候。擾攘，混亂；不太平。❷若是之眾　如此之多。眾，多。❸太寧　太平安寧。❹博詢眾庶　廣泛地徵求別人的意見。博，廣泛。詢，詢問；訪問。眾庶，眾多的人。❺讜直之路　忠直敢諫的言路。讜，直言；善言。❻邇　接近。❼讒諛者　進讒言或阿諛奉承的人。❽拘文牽俗　受成規習俗的束縛。牽俗，受習俗牽制。❾辨治　分辨是非，毫無疑慮地辦事。辨，判別；不疑惑。治，治理。❿細過　小缺點；小過錯。⓫効　功效；效率。⓬軼三代　超過三代。軼，超過。三代，指夏、商、周三代。⓭踐五帝三皇之塗　達到五帝三皇時大治的境地。踐，踏；達到。五帝，相傳古代有五帝，其說法不一，《史記・五帝本紀》以黃帝、顓頊、帝嚳、唐堯、虞舜為五帝。三皇，也有多種說法，《尚書大傳》等以燧人、伏羲、神農為三皇。塗，通「途」。道路。這裡指境地。

【語　譯】現在如同古代，現在的天下也如同古時的天下，現在的士人百姓也如同古時的士人百姓。古時即使是動盪混亂的年代，還有如此多的賢能之士，何況現在天下太平安定，哪裡能說沒有賢能之士。關鍵在於君主怎樣使用罷了。君上廣泛地徵求眾人的意見，那麼有才能的人就能夠得到選拔任用；不忌諱別人指出過錯，那麼忠直敢諫的言路就敞開了；不接近奸佞小人，那麼進讒諂媚的人就自然疏遠了；不受成規舊俗的束縛，那麼守職的官員就能毫無疑慮的辦事了；不因細小的過失而責備人，那麼有才能的官員的抱負就能完全得到實踐了。如果能夠施行這些用人之道，哪裡還用擔心不能實現超過兩漢、三代的事業，不能進入五帝、三皇時天下大治的境地呢？

委任

【題解】本文具體寫作時間不詳，但從文章的內容、手法看，近於〈興賢〉等篇，可能作於同一時期。〈興賢〉議論的是如何發現人才、使用人才，本文則著重於如何使用人才。文章開門見山，首先提出總論點：「人主以委任為難，人臣以塞責為重。」既而以漢高祖為例，說明用人不疑，才能終成大業。然後繼續引用大量史實，論證任人得失的重要性，並特別提及東漢中後期，三公徒有虛名，事歸臺閣，受制於宦官，卻不得不承受嚴厲懲罰，任輕責重，導致國家政事日益衰敗。最後作者又進一步強調臣下的忠貞與否及是否能盡力發揮才幹，主要取決於君主對待人臣的態度如何。文章旨意明晰，論據充分，議論風發，並反覆以正反對比論證，極具說服力。

人主❶以委任為難，人臣以塞責❷為重。任之重而責之重，可也；任之輕而責之重，不可也。愚無他識，請以漢之事明之。高祖❸之任人也，可以任則任，可以止則止。至於一人之身，才有長短，取其長則不問其短；情有忠偽，信其忠則不疑其偽。其意曰：「我以其人長於某事而任之，在它事雖短何害焉❹？我以其人忠於我心而任之，在它人雖偽何害焉？」故蕭何刀筆之吏❺也，委之關中❻，無復西顧之憂。陳平❼亡命之虜❽也，出捐四萬餘金❾，不問出入。韓信❿輕猾⓫之徒也，與之百萬之眾而不疑。是三子者，豈素著忠名哉？蓋高祖推己之心而寘⓬於其心，則它人不能離間而事以濟⓭矣。

【章　旨】開宗明義，提出「人主以委任為難，人臣以塞責為重」的觀點，並以漢高祖任人之例，說明人主委任臣下當推己之心取其長、取其忠。

【注　釋】❶人主　指皇上。❷塞責　完成職責。❸高祖　指西漢開國皇帝劉邦。他本是秦朝小吏，乘秦末大亂起兵反抗暴政，率先攻破秦都咸陽。其後與項羽爭奪天下，最終獲勝，於西元前二〇六年建立西漢政權。司馬遷《史記》有〈高祖本紀〉。❹在它事雖短何害焉　意謂至於其他的事即使是不擅長又有什麼妨害。❺蕭何刀筆之吏　蕭何本為秦縣吏，後隨劉邦起兵抗秦。劉邦與項羽爭奪天下時，蕭何留守巴蜀，為劉邦軍隊供應給養，輸送兵源，使其無後顧之憂。劉邦建國後任宰相。司馬遷《史記》有〈蕭相國世家〉。❻委之關中　把關中地區託付給他。關中，指函谷關以西的地方，約今陝西境內。❼陳平　劉邦的重要謀士之一。秦末天下大亂時，他先投奔魏王，獻計不聽，又遭讒言，投奔項羽麾下；從事項羽不久，因事懼誅，又投奔劉邦，屢出奇謀，為打敗項羽立下汗馬功勞。劉邦去世後，呂后專權，陳平任宰相，虛與委蛇，後設計鏟除諸呂。❽亡命之虜　出逃的犯人。❾出捐四萬餘金　指楚漢之戰中，劉邦曾交給陳平四萬多兩黃金，讓他去收買項羽部下，事後劉邦並不查問這批黃金。❿韓信　其始「貧無行」，既不能被選拔為吏，又不事產業，常從人寄食，「人多厭之」。投奔項羽，未受重用，逃歸劉邦，被蕭何推薦為大將，屢屢戰勝項軍，最終於垓下徹底擊潰項羽。西漢政權建立後受封楚王，不久貶為淮陰侯，後為呂后所殺。《史記》有〈淮陰侯列傳〉。⓫輕猾　輕浮狡猾。⓬寘　安置；放置。⓭濟　成功。

【語譯】君主把委託任命當做困難之事，而人臣則把完成自己的職責當做重要事情。任命的職權重而要求他承擔很重的責任是可以的；任命的職權輕而要求他承擔很重的責任就不行。我愚昧無識，請讓我用漢代的事例來證明。漢高祖劉邦任用人才，可以委任就委任，應該撤掉就撤掉。至於對於同一個人，才能有長有短，就利用他的長處而不管他的短處；情感有忠有假，就相信他忠誠的一面而不懷疑他的虛偽。他的意思是：「我因為這個人擅長某事而任命他，即使他在其他事情上有所不足，又有什麼妨害呢？我因這個人忠於我而任用他，即使他對其他人虛偽，又有什麼妨害？」所以，雖然蕭何是一個小小官吏，漢高祖劉邦卻把關中地區託付給他，從而沒有西顧之憂。雖然陳平是一個逃亡之徒，劉邦卻拿出四萬多兩黃金交給他，而事後不查詢這批金子的下落。韓信是狡猾輕浮的人，劉邦卻交給他百萬大軍而不懷疑。這三個人，難道是平素享有忠誠的好名聲？漢高祖對他們推心置腹，別人就不能挑撥離間，他的霸業從而得以成功。

後世循高祖則鮮有敗事❶，不循則失。故孝文雖愛鄧通，猶逞申屠之志[2]；孝武不疑金、霍，終定天下大策[3]。當是時，守文[4]之盛者，二君[5]而已。元[6]、成[7]之後則不然。雖有何武[8]、王嘉、師丹[9]之賢，而脅於[10]外戚[11]豎宦[12]之寵，牽於[13]帷嬙[14]近習[15]之制，是以王道寖微[16]，而不免負謗於天下[17]也。中興[18]之後，唯世祖[19]能馭[20]大臣，以寇、鄧、耿[21]、賈[22]之徒為任職，所以威名不減於高祖。至於為子孫慮則不然，反以元、成之後，三公[23]之任多脅於外戚、豎宦、帷嬙近習之人而致敗，由是置三公之任，而事歸臺閣[24]，以虛尊[25]加之而已。然而臺閣之臣，位卑事冗[26]，無所統一，而奪[27]於眾多之口，此其為脅於外戚、豎宦、帷嬙近習者愈矣。至於治有不進，水旱不時，災異或起，則曰三公不能燮理陰陽[28]而策免之，甚者至於誅死，豈不痛哉！沖[29]、質[30]之後，桓[31]、靈[32]之間，因循以為故事[33]。雖有李固、陳蕃之賢，皆挫於閹寺之手[34]，其餘則希世用事全軀[35]而已，何政治之能立哉？此所謂任輕責重之弊也。

【章 旨】具體以漢代事例為證，闡述「任輕責重」的弊端。

【注 釋】❶鮮有敗事 很少有為政失敗的。鮮，極少。❷故孝文雖愛鄧通二句 鄧通，漢文帝寵幸的弄臣，因曾為漢文帝吮癰而得寵，文帝賜給他銅山，可以私自鑄錢，景帝時敗死。申屠，即申屠嘉，漢文帝時為丞相，「為人廉直，門不受私謁」。申屠上朝奏事，鄧通居上，坐在文帝身旁，「有怠慢之禮」。申屠嘉認為皇帝私愛不能亂朝廷禮制，後傳檄召鄧通至丞相府，文帝明知鄧通此去將受辱乃至喪命，仍令鄧通前往。在丞相府中，申屠嘉對鄧通曉以大義，文帝又派人及時把他召回。逞，滿足。❸孝武不疑金霍二句 孝武，即漢武帝劉徹。金，即金日磾，本是匈奴人，隨昆邪王降漢為皇帝養馬，後被漢武帝發掘並獲得信任，經常「入侍左右」，為人謹慎忠正，「未嘗有過失」。後漢武帝病重託孤，霍光推薦金，他以自己是匈奴人而辭謝，遂作為霍光副手。霍，即霍光，因其同父異母兄長霍去病引薦而入朝為郎，「出入禁闥二十餘年，小心謹慎，未嘗有過，甚見親信」。漢武帝病重，將霍光比之於周公而殷勤託孤，任光為大司馬大將軍，委朝政於他，授遺詔輔佐少主昭帝。光不負所託，忠心輔佐年僅八歲的少主，使漢王朝在漢武帝去世後保持了穩定與發展。❹守文 遵守成法。文，法規制度。❺二君 指漢文帝、漢武帝。❻元 指漢元帝劉奭，在位十六年（西元前四八－前三三年）。❼成 漢成帝劉驁，在位二十六年（西元前三二－前七年）。❽何武 漢元帝、漢成帝時曾為縣令、刺史、御中大夫、司空等職，漢哀帝時為御史大夫、前將軍。他「為人仁厚，好進士，獎稱人之善」，為官正直，所過之處為一方表率，常為人們敬畏，後被王莽同夥誣陷，自殺。❾師丹 漢元帝時舉孝廉為郎，後官至大司空，哀帝時宦官專權，師丹因忤帝意，免為庶人，平帝時復封為義陽侯。❿脅於 被迫於。⓫外戚 帝王的母族、妻族。⓬豎宦 即宦官。⓭牽於 被……牽制。⓮帷嬙 隔絕內外的帷幔。可借指深宮內院，這裡指後宮后妃。嬙，通「牆」。⓯近習 指皇帝身邊的親信小臣。⓰寖微 逐漸衰落。⓱負謗於天下 受天下人譏嘲非責。⓲中興 指光武帝劉秀建立東漢政權，史家稱為「光武中興」。⓳世祖 光武帝劉秀。⓴馭 駕馭。㉑耿 即耿弇，光武起兵，耿投奔劉秀，征戰有功，由偏將軍、大將軍，拜建威大將軍，擊破十二郡，是東漢開國功臣之一。㉒賈　即賈復，少好學習《尚書》，王莽末年天下大亂，賈復自聚兵馬號為將軍，後輾轉投奔劉秀軍，為偏將軍、都護將軍，深得劉秀信任。隨從征伐，未嘗喪敗，數與諸將潰圍解急，為劉秀開國立下汗馬功勞。㉓三公　指大司馬、大司徒、大司空，是漢代最高的行政長官。㉔臺閣　漢代以尚書為臺閣，負責給皇上起草文書、管理檔案。㉕虛尊　徒有其名的尊貴頭銜。㉖冗　瑣雜。㉗奪　亂。㉘燮理陰陽　解決社會問題，治理國家。燮理，調和治理。陰陽，代指各種社會問題。㉙沖　指漢沖帝劉炳，西元一四五年在位。㉚質　漢質帝劉纘，西元一四六年在位。㉛桓　指漢桓帝劉志，在位二十一年（西元一四七—一六七年）。㉜靈　漢靈帝劉宏，在位二十一年（西元一六八—一八九年）。㉝故事　慣例。㉞皆挫於閹寺之手　都被宦官所挫敗、殺害。閹寺，即宦官。㉟希世用事全軀　迎合世俗行事，以保全性命。

【語譯】後代人君依照漢高祖行事的就很少失敗，否則就相反。所以孝文帝雖然寵愛鄧通，還是滿足申屠嘉的意願；漢武帝不懷疑金日磾、霍光，終於定下天下的大計。在那時，能夠很好地遵守先王成法的，只有漢文帝、武帝二位君主而已。漢元帝、成帝以後就不是這樣。雖然有何武、王嘉、師丹這些賢人，卻受到外戚、宦官的脅迫，受到內廷女官和皇帝身邊小人的限制，因此王道逐漸衰落，而不免被天下人譏諷嘲笑。光武帝劉秀中興以後，只有他能駕馭群臣，任命寇恂、鄧禹、耿弇、賈復擔任要職，所以他的威名不亞於漢高祖。至於他的子孫卻不這樣，在漢元帝、成帝以後，擔任三公職務的大多受到外戚、宦官、女禍及近臣的脅迫，因此被免去三公的職責，政事歸臺閣掌管，只把徒有虛名的尊貴稱號加在三公頭上而已。但是擔任臺閣職務的大臣，地位雖低事務卻多，又沒有統一的領導，被眾人的喧嘩議論弄得無所適從，這樣他們受到外戚、宦官、女禍和近臣的脅迫就更為嚴重。至於治理國家沒有起色，水旱災害經常發生，災荒異事時有出現，就說是三公的過錯而罷免他們，有的甚至於被處死，難道不令人痛心。漢沖帝、質帝之後，漢桓帝、靈帝之間，沿襲這些並成為慣例。雖然有李固、陳蕃這樣的賢能大臣，卻都死於宦官手中，其餘的人就迎合世俗行事以保全身軀性命而已，這樣為政怎麼能成功？這就是所說的職權輕卻被要求承擔重責大任的弊端。

噫❶！常人之性，有能有不能，有忠有不忠。知其能則任之重可也，謂其忠則委之誠可也。委之誠❷者人亦輸❸其誠，任之重❹者人亦荷❺其重。使上下之誠相照，恩結於其心，是豈禽息鳥視❻而不知荷恩盡力哉？故曰：「不疑於物，物亦誠焉。」且蘇秦不信天下❼，為燕尾生❽，此一蘇秦傾側數國之間，於秦獨以然者，誠燕君厚之之謂也❾。故人主以狗彘畜人❿者，人亦狗彘其行⓫；以國士⓬待人者，人亦國士自奮。故曰：常人之性，有能有不能，有忠有不忠，顧人君待之之意何如耳。

【章旨】進一步強調人臣的才能發揮和忠貞與否，取決於人君對待臣下的態度如何。

【注釋】❶噫　表示感慨的語氣詞。❷委之誠　即以誠心委託。❸輸　獻出。❹任之重　讓他擔任重要的職務。❺荷　承擔。❻禽息鳥視　此處比喻為胸無大志，無所事事。❼蘇秦不信天下　蘇秦不被天下人所信任。蘇秦是戰國時著名的縱橫家，他起初遊說秦惠王併吞山東六國沒有成功，回家又發憤讀書，轉而遊說六國合縱抗秦。後來六國合縱被破壞，齊國、魏國共同伐趙，趙王責備蘇秦，蘇秦就要求趙王派他去聯合燕國。後又為燕國到齊國去做間諜，騙取齊王的信任。他一生不講信用，朝秦暮楚，唯利是圖。❽為燕尾生　意謂儘管蘇秦最不講信用，但對燕國卻真誠相待。尾生是戰國時代魯國人，相傳他與女子約會於橋下，久候女子不至，河水上漲，尾生仍然守約不離開橋下，結果抱橋柱淹死。❾此一蘇秦傾側數國之間三句　意謂同一蘇秦卻在各國間翻手為雲、覆手為雨。但他對燕國卻始終忠誠，所以這樣，的確是因燕君以誠心厚意待他的緣故。此一，同一。傾側，指翻覆不定。之謂，就是……的緣故。❿以狗彘畜人　對待人臣就如豬狗一樣。彘，豬。⓫人亦狗彘其行　意謂人臣對待君主，也就如豬狗行事一樣，不必講求什麼忠貞仁義。⓬國士　一國之中才能卓越的人。

【語譯】哎！就一般人的生性而言，有人有才能，有人則沒有；有人忠誠，有人則否。知道他有才能就賦予他重任，這是可以的；了解他的忠誠就以真誠之心來委託，也是可以的。以真誠來委託，人臣就會獻出他的忠誠；任命臣下以重任，人臣也會負擔起重任。假使上下之間以誠相對，用恩德聯結臣下的心，那麼臣下難道能胸無大志、無所事事，而不知道感恩戴德盡力而為嗎？所以說：「對人不疑，人也以誠相待。」況且蘇秦不被天下人信任，對燕國卻始終忠誠，而同一個蘇秦在各國之間翻手為雲，覆手為雨。對蘇秦而言，他之所以這樣，就是燕君以真心厚意對待他的緣故而已。因此，人君若以對待豬狗的態度來對待臣下，臣下也就不必以什麼忠誠仁義來侍奉君主；人君若以對待國士的態度來對待臣下，臣下也就會用國士的標準來激勵自己。所以說，一般人的生性，有的有才能，有的則沒有才能；有人忠誠，有人不忠誠，就只看人君對待他的態度怎樣罷了。

知人

【題解】本文以王莽、楊廣和鄭注三個歷史人物為例，論證「貪人廉，淫人潔，佞人直，非終然也，規有濟焉爾」，即偽裝可能暫時得逞，但陰謀終必敗露的論點。又引《尚書》「知人則哲」的觀點，闡說知人是古往今來的一大難事，強調知人的重要性。文章論據充分，議論精當，結尾一語破的，發人深思；另外語言明潔，句式整齊斬截，文勢峻急直下，是一篇精悍的議論短篇。知人，指認識別人、了解別人。

貪人廉❶，淫人潔❷，佞人直❸，非終然❹也，規有濟焉爾❺。王莽❻拜侯，讓印不受，假僭皇命，得璽則喜❼，以廉濟貪者也。晉王廣求為冢嗣，管絃遏密，塵埃被之，陪辰未幾，而聲色喪邦，以潔濟淫者也❽。鄭注開陳治道，激昂顏辭，君民翕然，倚以致平，卒用姦敗，以直濟佞者也❾。於戲❿！「知人則哲，惟帝其難之⓫」，古今一也。

【注釋】❶貪人廉　貪婪的人裝作廉潔。廉，廉潔。❷淫人潔　放蕩的人裝作純潔。❸佞人直　諂媚的人裝作正直。佞人，花言巧語的人。❹終然　永遠或一直這樣子。❺規有濟焉爾　只不過是以偽裝來達到某種目的罷了。規，謀劃，引申為偽裝。濟，成功；達到。焉爾，語氣詞。❻王莽　字巨君，西漢孝元皇后的侄兒，漢元帝時，為大司馬，掌握朝政。在他沒有代漢自立以前，對上對下都表現得很謙恭。最初封他為侯時，一再推讓不受，因而迷惑了一些人。但他一旦掌握了大權，便逐步排斥異己，獨斷專行，陰謀宮廷政變。西元五年，他代漢自立，後被推翻。他是歷史上有名的兩面派。❼假僭皇命二句　假冒皇帝的命令，騙得了皇帝的玉璽，便洋洋自得。假僭，冒充；假借。皇命，指漢高祖劉邦的命令。王莽為達到代漢自立的目的，指使親信製成銅匱。放在皇帝家廟中，銅匱上刻著文字，假託漢高祖名義說「王莽為真天子」，應把皇位傳給他（事見《漢書．王莽傳》）。璽，皇帝的印。❽晉王廣求為冢嗣六句　是講隋煬帝楊廣以潔濟淫的事。晉王廣，即隋煬帝楊廣，隋文帝次子，曾被封為晉王。他為了奪取哥哥楊勇的太子地位，採取了陰謀手段，假裝不愛聲色。一次文帝到他的住所察看，見「樂器絃多斷絕，又有塵埃，若不用者，以為不好聲妓，善之」（見《隋書．煬帝紀》）。後來隋文帝臥病，楊廣乘機殺父弒兄，登上帝位，荒淫無度，導致隋朝覆滅。冢嗣，長子，這裡指太子。管絃遏密，停止音樂。遏密，本指皇帝死後停止舉樂。被，蓋滿。陪扆，指皇帝的座位。扆，原指屏風，古代帝王背靠屏風而坐，所以御座又稱扆座。未幾，不久。聲色，指歌舞女色。喪邦，即亡國。❾鄭注開陳治道六句　是講鄭注以直濟佞事。鄭注，唐代大臣，文宗時受到重用。他建議誅滅宦官，收復吐蕃占據的河湟地區，清除河北的割據勢力。西元八三五年出任鳳翔節度使，與李訓密謀內外合力一舉鏟除宦官集團，因伏兵暴露而失敗，為監軍宦官張仲清所殺，史稱「甘露之變」。鄭注努力鞏固中央集權，王安石說他「以直濟佞者」，是受了傳統史籍的影響。開陳，陳述。治道，治理國家的辦法。激昂顏辭，指言語表情都表現得激昂慷慨。顏，指容顏，即面部表情。翕然，統一、協調的樣子，形容異口同聲。倚，依靠。致平，達到太平。姦，邪惡；詐偽。❿於戲　同「嗚呼」。感嘆詞。⓫知人則哲二句　語見《尚書．皋陶謨》。哲，聖哲，即所謂明智而無所不知的人。惟，雖。帝，指堯。

【語　譯】貪婪的人裝作清廉，放蕩的人裝作純潔，奸巧的人裝作正直，他們不可能一直都這樣，只不過是以偽裝來謀取成功罷了。王莽封侯時假作謙讓而不接受印綬，後來假冒皇帝的命令，騙取了皇帝的玉璽就洋洋自得起來，這就是用清廉作偽裝來達到貪婪的人。晉王楊廣想做太子，就停止一切娛樂，樂器上都蓋滿了灰塵，繼位不久，就沉迷於歌舞女色，終至亡國，這是用純潔作偽裝來達到放蕩的人。鄭注陳述治理國家的方法，表情語言都慷慨激昂，以致君民們都有口皆碑，希望依靠他來使國家太平，最後卻使用奸詐技巧而失敗，這是用正直作偽裝來討好的人。啊！「真能了解人是最聖明的，可是這連帝堯也難以做到」，從古到今都是一樣的道理。

風俗

【題解】風俗反映世道人心，關係社會興衰。王安石早就敏銳地察覺到這一點，在〈上仁宗皇帝萬言書〉中他憂心忡忡地指出：「天下之財力日以困窮，而風俗日以衰壞，四方有志之士，諰諰然常恐天下之久不安。」後來，王安石又對宋神宗重申當今之急，在於「立法度，變風俗」，並不厭其煩地向神宗強調：「末世風俗，賢者不得行其道，不肖者得行無道；賤者不得行禮，貴者得行無禮。」可見王安石極為重視風俗的形成、變遷。本文即是一篇風俗專論。文章首段提出論點，即風俗之變，關係國家興亡盛衰，不可不慎。接著從反面論奢之危害使風俗不淳，並指出其關鍵在於京師，然後得出結論：風俗的衰敗使人們無所不為，綱紀紊亂，法制敗壞。最後，文章提出對策，以變風俗。

夫天之所愛育者，民也；民之所係仰❶者，君也。聖人上承天之意，下為民之主，其要在安利之；而安利之之要❷不在於它，在乎正風俗而已。故風俗之變，遷染❸民志，關之盛衰，不可不慎也。

【章旨】點明風俗的涼與薄，關乎國家的盛衰，不可不慎。

【注釋】❶係仰 依靠，仰望。❷安利之之要 底本少一「之」字，據《王文公文集》補。要，關鍵。❸遷染 指潛移默化。

【語譯】上天所撫愛養育的是人民，人民所依靠仰望的是君主。君主上承天意，下為人民的主宰，他的首要職責在於使人民安定富裕；而使人民安定富裕的關鍵不在於其他，在於端正風俗而已。因此風俗的變化，會潛移默化人民的思想，關係到國家的盛衰興亡，不可不慎重對待。

君子制❶俗以儉，其弊為奢。奢而不制，弊將若之何？夫如是，則有殫極❷財力、僭瀆擬倫❸以追時好者矣。且天地之生財也有時，人之為力也有限，而日夜之費無窮。以有時之財、有限之力，以給❹無窮之費，若不為制，所謂積之涓涓❺而洩之浩浩❻，如之何使斯民不貧且濫❼也！國家奄有諸夏❽，四聖繼統❾，制度以定矣，紀綱以緝❿矣，賦斂⓫不傷於民矣，徭役以均矣，升平之運⓬未有盛於今矣，固當家給人足，無一夫⓭不獲其所矣。然而窶人⓮之子，短褐未盡完⓯；趨末之民⓰，巧偽未盡抑⑰，其故何也？殆⑱風俗有所未盡淳歟。

【章　旨】陳述尚奢之風的種種弊端和後果，指出「崇儉」的重要。

【注　釋】❶制　制約。❷殫極　竭盡。殫，盡。❸僭瀆擬倫　超越自己的本分去模仿同類，向富人看齊。僭，舊時下級冒用上級的名義、禮儀或器物。瀆，輕慢；褻瀆。擬倫，模仿同類，此處指向富人看齊。❹給　供應；供給。❺積之涓涓　意謂積聚錢財十分困難。涓涓，細水慢流貌。❻洩之浩浩　意謂花用錢財卻不加節制。浩浩，水盛大貌。❼濫　越軌；做非分的事。❽奄有諸夏　即擁有天下。奄，覆蓋；包括。諸夏，指天下。❾四聖繼統　意謂四位聖明的君主相繼繼承皇位。四聖，指宋太祖、宋太宗、宋真宗、宋仁宗四位皇帝。繼統，繼承皇位。❿緝　同「輯」。和諧。⓫賦斂　指徵收賦稅。⓬升平之運　指太平盛世。⓭夫　人。⓮窶人　貧窮之人。窶，貧寒。⓯短褐未盡完　粗布衣衫也沒有一件完好的。短褐，粗麻上衣；短衫。⓰趨末之民　即商人。商人是農兵工商四民之末，故稱。⓱抑　壓制。⓲殆　大概。

【語　譯】君子用儉樸來制約風俗，而風俗的流弊是奢侈。奢侈而不加以制約，風俗的流弊將會發展到什麼程度？這樣的話，就有竭盡財力、不安本分去模仿富人、追求時髦的人出現。況且天地自然出產財物有時間的限制，人的工作能力也是有限的，而每天的費用卻是無窮的。以有時間限制的財力、有能力限制的人力，來供給無窮的耗費，如果不加以限制，那麼點點滴滴地匯積起來的財富，就會如水流一般噴湧傾洩而出，又怎能使人民免於貧困並且安分守己呢！國家擁有華夏的疆土，四位聖明的君主相連繼承君主之位，制度已經確立，法紀也已經協調，賦稅徵斂並沒有傷害民眾，徭役也已公平合理，太平盛世從來沒有比現在更加興盛的，本來應當國家富裕，人民豐足，人盡其才。然而現在窮人的孩子，連粗布衣衫也沒有一件完好的；從事商業的人，投機取巧的活動卻完全沒有得到抑制，這是什麼原因呢？大概是風俗不夠純樸吧。

且聖人之化❶，自近及遠，由內及外。是以京師❷者，風俗之樞機❸也，四方之所面內❹而依倣❺也。加之士民富庶，財富畢會❻，難以儉率❼，易以奢變。至於發一端、作一事，衣冠車馬之奇，器物服玩之具❽，旦更❾奇制，夕染諸夏。工者矜能❿於無用，商者通貨於難得。歲加一歲⓫，巧眩⓬之性不可窮，好尚之勢多所易，故物有未弊而見毀⓭於人，人有循舊而見嗤於俗。富者競以自勝，貧者恥其不若，且曰：「彼人也，我人也，彼為奉養若此之麗，而我反不及。」於是轉相慕効，務盡鮮明⓮，使愚下之人有逞一時之嗜欲⓯，破終身之貲產⓰而不自知也。

【章旨】以京師為例，分析奢侈之俗的由來、表現及危害。

【注釋】❶化　教化。❷京師　都城。此處指當時的都城開封。❸樞機　比喻事物發展中的關鍵。❹面內　即面向。❺依倣　依照、仿效。❻畢會　全部集中。❼率　率領。此處指節儉難以推廣。❽具　齊備。❾更改變。❿矜能　誇耀才能。⓫歲加一歲　即年復一年。⓬眩　通「炫」。即炫耀。⓭見毀　被損害。見，表示被動。下句同。⓮鮮明　新奇漂亮。⓯嗜欲　嗜好和欲望。⓰貲產　即資產。貲，通「資」。

【語譯】況且聖人推行教化，總是由近及遠，從裡到外。因此，京師是影響風俗形成的關鍵，是四方所注視仿效的地方。加上官吏、百姓富裕，財富都集中在此，所以很難用儉樸來移風易俗，卻極易轉向奢靡風氣。事情剛一開始，衣帽、車馬的奇麗，器物、玩具的齊備，早上剛剛換一種款式，晚上就影響到全國各地。工匠們在沒有實用價值的器物上炫耀才能，商人們專門買賣難得的貨物。年復一年，爭奇鬥巧、互相炫耀的習性無法扼止，追求時髦的方式也屢屢改變，所以有的器物還未用壞便被人毀棄，有人沿用舊貨就被人譏笑。富人們競相爭勝，窮人們自愧不如，並且說：「他是人，我也是人，他的生活消費這樣奢侈，而我卻比不上。」於是互相羨慕仿效，力求新奇華艷，從而使得那些愚昧卑賤的人，為了炫耀一時的嗜好欲望，終身破產，自己卻依然不知悔改。

且山林不能給野火，江海不能實漏卮❶。純朴之風散，則貪饕❷之行成，貪饕之行成，則上下之力匱❸。如此則人無完行❹，士無廉聲❺，尚陵逼者為時宜❻，守檢押❼者為鄙野❽；節義之民少，兼并之家多；富者財產滿布州域，貧者困窮不免於溝壑。夫人之為性，心充體逸❾則樂生，心鬱體勞⑩則思死。若是之俗，何法令之能避哉？故刑罰所以不措⑪者此也。

【章　旨】進一步分析風俗不淳樸的危害。

【注　釋】❶且山林不能給野火二句　況且山林不能滿足供應野火的焚燒，江海也不能灌滿下漏的酒器。出自東漢王符《潛夫論・浮侈第十二》：「山林不能給野火，江海不能灌漏卮。」漏卮，滲漏的酒器。❷貪饕　貪婪。❸匱　缺乏。❹完行　完美的品行。❺廉聲　廉潔的名聲。❻尚陵逼者為時宜　欺壓百姓的兼并之家竟然被世人稱羨。陵逼，壓迫；欺凌。❼檢押　法度；規矩。❽鄙野　粗俗；粗野。❾心充體逸　心境充實，身體安逸。充，充實。❿心鬱體勞　心情鬱悶，身體勞累。⓫措　停止。

【語　譯】況且山林不能滿足野火的焚燒，江海也不能灌滿下漏的酒器。淳樸的風俗消散了，貪婪的惡行就會形成；而貪婪的惡行一旦形成，國家與百姓的財力就會缺乏。這樣，人們就沒有了完美的品行，士人們沒有了清廉的名聲，欺壓別人被認為是合乎時宜，循規蹈矩的人卻被當作粗野粗俗；有節操的人少了，兼併別人的人卻多了；富人的財產遍布州縣，窮人們卻拋屍野外。人之常情，總是心境充實、身體安逸就願意生活下去，心情鬱悶、身體勞累就了無生趣。像這樣的風俗，怎麼能避免人們觸犯法令呢？所以刑罰無法停止不用，就是這個原因。

且壞崖破岩❶之水，原自涓涓；干雲蔽日❷之木，起於青蔥。禁微則易，救末者❸難。所宜略依古之王制❹，命市❺納賈，以觀好惡。有作奇技淫巧以疑眾者，糾罰之❻；下至物器饌具❼，為之品制❽以節之；工商逐末者，重租稅以困辱之。民見末業之無用，而又為糾罰困辱，不得不趨田畝。田畝闢❾，則民無饑矣。以此顯示眾庶❿，未有輦轂⓫之內治而天下不治矣。

【章旨】提出制約風俗的具體方法是「依古之王制，命市納賈，以觀好惡」，抑制商人活動，而歸返於農業務本之道。

【注釋】❶岩　崖岸。❷干雲蔽日　觸及白雲，遮住太陽。干，犯；觸及。❸者　或本作「則」。❹古之王制　即指傳統的重農抑商政策。❺市　掌管市場的官吏。❻有作奇技淫巧二句　意謂有用奇怪的、淫巧的玩藝來迷惑眾人的，就處罰他。《禮記・王制》：「作淫聲異服、奇技奇器以疑眾，殺。」❼物器饌具　即用具、食具。❽品制　等級規定。❾闢　開闢。❿眾庶　即民眾。庶，庶人，即平民。⓫輦轂　指京都。輦，指天子所乘之車。轂，車輪中心的圓木。

【語譯】況且沖垮山崖岩壁的洪水，本從點滴細流匯集而來；入雲蔽日的大樹，也是從青蔥的幼苗成長起。禁止細微的苗頭容易，改變已經形成的風俗就很難。因此，應該大體上依照古代先王的制度，命令掌管市場的官吏上報物價，來察看人們的愛好厭惡。如果有用奇怪、淫巧的玩藝來迷惑大家的，就懲罰、糾正他；至於用器食具，還要定出各種等級規格來加以節制；經商追逐財利的人，就加重稅收來限制、貶低他們的地位。民眾看到這一類商業活動沒有前途，又要受到政府各種法令規章的糾察懲罰，就不得不返回田間從事生產工作。大地開墾了，人民就不會挨餓了。以此宣示民眾，就不可能只是京都管理好而天下卻治理不好。

六 雜著

傷仲永

【題解】本文作於宋仁宗慶曆三年（西元一〇四三年）。文章通過方仲永幼年聰慧通悟而最終成為庸才的事例，說明天賦條件不足憑恃，後天教育才是成才關鍵。這在今天仍有極強的現實意義。該文寓理於事，因事言理，前後對比，先揚後抑，敘事和議論相結合，言簡意深，顯示出王安石青年時代的散文創作水準甚高。

金谿❶民方仲永，世隸耕❷。仲永生五年，未嘗❸識書具❹，忽啼求之。父異焉❺，借旁近❻與之❼，即書❽詩四句，並自為其名❾。其詩以養父母、收族為意❿，傳一鄉秀才⓫觀之。自是⓬指物作詩立就⓭，其文理⓮皆有可觀者。邑人⓯奇之，稍稍⓰賓客其父⓱，或以錢幣乞之⓲。父利其然⓳也，日⓴扳㉑仲永環謁㉒於邑人，不使學㉓。

【章　旨】寫方仲永天資聰明，年幼能詩，其父帶他四處拜訪邑人，從中獲利，未曾讓他認真學習。

【注　釋】❶金谿　地名，在今江西金谿。❷世隸耕　世代務農。隸，屬於。耕，耕田，指務農。❸嘗　曾經。❹書具　書寫工具，指筆、墨、紙、硯。❺異焉　對此感到驚奇。異，驚異；奇怪。焉，兼詞，相當於「之」。❻旁近　指鄰居。❼與之　給他。之，代筆、墨、紙、硯。❽書　寫。❾自為其名　自己寫上自己的名字。❿其詩以養父母收族為意　他的詩以贍養父母、團結宗族為旨。養，奉養；供養。收，聚；團結。《禮記・大傳》有「敬宗，故收族」之語。⓫秀才　此處指一般學識優秀的讀書人。⓬自是　自這以後。⓭立就　立刻寫成。就，完成。⓮文理　文采和道理。⓯邑人　鄉里人或同縣人。⓰稍稍　漸漸。⓱賓客其父　把他父親當作賓客接待。⓲乞之　討取仲永的詩作。之，代仲永詩。⓳利其然　貪圖這樣。利，以……為利。⓴日　每天。㉑扳　牽；領。㉒環謁　到處拜訪。㉓不使學　「不使（之）學」的省略。即不讓仲永學習。

【語　譯】金谿鄉民方仲永，家裡世代務農。仲永五歲時，還沒有見過筆墨紙硯，一天忽然哭著要這些東西。父親感到很奇怪，就從鄰居家借來給他，他立即寫了四句詩，並且寫上了自己的名字。那首詩以奉養父母、團結宗親作為內容，全鄉有學識的人都傳閱了。從此，人們只要指定某一物件作詩題，他立即就能寫成，詩的文采和內容皆有可取之處。同鄉人都把他看作奇才，漸漸有人以賓客之禮款待他父親，也有人用錢購買仲永的詩作。他父親以為有利可圖，就每天領著仲永到處去拜訪鄉人，不讓他好好學習。

予❶聞之也久。明道❷中，從先人❸還家，於舅家❹見之，十二三矣。令作詩，不能稱❺前時之聞。又七年，還自揚州❻，復到舅家，問焉❼。曰：「泯然❽眾人❾矣！」

【章　旨】通過作者的眼見耳聞，寫方仲永逐漸淪為一個普通人。

【注　釋】❶予　我，作者自稱。❷明道　宋仁宗趙禎的年號（西元一〇三二—一〇三三年）。❸先人　指作者死去的父親王益。王安石於明道二年隨父回鄉奔祖父喪，在舅家見到仲永。❹舅家　作者的母舅姓吳，世居金谿縣烏石岡。❺稱　相稱；相當。❻又七年二句　王安石於慶曆二年（西元一〇四二年）中進士，簽書淮南判官，治所在揚州。慶曆三年（西元一〇四三年）暮春乞假歸省臨川，夏秋間在故鄉。距離上次時間其實不止七年。❼焉　代指仲永。❽泯然　消失的樣子。❾眾人　普通人。

【語　譯】我聽到這件事已經很久了。明道年間，我跟隨父親回鄉，在舅舅家裡見過方仲永，他已十二三歲了。叫他作詩，已經和過去聽到的傳聞不能相稱。又過了七年，我從揚州回來，再到舅舅家，問起仲永的情況，回答說：「他的才華已消失，和普通人一樣了。」

王子①曰：「仲永之通悟，受之天也②。其受之天也，賢③於材人④遠矣。卒之⑤為眾人，則其受於人⑥者不至⑦也。彼⑧其受之天也，如此其賢⑨也；不受之人，且為眾人。今夫⑩不受之天，固⑪眾人；又不受之人，得⑫為眾人而已邪？」

【章　旨】在前文敘事的基礎上發表議論，指出後天教育的重要性。

【注　釋】①王子　王安石自稱。這是古人發表意見時的常用手法。②仲永之通悟二句　仲永的聰明是先天賦予的。通悟，通達敏悟。受，給予；賦予。③賢　勝過。④材人　指後天培養起來的人才。⑤卒之　終於。卒，最後。之，助詞。⑥受於人　跟隨別人接受教育；向別人學習。⑦不至　不夠。⑧彼　指仲永。⑨賢　善；好；優越。⑩夫　語首助詞或發語詞。⑪固　本來。⑫得　能。

【語　譯】王安石說：「仲永的通達聰慧，是先天賦予的。他的天賦條件比後天培養成才的人優越得多。他最終成為普通的人，是後天沒有受到良好教育的緣故。他的天賦這樣好，沒有受到教育，尚且要淪為普通人。如今那些沒有天賦，本來只是個普通人，如果又不接受教育，恐怕連個普通人都不如吧？」

同學一首別子固

【題解】王安石自揚州簽書淮南判官回歸臨川省親，會晤朋友曾鞏（字子固），臨別作此文相贈。文中抒寫對子固的愛慕與依戀，表示兩人要互學互勉，攜手共進，反映出作者的高遠志向。文中又以朋友孫正之作陪襯，蓋見情誼真摯，文筆清淡，情思雋永，在王安石散文中別具風貌。一首，即一篇，古代詩、文、詞、賦一篇皆可稱一首。曾鞏，字子固，南豐（今江西省）人，北宋著名散文家，著有《元豐類稿》等，今人據以校點，並輯其佚文佚詩為《曾鞏集》。

江之南❶有賢人焉，字子固，非今所謂賢人者，予慕而友之❷；淮之南❸有賢人焉，字正之❹，非今所謂賢人者，予慕而友之。二賢人者，足未嘗相過❺也，口未嘗相語❻也，辭幣❼未嘗相接❽也。其師若友，豈盡同哉❾？予考❿其言行，其不相似者何其少也！曰：「學聖人而已矣。」學聖人，則其師若友，必學聖人者。聖人之言行，豈有二哉？其相似也適然⓫。

予在淮南，為⑫正之道子固，正之不予疑⑬也。還江南，為子固道⑭正之，子固亦以為然。予又知所謂賢人者，既相似，又相信不疑也。

【章　旨】稱譽曾子固和孫正之言行相似，又相互信任。

【注　釋】❶江之南　長江以南。❷慕而友之　仰慕他並把他當作自己的朋友。慕，嚮往；仰慕。友，這裡用作動詞，結為朋友。❸淮之南　淮河的南面。❹正之　即孫侔。詳見〈送孫正之序〉。❺相過　互相往來。過，訪問；探望。❻相語　互相交談。語，交談。❼辭幣　書信財物。辭，言詞，指書信。幣，古人用作禮物的絲織品，這裡指禮物。❽相接　指贈答書信與禮物。❾其師若友二句　他們的老師和朋友難道完全相同嗎。其，代指曾子固與孫正之。若，及；與。❿考　查核，引申為考察、觀察。⓫適然　恰好這樣。⓬為　對；向。⓭不予疑　「不疑予」的倒裝。疑，懷疑。⓮道　談及。

【語　譯】江南有一位賢士，字子固，不是現在一般所說的那種賢人，我仰慕他並把他當作朋友；淮南有一位賢士，字正之，不是現在常說的那種賢人，我仰慕他並與之為友。這兩位賢士，既不曾來往，也不曾交談，也不曾交換書信、禮物。他們的老師和朋友，難道是相同的嗎？我觀察他們的言行，彼此不相同的地方是多麼的少啊！我說：「這是學習聖人的結果罷了。」學習聖人，那麼他們的老師和朋友，一定也是學習聖人的。聖人的言行，難道會有兩樣嗎？他們的相似也是理所當然的了。

我在淮南，向正之介紹子固，正之不懷疑我說的話。回到江南，向子固介紹正之，子固也認為我的話對。我又知道所謂賢人，既相似又互相信任不疑。

子固作〈懷友〉❶一首遺❷予，其大略欲相扳以至乎中庸而後已❸。正之蓋亦常云❹爾。夫安驅徐行，轥❺中庸之廷❻，而造於其堂❼，舍❽二賢人者而誰哉？予昔非敢自必❾其❿有至也，亦願從事於左右⓫焉爾⓬。輔⓭而進之，其⓮可也。

噫！官有守⓯，私有繫⓰，會合⓱不可以常也。作〈同學一首別子固〉，以相警⓲，且相慰⓳云⓴。

【章旨】作者以中庸之道相勉，且點明臨別贈言的用意。

【注釋】❶懷友　今《曾鞏集》不載，見吳曾《能改齋漫錄》卷十四。❷遺　贈送。❸其大略句　謂子固的主要意思是希望互相提攜，以達到中庸的境界才肯罷休。大略，大要；大意。扳，通「攀」。援引，引申為提攜。至乎，到達。中庸，不偏不倚為中，循常不變為庸。中庸是儒家奉行的最高道德標準。❹云　說。❺轥　車輪輾過。此處為走上的意思。❻廷　同「庭」。謂中庭。內謂堂與室也，這裡比喻中庸的境界。❼造於其堂　即登堂入室，這裡比喻直入了中庸的境界。造，到；往。❽舍　棄。❾自必　自信。必，肯定。❿其　此處稱代自己。⓫左右　指二賢人的身邊。⓬焉爾　罷了。⓭輔　輔助；幫助。⓮其　也許。⓯守　職守。⓰繫　牽掛；

牽累。⑰會合 此處指朋友相聚。⑱警 警策;勉勵。⑲慰 安慰。⑳云 句末語助詞。

【語 譯】子固寫了一篇〈懷友〉送給我,文章的大意是要互相提攜,以期達到中庸之道的境地才止。正之也曾這樣說過。安穩地駕車,從容不迫地前進,經過中庸的廳堂,然後到達它的內室,除了這兩位賢士外,還有誰能做到呢?過去我不敢肯定自己能夠到達這種境地,現在卻也願意跟隨在他們的左右去做。在他們的輔助下朝著這個方向前進,我也就心滿意足了。

啊!做官有官員的職守,個人有瑣事的牽掛,朋友間的相聚也是不可能常有的。現作〈同學一首別子固〉,用來相互勉勵,並且相互安慰。

讀孟嘗君傳

【題 解】本文是王安石一篇著名的讀後感。王安石的文章喜作翻案而自創新意，於此可見一斑。史傳孟嘗君好結交士人，而作者在讀完《史記・孟嘗君列傳》後，卻認為孟嘗君結交的不過是些雞鳴狗盜之徒，「豈足以言得士」？這裡王安石論述士的主要標準是「以為天下國家之用」（見〈上仁宗皇帝言事書〉），可富國利民。因此作者認為孟嘗君結交雞鳴狗盜之徒，不僅沒有得到士，真正的士人也離開了齊國，最終齊國只好向秦伏首稱臣。文章在批駁孟嘗君時也體現了作者的濟世之志。本文持之有故，言之成理；筆力峭拔，辭氣凌厲，緩起陡轉，承進疾收，顯得抑揚反覆而轉折有力，是短篇文章中的典範。清人沈德潛評云：「語語轉，筆筆緊，千秋絕調。」《唐宋八大家文讀本》

世皆稱孟嘗君❶能得士❷，士以故歸之❸，而卒賴其力以脫於虎豹之秦❹。嗟乎！孟嘗君特雞鳴狗盜之雄耳❺，豈足以言得士？不然，擅❻齊國之強，得一士焉，宜可以南面而制秦❼，尚❽何取雞鳴狗盜之力哉？夫❾雞鳴狗盜之出其門❿，此士之所以不至也。

【注釋】❶孟嘗君　姓田，名文，戰國時齊國貴族，封於薛（今山東），號孟嘗君。他以養士聞名，有門客三千，與趙國的平原君、楚國的春申君、魏國的信陵君，稱為戰國四公子。❷得士　即與士相得，指孟嘗君能「禮賢下士」。據《史記・孟嘗君列傳》載，孟嘗君家有「食客數千人」。❸士以故歸之　士者因此投奔他的門下。以故，因為這個緣故，指「能得士」。歸，投奔；歸順。之，代指孟嘗君。❹而卒賴其力句　終於依賴士的力量而從虎狼般的秦國逃脫。秦昭公十年（西元前二九七年），孟嘗君在秦國被囚禁，他的門下有擅長狗盜的門客，夜入秦宮，盜取狐白裘，獻給昭王寵姬，寵姬勸昭王釋放孟嘗君。他逃至函谷關時，天色未明，昭王後悔，派人來追，按關法規定，雞鳴後才開關放人出入，而此時追兵將至，又有一門客善學雞鳴，騙得守關人開啟關門，從而逃出秦境，回到了齊國。事見《史記・孟嘗君列傳》。卒，終於。脫，逃脫。虎豹，形容凶暴。❺特雞鳴狗盜之雄耳　只不過是雞鳴狗盜之徒的首領罷了。特，只；不過。雄，首領；頭子。❻擅　據有。❼宜可以南面而制秦　該可以南面稱王，制服秦國。宜，應該。南面，指居帝位。古代以面向南為尊位。帝王的座位都面向南面。制秦，降服秦國。謂使秦國國君向齊國國君朝拜稱臣。❽尚　還。❾夫　發語詞，以引起論述。❿出其門　出於孟嘗君的門下。其，代孟嘗君。

【語譯】世上的人一致稱道孟嘗君善於延攬人才，士人因此投奔他，最後他依靠這些人的力量才得以從虎狼一般的秦國逃跑出來。唉！孟嘗君只不過是那些雞鳴狗盜之徒的首領罷了，哪裡說得上得到了士人呢？否則，他據有齊國強大的力量，只要得到一個真正的士人，就應該可以使齊國南面稱王，制服秦國，哪裡還用得上那些雞鳴狗盜之徒的力量呢？那些雞鳴狗盜之徒出入他的門下，這就是真正士人所以不去投奔他的原因！

讀柳宗元傳

【題　解】柳宗元是唐代著名的文學家、政治家。唐順宗永貞元年，他積極參與王叔文的政治革新，失敗後被貶為永州司馬，《新唐書》卷一百六十八有〈柳宗元傳〉。前人論永貞革新，貶者居多，或抨擊或同情。王安石亦沿習傳統觀念，在政治上否定永貞革新。但在本文中，王安石真正要表達的卻是他對八司馬那種自強不息、不流於世俗的高尚品格的敬佩，以及對名為君子實為小人者的蔑視。

余觀八司馬❶，皆天下之奇材也，一為叔文❷所誘，遂陷於不義，至今士大夫欲為君子❸者，皆羞道而喜攻之。然此八人者，既困❹矣，無所用於世，往往能自強以求列於後世，而其名卒不廢焉。而所謂欲為君子者，吾多見其初而已，要❺其終，能毋與世俯仰❻，以自別於小人❼者少耳！復何議彼哉？

【章　旨】讚揚八司馬自強不息、不流於世俗的高尚品格，抨擊那些所謂「君子者」與世俯仰。

【注釋】❶八司馬　永貞元年（西元八〇五年），唐順宗即位，任用王叔文等人謀奪太監兵權，進行政治改革，此即歷史上的永貞革新。當時朝中的守舊派官僚與中官合謀發動政變，逼迫順宗退位，貶斥變法諸人，其中韋執誼被貶為崖州司馬，韓泰為虔州司馬，陳諫為台州司馬，劉禹錫為朗州司馬，韓曄為饒州司馬，凌準為連州司馬，程異為郴州司馬，柳宗元為永州司馬，史稱八司馬。❷叔文　即王叔文，永貞革新的發起者，《新唐書》卷一百六十八有其傳。❸君子　此處指具有高尚道德修養的人，與下文的「小人」相對。❹困　此處指政治上的不得意。❺要　探求；求取。《易・繫辭下》：「噫！亦要存亡吉凶，則居可知矣。」高亨注：「要亦求也。」❻與世俯仰　意謂隨波逐流。❼小人　與「君子」相對，指道德品質低劣的人。

【語　譯】在我看來，唐代的八司馬都是天下的奇才，只是一時被王叔文引誘，於是陷入不義的境地，直到今天，那些想成為君子的士大夫，都羞於稱道而喜歡攻擊他們。然而這八個人，雖然政治上不能得意，不能在世上有所作為，卻往往能在困境中自強不息，以求名列於後世，他們的名聲最終也沒有廢棄。而那些所謂的要把自己修養成君子的人，我更多地看到他們只是有一個良好的開端而已，考察他們的最終行為，能不與世俗隨波逐流，並與小人們涇渭分明的真是太少了！又為何議論別人呢？

書李文公集後

【題解】李文公即唐代著名古文家李翱（西元七七二—八四一年），字習之，隴西成紀（今甘肅秦安東）人。唐貞元進士，官至山南東道節度使，曾隨韓愈學習古文，死後謚文，故稱李文公，有《李文公集》傳世。本文是王安石讀其文集後寫下的一篇讀後感。文章短小精練，首先提出李翱對西漢董仲舒的非議，接著以《詩經》中的作品和孔子的話為例，反駁李翱的觀點，並根據史實，指出李翱言行不符，好惡過分。文章至此，其主旨似乎是批評李翱，其實不然。在第二段中，作者極力描述李翱引進推薦賢士不遺餘力，點明李翱才是真正的賢人。儘管作者譏諷他似乎不是知命之人，但也是《春秋》責備賢者之意。本文的寫作特色，誠如清人張裕釗在《評點古文法》所言：「嘗謂半山之峻，破空而來，意取直上，陡然險絕，如峭壁懸崖，故文境特瘦峭。觀此篇陡提陡接陡轉，皆茫然不可捉搦，是宋諸大家之特出者。」

文公非董子作〈仕不遇賦〉，惜其自待不厚❶。以予觀之，《詩》三百，發憤於不遇者甚眾❷。而孔子亦曰：「鳳鳥不至，河不出圖，吾已矣夫❸！」蓋嘆不遇也。文公論高如此，及觀於史，一不得職，則詆宰相以自快❹。今吾於人也，聽其言而觀其行❺，言不可獨信久矣。雖然，彼宰相❻名實❼固有辨❽。彼誠小人也，則文公之發，為不忍於小人可也。為史者，獨安取其怒之以失職耶❾？世之淺者，固好以其利心量君子❿，以為觸宰相以近禍⓫，非以其私⓬則莫為也。夫文公之好惡，蓋所謂皆過其分者耳。

【章旨】批評李翺對董仲舒的非議，認為李翺好惡過分。

【注釋】❶文公非董子二句　李翺〈答獨孤舍人書〉：「僕嘗怪董生大賢，而著〈仕不遇賦〉，惜其自待不厚。」非，責怪。董子，即董仲舒（西元前一七九－前一〇四年），西漢著名哲學家。漢武帝時，他以「天人三策」建議獨尊儒術，為漢武帝所採納，曾作〈仕不遇賦〉。自待，對待自己的要求。不厚，不夠嚴格。❷詩三百二句　《史記・太史公自序》：「《詩》三百篇，大抵賢聖發憤之所為作也。」《詩》指《詩經》，現存三百零五篇，簡稱《詩》三百。不遇，指才能未能施展，未能顯達。❸鳳鳥不至三句　語自《論語・子罕》。鳳鳥，即鳳凰。雄曰鳳，雌曰凰，古代以為祥瑞之鳥。河圖，即八卦圖。傳說上古伏羲時代，黃河中有龍馬背負八卦圖浮出水面，其出現也預兆著聖王將要出現在世上。吾已矣夫，我這一生完了。孔子是哀嘆自己生不逢時。已，完結。❹一不得職二句　《舊唐書・李翺傳》：「翺自負辭藝，以為合知制誥，以久未如志，鬱鬱不樂，因入中書謁宰相，面數李逢吉之過失，逢吉不之校。翺心不自安，乃請告，滿百日，有司準例停官。逢吉奏授廬州刺史。」❺今吾於人也二句　為《論語・公冶長》語。❻彼宰相　指李逢吉。❼名實　名聲與實際上的情形。❽辨在爭論之中，有待分辨。❾獨安取句　意謂史官怎麼能單獨選取李翺因失職而譴責宰相這樣的事例呢。獨，僅；單獨。安，怎麼。失職，指李翺失去官職。❿固好以其利心量君子　本來就喜歡用他們的私利之心去度量道德高尚的人。固，本來。⓫近禍　身前招惹災禍。⓬私　個人私利。

【語譯】李文公責怪董仲舒作〈仕不遇賦〉，惋惜他對自己的要求不夠嚴格。依我看來，《詩經》三百篇中發憤感慨於仕途未顯的作品很多。而孔子也說：「鳳凰不再飛來，黃河沒有八卦圖畫出現，我這一生恐怕是完了。」也是嘆息自己的不遇啊。李文公議論這樣清高，但一看史書，才知道他自己一旦未得官職，便詆毀宰相來一逞快意。現在我對於別人，既要聽他的言論，又要觀察他的行事，我已經不只有相信言辭很久了。但即使這樣，那位宰相的名聲與實際情形也必得加以辨別。他如果確實是一個小人，那麼李文公的發怒，是因不能容忍小人，情有可原。寫歷史的人，又怎麼能單單選取他因失職而譴責宰相這樣的事例呢？世上淺薄之人，本來就喜歡以自己的名利之心來度量君子，認為觸犯宰相招惹災禍這類事，如果不是為了自己的私利是不會這樣做的。其實，李文公不過是喜愛與憎惡的感情超過了一般界限而已。

方其不信於天下❶，更以推賢進善❷為急。一士之不顯，至寢食為之不甘❸。蓋奔走有力❹，成其名而後已。士之廢興，彼各有命，身非王公大人之位，取其任而私之❺，又自以為賢，僕僕然❻忘其身之勞也，豈所謂知命者耶？《記》曰：「道之不行，賢者過之，不肖者不及也。」❼夫文公之過也，抑❽其所以為賢歟？

【章　旨】點明李文公之過，是賢者之過，同時委婉指出他亦非知命之人。

【注　釋】❶方其不信於天下　意謂當李翺不得意的時候。方，當。其，指李翺。信，與「伸」同義，得意。❷推賢進善　推薦賢良，引進有才能之人。❸至寢食為之不甘　到了寢不安睡，食不甘味的地步。李翺〈答韓侍郎書〉：「如鄙人無位於朝，阨摧於時，栖栖惶惶，奔走恥辱，求食不暇，自一千年來賢士屈厄未見有如此者。尚汲汲孜孜，引薦賢俊，如朝饑求飧，如久曠思通，如見妖麗而不得親，然若使之有位於朝，或如兄儕得志於時，則天下當無屈人矣。」❹有力　盡力。❺取其任而私之　把舉賢進能當做自己的私人職責。私，作動詞，把……視為自己的。❻僕僕然　煩勞猥雜的樣子。形容奔走旅途時的勞累。❼記曰四句　《禮記・中庸》：「子曰：『道之不行也，我知之矣。知者過之，愚者不及也。道之不明也，我知之矣。賢者過之，不肖者不及也。』」記，指《禮記》。道，指中庸之道。過，超越；過頭。❽抑　或許；大概。

【語　譯】當李文公不得意於天下的時候，他更把推薦引進賢良之士作為當務之急。有一位士人沒能顯達，他會為此吃飯睡覺都不舒服。總要盡力奔走，助他人成名後才罷休。士人的遭遇好壞，都是他們個人的命運，自己並未處於王公大人的地位，卻把他們的職責當做自己的職責，又以賢人自許，風塵僕僕忘記了自己的辛勞，難道算是知命之人嗎？《禮記》說：「中庸之道所以不能行於世，是因為賢人往往做得過分，而不賢能的人卻又做不到。」文公的過分，或許就是他之所以為賢人的緣故吧？

書刺客傳後

【題解】本文是王安石讀了《史記・刺客列傳》後所寫的一篇讀後感。司馬遷在《史記・刺客列傳》中敘述了春秋戰國時期五個著名刺客：曹沫、專諸、豫讓、聶政、荊軻的事跡。司馬遷稱讚他們：「其意較然，不欺其志，名垂後世，豈妄也哉！」王安石不同意這種一視同仁的評價，而是從政治和道德兩個不同的角度對除專諸外的其他四人作不同評價。他認為曹沫作為值得讚許，而豫讓自殺報主卻不值一提，這是從政治後果的角度立論；聶政、荊軻能「自貴其身」，勇於赴義，不急於為世所知，更加值得稱讚，這是從道德的角度立論。而那些「挾道德以待世者」，與此對照更應自重。這即作者寫作本文的現實意義。文章惜墨如金，議論一針見血，表現了王安石散文長於議論、簡潔精闢的特色。明代焦竑評之曰：「觀其筆力曲折，真脫胎換手乎也。」（《焦氏筆乘》卷二）刺客，指暗藏兵器，乘人不備而行刺的人。

曹沫❶將❷而亡人之城❸，又劫❹天下盟主❺，管仲因勿倍以市信一時❻，可也。予獨怪智伯❼國士❽豫讓❾，豈顧❿不用其策耶？讓，誠國士也，曾⓫不能逆策三晉⓬，救智伯之亡，一死區區⓭，尚足校⓮哉？其亦不欺其意者也。聶政⑮售⑯於⑰嚴仲子⑱，荊軻⑲豢⑳於燕太子丹㉑，此二人者，汙隱困約㉒之時，自貴其身，不妄㉓願知，亦曰有待焉。彼挾道德以待世者，何如哉？

【章旨】稱頌五位刺客「不欺其意」、「自貴其身」的品格。

【注釋】❶曹沫　即曹劌，春秋魯國人。魯莊公十年（西元前六八四年），齊國攻魯，他求見莊公，隨莊公與齊軍戰於長勺（今山東萊蕪東北），結果取勝。❷將　動詞。做將領；帥兵。❸亡人之城　指曹沫為魯將時曾與齊戰，三次戰敗，割地求和。人，指人主、國君。❹劫　劫持；要挾。❺盟主　主持盟會的人，古代諸侯盟會中的首領。這裡指齊桓公。魯莊公十三年（西元前六八一年），曹沫隨魯莊公與齊桓公會盟於柯（今山東陽谷東），他執匕首挾持齊桓公簽訂盟約，迫使桓公答應歸還魯國被割的土地。❻管仲句　據《史記．刺客列傳》記載，齊魯簽訂盟約後，齊桓公想要背約，管仲諫曰：「不可棄信於諸侯。」於是桓公如數割還侵地。倍，通「背」。背棄。市，購買，引申為得到。❼智伯　姓荀名瑤，春秋後期晉國六卿之一，封於智，故稱智伯。曾與韓趙魏三家共分范氏、中行氏地。晉出公二十二年（西元前四五三年），他向三家索地，唯獨趙氏不與，遂率韓魏之師伐趙，圍趙於晉陽（今山西太原西南），引水灌城。趙與韓魏合謀，反滅智氏，三分其地。❽國士　指一國之中的傑出人物。❾豫讓　春秋時晉國人。初為智伯的家臣，受其厚遇，智伯滅後，他發誓要為其報仇，於是隱姓埋名，躲藏於廁所，又用漆塗身，吞炭啞喉，暗伏橋下，多次謀殺趙襄子，但始終不成。後來行刺被捕，求得襄子衣服，拔劍擊衣後自殺，說：「智伯，國士遇我，我故國士報之。」❿顧　卻。⓫曾　卻。⓬逆策三晉　指預先籌劃消滅趙韓魏。三晉，指趙韓魏。三家原為晉卿，後來三分晉國。周威烈王二十三年（西元前四〇三年)，周天子正式承認三家為諸侯。⑬區區　微小。⑭校　計較。⑮聶政　戰國時韓國人。韓烈侯時，大臣嚴遂和相國俠累爭權結怨，求他代為報他仇。入相府中刺殺了俠累，自殺死。⑯售　收買。⑰於　此處表示被動。⑱嚴仲子　名遂，戰國時韓國大臣。因為在朝廷上直指俠累的過失而遭忌，懼禍出逃到齊，求得聶政代為報仇，刺殺俠累。⑲荊軻　戰國末年衛國人，衛為秦國滅後逃亡到燕，人稱荊卿。燕太子丹企圖暗殺秦王政(秦始皇)，因此以重金收買他，尊為上卿。西元前二二七年，他去秦國行刺秦王，未成被殺。⑳豢　餵養；供養。㉑燕太子丹　戰國末年燕王喜的太子，名丹。曾被作為人質送往秦國，後逃回，因怕秦軍逼境，派荊軻行刺秦王，未成。次年，秦軍攻破燕國，他逃奔到遼東，被燕王喜斬首獻給秦王。㉒汙隱困約　卑汙隱伏，貧困其身。約，屈曲。㉓妄　胡亂；輕率。

【語譯】曹沫做魯國將領時丟失了國君的城邑，又劫持天下盟主齊桓公強訂盟約，齊相管仲因沒有背棄盟約而取信一時，這是值得稱許的。我只是奇怪，智伯既然把豫讓當做國中的傑出人物，難道會不採用他的計策嗎？豫讓如果真是國中的傑出人物，卻不能預先制訂計策來挽救智伯的危亡，只拚於一死，有什麼值得計較呢？但他也可算是沒有違背自己意志的人吧。聶政許身嚴仲子，荊軻為燕太子丹供養，這兩個人，在卑汙隱伏貧困屈身的時候，珍視自己的人格，不輕率讓人知道，也可以稱為善於期待的了。那些自恃有道德以期待世人了解的人，相比之下又如何呢？

孔子世家議

【題解】孔子（西元前五五一—前四七九年），孔丘，字仲尼，春秋魯國陬邑（今山東曲阜）人。曾經在魯國擔任相禮（司儀）、委吏（管理糧倉）、乘田（管理畜養）一類小官，魯定公時曾經任都宰、司寇，後周遊列國，卻不被時君所用，歸死於魯。他曾經長期聚徒講學，相傳有弟子三千。其學說以「仁」為核心，「祖述堯舜，憲章文武」。司馬遷《史記》有〈孔子世家〉。

這是一篇《史記‧孔子世家》的讀後感。司馬遷的《史記》，是我國最早的一部紀傳體通史，在這部偉大的著作中，作者創立了全新的編纂體例：「本紀以序帝王，世家以記侯國，十表以繫時事，八書以詳制度，列傳以誌人物，然後一代君臣政事，賢否得失，總彙於一編之中。」（趙翼《廿二史札記》卷一）其中亦有例外，如〈孔子世家〉。孔子不是公侯，按例不應列入「世家」。司馬遷為了尊崇孔子，特將孔子列入世家，王安石對此提出異議。他先敘述《史記》的編纂體例，然後從〈孔子世家〉的違例展開議論。他認為，孔子思想並不因列入世家而偉大，也不因置於列傳而渺小，司馬遷這種安排是「自亂其例」。本文僅一百七十餘字，但作者不尚空言，有感而發，言雖盡而意無窮。表現出王安石散文簡潔勁峭的特點。

太史公敘帝王則曰「本紀」，公侯傳國則曰「世家」，公卿特起則曰

「列傳」❶，此其例❷也。其列孔子為「世家」，奚其進退無所據❸耶？孔子旅人❹也，棲棲衰季之世❺，無尺土之柄❻，此列之以「傳」宜矣，曷為❼「世家」哉？豈以仲尼躬將聖之資❽，其教化之盛，舄奕萬世❾；故為之「世家」以抗之❿，又非極摯⓫之論也。夫仲尼之才，帝王可也，何特⓬公侯哉？仲尼之道，世⓭天下可也，何特世其家哉？處之「世家」，仲尼之道不從⓮而大；置之「列傳」，仲尼之道不從而小。而遷也自亂其例，所謂多所抵牾⓯者也。

【章　旨】闡述孔子之道自有價值在，並不因《史記》的體例安排而有所增減。

【注　釋】❶太史公三句　語出《後漢書・班彪傳》。太史公，指司馬遷（西元前一四五—約前八七年），字子長，左馮翊夏陽（今陝西韓城）人。西漢著名的史學家、文學家和思想家。漢武帝元封三年（西元前一〇八年）任太史令，故稱太史公。所著史籍人稱《太史公書》，後稱《史記》。《史記》是我國古代第一部由個人獨立完成的具有完整體系的著作。總共一百三十卷，五十二萬字，又是到那時為止規模最大的一部著作。全書由十二本紀、三十世家、七十列傳、八書、十表構成。「本紀」是用編年方式敘述歷代君王或實際統治者的政績，是全書的大綱；「表」是用表格形式分項列出各歷史時期的大事，是全書敘事的補充和聯絡；「書」是天文、曆法、水利、經濟等各類專門事項的記載；「世家」是世襲家族以及孔子、陳勝等歷代祭祀不絕的人物的傳記；「列傳」為本紀、世家以外各種人物的傳記，還有一部分記載了中國邊緣地帶各民族的歷史。《史記》通過這五種不同體例相互配合、相互補充，構成了完整的歷史體系。這種著作的體裁又簡稱「紀傳體」，以後稍加變更，成為歷代正史通用體裁。特起，特出的傑出人物。❷例　體例。❸奚其進退無所據　為什麼他權衡人物沒有依據。奚，何。進退，斟酌；權衡。據，依據。❹旅人　在外作客的人。孔子曾率學生周遊列國，宣傳儒家學說，故稱。❺棲棲衰季之世　忙忙碌碌在衰敗的末世。棲棲，忙碌不安的樣子。衰季之世，衰敗末世。指孔子生活的春秋末期，這時周王朝衰頹，出現了諸侯爭霸的局面。❻柄　權力。❼曷為　為什麼；何故。❽以仲尼躬將聖之資　因為仲尼本身具有聖人的資質。以，因為。仲尼，孔子名丘，字仲尼。躬，本身具有。將聖之資，大聖的資質。將，大。❾舄奕萬世　萬代流傳不絕。舄奕，連綿不斷。❿抗之　指與公侯相媲美。抗，匹敵。之，代公侯。⓫摯　懇切。⓬特　只；不過。⓭世　世代流傳。⓮從　因而。⓯抵牾　抵觸；矛盾。

【語譯】 司馬遷記敘帝王事跡稱「本紀」，記敘公侯世襲封國事跡稱「世家」，記敘公卿和傑出人物事跡稱「列傳」，這就是他的體例。他把孔子列為世家，為何他權衡人物沒有一定的標準呢？孔子是一個遊說列國的說客，忙忙碌碌在衰敗的末世，沒有掌握過尺寸土地的權力，被列入傳中是應該的，為什麼將他列入世家呢？難道是因為仲尼本身具有聖人的資質，他的教化的盛況萬代流傳不絕，所以列入世家與公侯相抗衡，這又不是很懇切的結論。孔子的才能，可以與帝王相媲美，怎麼只拿公侯之才與他相比呢？仲尼的思想，可以萬世流芳，怎麼只是世代相承於他一家呢？列入世家，仲尼的思想不因此而偉大；列入列傳，仲尼的思想不因此而渺小。而司馬遷呀，卻自己弄亂自己的體例，也就是說有不少相抵觸的地方。

七 書

答司馬諫議書

【題 解】本文寫於熙寧三年（西元一〇六八年）初。宋神宗熙寧二年二月，王安石時任參知政事，推行青苗、免役、均輸等新法，遭到了以司馬光為首的反對派攻擊。右諫議大夫司馬光還以故交的身分向王安石連寫三信，指責變法是「侵官」、「生事」、「征利」、「拒諫」，企圖勸說王安石停止變法。王安石在收到第二封信後，寫本文作答。文章針對司馬光提出的責難，逐一加以批駁，表現了王安石推行新法的堅定立場，並對當時士大夫不恤國事、苟且偷安、墨守成規的保守思想表達強烈不滿。本文雖屬書信體，但具有政論文的性質，說理清晰嚴密，語言簡練犀利，氣勢峭折，堪稱政論文的佳作。

司馬光（西元一〇一九—一〇八六年），字君實，宋陝州夏縣（今屬山西）人。少聰穎好學，以父蔭為將作監主簿。寶元進士，授武成軍簽書判官。以薦召試，除館閣校勘，同知禮院。歷天章閣待制兼侍講、知諫院，英宗朝進龍圖閣直學士、判吏部流內銓（官署名，屬吏部）。神宗即位，擢翰林學士，除權御史中丞，復為翰林兼侍讀學士。極力反對王安石變法，數與王安石、呂惠卿辯論於帝前，稱：「祖宗之法不可變」、「治天下譬如居室，弊則修之，非大壞不更造也。」因出知永興軍。熙寧四年（西元一〇七一年），判西京御史臺，自此退居洛陽十五年。元豐八年（西元一〇八五年）哲宗即位，太皇太后高氏臨朝，他以舊黨領袖召拜門下侍郎。次年閏二月，拜尚書左僕射兼門下侍郎，主持朝政，數月間廢除新法略盡，罷黜新黨蔡確、章惇等。同年病卒，贈太師、溫國公，諡文正。著有《溫國文正公文集》、《資治通鑑》等。諫議，諫議大夫的簡稱。官名。掌規諫諷諭。凡朝政得失，大臣至百官任用不當，三省至百司事有失誤，皆得諫正。左諫議大夫屬門下省，右諫議大夫屬中書省。宋初為寄祿官，須另有詔令方赴諫院供職。元豐改制，定左、右諫議大夫為諫院長官，專掌諷諫。建炎三年（西元一一二九年），不再分隸門下、中書兩省而另立官署，並以諫議大夫主管登聞檢院。

某啟❶：昨日蒙教❷，竊❸以為與君實遊處相好之日久❹，而議事❺每不合，所操之術❻多異故也。雖欲強聒❼，終必不蒙見察❽，故略上報❾，不復一一自辨；重念❿蒙君實視遇厚⓫，於反覆⓬不宜鹵莽⓭，故今具道所以⓮，冀君實或見恕也⓯。

【章 旨】說明回信的原因。

【注 釋】❶某啟 某人陳述。某，舊時書信文章中，常用作自稱代詞，指代「我」。在草擬文稿時用來代替自己的名字，正式發信時要寫上本名。啟，陳述；說明。❷蒙教 承蒙教誨。寫回信時的一種客氣說法。❸竊 謙詞，猶言私自。❹與君實句 司馬光〈與王介甫書〉：「自接待以來十有餘年，屢嘗同僚。」—邵伯溫《邵氏聞見錄》卷十載司馬光早年曾與王安石同為群牧司判官。遊處，同遊共處，指兩人的交往。相好，彼此友好。❺議事 在朝廷上討論政事。❻所操之術 所執持的政治主張。操，持；使用。術，指兩人的政治主張和見解。❼強聒 勉強解說。聒，語聲嘈雜。❽見察 被理解；被諒解。❾略上報 簡單地寫回信。略，簡略。上報，指寫回信。❿重念 又想。⓫視遇厚 看重某人。視遇，看待。厚，優厚。⓬反覆 指書信往來。❿鹵莽 粗魯草莽，簡慢無理。鹵，同「魯」。⓮具道所以 詳細地說明這樣做的理由。具，詳盡。所以，導致……的原因。⓯冀君實或見恕也 希望或許能得到您的諒解。冀，希望。或，或許；也許。見恕，原諒我。這裏的見字具有指示代詞賓語「我」的作用。

【語 譯】安石謹啟：昨日承蒙您來信指教，私下認為與您交往以來，彼此關係很好，為時已經很久了，可是在議論政事時往往意見分歧，這是由於我們所持的政治主張有許多不同的緣故。即使我想對您強加解釋，最終也一定不能得到您的諒解，所以只簡略地給您回了一封信，對您的指責，不再為自己一一辯解；又想到承蒙您看重我，在書信往來上我不應當簡單草率，忽視禮節，因此現在向您詳細說明我所以變法的理由，希望或許能得到您的諒解。

蓋儒者所爭，尤在於名實❶。名實已明，而天下之理得矣。今君實所以見教者❷，以為侵官❸、生事❹、征利❺、拒諫❻，以致天下怨謗也❼。某則以謂受命於人主❽，議法度❾而修之於朝廷❿，以授之於有司⓫，不為侵官；舉先王之政⓬，以興利除弊，不為生事；為天下理財，不為征利；闢邪說⓭，難壬人⓮，不為拒諫。至於怨誹之多⓯，則固⓰前知⓱其如此也。人習於苟且⓲非一日，士大夫多以不恤⓳國事、同俗自媚於眾為善⓴。上乃欲變此，而某不量敵之眾寡㉑，欲出力助上以抗之，則眾何為而不洶洶然㉒？盤庚㉓之遷，胥㉔怨㉕者民也，非特朝廷士大夫而已；盤庚不為怨者故改其度，度義而後動，是而不見可悔故也㉖。

【章旨】逐條駁斥司馬光信中提出的各種責難，說明變法革新符合先王之政，具有合理性。

【注釋】❶蓋儒者所爭二句　謂儒者特別重視考核名實。《論語・子路》：「子曰：『必也正名乎。』」《孟子・告子下》：「先名實者，為人也。」趙岐注：「名者，有道德之名；實者，治國惠民之功實也。」《荀子・正名》亦有「制名以指實」語。蓋，發語詞，表示下文要發議論。儒者，自漢代始稱文人為「儒者」，與先秦用以專指孔、孟之徒有所區別。尤在於名實，特別在於名與實是否相符。名，即指觀念、概念。實，指客觀事實。❷所以見教者　拿來教訓我的。❸侵官　謂添加新機構，侵奪了原來機構的職權。司馬光〈與王介甫書〉責難王安石「財利不以委三司而自治之，更立制置三司條例司」，設立制置三司條例司理財，剝奪了鹽鐵、戶部、度支三司的職權，「又置提舉常平廣惠倉使者」，都是侵官亂政。❹生事　司馬光認為變法是生事擾民。〈與王介甫書〉：「（老子）又曰：『我無為而民自化，我好靜而民自正，我無事而民自富，我無欲而民自樸。』又曰：『治大國若烹小鮮。』今介甫為政，盡變更祖宗舊法，先者後之，上者下之，右者左之，成者毀之，棄者取之，矻矻焉窮日力，繼之以夜而不得息。使上自朝廷，下及田野，內起京師，外周四海，士吏兵農，工商僧道，無一人得襲故而守常者，紛紛擾擾，莫安其居。此豈老氏之志乎！」所言即指責王安石盡變祖宗舊法，派人到各地推行新法，生事擾民。❺征利　謂設法生財，與民爭利。〈與王介甫書〉：「今介甫為政，首制置條例，大講財利之事，又命薛向行均輸法於江、淮，欲盡奪商賈之利，又分遣使者散青苗錢於天下而收其息，使人愁痛，父子不相見，兄弟妻子離散。」即為征利的具體表現。❻拒諫　拒絕接受他人的意見。這裡主要指反對派的意見。〈與王介甫書〉：「或所見小異，微言新令之不便者，介甫輒艴然加怒，或詬罵以辱之，或言於上而逐之，不待其辭之畢也。明主寬容如此，而介甫拒諫乃爾，無乃不足於恕乎！」❼以致天下怨謗也　因此遭到天下人的怨恨指責。致，招致。怨謗，怨恨；指責。❽某則以謂受命於人主　我卻認為接受皇帝的命令。某，作者自稱。以謂，以為。受命，接受命令。人主，皇帝，指宋神宗趙頊。❾議法度　議定法令制度。❿修之於朝廷　在朝廷上加以討論修改。修，修改。⓫以授之於有司　把它交給專職官吏去執行。授，交給。之，代指法度。有司，各部門負專責的官吏。⓬舉先王之政　推行先王的政治主張。舉，興辦；實施。先王，古代的賢明君主，即王安石〈上仁宗皇帝言事書〉中所指的二帝（堯、舜）、三王（夏禹、商湯、周文王和周武王）。⓭闢邪說　駁斥錯誤的言論。闢，駁斥；抨擊。邪說，不正確的言論。⓮難壬人　駁斥巧辯的小人。《尚書・虞書・舜典》：「而難任人。」難，阻；拒。壬，通「任」。佞。⓯怨誹之多　指埋怨指責他變法的人很多。〈與王介甫書〉：「今介甫從政始期年，而士大夫在朝廷及自四方來者，莫不非議介甫，如出一口。下至閭閻細民，小吏走卒，亦竊竊怨嘆，人人歸咎於介甫。不知介甫亦嘗聞其言而知其故乎？」⑯固　本來。⑰前知　事先知道。⑱習於苟且　習慣於得過且過，不作長遠打算。苟且，苟且偷安，得過且過。⑲恤　顧念；關心。⑳同俗自媚於眾為善　以隨聲附和、討好眾人為美德。同俗，附和流俗之風。自媚於眾，討好眾人。媚，獻媚；討好。善，美德。㉑量敵之眾寡　考慮政敵的多少。量，考慮。敵，政敵。㉒洶洶然　喧譁吵鬧的樣子。㉓盤庚　商中期的一個君主。商朝原建都在黃河以北的奄（今山東曲阜），常有水災，為了擺脫政治上的困境和自然災害，盤庚即位後，決定遷都殷（今河南安陽），遭到全國上下的怨恨反對。後來盤庚發布文告說服了他們，完成了遷都計畫。事見《尚書・盤庚》。㉔胥　皆；都。㉕怨　抱怨。㉖盤庚三句　盤庚不因為人民怨恨之故改變遷都計畫，那是由於他考慮清楚然後行動，他認為完全正確，所以沒有什麼要悔改的地方。為，因為。故，緣故。度，計畫。度義，考慮理由正確。度，忖度；考慮。義，理由正確。是而不見可悔，認為正確，看不到有什麼可以後悔的。是，認為做得對。

【語　譯】大概士大夫所爭論的問題，最主要的在於名義和實際是否相符。如果這種關係已弄明白，那麼天下的道理也就被掌握了。現在您用來指教我的，是認為我侵犯其他官員的職權，惹是生非，徵斂財利，拒絕勸告，因此遭到天下人的怨恨指責。我卻認為按照皇帝的旨意，與大臣們一起商討國家的法令制度並在朝廷加以修訂，然後交給有關部門去執行，不能說是侵犯其他官員的職權；推行先王的政治主張，做興利除弊的事，不能算是惹是生非；為國家整頓財政，不能算是徵斂財利；駁斥錯誤的言論，責難巧辯諂媚的小人，不應看成是拒絕勸告。至於有那麼多埋怨指責的人，我本來早就有所預料。人們習慣於得過且過，已不是一天兩天的事了，士大夫們大都以不顧念國家大事、附和世俗、討好眾人為美德。皇上想改變這種狀況，而我並不考慮政敵的多少，只想盡力幫助皇帝跟這種人對抗到底，那麼這些人怎能不氣勢洶洶地大吵大鬧呢？盤庚遷都的時候，連老百姓都怨恨不滿，不僅僅是朝中士大夫反對罷了；但盤庚並不因為有人持異議就改變計畫，這是因為他考慮到遷都是合理的然後才去行動，做得又對，看不出有什麼值得後悔的緣故。

如君實責我以在位久，未能助上大有為❶，以膏澤❷斯民❸，則某知罪矣；如曰今日當一切不事事❹，守前所為❺而已，則非某之所敢知❻。無由會晤❼，不任區區向往之至❽。

【章　旨】表明不可動搖的改革決心。

【注　釋】❶有為　有所作為；做一番事業。❷膏澤　油脂、雨露。這裡作動詞用，施加恩惠。❸斯民　人民。❹一切不事事　什麼事情都不做。事事，做事。前一個「事」是動詞，後一個為名詞。❺守前所為　墨守前人的陳規舊法。前，前人。❻則非某之所敢知　那就不是我敢領教的了。知，領教。❼會晤　會面；見面。❽不任區區向往之至　此是舊時寫信的客套話，意為私心不勝仰慕。不任，不勝，形容情意的深重。區區，小，這裡指自己，自謙詞。向往，仰慕。

【語　譯】如果您指責我任職已久，沒能幫助皇上大有作為，給人民帶來恩惠，那我是知罪的；如果說今天要我什麼事都不做，只墨守前人的舊法行事，那是我所不敢領教的。沒有機會見面，私心不勝仰慕。

答曾公立書

【題　解】本文寫於熙寧三年。當時青苗法施行伊始，即遭到激烈抨擊，如韓琦、歐陽脩、蘇轍等人先後上書，認為青苗法是與民爭利，與儒家傳統的義利觀相悖。針對變法反對派的強大聲勢，王安石在信中首先一針見血地指出，一部分人反對變法的實質是因為變法觸及了他們的實際利益，其目的在於利，而不是在於法；然後王安石引經據典，從孟子、周公處為青苗法尋找出理論根據；最後又詳細地論述了青苗法取二分利的原因。文章觀點鮮明，論證有力，氣勢凌人，極其典型地體現了王安石的個性與政治主張。

某啟：示及青苗❶事。治道❷之興，邪人❸不利，一興異論，群聾❹和之，意不在於法也。孟子所言利者❺為利吾國（如曲防遏糴❻），利吾身耳。至狗彘食人食則檢之，野有餓莩則發之❼，是所謂政事。政事所以理財，理財乃所謂義也。一部《周禮》，理財居其半，周公豈為利哉？姦人者因名實之近，而欲亂之，眩惑上下，其如民心之願何？

【章　旨】從周公、孟子等儒家聖人處，為新法尋找理論根據，一針見血地指出反對派以名實之近抨擊青苗法的實質，在於新法觸及到他們的「利」。

【注　釋】❶青苗　指熙寧二年（西元一〇六九年）九月王安石推行的青苗法。它規定，在青黃不接時由朝廷貸款給農戶，收成後按十分之二的利息歸還；如遇到災荒，可以推遲到下一次清還，這做法能夠限制地主的高利貸剝削，嘉惠老百姓身上。但由於用人不當，在施行中出現了官吏因緣為姦、強攤硬派、民蒙其冤等現象。❷治道　指新法。❸邪人　奸人。❹群聾　不明事理的人。❺孟子所言利者　見《孟子・梁惠王》。指孟子要求梁惠王講「仁義」，不要講「利」。王安石在此對孟子的話作了新的闡釋，以駁斥反對派的攻擊。❻曲防遏糴　語見《孟子・告子下》。據說齊桓公葵丘會盟諸侯時訂下協議，其中有一條規定諸侯國間「無曲防，無遏糴」，意謂在兩國邊界上雙方不得設立關卡，刁難鄰國商人，不得禁止鄰國採購糧食。曲，周遍；多方面；詳盡。《逸周書・官人》：「曲省其行，以觀其備。」遏，禁止。糴，採購糧食。❼至狗彘食人食則檢之二句　出自《孟子・梁惠王上》，原文為：「狗彘食人食而不知檢，塗有餓莩而不知發。」意謂富人的豬狗吃了人們的糧食，卻不用法度禁止；路上有餓死的人，卻不開倉賑濟。孟子認為只要實行儒家的仁政，就可以消滅這些現象。王安石在信中引用這兩句話，借以說明推行青苗法不是小事，不是為利，而是如孟子所說的那兩件事一樣是大事，是政事，因此推行新法就是「義」。彘，豬。檢，同「斂」。禁止。餓莩，餓死的人。

【語　譯】安石啟：來信提到青苗法一事。新法的推行，對奸人是不利的，他們一提出反對的意見，總有一群不明事理的人隨聲附和，其本意並不在於新法本身。孟子所反對的「利」，是指僅僅有利於自己的一國之隅（例如在兩國邊界上設立關卡，禁止鄰國入境買糧等），有利於自己本身的小事而已。至於說到富人的豬狗吃掉人們的糧食就要用法度禁止，野外有餓死的人就要開倉賑濟，這是有關國家政治的大事。國家大事就包括整理財政，整理財政就是「義」。一部《周禮》，理財的內容占了一半，難道周公是為了「利」嗎？奸人們利用理財的實際與「利」名稱相近，企圖擾亂新法，迷惑朝廷和人民，但是民眾的心願卻希望新法推行，他們又能怎樣呢？

始以為不請❶，而請者不可遏；終以為不納❷，而納者不可卻。蓋因民之所利而利之，不得不然也。然二分❸不及一分，一分不及不利而貸之，貸之不若與之。然不與之而必至於二分者，何也？為其來日之不可繼也。不可繼則是惠而不知為政，非惠而不費❹之道也，故必貸。然而有官吏之俸，輦運❺之費，水旱之逋❻，鼠雀之耗，而必欲廣之，以待其飢不足而直與之也，則無二分之息可乎？則二分者，亦常平❼之中正也，豈可易哉？公立更與深於道者論之，則某之所論無一字不合於法，而世之譊譊❽者，不足言也。因書示及，以為如何？

【章　旨】從實踐的層面論述青苗法取息二分的必要性與合理性。

【注　釋】❶請　指領取政府的貸款。❷納　指交納貸款利息。❸二分　指青苗法每次收十分之二的利息。按青苗法規定，每年可以借貸二次，一次在正月三十日以前，稱為「夏科」；一次在五月三十日以前，稱為「秋科」。❹惠而不費　既給民眾恩惠，又不耗費錢財。❺輦運　載送運輸。輦，泛指人力拉的車子。❻逋　逃亡。❼常平　指常平倉，豐收時糴穀儲存，災荒年開倉出糶，以平定糧價。❽譊譊　爭辯取鬧。

【語　譯】開始以為不會有人領取貸款，但事實是領取的人多到不可遏止；後來又以為人們不會交還貸款，結果還款的人多到無法應付。大概是按照民眾的利益去做有利於他們的事，就必然會這樣吧。有人說收二分的利息不如收一分，收一分不如不收，貸款不如直接贈送。為何不直接贈送而必須收二分的利息呢？因為若不這樣就不能繼續實行下去。不能繼續實行，就是只知空講恩惠而不懂得辦理國家大事，這不是既施恩民眾又不耗費財力的辦法，所以必須收取利息。何況還有官吏的俸祿，運輸的費用，因水旱歉收的拖欠，鼠雀偷吃的耗損，還必須擴充本錢，以備饑荒不足時直接送給民眾，這樣一來，沒有二分的利息行嗎？可見二分利息，也是符合過去設立常平倉的精神的，怎麼能改變呢？公立，你如果和懂得更多事理的人討論這件事，就會知道我所說的沒有一個字不合於法，而社會上那種嘰嘰喳喳無理取鬧的人是不值一駁的。因為你來信談及這件事，我才講了這些話，不知你以為對不對？

答呂吉甫書

【題解】呂惠卿（西元一〇三二—一一一一年），字吉甫，宋泉州晉江（今福建泉州）人。嘉祐進士。歷真州推官、集賢院校勘，其才學為歐陽脩、曾公亮等所推重。助王安石變法，參與制定青苗、免役、水利等新法，對推行新法出力甚多。熙寧七年（西元一〇七四年）王安石罷相時，舉薦他為參知政事。次年二月，王安石應召復相，由於政見不合，衝突日劇，兩人終至分裂。元豐三年（西元一〇八〇年）呂惠卿以書講和（呂書載於魏泰《東軒筆錄》卷十四），王安石便寫了此信回答他。信中深刻地指出他們由合到分的根本原因，說明呂惠卿怨恨他是沒有道理的，並告誡他不該念念不忘舊怨，應努力進取於當世。全文語言簡當精警，觀點鮮明，可否判然，毫不調和含混，迴盪著果毅倔強之氣。

某啟：與公同心，以至異意，皆緣國事，豈有它哉❶？同朝紛紛，公獨助我，則我何憾於公？人或言公，吾無與焉，則公何尤於我❷？趣時便事，吾不知其說焉❸，考實❹論情，公宜昭❺其如此。開諭重悉❻，覽之悵然❼。昔之在我者，誠無細故❽之可疑；則今之在公者，尚何舊惡之足念？然公以壯烈⑨，方進為⑩於聖世，而某茶然衰疢，特待盡於山林⑪。趣舍異路⑫，則相呴以濕，不如相忘之愈也⑬。想趣召在朝夕⑭，惟良食⑮，為時自愛⑯。

【章旨】申明與呂惠卿相交始終，皆緣國事，而無私仇，並委婉表明與呂分道揚鑣之意。

【注釋】❶與公同心四句　是對呂惠卿來信中「合乃相從，疑有殊於天屬；析雖或使，殆不自於人為」的回覆，明確指出與呂惠卿由同心齊力以至意見不合，都因為國事，並無其他緣故。異意，意見不合。❷同朝紛紛六句　是對呂惠卿信中「內省涼薄，尚無細故之嫌；仰揆高明，夫何舊惡之念」的回答，說明呂惠卿不該歸咎於他。紛紛，指同朝大臣紛紛起來反對。助，幫助。憾，怨恨。人或言公，有人說你的壞話。或，有人。言公，指說呂惠卿的壞話。與，參加。尤，怨恨；責怪。❸趣時便事二句　為了辦事方便而趨附時風，我不懂這種手法。這是說自己堅持主見，不隨風俯仰，投機取巧。趣，同「趨」。❹考實　核正事實。❺昭　明白。❻開諭重悉　你的來信意思很明白。開諭，開導曉諭，指呂的來信。重悉，很明白。❼覽之悵然　閱讀後悵然若失。覽，閱讀；閱覽。悵然，失意貌。❽細故　細微的嫌隙。❾壯烈　壯年。呂惠卿時年四十九歲。❿進為　努力進取，有所作為。⓫而某茶然衰疢二句　而我年老體弱，只有在山林中消磨餘年了。茶然，疲憊，精神不振的樣子。衰疢，此指疾病。待盡，消磨餘年。⓬趣舍異路　謂二人進退道路不同。趣舍，進取與退止。⓭則相呴以濕二句　《莊子・天運》：「泉涸，魚相與處於陸，相呴以溼，相濡以沫，不若相忘於江湖。」是說泉水乾涸，魚在陸地上相互吐沫沾濕以相濟，不如在浩蕩的江湖中各自盡意遊樂而相忘。這兩句化用此典故，意謂我們二人互相同情相助，不如各適其志更好。呴，吐沫。⓮想趣召在朝夕　料想你不久就要應召赴任了。想，料想。趣召，應召赴任。⑮良食　努力日加餐飯。⑯自愛　自我保重。

【語譯】安石謹啟：原先我與你同心協力實行變法，後來意見不合，都因為國事，並無他故。變法時，全朝大臣紛紛反對，只有你幫助我，那麼我對你有何不滿意的呢？有人說你的壞話，我並沒有參與，那麼你對我有何好怨恨的呢？我一貫自己堅持主見，絕不隨波逐流，投機取巧，做事情講求考察實際情況，你對此應當是非常清楚的。你的來信開門見山，意思明瞭，我覽閱後悵然若失。昔日相處，在我這方面確實沒有任何細小的可疑的嫌隙，那麼你現在還有什麼舊怨值得耿耿於懷呢？你正值壯年，恰逢聖明時代，應當努力進取，有所作為，而我年老體衰，只有在山林中消磨殘年了。我們二人所走的道路不同，與其互相同情救助，不如各適其志更好。料想你很快將會赴召，希望你日加餐飯，自我保重，好自為之。

回蘇子瞻簡

【題解】 蘇軾（西元一〇三七—一一〇一年），字子瞻，眉山（今屬四川）人，北宋著名的文學家。熙寧變法後，蘇軾竭力反對王安石變法。元豐二年，因以詩文譏刺新法遭致烏臺之劾，結案後，被貶黃州（今湖北黃岡）。元豐七年（西元一〇八四年）自黃州量移汝州（治所在今河南臨汝），七、八月間途經金陵，與王安石會晤。兩人消除了前嫌，遊賞蔣山，互相唱和，彼此推重，相得甚歡，王安石還感慨蘇軾為「不知更幾百年，方有如此人物」（蔡絛《西清詩話》），蘇軾則有「從公已覺十年遲」之嘆（〈次荊公韻四絕〉之三）。王安石曾約蘇軾「卜居秦淮」，蘇軾也打算「買田金陵」，「老於鍾山」，不過後來未能如願。蘇軾離開金陵不久，曾致書王安石。九月間，蘇軾買田儀真（今江蘇儀徵），又寫信給王安石，表示如果買田成功，那麼相互間扁舟往來相見，並不是難事了，同時推薦秦觀，希望王安石給予揄揚。這封信便是對蘇軾來信的回覆。本文文筆清俊簡潔，情辭懇摯，對秦觀詩的讚譽也是中其肯綮的。

某啟：承誨喻累幅❶，知尚盤桓江北❷。俯仰❸逾月，豈勝感悵❹！

得秦君❺詩，手不能捨❻。葉致遠❼適見❽，亦以為清新嫵麗❾，與鮑謝❿

似之，不知公意如何？餘卷正冒眩，尚妨細讀⑪。嘗鼎一臠，旨可知也⑫。公奇⑬秦君，數口之不置⑭；吾又獲詩，手之不捨。然聞秦君嘗學至言妙道⑮，無乃笑我與公嗜好過乎⑯？未相見，跋涉⑰自愛。書不宣悉⑱。

【章旨】讚揚秦觀詩文「清新嫵麗」，與鮑謝相似。

【注釋】❶承誨喻累幅　承蒙您來長信教誨。承，承蒙。誨喻，教誨開導。累幅，指篇幅長。❷尚盤桓江北　還在江北逗留。尚，還。盤桓江北，指蘇軾在儀真。盤桓，徘徊；逗留。江北，儀真在長江以北，故稱。❸俯仰　指時間短暫。❹豈勝感悵　不勝惆悵。感悵，惆悵。❺秦君　指秦觀（西元一〇四九－一一〇〇年），字少游，又字太虛，號淮海居士，宋揚州高郵（今屬江蘇）人。少從蘇軾遊，以詩見賞於王安石。元豐八年（西元一〇八五年）進士。元祐五年六月，充祕書省校對黃本書籍，次年八月，任祕書省正字兼國史院編修官。（此據《續資治通鑑長編》卷四四三元祐六年七月己卯條。《全宋詞·秦觀傳》承《宋史》，謂「元祐初，除祕書省正字，兼國史院編修官」，不正確。）紹聖元年（西元一〇九四年），坐元祐黨籍，出通判杭州。又貶監處州酒稅。繼迭遭貶謫，編管於雷州。徽宗即位初，召為宣德郎，未赴任，中道卒。善詩賦策論，與黃庭堅、晁補之、張耒合稱「蘇門四學士」。尤工詞，為北宋婉約派重要作家。著作有《淮海集》。❻捨　放下。❼葉致遠　即葉濤，字致遠，處州龍泉（今屬浙江）人，王安石之弟安國的女婿。熙寧進士，從王安石學習詩文，曾卜居金陵迷子洲，故王安石〈次韻葉致遠〉有「知君聊占水中洲」之句。❽適見　剛好看見。❾嫵麗　嫵媚美好。❿鮑謝　鮑，指鮑照，字明遠，東海（今江蘇連雲港）人，南朝宋文學家。長於樂府，尤擅長七言歌行，風格俊逸。謝，即謝朓，字玄暉，陳郡陽夏（今河南太康）人，南朝齊詩人。詩風清麗，李白〈宣州謝朓樓餞別校書叔雲〉有

「蓬萊文章建安骨，中間小謝又清發」的讚語。⓫餘卷正冒眩二句　其餘幾卷作品，因為正患頭暈病，還不能仔細閱讀。冒眩，頭暈眼花。眩，眼睛昏花，視物不明。⓬嘗鼎一臠二句　嘗鼎中的一塊肉，就可以知道全鼎肉味的鮮美。比喻根據已讀部分秦觀詩歌，可推知其整體風貌。《呂氏春秋・察今》有「嘗一臠肉而知一鑊之味，一鼎之調」。鼎，古代的炊器，多用青銅製成。一般為圓形，三足兩耳；也有方形四足的。盛行於殷周時代。臠，切成塊的肉。旨，美味。⓭奇　以……為奇。⓮數口之不置　多次不停地稱讚。數口，多次稱讚。不置，不停。⓯至言妙道　至理之言，妙語之道。是佛老二教所追求的境界。這裡是說秦觀曾學習佛老，當認為詩的精微、奧妙之處，非言語筆墨所能表達，只可心領神會。⓰無乃句　學至言妙道之人不滯於物事，不拘於形跡，蘇王二人稱賞秦氏文字，過重形跡，故說可能為秦觀所笑。無乃，只怕。⓱跋涉　猶言登山涉水，形容走長路辛苦。⓲宣悉　詳盡敘說。悉，詳盡。

【語　譯】安石謹啟：承蒙您來長信教誨，知您還在江北逗留。離別以來，一月轉瞬即逝，不勝惆悵！得到秦君的詩，讀了捨不得放下。葉致遠看到後，也認為這些詩清新嫵麗，與鮑照、謝朓的詩風相似。不知您意下如何？其餘幾卷作品，因為正患頭暈病，不能仔細拜讀。不過，正如嘗鼎中一塊肉，便可知全鼎肉味鮮美一樣，讀秦君部分作品，也可以推知他的詩風了。您為秦君感到驚奇而稱讚不已，我得到他的詩也是放之不下。然而我還聽說秦君曾經學過至言妙道，而你我二人稱讚他的文字，過重形跡，恐怕為他所笑。不能相見，路上自己保重。信中不能詳敘。

與參政王禹玉書（其二）

【題解】王珪（西元一〇一九—一〇八五年），字禹玉，宋成都華陽（今屬四川）人。慶曆進士，通判揚州，召直集賢院，修起居注。進知制誥，為翰林學士、知開封府。神宗即位，遷學士承旨。熙寧三年（西元一〇七〇年），拜參知政事。九年十月，進同中書門下平章事、集賢殿大學士。著作有《華陽集》。本文作於熙寧九年（西元一〇七六年）。熙寧八年二月，王安石應召復相後，形勢與他首次任相時大不相同。不僅仍和舊黨嚴重對立，還遭到變法派內部呂惠卿等勢利之徒的詆毀誣陷，加上年老多病，使之意氣衰而精力憊，決心歸隱里閭。從次年春開始，「求解職事，至於四五」（王安石〈與參知政事王禹玉三首〉其一），由於神宗的再三挽留，久不能如願，所以寫信給參知政事王禹玉，乞請僚友代為開陳，給予幫助。信中述說了堅決辭職的原因，反映出痛苦的心情。

某啟：繼蒙賜臨，傳喻聖訓❶，彷徨踧踖，無所容措❷。某羈孤無助❸，遭值大聖❹，獨排眾毀，付以宰事❺。苟利於國，豈辭糜殞❻。顧自念行不足以悅眾，而怨怒實積於親貴之尤❼。智不足以知人，而險詖常出於交遊之厚⑧。且據勢重⑨而任事⑩久，有盈滿之憂⑪。意氣衰而精力弊，有曠失之懼⑫。歷觀前世大臣，如此而不知自弛⑬，乃能終不累國⑭者，蓋未有也。此某所以不敢逃逋慢⑮之誅⑯，欲及罪戾未積⑰，得優遊里閭⑱，為聖時知止不殆之臣⑲。庶幾天下後世，於上拔擢任使，無所譏議⑳。伏惟明公㉑，方佐佑大政㉒，上為朝廷公論，下及僚友私計，謂宜少垂念慮，特賜敷陳㉓。某既不獲通章表㉔，所恃㉕在明公一言而已。心之精微㉖，書不能傳，惟加憫察㉗，幸甚，不宣㉘。

【章　旨】申述自己辭職的苦衷與決心，希望王禹玉代為開陳。

【注　釋】❶繼蒙賜臨二句　指王禹玉為安石辭相事曾不止一次至安石宅舍，傳達宋神宗趙頊的指示。繼，連續；接著。賜，舊指上級對下級、長輩對晚輩的給予。這裡是王安石表示尊重對方。臨，指前往王安石住宅。喻，說明；告知。聖訓，皇帝的意見。❷彷徨踧踖二句　形容自己感激惶恐不知如何是好。彷徨，猶豫不定，不知往哪裡去好。踧踖，侷促不安貌。無所容措，沒有容納安身之處。❸某羈孤無助　我孤身一人宦遊在外而沒有憑藉和幫助。某，王安石的自稱。❹大聖　賢明的君主，指宋神宗趙頊。❺獨排眾毀二句　神宗不顧眾臣反對，任命王安石為相。熙寧元年（西元一〇六八年）四月，宋神宗詔王安石越次入對，次年二月，以王安石為參知政事，熙寧三年十二月，以安石為同中書門下平章事。❻糜殞　糜爛殞亡。指粉身碎骨，獻出生命。❼顧自念行不足以悅眾二句　指變法遭到朝廷重臣的一致反對。顧，但。念，考慮。行，指變法。悅眾，使大家高興。怨怒，怨恨、憤怒。積，聚集。親貴，指皇親國戚和親近大臣。當年仁宗曹后、英宗高后和神宗的二位弟弟岐王趙顥、嘉王趙頵，以及大臣馮京、文彥博等極力反對新法。❽智不足以知人二句　謂在好友中出現了奸詐之徒。知人，真正了解別人。險詖，邪惡不正。指呂惠卿等人。王安石首次罷相後，薦呂惠卿為相，呂惠卿當權後，嫉妒王安石的才能，千方百計阻撓他的復出。王安石復相後，兩人衝突尖銳化，故王安石上表有「義不足以勝姦」語。❾據勢重　占據高官顯要的地位。❿任事　任職。⓫盈滿之憂　憂慮盈滿之極必有虧損而難以持久。《呂氏春秋．博志》有「極則必反，盈則必虧」之語。⓬意氣衰而精力弊二句　謂精神體力已經衰竭，擔心不能正常工作。意氣，精神。衰，微弱；變弱。精力，精神和體力。弊，疲憊；衰弱。曠失，曠職失誤。⓭自弛　指辭官回家。弛，鬆弛，原指放鬆弓箭，此指卸任。⓮累國　損害國家。⓯逋慢　規避怠慢，不遵守命令。⓰誅　責備。⓱罪戾未積　還沒有積累多少罪過。罪戾，罪過。積，聚集；積累。⓲優遊里閭　辭官回家，過優閒自得的生活。里閭，鄉里。⓳為聖時知止不殆之臣　做一個在聖明時代適可而止，不危害國家的臣民。知止，知道適可而止，不作非分之想。不殆，不危險。⓴庶幾天下後世三句　也許可以讓天下和後世的人，對於皇帝選拔任用官吏，沒有值得譏諷議論的地方。庶幾，也許可以，表示希望。拔擢，選拔；提升。譏議，譏諷議論。㉑伏惟明公　您王大人。伏惟，俯伏思惟，舊時常用為下對上有所陳述的表敬之辭。公，指王禹玉。㉒佐佑大政　輔佐朝政。佐，輔佐。佑，保佑。㉓上為朝廷公論四句　意謂您對上為了朝廷公事，對下替僚友考慮，都應對我有所憐念，特地為我陳說。及，顧及；考慮到。少，同「稍」。稍微。垂，敬辭，舊時用於別人（多是長輩或上級）對自己的行動。敷陳，詳加論列，指向皇帝轉達自己堅決辭去相位的意願。㉔不獲通章表　指向皇帝辭相的表章得不到允許。㉕恃　依靠。㉖精微　指內心的苦衷。㉗憫察　憐恤體察。㉘不宣　猶言不盡。舊時書信末尾的常用語。

【語譯】安石謹啟：勞駕您多次親臨寒舍，傳達神宗皇帝對我的指示，這使我感激不盡、侷促不安，不知如何是好。我孤身一人宦遊在外，沒有可以憑藉的政治後臺，幸而遇上了賢明的神宗皇帝，他不顧眾臣的反對，任我為相，實行變法。如果我能於國有利，即使粉身碎骨，也在所不惜。但考慮到我的變法不足以讓大家高興，遭到了從皇室至朝廷重臣的反對。我的智能不足以了解人心，常常遭致我以為是深交之人的詆毀。況且占據高官顯位已很長時間，擔心物極必反、盛極必衰而難以持久。我的精神體力已經衰竭，害怕不能正常工作，耽誤國事。縱觀前代的大臣，在這種情況下還不知辭官歸隱、最終沒有損害國家的，大約是從來沒有過。這就是我不敢迴避那些說我玩忽職守、不遵守命令的指責的原因，不過是想在自己的罪過還沒有聚集太多的時候，能辭官回家，過優閒自得的生活，做一個在聖明時代適可而止、不作非分之想、不危害國家的臣民。這也許可以讓天下和後世的人，對於皇帝選拔和提升官員，沒有可以譏諷議論的地方。您王大人正輔佐大政，對上為了朝廷公事，對下替僚友考慮，也應當給我稍加垂念，特地代我在皇帝面前陳述此事。我向皇帝辭相的表章總得不到批准，現在就靠您的一句話了。我內心的苦衷，用言語是無法傳達詳盡的，希望您憐恤體察，我將深感榮幸。紙短情長，言不盡意。

答曾子固書

【題　解】曾鞏（西元一〇一九—一〇八三年），字子固，南豐（今屬江西）人，北宋著名的散文家，王安石的摯友。這是與曾鞏探討治學問題的一封回信。在信中王安石主張廣泛閱讀諸子百家和各種雜著小說，並對「農夫女工，無所不問」，用它們來驗證自己的知識，決定取捨。這種認識，在當時是難能可貴的，今天仍對我們有啟發作用。這封信先提出問題，然後逐條闡述，層次清晰，簡當精警。

某啟：久以疾病不為問❶，豈勝鄉往❷！前書疑子固於讀經有所不暇❸，故語及之❹。連得書，疑某所謂經者佛經也，而教之以佛經之亂俗❺。某但❻言讀經，則何以別於中國聖人之經❼？子固讀吾書每如此，亦某所以疑子固於讀經有所不暇也。

【章　旨】說明回信的原因。

【注　釋】❶久以疾病不為問　因長時間生病，沒有寫信向您問候。以，因為。不為問，沒有寫信問候。❷豈

勝鄉往　不勝想念。鄉往，即嚮往，想念。❸於讀經有所不暇　對儒家的經典著作下的功夫不夠。經，經書，即儒家的經典著作。不暇，沒有空閒。這裡是說下的功夫還不夠。❹語及之　談到這一點。語及，談到。之，指代「子固於讀經有所不暇」一事。❺亂俗　敗壞社會風氣；迷惑世人。❻但　只。❼中國聖人之經　指古代儒家所規定的典籍。

【語譯】安石謹啟：我因長時間生病，沒能寫信問候您，實在是非常想念！上次給您的信中因為懷疑您沒有多少時間讀經，所以才談及此事。接連收到您的來信，懷疑我所說的經是佛經，因此教導我說佛經擾亂風俗。我只是說讀經，為什麼認為我說的與中國聖人的經典不同呢？您讀我的信經常這樣理解，這也是我所以懷疑您沒有時間來讀經的原因。

然世之不見全經❶久矣。讀經而已，則不足以知經❷。故某自百家諸子❸之書，至於《難經》❹、《素問》❺、《本草》❻、諸小說❼，無所不讀；農夫女工❽，無所不問❾，然後於經為能知其大體而無疑❿。蓋後世學者，與先王之時異矣，不如是⓫，不足以盡聖人⓬故也。揚雄⓭雖為不好非聖人之書⓮，然於《墨》⓯、《晏》⓰、《鄒》⓱、《莊》⓲、《申》⓳、《韓》⑳，亦何所不讀？彼致其知而後讀，以有所去取，故異學不能亂也㉑。惟其不能亂，故能有所去取者，所以明吾道㉒而已。子固視吾所知，為尚可以異學亂之者乎？非知我㉓也。

【章旨】談自己致知博覽的體會，認為有主見，有去取，才不會為雜學所亂。

【注釋】❶全經　指古代經典的全貌。❷讀經而已二句　如果認為只讀那幾本經典就夠了，實際上是不足以了解經典的全部內容。❸百家諸子　先秦至漢初學術思想派別的總稱。這裡指下文提到的墨翟、晏嬰、鄒衍、莊周、申不害、韓非子等人的學說。❹難經　古醫書名，相傳為戰國時秦越人扁鵲所寫，共八十一篇。❺素問　我國最早的中醫理論著作，是秦漢時醫人總結舊說而成。❻本草　古代藥書，可能為漢人所作。❼小說　指筆記小說，一般記載瑣碎、怪異的故事，也有考察事物的文字。比現在說的「小說」範圍要廣一些。❽女工　指從事紡織、刺繡、縫紉等工作的婦女。❾問　請教。❿然後句　然後我對於經書才能夠懂得它們的大概而沒有什麼疑問。大體，大概。這裡可作要旨講。⓫不如是　不這樣學習。指廣泛閱讀百家諸書和向農夫女工請教。⓬不足以盡聖人　不能全面地理解聖人經籍的精神。⓭揚雄　字子雲，蜀郡成都人。為西漢著名的文學家。⓮不好非聖人之書　不喜歡聖人經籍以外的書。好，喜好。非聖人之書，聖人經籍以外的書。⓯墨　指《墨子》一書，戰國魯人墨翟弟子所記，是墨子思想言行的紀錄。⓰晏　指《晏子春秋》，記載春秋齊大夫晏嬰（春秋時代法家的先驅人物）的言行。⓱鄒　指《鄒子》、《鄒子終始》，戰國齊人鄒衍（屬陰陽家）所著，已不傳。⓲莊　指《莊子》，戰國宋人莊周著。共五十二篇。⓳申　即《申子》，戰國韓人申不害著，已失傳。⓴韓　即《韓非子》，戰國人韓非所著。㉑彼致其知而後讀三句　謂揚雄在獲取經籍要旨之後再去博覽百家，因而有所取捨，故不為各種雜學所迷惑。致，求得。異學，與儒家不同的各學派的學說。㉒所以明吾道　用來印證闡明自己的見解。㉓知我　了解我。

【語譯】然而，世人看不清儒家經典的全貌已經很久了。如果只讀幾本經典，是不足以知道它的真正意義的。因此，我從諸子百家的著作，到《難經》、《素問》、《本草》以及各種筆記小說，無所不讀；農夫女工，無不向他們請教，然後對於經典的真正意義才算做到知道它的要旨大意而沒有疑問。一般地說，後世的學者所處的時代，和古代先王的時代不同，要是不這樣讀經，就不能完全深入地了解聖人所講的道理。揚雄雖然說過不喜歡聖人經籍以外的書，但對百家著作，如《墨子》、《晏子春秋》、《鄒子》、《莊子》、《申子》、《韓非子》，哪一本書他沒有讀過呢？他是在獲取經籍要旨之後，再去博覽百家，因而有所取捨，不為各種雜學所迷惑。也正因為沒有被別的學說所干擾，所以在閱讀中才能夠有所取捨，並用來進一步印證闡明自己的觀點。我這樣的理解，您難道認為我還會被別的學說所迷惑嗎？若這樣，您就不了解我了。

方今亂俗不在於佛，乃在於學士大夫❶沉沒利欲❷，以言相尚❸，不知自治❹而已。子固以為如何？苦寒，比日❺侍奉❻萬福❼，自愛。

【章旨】指出亂俗不在佛經，而在於學士大夫沉沒利欲、不知自治。

【注釋】❶學士大夫　指一般讀書做官的人。❷沉沒利欲　沉溺在名利私欲之中。❸以言相尚　以言語互相推崇，意謂高談闊論，互相吹捧。❹治　治學。❺比日　近日。❻侍奉　指侍奉長輩。❼萬福　極言福多。這是舊時寫信的客套話。

【語譯】當今迷惑世人的，不在於佛經，而是在於那些學士大夫們沉溺於個人的名利私欲，喜歡互相吹捧，自己又不知道怎樣治學罷了。您的看法如何？

近來天氣苦寒，祝您雙親萬福，自己保重！

上歐陽永叔書（其一）

【題　解】本文作於嘉祐元年（西元一〇五六年），其時王安石三十六歲。文中所提及的館職指三月除集賢殿校理，因文彥博和韓琦共薦而得，九月又除王安石為群牧司判官，安石都堅辭不受。有人以為他是沽名以待高官，歐陽脩則以理奉勸，安石於是寫了此信，解釋自己屢辭京官的原因，並希望歐陽脩能有所助。作者營私之急與儒家孝悌之義相合，故文章理直氣壯，不卑不亢。誠如梁啟超所言：「非故為恬退，亦有取於素位之義而已。」

今日造門❶，幸得接餘論，以坐有客，不得畢所欲言❷。某所以不願試職❸者，向時則有婚嫁葬送之故，勢不能久處京師❹。所圖甫❺畢，而二兄一嫂相繼喪亡❻，於今窘迫❼之勢，比之向時為甚❽。若萬一幸被館閣之選❾，則於法當留一年，藉令❿朝廷憐閔⓫，不及一年，即與之外任，則人之多言，亦甚可畏。若朝廷必復召試，某亦必以私急⓬固⓭辭。竊度寬政⓮，必蒙矜允⓯。然召旨既下，比及⓰辭而得請，則所求外補⓱，又當遷延⑱矣。親老口衆，寄食於官舟而不得躬養⑲，於今已數月矣。早得所欲，以紓⑳家之急，此亦仁人宜有以相之也㉑。

【章　旨】向歐陽脩說明自己的困難處境，即「親老口衆，寄食於官舟而不得躬養」，暗示求援之意。

【注　釋】❶造門　登門拜訪。❷畢所欲言　說完自己想要說的話。❸試職　指擔任京官。至和元年（西元一〇五四年），王安石舒州任滿赴闕，三月除集賢閣校理，上書四辭；九月除群牧司判官，仍然力辭。在歐陽脩規勸下，才受命任職。❹向時二句　意謂那時家中有婚嫁葬送諸重大事情，其情勢必不能讓我在京師久居。❺甫　剛剛。❻二兄一嫂相繼喪亡　王安石兄弟七人，兄安仁常甫、安道勤甫皆早亡，王安石撰有〈亡兄王常甫墓誌銘〉。❼窘迫　指生活困窘、緊迫。❽比之向時為甚　比起以前更加困窘。❾館閣之選　宋承唐制，置史館、昭文館、集賢院，總稱三館；有直館、直院、修撰、校勘等官員，通稱館職。舊制秩滿許獻文求試館職，但王安石為生計所迫，曾多次請求外調做地方官員。❿藉令　即使；假使。⓫憐閔　即憐憫。⓬私急　私人的急事。⓭固　堅決。⓮竊度寬政　我私下思量，當今仁政寬厚。竊，謙詞。度，思考。⓯必蒙矜允　我的請求一定會被批准。矜，憐惜。⓰比及　等到。⓱外補　即外調到地方做地方官員。⓲遷延　拖延。⓳躬養　親自撫養。⓴紓　緩解。㉑此亦仁人句　這也是仁義之士應該有理由幫助的。有以，有理由。相，幫助。

【語　譯】近日登門拜訪，幸得您招待並與我交談，因為座中還有客人，未能說完自己想要說的。我之所以不願擔任京官，以前是因家中有婚嫁葬送等大事，其情勢必不能在京城久留。剛剛把事情做完，而二位兄長和一位嫂子相繼死去，如今家中困窘的局面，比從前更加緊迫。如果萬一被選為館職，那麼按法令規定應該留京一年；即使朝廷憐憫，不到一年便讓我去做地方官，但人們會多言議論，也很是可畏。如果一定還要再召我應試，我肯定會因私事堅決地推辭。我想當今仁政寬厚，我的請求一定會被承蒙恩准。但召我應試的聖旨既下，等到我堅辭而被批准，那讓我出任地方官的請求，又會推延時日了。我的全家老小眾多，都寄居在官家的船中得不到我親身供養，如今已經幾個月了。早一點外放到地方做官，來緩解家庭生活的窘迫，這也是仁義之士應該有理由幫助我的。

翰林❶雖嘗被旨與某試，然某之到京師，非諸公所當知。以今之體，須某自言，或有司以報，乃當施行前命耳❷。萬一理當施行，遽為罷之，於公義亦似未有害。某私計為得，竊計明公當不惜此❸。區區❹之意，不可以盡，唯仁明憐察而聽從之。

【章　旨】以極其委婉的語氣向歐陽脩求助，不卑不亢。

【注　釋】❶翰林　指歐陽脩。宋仁宗康定元年（西元一〇四〇年），歐陽脩被召返京，不久，「遷翰林學士，俾修《唐書》」（《宋史·歐陽脩傳》）。翰林，即翰林學士之簡稱。唐朝開元年間，置學士院學士，或稱翰林學士，宋沿置，但是其實質則有所不同。北宋前期，或以翰林學士兼領他官，則與職名同，無實際職事；若帶「知制誥」，指在學士院內供視草之職，掌撰內制。❷以今之體四句　北宋除館職，必須本人先申請求試，或由有關部門代為申請，經考核由審官院根據資歷政績和近臣推薦正式任命。體，指當時政府選官的體制。❸萬一理當施行五句　按理我應當執行前面的命令，就任群牧判官一職，但若萬一突然被罷免，也似乎沒有什麼妨害。我私下以為這樣做是可以的，估計您大約不會可惜我辭去這一官職。遽，突然。明公，對歐陽脩的尊稱。❹區區指自己，謙詞。

【語譯】您雖然曾經受旨主管我的考試，但我來到京師，諸位大人應是都不知道的。按如今的體制，必須我親自陳說，或請有關部門代報，才能施行前面的命令。從道理上講，應當施行前面的命令，就任判官一職，但若萬一突然被罷免，一般而言，似乎也沒什麼妨害。我私下以為這樣做是可以的，估計您大約也不會可惜我辭去這一官職。我的心意不能窮盡，只望您能諒解體察，並讓我這樣做。

上杜學士言開河書

【題　解】杜學士，指杜杞，字偉長，常州無錫（今屬江蘇）人，曾任兩浙轉運使，《宋史》卷三百有傳，歐陽脩曾經為其作墓誌銘。宋仁宗慶曆七年（西元一〇四七年），王安石調任鄞縣（今浙江寧波）縣令。他到任後不久，即對全縣的地理環境和水利設施作了一番詳細的調查研究。本文就是王安石當時寫給上司杜學士的一封信，信中分析了鄞縣的具體情況，提出組織民力、興修水利、發展農業生產等主張。這些主張不僅在鄞縣得到實施，而且為他後來執政時創立和推行農田水利法奠定了基礎。文中緊緊圍繞開河一事展開論述，論證充分，邏輯嚴密，極富說服力。

十月十日，謹再拜❶奉書運使❷學士❸閣下❹：某愚，不更❺事物之變，備官節下❻，以身得察於左右❼。事可施設❽，不敢因循苟簡❾，以孤❿大君子⓫推引⓬之意，亦其職宜也。

【章　旨】信首客套語，並引出論題。

【注　釋】❶再拜　一拜而又拜，是古人恭敬的禮節，此處表示恭敬的話。❷運使　即轉運使，官名。宋初設有隨軍轉運使、水陸計度轉運使，供辦軍需。太宗以後，轉運使漸漸成為各路長官，經度一路部分或全部財賦，監察各州官吏，並以官吏違法、民生疾苦等情況上報朝廷。❸學士　宋沿唐故事，凡館職都可稱為學士。但杜杞乃蔭補出身，未曾擔任館職，故此處學士並非指官職，而是代指有學問的人，是對杜的尊稱。❹閣下　對人的尊稱語。❺更　經歷。❻備官節下　指在麾下任職。備，充數。節下，部下；麾下。❼左右　古時在書信中稱呼對方，不直接說他的名字，只稱左右的人，表示尊敬。❽施設　辦理。❾苟簡　苟且簡慢。❿抓　辜負。⓫大君子　君子相對小人而言。宋學的主題之一是君子小人之辨，其主要內涵為「君子喻於義，小人喻於利」。此處所謂的大君子，既是對杜杞的尊稱，又是對其人格的肯定。⓬推引　推薦引進。

【語　譯】十月十日，謹再拜上書運使學士閣下：安石愚拙，閱歷短淺，僥倖在您部下充數任職，得到您親自的督察。凡是該辦的事，我不敢因循守舊，敷衍了事，辜負您對我推薦引進的好意，這也是我的職責所應該做的。

鄞之地邑，跨負江海❶，水有所去，故人無水憂。而深山長谷之水，四面而出，溝渠澮❷川，十百相通。長老❸言，錢氏❹時置營田吏卒❺，歲浚❻治之，人無旱憂，恃以豐足。營田之廢，六七十年，吏者因循，而民力不能自并❼。向之渠川，稍稍淺塞，山谷之水，轉以入海而無所瀦❽。幸而雨澤時至，田猶不足於水，方夏歷旬不雨，則眾川之涸，可立而須⑨。故今之邑民，最獨畏旱，而旱輒連年。是皆人力不至，而非歲之咎⑩也。

【章　旨】結合鄞縣具體的水利形勢，分析其農業大弊為「旱」，從而點明修河的必要性。

【注　釋】❶跨負江海　跨越甬江，背靠東海。❷澮　田間水溝。❸長老　年長的人。❹錢氏　指五代時吳越王錢氏。❺營田吏卒　營田設有專人管理，叫營田吏卒。營田，即屯田。官家招收破產農民，給予房舍，為官家種田。❻浚　疏通。❼自并　指自己組織起來。❽瀦　水停聚的地方。此處用作動詞，作停蓄講。❾須　等待。❿咎　過錯。

【語　譯】鄞縣橫跨甬江，背靠東海，有排水的地方，所以人們並不怕澇災。而深山峽谷間的水流，可以流向四面八方，溝渠和田間水道，也都縱橫貫通。老一輩的人說，吳越王錢氏統治的時候，曾經設有營田官兵，每年修治河道，人們沒有旱災的憂患，依靠這樣就能豐衣足食。營田制的廢除，至今已經六七十年了，官吏因循守舊，民眾又無能力自己組織修治河道，以致原來的河道逐漸淺塞，山谷的水轉而流入大海無處停蓄。即使僥倖時常下雨，農田還是缺水，夏天只要十幾天不下雨，所有的河道馬上就會乾涸。因此，如今的縣民最害怕旱災，而旱災卻又往往連續數年。這都是因為沒有充分發揮人力，而不是什麼天時的過錯。

某為縣於此，幸歲大穰❶，以為宜乘人之有餘，及其暇時，大浚治川渠，使有所瀦，可以無不足水之患。而無老壯稚少，亦皆懲旱之數❷，而幸今有餘力，聞之翕然❸，皆勸趨❹之，無敢愛❺力。夫小人可與樂成，難與慮始❻。誠有大利，猶將強之，況其所願欲哉！竊以為此亦執事❼之所欲聞也。

【章　旨】提出開河主張，認為開河的主客觀條件都已具備。

【注　釋】❶穰　豐收。❷懲旱之數　苦於旱災的頻繁。❸翕然　一致應和的樣子。❹趨　奔赴。❺愛　吝惜。

❻夫小人可與樂成二句　語本《商君書・更法》：「民不可以慮始，而可與樂成。」夫，發語詞，無實際意義。

❼執事　原指左右辦事的人，此處指杜學士，是尊敬語。

【語　譯】我在此處擔任縣令，幸好今年大豐收，我認為應該乘著農民有點餘糧，又是農閒時候，大力疏通河道，使河水有所停蓄，這樣就可以解除缺水的憂患。現在無論老人、壯年和少年，也都苦於旱災的頻繁，而慶幸現今有餘力，聽說要修治河道，都一致響應，互相勸勉參與修河，沒有人不捨得出力。一般而言，可以與民眾們分享成功的歡樂，卻難於在事情開始時同他們商量。即使是對他們很有利的事，也要勉強他們去做，何況現在他們自願要求修河呢！我私下認為這也是您想要知道的。

伏惟執事聰明辨智，天下之事，悉已講❶而明之矣，而又導利去害，汲汲❷若不足。夫此最長民❸之吏當致意者，故輒具以聞州，州既具以聞執事矣。顧其厝❹事之詳，尚不得徹❺，輒復條件❻以聞，唯執事少留聰明。有所未安，教而勿誅❼，幸甚。

【章　旨】強調導利去害是官吏應負的責任，把開河一事報告上司。

【注　釋】❶講　謀劃。❷汲汲　急急忙忙的樣子。❸長民　撫育民眾，引申為治民。❹厝　辦理。❺徹　貫通，引申為上報。❻條件　分條、分件。❼誅　責備。

【語　譯】我想您聰明睿智，國家大事都已經籌劃明白，對於興利去害，又急急忙忙，十分熱心。開河一事，正是民眾的父母官最應該考慮的問題，所以我就詳細地報告給州級長官，州級長官也已經報告給您了。只是具體的措施還未上呈，所以現在就逐條向您彙報。如果有不妥的地方，希望您給予指教而不予責備，那我就十分榮幸了。

與馬運判書

【題　解】此文作於宋仁宗慶曆七年（西元一〇四七年）王安石時任鄞縣縣令。作者時年二十七歲。文中深刻指出國家財政所以窮空，不僅由於費出無節，還因為不能開發生財之道。他反對一味搜刮民財，提出「欲富天下則資之天地」的主張，並針對連年災荒造成的經濟危機，建議疏散京都老弱士兵，表現出對國家的關切入微。全文開頭結尾，自相呼應，神理自然，與友人娓娓而談，辭氣謙和委婉，感情誠摯感人，議論國計民生而不見政治說教，充分體現了年輕人志在改革的遠大理想。王安石〈讀詔書〉詩：「去秋東出汴河梁，已見中州旱勢強。日射地穿千里赤，風吹沙度滿城黃。近聞急詔收群策，頗說新年又亢陽。賤術縱工難自獻，心憂天下獨君王。」該詩與此信作於同時，可互相參閱。蔡上翔在評論這封信時指出：「公吏縣時，惓惓民事，先天下之憂而憂如此。此等文固不可不錄也。」（《王荊公年譜考略》卷三）馬運判，即馬遵，字仲塗，饒州樂平（今江西樂平）人，當時任江淮荊湖兩浙制置發運判官。發運判官簡稱「運判」。宋初置京畿東路水陸發運使，後專掌淮、浙、江、湖六路漕運，或兼茶鹽錢政。發運使下有副使，官判為副職。

運判閣下：比奉書❶，即蒙寵答❷，以感❸以怍❹，且承訪❺以所聞，何閣下逮下❻之周❼也！

【章旨】對馬運判的來信詢問表示感激。

【注釋】❶比奉書　近寄奉書信一封。比，近來。奉，寄奉；呈送。❷寵答　對回信答覆的客氣說法。❸感感動；感激。❹怍　慚愧。❺訪　訪問。❻逮下　對待下屬。逮，及，這裡有對待的意思。❼周　周全；周到。

【語譯】運判閣下：最近給您一封信，承您隨即回信答覆，我既感激又慚愧，而且又勞您詢問我聽到的情況，閣下對待部屬是多麼周到啊！

嘗以謂方今❶之所以窮空，不獨費出之無節❷，又失所以❸生財之道❹故也。富其家者資❺之國❻，富其國者資之天下❼，欲富天下則資之天地❽。蓋為家者，不為其子生財❾，有父之嚴而子富焉，則何求而不得❿？今闔門⓫而與其子市⓬，而門之外莫入焉，雖盡得子之財，猶不富⓭也。蓋近世之言利⓮雖善矣，皆有國者⓯資天下之術⓰耳，直⓱相市於門之內而已，此其所以困與⓲？在閣下之明，宜已盡知，當患不得為⓳耳。不得為，則尚何賴⓴於不肖者㉑之言耶？

【章旨】指出國家財政匱乏的原因，在於失生財之道，認為與民爭利，無補於事。

【注釋】❶方今　當今；現在。❷費出之無節　意謂國家財政鋪張浪費，支出無限，毫無節制。費出，費用支出。❸所以　所用來……的辦法。❹生財之道　指發展生產、繁榮經濟以增加國家財政收入。❺資　取助於；有賴於。❻國　國家。❼天下　指天下老百姓。❽天地　指大自然。❾蓋為家者二句　意謂家長（父母）不會把兒子作為自己發財致富的對象。為家者，當家的人。為，作「與」、「對」講。❿有父之嚴而子富焉二句　有父親的嚴訓，兒子依靠正道而發財致富，則有什麼需要的東西不能滿足呢。嚴，嚴格管教。⓫闔門　閉門。⓬市　交易；買賣。⓭富　增加財富。⓮利　財政利益。⓯有國者　指帝王。⓰資天下之術　意謂以天下萬民作為自己交易發財的對象。⓱直　但；只不過。⓲與　通「歟」。感嘆詞。⓳不得為　無法實現。⓴何賴　猶言用不著。賴，依賴。㉑不肖者　不賢的人，這裏是作者自稱的謙詞。

【語譯】我一向認為，現在國家之所以窮困貧乏，不只是費用支出沒有節制，還由於缺少生財之道的緣故。家庭的富足有賴於國家，國家的富足有賴於天下老百姓，天下老百姓的富足有賴於天地自然。比如一個家庭，當家的人絕不會向自己的兒子謀算錢財，有了父親的嚴格管教，兒子就會生財致富，那麼什麼需要不能得到呢？現在關起門來同自己的兒子做買賣，門外的財富一點也進不來，即使把兒子的錢都賺過來，仍然沒有增加財富。近世以來，談論財政的言論雖然很不錯，都不過是帝王索取天下人民財富的方法罷了，簡直就如父親和兒子關起門來做買賣一樣，這就是國家窮困的緣故吧？以閣下的明智，這些道理應該早就知道的，只是擔心沒有真正去做罷了。不能真正去做，那麼為什麼還要信賴我的話呢？

今歲東南饑饉如此❶，汴水❷又絕，其經畫❸固勞心。私竊度之，京師❹兵食宜窘❺，薪蒭❻百穀❼之價亦必踴❽，以謂宜料畿兵之駑怯者就食諸郡，可以舒漕輓之急❾。古人論天下之兵，以為猶人之血脈，不及❿則枯，聚⓫則疽⓬，分使就食，亦血脈流通之勢也。儻⓭可上聞⓮行之否？

【章　旨】針對嚴重災荒，提出疏散京都老弱兵士的應急辦法。

【注　釋】❶今歲東南饑饉如此　指宋仁宗慶曆七年（西元一〇四七年）東南地區大旱。從西元一〇四六年冬一直持續到第二年春天，旱情嚴重，題解所引王安石〈讀詔書〉詩，所言即此。饑饉，指災荒。五穀不熟為饑，果瓜蔬菜不熟為饉。❷汴水　亦稱汴河，從河南滎陽向東流經開封市，至安徽泗縣注入淮河。宋代漕運東南各地糧粟至京師，皆由此河。當時因大旱，河水已枯竭了。❸經畫　經營謀劃。❹京師　指宋代京城開封。❺窘　窮窘；困難。❻薪蒭　柴草飼料。薪，木柴。蒭，餵牲畜的草。❼百穀　穀物的總稱。❽踴　指物價上漲。❾以謂二句　我以為應考慮使京都地區駐軍中的老弱移到各州去，就地取得給養，以緩和水陸運輸的緊張狀況。料，計數；核計。畿兵，駐紮在京都的士兵。古代王都所在處的千里地面稱畿，後多指京都管轄的地區。駑怯者，指才能平庸低下、膽小軟弱之人。就食諸郡，意謂把老弱殘兵分散到豐收有糧的地方郡縣去生活。舒，舒緩；緩和。漕，水道運輸。輓，拉車，此指陸地運輸。❿不及　指血脈流通不動。⓫聚　淤積。⓬疽　一種毒瘡。這裡指血脈流通受阻。⓭儻　同「倘」。倘若；也許。⓮上聞　使皇上知道。

【語　譯】今年東南各地饑饉如此嚴重，汴水又乾涸了，處理籌劃這些問題，當然要大費腦筋。我私下估計，京都駐軍的糧食大概會發生困難，柴草飼料和各種穀物的價錢也一定會上漲，我認為應當清查一下京都駐軍中的老弱殘兵，把他們分配到各郡縣去，就地解決給養問題，這樣可以緩和水陸運輸糧餉的緊張狀況。古人認為天下的駐軍，如人身上的血脈，流通不到就會乾枯，壅積在一起則會凝固。把士兵分散到各地解決給養問題，這和使血脈流通的情況是一樣的。這個意見，或許可以上報給皇帝施行吧？

答段縫書

【題　解】本文作於慶曆五年（西元一〇四五年）前後。當時，曾鞏自京師落第歸鄉，即遭人誹謗，王安石於是寫了此信為曾鞏辨誣。在信中，王安石首先用事實駁斥了當時傳聞對曾鞏的詆毀，並且高度肯定曾鞏，認為「鞏文學論議，在某交遊中，不見可敵。其心勇於適道，殆不可以刑禍利祿動也。」最後，又就此事展開議論，指出對曾鞏的詆毀是「愚者」對「賢者」的嫉妒與誹謗；賢者應該向孔、孟學習，獨立自守，「不惑於眾人」。這樣本文主旨即從個別推到一般，使全文的主旨得到深化。文章駁斥有力，立論有據，論證層層深入，初步顯示出王安石散文的特色。

段君❶足下❷：某在京師時❸，嘗為足下道曾鞏善屬文❹，未嘗及其為人也。還江南，始熟而慕焉，友之，又作文粗道其行❺。惠書❻以所聞詆鞏行無纖完❼，其居家，親友惴畏❽焉，怪某無文字規❾鞏，見謂有黨❿，果哉足下之言也⓫？

【章　旨】引出所要議論的話題。

【注釋】❶段君　段縫，字約之，累官至朝散大夫致仕。《宋史翼》卷十九有傳。❷足下　稱對方的敬詞。舊時下稱上，或者同輩相稱，都可以用「足下」。❸在京師時　指慶曆元年（西元一〇四一年）至次年春，王安石在京城應進士試。其〈憶昨詩示諸外弟〉：「母兄呱呱泣相守，三載厭食鍾山薇。屬聞降詔起群彥，遂自下國趨王畿。刻章琢句獻天子，釣取薄祿歡庭闈。」❹善屬文　善於寫作文章。屬，撰著。❺又作文粗道其行　又寫了一篇文章簡略地介紹他的行為。作文，指王安石慶曆四年（西元一〇四四年）所作的〈同學一首別子固〉。❻惠書　指段縫的書信。書，信。❼行無纖完　行為一無是處。纖，細微。完，美好。❽惴畏　恐懼害怕。❾規　規勸。❿見謂有黨　被認為是有所偏私。見，表示被動。黨，偏私。⓫果哉足下之言也　實情當真像您所說的那樣嗎。

【語譯】段君足下：我在京城時，曾經為您稱道曾鞏擅長寫文章，沒有談及他的為人。我回到江南，才開始熟悉並敬慕他，和他交為好友，又寫了一篇文章簡略地介紹他的行為處事。您在信中單憑傳聞就認為曾鞏行為一無是處，說他在家時親戚朋友都畏懼他，責怪我沒有規勸曾鞏，認為我徇私偏頗，事情當真像您所說的那樣嗎？

鞏固不然❶。鞏文學論議，在某交遊中，不見可敵❷。其心勇於適道❸，殆不可以刑禍利祿動❹也。父在困厄中❺，左右就養❻無虧行，家事銖髮❼以上皆親之❽。父亦愛之甚，嘗曰：「吾宗敝❾。所賴者此兒耳。」

此某之所見也。若⑩足下所聞，非某之所見也。鞏在京師，避兄而舍⑪，此雖某亦罪之⑫也，宜足下之深攻之⑬也。於罪之中有足矜⑭者，顧不可以書傳⑮也。事固有迹，然而情不至是⑯者，如不循其情而誅焉⑰，則誰不可誅耶？鞏之迹固然耶？然鞏為人弟，於此不得無過。但在京師時，未深接之；還江南，又既往不可咎⑱，未嘗以此規之也。鞏果於從事⑲，少許可⑳，時時出於中道㉑，此則還江南時嘗規之矣，鞏聞之輒矍然㉒。鞏固有以教某也。其作〈懷友書〉兩通㉓，一自藏，一納某家，皇皇焉求相切劘㉔，以免於悔者略見矣。嘗謂友朋過差㉕，未可以絕，固且規之。規之從則已，固且為文字自著見然後已邪？則未嘗也。凡鞏之行，如前之云；其既往之禍，亦如前之云而已，豈不得為賢者哉？

【章旨】通過自己與曾鞏的交往，力辯曾鞏「無虧行」，認為眾人所傳之事「事固有迹，然而情不至是」。

【注釋】❶鞏固不然　曾鞏肯定不是這樣。固，表示語氣之肯定。然，這樣，指代上文段纔所引的傳言。❷不

見可敵　沒有人能與他相等。見，被。敵，匹敵；相同。❸適道　指堅持儒家之道。適，往。引申為歸向。❹殆不可以刑禍利祿動　恐怕是無法用刑罰禍患、名利官祿來打動的。❺父在困厄中　在父親生病的時候。父，指曾鞏之父曾易占，字不疑。據王安石所撰寫〈太常博士曾公墓誌銘〉，曾易占官至太子中允、太常博士，知信州玉山縣，遭人誣告，失博士歸，不仕者十二年，慶曆七年（西元一〇四七年）卒。厄，災難；困苦。❻就養　侍奉。❼銖髮　比喻極其微小的事情。銖，古代的重量單位。《漢書・律曆志上》：「二十四銖為兩，十六兩為斤。」髮，古代長度單位。《新書・六術》：「十毫為髮，十髮為釐，十釐為分，十分為寸。」❽親之　親自料理。❾敝　凋敝；不興旺。❿若　如。⓫避兄而舍　不與兄長居住在一起。此事不詳。據王安石〈太常博士曾公墓誌銘〉，曾易占凡三娶，子六人，曾鞏行二，為吳氏夫人所出。上有兄長曾曄，為周氏夫人所出。舍，住宿。⓬罪之　怪罪他。⓭攻之　指責他。⓮矜　同情。⓯顧不可以書傳　只是不能在書信中轉述。顧，只不過。書，信。傳，傳布，此處指轉述。⓰是　此。⓱如不循其情而誅焉　如果不講情理地加以指責。誅，指責。⓲咎　罪責；責備。⓳果於從事　意謂行事果決，很少顧及別人。⓴少許可　很少苟同、稱讚別人。㉑出於中道　超出中庸之道。出，脫離；超出。中道，指儒家的中庸之道。㉒矍然　驚惶四顧的樣子。㉓懷友書兩通　懷友書，指〈懷友一首寄介卿〉，其文曰：「介卿官於揚，予窮居極南，其合之日少而離別之日多……作〈懷友書〉兩通，一自藏，一納介卿家。」通，量詞，相當於「封」。㉔切劘　切磋。㉕過差　過錯。

【語　譯】曾鞏絕對不是您所說的那種人。曾鞏的文章議論，在我所交往的朋友中，沒有人能與他相比。他堅持儒家之道，恐怕是無法用刑罰禍患、名利官祿來動搖他的。他父親生病時，曾鞏悉心侍奉，無可指摘，家中事情無論大小都親自料理。他父親也特別喜歡他，曾經說：「我們家族沒落。可以依賴的就是這個兒子了。」這就是我所看見的。而如您所聽見的那些事情，我卻從未見到過。曾鞏在京城時，不與他的哥哥住在一起，這件事情即使我也已經責備過他了，應該受到您的指責。然而他也有值得同情的地方，只不過不能在信中轉述。事情固然有點跡象，但情理卻不像傳聞中那樣。如果不講情理就加以責備，那麼有誰是可以避免譴責的呢？曾鞏的為人行事果真這樣嗎？然而曾鞏作為弟弟，在這方面難免沒有過失。只因在京師時，我和他的往來尚不密切，回到江南後，事情已經過去了無須追究，所以也就未曾規勸他。曾鞏行事果決，很少顧及別人，做事經常超出中庸之道，在這方面我回到江南曾經規勸過他，他聽到後誠惶誠恐。曾鞏確實有值得我學習的地方。他寫了〈懷友書〉兩封，一封自己珍藏，一封放在我家，非常虛心地請求相互切磋，從中可約略看出他心中已生反悔。我曾經說過，朋友有過錯，不可以絕交，一定要規勸他。規勸他接受就行了，難道一定要寫成文字使自己明白才行嗎？那是沒有必要的。曾鞏的行為，已如前面所講；他以前的過失，也不過是前面所說的罷了，難道他不能稱為賢人嗎？

天下愚者眾而賢者希❶，愚者固忌❷賢者，賢者又自守❸，不與愚者合，愚者加怨焉。挾❹忌怨之心，則無之焉而不謗❺。君子之過於聽者，又傳而廣之，故賢者常多謗，其困於下者尤甚。勢不足以動俗，名實未加於民❻，愚者易以謗，謗易以傳也。凡道鞏之云云者，固忌固怨固過於聽者也。家兄❼未嘗親鞏也，顧亦過於聽耳。足下乃❽欲引忌者、怨者、過於聽者之言，縣斷⑨賢者之是非，甚不然也。孔子曰：「眾好之，必察焉；眾惡之，必察焉。」⑩孟子曰：「國人皆曰可殺，未可也；見可殺焉，然後殺之。」⑪匡章，通國以為不孝，孟子獨禮貌之以為孝⑫。孔、孟所以為孔、孟者，為其善自守，不惑於眾人也。如惑於眾人，亦眾人耳，烏⑬在其為孔、孟也？足下姑自重，毋輕議鞏。

【章旨】由曾鞏之事引發議論，賢者應該善於「自守」，不被眾人所惑。

【注釋】❶希　少。❷忌　嫉妒。❸自守　堅持自己的操行。❹挾　持；懷有。❺無之焉而不謗　沒有什麼不可以誹謗的。❻名實未加於民　意謂賢者的實際品行才能尚未被民所知。名實，名義與實際。❼家兄　王安石上有二兄，安仁、安道。此處所指不詳。❽乃　卻。❾縣斷　即「懸斷」，憑空推斷。❿孔子曰五句　語出《論語・衛靈公》。原文為：「眾惡之，必察焉；眾好之，必察焉。」王安石引文句序有所不同。⓫孟子曰五句　語出《孟子・梁惠王下》。原文作：「左右皆曰可殺，勿聽；諸大夫皆曰可殺，勿聽；國人皆曰可殺，然後察之；見可殺焉，然後殺之。故曰：國人殺之也。」王安石引文有所刪改。⓬匡章三句　其意出自《孟子・離婁下》：「公都子曰：『匡章，通國皆稱為不孝焉。夫子與之遊，又從而禮貌之，敢問何也？』孟子曰：『世俗所謂不孝者五：惰其四支，不顧父母之養，一不孝也；博弈、好飲酒，不顧父母之養，二不孝也；好貨財、私妻子，不顧父母之養，三不孝也；從耳目之欲，以為父母戮，四不孝也；好勇鬭狠，以危父母，五不孝也。章子有一於是乎？』」通國，全國。禮貌之，意謂對他以禮相待。⓭烏　何；哪裡。

【語　譯】天下愚人多而賢人少，愚人必然嫉妒賢人，賢人又堅持自己的操守，不和愚人交往，愚人就更加怨恨了。胸懷嫉妒怨恨之心，就沒有什麼不可以加以誹謗的。君子中那些輕信傳聞的人，又進行傳播擴大，所以賢人經常遭受誹謗，處於下位之人更為嚴重。賢人的勢力不足以動搖世俗，實際的品行才能尚未被民眾所知，而愚人又輕易施謗，詆毀之語容易流傳。凡是對曾鞏流言蜚語議論長短的，必定是那些嫉妒、怨恨、過於輕信的人。家兄沒有親自接近曾鞏，不過也是道聽塗說而已。您卻要引用那些嫉妒、怨恨、過於輕信之人所說的話，憑空推斷賢人的是非長短，這是很不對的。孔子說：「對於眾人喜歡的，必須要深入觀察；對於眾人厭惡的，必須要深入觀察。」孟子說：「全國的民眾都說某人可殺，這還不行；只有發現他有可殺的罪行，然後才可以殺死他。」匡章，全國上下都認為他不孝順父母，孟子卻單獨對他以禮相待，認為他很孝順。孔子、孟子之所以成為孔子、孟子，正因為他們善於保持自己高尚的操守，不受一般人的迷惑。如果受一般人的迷惑，他們也就成為一般的人了，哪能成為孔子、孟子呢？但願您珍重自己的名聲，不要輕易議論別人的長短。

與孫莘老書

【題解】孫覺，字莘老，高郵（今屬江蘇）人，王安石的好友。據李壁《王荊公詩注》卷十四〈別孫莘老〉題注：莘老曾為江東路宣州太平（今安徽當塗）縣令。後王安石從群牧判官出任江東，他此時寫了一封信給莘老，信的內容主要談朋友切磋及鹽秤子的事，據此可知這封信為安石任江東提點刑獄時所寫，時為嘉祐三年（西元一〇五八年）。本文闡述朋友間應彼此信賴，相互磨礪，在反覆辯論中探明事理。作者還認為朋友間應互相規戒過錯，「不聞其過，最患之大者」。

某昨日相見，殊怱怱❶。所示及訊獄事，深思如此難處，足下試思其方，因書示及❷。今世人相識❸，未見有切瑳琢磨❹如古之朋友者。蓋能受善言❺者少，幸而其人有善人之意，而與遊者猶以為陽不信也❻。此風甚可患。如某之不肖❼，雖不為有道❽，計❾足下猶當以善言處我❿，而未嘗有善言見賜，豈以為不足語⓫乎？足下尚如此，復何望⓬於今世人也！是為事⓭，某亦雖多復辨論，非敢自強蔽以所識⓮，直以為不如是，則亦有所未悟⑮，彼此之理，不盡在他人⑯，恐以不能敬受其說，而欲是者因而已⑰。在足下聰明，想宜知鄙心，要當往復⑱窮究⑲道理耳。

【章　旨】感嘆近世朋友間缺少切瑳琢磨，說明反覆辨論意在窮究事理。

【注　釋】❶某昨日相見二句　我前不久與您相見，想不到竟是那樣的匆忙。某，王安石自稱。昨日，一般指今天的前一天，這裡應指前不久。❷所示及訊獄事四句　來信論及訊獄的有關事宜，仔細想想竟是如此難以決斷，您考慮了解決辦法，因而在信中告訴了我。訊獄，斷案。訊，原作「信」，依《王文公文集》校改。方，解決問題的辦法。❸相識　相互認識了解。❹切瑳琢磨　古代把骨頭加工成器物叫切，把象牙加工成器物叫瑳，把玉石加工精細叫琢磨。後用來比喻朋友間相互商討研究。最早見於《詩經・衛風・淇奧》：「瞻彼淇奧，綠竹猗猗。有匪君子，如切如瑳，如琢如磨。」❺善言　批評規勸別人的話。❻幸而其人有善人之意二句　幸而有人想對朋友進行規諫，但對方往往認為是表面工夫而不可信。善人之意，幫助別人的意圖。陽，意為故意表現。❼不肖　不賢；無能。作者謙虛的說法。❽道　道義。❾計　估計。❿以善言處我　謂對我批評規誡。處，對待。⓫不足語　不值得對我說。⓬望　希望；指望。⓭是為事　凡是辨論問題。為事，探討問題；辨論問題。⓮非敢自強蔽以所識　並不敢勉強拘守自己的見聞。蔽以所識，不被個人的識見所壅塞。識，《臨川集》作「職」，此據《王文公文集》校改。⓯未悟　沒有了解或領悟。⓰彼此之理二句　彼此爭論的事理，不完全在對方一邊。⓱恐以不能敬受其說二句　恐怕因我不能毫無保留地尊重他人之說，本來想對其說加以補正完善，也便不加補正了。以，因為。敬，尊敬。受，接受。已，停止。⓲往復　指彼此爭論。⓳窮究　探測到底。

【語　譯】前不久我與您相見，想不到匆匆分手了。後來信論及訊獄的事，我仔細想想竟是如此難以決斷，您考慮了解決的辦法，因此在信中告訴了我。現在人世間的朋友相互交往，從未見過有如古代朋友間認真商討研究的情形。大概是能接受批評規勸的人太少了，恰巧有人想對朋友進行勸諫，可是對方往往又認為這只是表面工夫並不相信。這種風氣很讓人憂慮。像我這樣無能的人，雖算不上有道義，猜想您應當還可以對我提出規諫的，但又從未見您給予批評指教，難道是您認為不值得對我提出批評嗎？您如果都如此待我，那麼我又怎能指望世人呢！凡爭論問題，我雖反覆陳述自己的見解，但並不敢勉強拘守於自己的所見所聞，只不過認為如果不這樣，那麼對方會有不能了解領悟的地方，同時彼此爭論的事理，也不完全在對方一邊，恐怕是因我這樣不能毫無保留地尊重接受他人之說，有人本想對我的觀點加以補正完善的，也就不想補正了。您是聰明人，料想應知道我的意思，總之，朋友間彼此爭論是在探明事理罷了。

古之人，未有不須❶友以成者。蓋無朋友，則不聞其過❷，最患❸之大者。況某之不肖，所學者非世之所可用，而所任者❹非身之所能為。忍心拂性，苟取衣食，而冒人之寄屬❺，其大過宜日日有，方理稽求❻可以自脫❼，冀足下時見諭❽也。

【章旨】說明古人需要朋友是為了時常聞過，希望對方不時提供規諫。

【注釋】❶須　依賴；依靠。❷不聞其過　不能聽到自己的過錯。聞，聽到。其，自己。❸患　禍害；災難。❹所任者　所任的官職。❺忍心拂性三句　是說出仕做官並不符合個人心願，不過是克制心態、違拗性情、聊取衣食之資，而充任別人的屬員罷了。冒，充任。寄屬，下屬。❻方理稽求　考察探求方法和道理。方，辨別。稽，考核；查考。❼自脫　自我脫罪。❽見諭　給予開導。

【語譯】古代的人，沒有不依賴朋友來成就事業的。如果沒有朋友，那麼就不能知道自己的過錯，這將是人最大的隱患。況且我是一個無能之輩，所學的東西不能為世所用，所任的官職不是自己能力所能勝任的。自己出仕做官並不符合個人的心願，不過是克制心態，違拗性情，聊取衣食之資，以充當別人的下屬罷了，那麼很大的過錯幾乎是天天都有的，只好考察探求能減少自己的過錯的方法，希望您不時地開導我。

鹽秤子❶搔擾❷事，幸❸疏示其詳❹，不敢作足下文字施行，要約束今後耳❺。足下既受人民社稷於上官❻，勢亦不得有所避，避太過，則其事將不直，而職事亦何由理也❼。如鹽秤子事，悉望疏示，自足下職事，然某不敢漏露❽也。至麾嶺鄉詩❾，奉寄一覽也。秋冷，自愛。

【章旨】寫鹽商騷亂事要慎重處理，不可迴避。

【注　釋】❶鹽秤子　鹽販子。❷搔擾　騷亂事件。搔，同「騷」。❸幸　希冀。❹疏示其詳　來信詳細地告知。❺不敢作足下文字施行二句　不敢以您的名義公布，須了解情況以約束以後。❻受人民社稷於上官　從上級那裡接受了治理人民和國家的重託。社稷，代指國家。社，指土神。稷，指穀神。❼避太過二句　謂過於迴避，事情就會變得複雜，而您職責以內的事情就不好處理了。直，明瞭；簡單。職事，職責以內的事。理，處理。❽漏露　遺漏；疏漏。❾麾嶺鄉詩　即〈度麾嶺寄莘老〉詩：「區區隨傳換冬春，夜半懸崖託此身。豈慕王尊能許國，直緣毛義欲私親。施為已壞生平學，夢想猶歸寂寞濱。風月一歌勞者事，能明吾意可無人。」

【語　譯】關於鹽販子騷亂事件，希望您能來信詳細告知。現在不敢以您的名義公布處理辦法，不過是為了了解情況，以約束今後。您既然從上司那裡接受了治理國家和人民的重託，照情理對某些事情是不應該迴避的，過於迴避，事情就會變得複雜化，那麼您職責內的事情就不好處理了。比如鹽販子的事，懇請您能來信告知，這本是您分內之事，而我對此卻不敢有所疏漏。關於〈度麾嶺寄莘老〉一詩，現奉送給您閱覽。秋天已至，天氣漸冷，望您保重身體。

上運使孫司諫書

【題解】運使，即轉運使。北宋初為集中財權，置都轉運使，掌一路或數路財賦，並負有督察地方官吏的職責。孫司諫，即孫甫，字之翰。慶曆年間曾以右司諫出知鄧州，後以京職司諫外任江東、兩浙轉運使。本文寫於慶曆八年（西元一〇四八年），時王安石任鄞縣知縣。鄞縣靠海，當地有許多民眾以煮海鹽為生。但北宋自開國以來，實行鹽鐵由政府專賣，鹽利盡歸官府，並嚴禁私人販鹽，以至百姓迫於生計私自煎鹽販鹽。為此，當時任兩浙轉運使的孫甫，下令懸賞緝捕鹽民，甚至以死為禁。作為地方官吏的王安石，深知其中之弊端，為了國家長治久安的根本利益，毅然上書，直言進諫，要求取消這一禁令。王安石在信中，首先開門見山指出「購人捕鹽」的危害，具體分析鄞縣的自然條件和經濟狀況，從而說明「購人捕鹽」不是為政的正確方法。然後又從這一弊政的影響進一步展開議論，指出這與官吏為政之道及「古之君子」的行徑相違，並由此生發，痛斥官場上行下效的劣風。文章緊緊圍繞一個中心，展開廣泛的議論，直率尖銳，痛快淋漓，顯示了王安石敏銳的洞察力和敢做敢為的性格，體現出他作為一位政治家以天下之憂為憂的高尚襟懷。誠如清人蔡上翔所言：「是時公年二十八，與士大夫言，絕無忌諱如此。觀其上孫、杜二書及〈收鹽〉一詩，其為民惻怛之心，籌劃利害之明，雖復老成謀國者弗如。」（《王荊公年譜考略》卷四）另外，王安石還有〈收鹽〉一詩，可與本文相互發明：「州家飛符來比櫛，海中收鹽今復密。窮囚破屋正嗟欷，吏兵操舟去復出。海中諸島古不毛，島夷為生今獨勞。不煎海水餓死耳，誰肯坐守無亡逃。爾來盜賊往往有，劫沙賈客沉其艘。一民之生重天下，君子忍與爭秋毫？」

伏❶見閣下❷今吏民出錢購人捕鹽❸，竊以為過矣。海旁之鹽❹，雖日殺人而禁之，勢不止❺也。今重誘之使相捕告❻，則州縣之獄必蕃❼，而民之陷刑❽者將眾。無賴姦人，將乘此勢，於海旁漁業之地❾，搔動艚戶❿，使不得成其業⓫。艚戶失業，則必有合而為盜，賊殺以相仇者。此不可不以為慮也。

【章　旨】開門見山，點明「出錢購人捕鹽」的弊端將使艚戶「合而為盜，賊殺以相仇」。

【注　釋】❶伏　表敬副詞。❷閣下　對孫司諫的敬稱。❸購人捕鹽　懸賞誘人告發並緝捕販賣私鹽的沿海漁民。❹海旁之鹽　指沿海私自煮鹽及販賣一事。❺勢不止　其勢日熾，難以禁止。❻捕告　告密與逮捕。❼州縣之獄必蕃　州縣中的犯罪案件必然增多。蕃，繁殖；增多。❽陷刑　因犯罪而被處罰。❾海旁漁業之地　指沿海漁村一帶地區。❿艚戶　漁民、船戶。⓫不得成其業　無法正常生活工作。

【語　譯】看見您命令民眾出錢懸賞招人緝捕販賣私鹽的人，我私下以為這是錯的。對於沿海私自煮鹽購買之勢，即使每天殺人禁止，也無法制止。如今重利引誘，使他們相互捕捉告發，那麼州縣的案件一定會頻繁劇增，而民眾遭受處罰的就會很多。無賴奸猾之徒，就會乘這個機會，在海邊打漁作業的地方騷擾漁民，使他們不能夠生產作業。漁民們失業，就必定會有人聚合起來做強盜，殘殺成仇。這不能不加以考慮。

鄞❶於州為大邑❷，某為縣於此兩年❸，見所謂大戶者，其田多不過百畝，少者至不滿百畝。百畝之直❹，為錢百千，其尤良田，乃❺直二百千而已。大抵數口之家，養生送死，皆自田出；州縣百須，又出於其家。方今田桑之家❻，尤不可時得者，錢也。今責購❼而不可得，則其間必有鬻田以應責者。夫使良民鬻田，以賞無賴告訐❽之人，非所以為政也❾。又其間必有扞❿州縣之令而不時出錢者，州縣不得不鞭械⓫以督之。鞭械吏民，使之出錢以應捕鹽之購，又非所以為政也。

【章　旨】結合鄞縣實際民生情況，指出「出錢購人捕鹽」將導致「良民鬻田」和州縣「鞭械吏民」，強調這絕非為政之道。

【注　釋】❶鄞　鄞縣（今浙江寧波），屬明州。❷大邑　大縣。❸兩年　王安石於慶曆七年（西元一〇四七年）出任鄞縣知縣，寫此信時當為次年，即慶曆八年。❹直　通「值」。❺乃　僅僅。❻田桑之家　以種田養蠶為業的農戶，泛指一般農戶。❼責購　政府強令民眾出錢來懸賞捕盜。❽告訐　告發揭露他人隱私。❾非所以為政也　不是官吏治理政事之道。所以，此處作「……的道理、方法」。❿扞　抵觸；觸犯。⓫鞭械　鞭打；拘繫。

【語　譯】鄞縣是明州的大縣，我在這裡擔任知縣已經兩年了。我發現所謂的大戶，田產多的不過百畝，少的還不滿百畝。百畝的產值，折合成錢是一百千錢，即使那些特好的良田，也僅僅二百千錢而已。一般說來，數口之家，養家活口，喪葬費用，都來自田中；州縣裡各種各樣的攤派，也由這些人家繳納。如今種田養蠶的農戶，尤其不能經常得到的就是錢。現在官府責令出錢懸賞而民眾沒錢，那麼其中必然有賣田賣地來應付索求的人家。迫使善良的民眾賣田出錢，來賞賜那些無賴告密的奸徒，不是官吏治理政事之道。而且這其間必定有違反州縣命令不能按時出錢的人，官府不得不鞭打拘繫來催促他們。鞭打拘繫民眾，迫使他們出錢來應付捕捉販賣私鹽的懸賞，也不是治理政事之道。

且吏治宜何所師法❶也？必曰：「古之君子。」重告訐之利以敗俗，廣誅求❷之害，急較固之法❸，以失百姓之心，因國家不得已之禁，而又重之❹，古之君子蓋未有然❺者也。犯者不休，告者不止，糶❻鹽之額不復於舊，則購之勢未見其止也。購將安出哉❼？出於吏之家而已，吏固多貧而無有也。出於大戶之家而已，大家將有由此而破產失職❽者。安有仁人在上，而令下有失職之民乎？在上之仁人有所為，則世輒❾指以為師，故不可不慎也。使❿世之在上者，指閣下之為此而師之，獨⓫不害閣下之義乎？上好是物，下必有甚者⓬。閣下之為方爾⓭，而有司⓮或以謂將請於閣下，求增購賞，以勵告者⓯，故某竊以謂閣下之欲有為，不可不慎也。

【章旨】進一步闡述「出錢購人捕鹽」不合古人之法，有害仁人之義，並以「上好是物，下必有甚者」警醒孫司諫「不可不慎」。

【注釋】❶師法　效法；學習。❷廣誅求　大肆徵斂暴索。誅，責。❸急較固之法　急，使動詞，以……為急。較固，壟斷市場而獨取其利。《唐律・雜律・買賣不和較固》：「諸賣買不和而較固取者。」注：「較，謂專略其利；固，謂障固其市。」疏議：「較固取者，謂強執其市不許外人買。」❹重之　加重處罰。❺然　代指上文「因國家不得已之禁，而又重之」。❻糶　賣出。❼安出哉　出自哪裡呢。安，表疑問代詞。哪兒；哪裡。❽失職　指失業。❾輒　往往。❿使　假如。⓫獨　表反問，難道。⓬上好是物二句　語出《孟子・滕文公上》：「上有好者，下必有甚焉者矣。」意謂上有所好，下面的人必然變本加厲。⓭閣下之為方爾　您正在這樣做。爾，這樣，指代行事。⓮有司　古時設官分職，各有專司，稱其官吏為有司。⓯以勵告者　來獎勵告密的人。

【語譯】況且官吏為政應該效法怎樣的人？回答一定是：「古時的君子。」加重告密之徒的賞金來敗壞社會風氣，擴大搜刮求索的危害，急切於壟斷專利的法令，而失去民心；因循國家不得已的禁令，並且還予以加重，古時的君子從未這樣做過。犯法的人連連不斷，告密的人綿綿不絕，賣鹽的金額不能再恢復到以前的水平，那麼懸賞緝捕的情勢也看不到結束。懸賞的錢從哪裡來？不過是出於官吏之家，官吏本來就貧困沒錢。若出自大戶人家，他們將有人由此而破產失業。哪裡有仁人在上做官，卻讓所管轄範圍內出現失業遊民的呢？居於上位的仁人只要有所作為，世人就會把他作為效法的榜樣，所以不能不慎重啊。假若世上做官的，都模倣您的所作所為，這難道不會損害您的道義嗎？在上面做官的人喜歡一種東西，下面的人必定會變本加厲地效法。您這件事情剛開始做，而有關部門就有人說將要向您請示，希望增加懸賞來獎勵告密之徒。所以我私下認為您要有所作為，不可不慎重。

天下之吏，不由先王之道而主於利❶。其所謂利者，又非所以為利❷也，非一日之積也。公家日以窘❸，而民日以窮而怨。常恐天下之勢，積而不已，以至於此。雖力排❹之，已若無奈何，又從而為之辭❺，其與抱薪救火❻何異？竊獨為閣下惜此也。在閣下之勢，必欲變今之法令，如古之為，固未能也。非不能也，勢不可也。循今之法而無所變，有何不可，而必欲重之乎？

【章　旨】深刻指出孫司諫的做法無異是為窘困之勢抱薪救火。

【注　釋】❶主於利　以牟利為施政的宗旨。❷非所以為利　不是謀利的正當途徑。❸窘　窘困。❹排　反對；排斥。❺為之辭　為它找藉口和辯詞。❻抱薪救火　《戰國策・魏策》：「以地事秦，譬猶抱薪而救火也，薪不盡而火不止。」意謂主觀上想消除災害，反而使災害擴大。薪，柴。

【語　譯】天下的官吏，不遵循先王為政之道而專注於利。他們所謂的「利」，又不是由正當的途徑獲得的利益，這也不是一天所造成的。國家一天一天地困窘，民眾一天一天地貧窮、怨恨。我經常擔心天下的大勢，日積月累而無改觀，以至於此。即使盡力排解，也已經好像無可奈何了，又從而為此尋找藉口，這與抱薪救火有何不同？我私下獨自為您這樣做而深感惋惜。看您的情況，一定要變革現在的法令。使法令與古時的一樣，當然不行。不是自己沒能力，而是形勢不允許。遵循現在的法令而不加以改變，有什麼不可，而非得加重處罰呢？

伏惟閣下常立天子之側，而論古今所以存亡治亂，將大有為於世，而復之乎二帝❶、三代❷之隆，顧❸欲為而不得者也。如此等事，豈待講說而明？今退而當財利責❹，蓋迫於公家用調之不足，其勢不得不權❺

事勢而為此，以紓❻一切❼之急也。雖然❽，閣下亦過矣，非所以得財利而救一切之道。閣下於古書無所不觀，觀之於書，以古已然之事驗之，其易知較然❾，不待某辭說❿也。枉尺直尋而利⓫，古人尚不肯為，安有此而可為者乎？

【章　旨】以古為例，指出「枉尺直尋而利，古人尚不肯為」，今日政策，更加行不通。

【注　釋】❶二帝　指堯舜二帝。❷三代　指夏、商、周三代。❸顧　但是。❹財利責　謀求財利。責，索取。❺權　權衡；度量。❻紓　延緩。❼一切　一時；臨時。❽雖然　即使如此。❾較然　顯然；明顯。❿辭說　以言辭辯說。⓫枉尺直尋而利　《孟子・滕文公下》：「且夫枉尺而直尋者，以利言也。如以利，則枉尋直尺而利，亦可為與？」意謂委曲小節，以獲得較大的好處。枉，屈。直，伸。尋，八尺。

【語　譯】我想您經常侍立在皇上的身邊，討論古今存亡治亂的原因，想在世上大有作為，從而恢復堯舜二帝和夏商周三代的隆盛局面，只是想這樣做卻辦不到而已。像這種情況，難道還要講說才明白？您現在退一步來管理財政、謀求增加賦稅收入，是迫於公家用度調配的不足，不得不權衡形勢這樣做，以延緩一時之急。即使這樣，您還是錯了，這並不是獲得財利而解決眼前困難的好方法。您對於古書無所不讀，閱讀古書，用古代已經發生的事情來驗證您的所為，是非就容易知道了，不需我再用言辭辯說。枉尺直尋而得利，古人尚且不肯做，如今怎麼可以這樣做呢？

今之時，士之在下者浸漬❶成俗，苟❷以順從為得❸；而上之人亦往往憎人之言，言有忤❹己者輒怒而不聽之。故下情不得自言於上，而上不得聞其過，恣所欲為❺。上可以使下之人自言者惟閣下，其職不得不自言者某也，伏惟留思而聽之。文書雖已施行，追❻而改之，若❼猶❽愈❾於遂行❿而不反⓫也。干犯⓬云云。

【章　旨】以委婉語氣勸說孫司諫接受自己的意見。

【注　釋】❶浸漬　指逐漸沾染。❷苟　苟且。❸得　自得。❹忤　抵觸；冒犯。❺恣所欲為　任憑、放縱他們為所欲為。❻追　補救。❼若　好像。❽猶　還是。❾愈　勝過。❿遂行　進行。遂，成。⓫反　通「返」。悔改。⓬干犯　冒犯。舊時書信結尾的客套語，意謂言語若有冒犯，請求原諒。

【語　譯】如今，處在社會下層的士人積久成習，以苟且順從為準則；上層的人也往往厭惡別人的意見，言論中有觸犯自己的就發怒不聽。因此，下面的情況不能主動向上級彙報，而上級也無法聽到自己的過錯，為所欲為。在上的官員可以允許下屬主動反映情況的，只有閣下您；而我又因為官的職責不得不向您反映。敬請您留意思考，聽取我的意見。雖然法令已經下達施行，但若追回補救加以更改，好像還是勝過一味推行而不悔改。多有冒犯了。

上人書

【題　解】上人，即進呈給人。本文具體寫作時間不知，但是從文中「試於事者，則有待矣」，「書雜文十篇獻左右」等語句來看，應是作者少時所為。文章闡述作者的文學主張，對「文」的本質、內容與形式之間的關係、文學的社會價值等，體現了王安石作為一名政治家的文學觀。

嘗謂文者，禮教治政云爾❶。其書諸策❷而傳之人，大體歸然而已❸。而曰「言之不文，行之不遠❹」云者，徒謂辭之不可以已也❺，非聖人作文之本意也。

【章　旨】本段開門見山，指出「文」即「禮教治政」，並由此闡釋孔子之名言，體現了作者鮮明的政教文學觀。

【注　釋】❶禮教治政云爾　禮教，即禮樂教化。治政，治理國家的政令。古代所謂的文，包括禮教治政，故如此說。王安石在〈與祖擇之書〉中所說的「治教政令，聖人之所謂文也」，也是此意。云爾，句末語氣詞，相當於「罷了」。❷其書諸策　寫成書。諸，「之於」二字連用。策，古代記載文字的竹簡，此處指書本。❸大體

歸然而已　大體歸於禮教治政罷了。歸，歸屬。然，代詞，此。❹言之不文二句　《左傳・襄公二十五年》：「志有之：言以足志，文以足言。不言，誰知其志？言之無文，行而不遠。」意謂語言缺少文采，就不能流傳久遠。❺徒謂辭之不可以已也　只是說文辭之美不可不要罷了。徒，只是。辭，文采；辭藻。已，止。

【語譯】我曾經說過，文章不外是講禮教治政罷了。那些寫在書上傳授給人們的，大體上都可以歸於這些方面。至於孔子說的「語言缺少文采，流傳就不會久遠」，只是說文辭之美不可不要罷了，並不是聖人寫文章的本意。

自孔子之死久，韓子作❶，望聖人於千百年中，卓然也❷。獨子厚❸名與韓並，子厚非韓比也，然其文卒配韓以傳，亦豪傑可畏者也。韓子嘗語人以文矣，曰云云；子厚亦曰云云；疑二子者，徒語人以其辭耳❹，作文之本意，不如是其已也。

【章旨】批評韓柳二人「徒語人以其辭」，未能真正闡明「文」與「道」之關係。

【注釋】❶韓子作　意謂韓愈興起。韓子，即韓愈，見〈性說〉注釋。作，振起。❷望聖人於千百年中二句　意謂韓愈是千百年後繼承聖人之道的特出人物。望，仰望。於此作承繼之義。卓然，不平凡；突出。❸子厚　即柳宗元（西元七七三—八一九年），字子厚，唐河東人。貞元九年進士，因參與王叔文的政治改革活動被貶為永州司馬，後改任柳州刺史，世稱柳柳州，也稱柳河東。詩文皆工，尤長於散文，與韓愈同為唐代古文運動的倡導者。新舊《唐書》有傳。❹韓子嘗語人以文矣五句　韓愈在〈答李翊書〉中談到他寫文章「惟陳言之務去」。柳宗元在〈答韋中立論師道書〉中說，自己少年時寫文章「以辭為工」，長大後才知道「文者以明道，是固不苟為炳炳烺烺，務采色、夸聲音而以為能也」。韓愈在〈答劉正夫書〉裡又說：「宜師古聖賢人，……師其意，不師其辭。」韓柳論文都主張在文以明道的同時，注意文章的形式技巧。但王安石認為他們雖夸文以明道，其真心卻在文不在道，所以他在〈韓子〉一詩中譏諷韓愈「力去陳言夸未俗，可憐無補費精神」。

【語　譯】孔子死後好久，才出了位韓愈。他在千百年後繼承了聖人的道統，是一位卓越的人物。當時只有柳宗元與他齊名，柳宗元雖然不及韓愈，但是他的文章最終和韓愈並存，也是一位值得敬畏的人才。韓愈曾經對別人說過，寫文章要如何如何，柳宗元也說要這樣那樣；我懷疑他們告訴人家的不過是注意文章的語言文采罷了，至於作文的本意，不是這樣就足夠的。

孟子曰：「君子欲其自得之也，自得之則居之安，居之安則資之深，資之深則取諸左右逢其原。」❶孟子之云爾，非直施於文而已，然亦可託以為作文之本意❷。

【章　旨】引用孟子的話，暗示作文之本意在於「用」。

【注　釋】❶孟子曰五句　語出《孟子・離婁下》，引文首句有所刪節。原句是：「君子深造之以道，欲其自得之也。」❷孟子之云爾三句　意謂孟子這些話，本來不是直接用於作文的，然而可以用來說明作文的本意。

【語　譯】孟子說過：「君子鑽研學問應該有自己的心得，有自己的心得就能專心研究下去；專心研究下去，才能積蓄深厚；積蓄深厚，那麼應用起來就會左右逢源，得心應手。」孟子這些話，本來並不是直接用於寫文章的，但是也可以用來說明作文的本意。

且所謂文者，務為有補於世而已矣；所謂辭者，猶器之有刻鏤繪畫也。誠使巧且華，不必❶適用；誠使適用，亦不必巧且華。要之❷以適用為本，以刻鏤繪畫為之容❸而已。不適用，非所以為器也；不為之容，其亦若是乎？否也。然容亦未可已也，勿先之其可也。

【章　旨】以器為喻，闡明自己的文學觀，即把文學的內容比作器之用，而把文學的形式比作器上的「刻鏤繪畫」。

【注　釋】❶不必　不一定；不見得。❷要之　總之、主要之意。❸容　外貌；形式。

【語　譯】況且我認為寫文章，一定要做到有益於社會；所謂文辭，好比器具上的雕刻繪畫一樣。如果弄得精巧華麗，那不一定適用；如果要它適用，就不一定非得精巧華麗不可。總之，以適用為根本，雕刻繪畫只是作為裝飾罷了。不適用，也就不成為器具了；不加裝飾，難道也會這樣嗎？當然不是的。但是裝飾也是不可以沒有的，只是不要把它放在首位就可以了。

某學文久，數挾此說以自治❶，始欲書之策而傳之人；其試於事者，則有待矣。其為是非邪？未能自定也❷。執事❸，正人也，不阿❹其所好者。書雜文十篇獻左右，願賜之教，使之是非有定焉。

【章　旨】點明自己為文特點。

【注　釋】❶數挾此說以自治　經常抱持這種觀點來從事文章寫作。數，屢屢；時常。挾，持。❷其試於事者四句　意謂我對文章的看法，尚有待實驗證明，它是對還是錯，我自己尚不能斷定。❸執事　對對方的尊稱，表示不敢直呼其名，只是請他周圍的人把話轉達給他。用法和下文的「左右」同。❹阿　阿諛奉承。

【語　譯】我學文章已經很久了，經常持這種觀點從事文章的研究和寫作，現在才想把這種看法寫出來傳授給別人；至於在政事上的實踐，那還要等一段時間。這種觀點是對還是錯呢？我自己還不能斷定。您是一位正直的君子，從來不會阿諛奉承。這裡抄錄所作雜文十篇獻給您，希望得到您的指教，使我能夠斷定自己的看法是對是錯。

與祖擇之書

【題解】本文作於慶曆六年（西元一〇四六年），時王安石二十六歲。文章主要論述了文學的內容與社會功能的一致性問題，表達了王安石文學思想的一些基本觀點，與〈上人書〉、〈張刑部詩序〉所表述的觀點大致相同，但本文更加著重闡述文學的社會功能，並強調為文需有自己的心得體會。祖擇之，即祖無擇，上蔡（今屬河南）人。嘉祐年間曾與王安石同為知制誥，有《龍學文集》行世，《宋史》卷三百三十一有傳。

治教政令❶，聖人之所謂文也。書之策❷，引❸而被❹之天下之民，一也。聖人之於道也，蓋心得之。作而為治教政令也，則有本末先後，權勢制義❺，而一之❻於極❼。其書之策也，則道其然而已矣。彼陋者❽不然，一適焉，一否焉；非流❾焉則泥❿，非過焉則不至。甚者置其本，求之末，當後者反先之，無一焉不誖⓫於極。彼其於道也，非心得之也，其書之策也，獨能不誖耶？故書之策而善，引而被之天下之民反不善焉，無矣。二帝⑫、三王⑬，引而被之天下之民而善者也；孔子、孟子，書之策而善者也。皆聖人也，易地⑭則皆然。

【章　旨】論證治教政令即所謂文，皆出於聖人於道之心得，只是所用不同而已，批評淺陋者於道未明而文悖。

【注　釋】❶治教政令　治理教化的政策與法令。❷書之策　代指文章。策，古代用竹簡記事著書，成編的就叫策。❸引　引導。❹被　加；及。❺權勢制義　權衡形勢，制定禮儀。義，通「儀」。指禮儀。❻之　到；及。❼極　準則。❽陋者　淺薄之人。❾流　流動，引申為放任。❿泥　拘泥。⓫誖　通「悖」。違背。⓬二帝　指上古傳說中的堯、舜。⓭三王　指夏、商、周三代的創立者禹、湯、周文王。他們都是儒家典籍中聖明的君主。⓮易地　變換地方，此處引申為變換一個角度。

【語　譯】治理國家、宣傳教化的政策法令，就是聖人所謂的文。文章，與直接施及於天卜民眾，二者是一致的。聖人對於道，心有所得，把它制定作為治理國家宣傳教化的法令、政策，就要有本末先後，要權衡形勢，制定禮儀，而且要統一於一定的準則。文章，就是闡述它的道理罷了。然而那些淺薄的人卻不懂得行道時有的適用，有的不適用；他們不是放任浮華就是拘泥不化，不是過分就是不足。甚至有人捨本逐末，先後倒置，沒有一樣不與準則相違背。他們對於道未能深加體會，心有所得，那麼他們寫在書上的，怎能夠沒有謬誤呢？因此，文章寫得很好，而據以施行於天下民眾卻感覺不佳，這種情況是不會有的。二帝、三王運用治教政令來管理天下民眾而收效良好；孔子、孟子把治教政令寫在書上來教育人民，收效同樣良好。他們都是聖人，所以雖然採用的作法不同，但效果卻相同。

某生十二年而學，學十四年矣❶。聖人之所謂文者，私有意焉❷，書之策則未也。間或❸悱然❹動於事而出於詞，以警戒其躬❺；若施於友朋，褊迫陋庳❻，非敢謂之文也。乃者❼，執事❽欲收而教之，使獻焉，雖自知明，敢自蓋❾邪？謹書所為書❿、序⓫、原⓬、說⓭若干篇，因敘所聞與所志獻左右，惟賜覽觀焉。

【章旨】介紹自己的寫作經歷，並應對方要求獻上自己的文章。

【注釋】❶某生十二年而學二句　由此可以推知王安石寫作此文時二十六歲。❷私有意焉　自己私下有所心得。焉，於此。❸間或　偶爾。❹悱然　心有所動的樣子。❺警戒其躬　警戒自己。其，指代自己。躬，本身。❻褊迫陋庳　狹窄簡陋。褊，狹窄。迫，擁擠。庳，低下。❼乃者　往日；曩昔。❽執事　舊時書信中的敬語，意謂不敢直稱，只能向左右的執事人員陳述，以表示尊敬。❾自蓋　自己遮掩，即藏拙之意。❿書　即信。⓫序　有二體。一種說明著述或出版意圖、編次體例和作者情況、以及對作家作品的評論等的文體；另一種是贈人以言，表明心志，或向對方吐露心聲的文章。⓬原　古代論說文的一種，著重推究事物的本原。⓭說　古代論說文的一種，主要以自己的見解來表明義理。

【語　譯】我從十二歲時開始學習作文，已經十四年了。聖人所說的文，我私下也有所心得，但是還未寫成書。偶爾在一些事情上心有所感，就寫成文詞來警戒自己；倘若交給朋友看，這些觀點狹隘、結構簡陋的東西，是不敢稱作「文」的。前些日子您要收用我的文章進行教導，讓我獻給您，我雖然有自知之明，但又怎敢藏拙呢？謹把所作的書、序、原、說抄寫若干篇，並借此把我的所見所聞與我的志向呈獻給您，願您稍為瀏覽觀看。

八 啟

賀韓魏公啟

【題解】韓魏公，即韓琦，宋代名臣，歷相仁宗、英宗、神宗三朝，《宋史》卷三百一十二有傳。啟，公文，書函，一般指官信而言。宋神宗即位後，韓琦因與朝政不合而求退，以司徒兼侍中出判相州。王安石因此寫下此文。文章駢散結合，音調鏗鏘，彰顯韓琦的重臣身分，讚揚他安邦定國、經時濟世、功勳蓋世而又知進退、出處，賢於古人。清人蔡上翔稱之為：「此煌煌乎宇宙大文也，琅琅乎歌聲若出金石也。」

伏審❶判府司徒❷侍中❸寵辭上宰❹，歸榮故鄉；兼兩鎮之節麾❺，備三公❻之典策。貴極富溢而無亢滿之累❼，名遂身退而有褒加❽之崇；在於觀瞻❾，孰不慶羨❿？伏惟某官，受天間氣⓫，為世元龜⓬；誠節⓭

表於當時，德望⑭冠乎近代。典司密命⑮，總攬中權⑯；毀譽⑰幾至於萬端，夷險常持於一意。故四海以公之用捨⑱一時為國之安危。越執鴻樞⑲，遂躋元輔⑳；以人才未用為大恥，以國本不建為深憂。言眾人之所未嘗，任大臣之所不敢㉑；及臻㉒變故，果有成功。英宗以哀疚荒迷，慈聖以謙沖退託㉓。內揆㉔百官之眾，外當萬事之微，國無危疑，人以靜一。周勃霍光之於漢，能定策而終以致疑㉕；姚崇宋璟㉖之於唐，善致理而未嘗遭變。記在舊史，號為元功㉗。未有獨運廟堂㉘，再安社稷，弼亮三世㉙，敉寧㉚四方。崛然在諸公之先，煥㉛乎如今日之懿㉜。若夫進退㉝之當於義，出處之適其時，以彼相方，又為特美。某久叨庇賴㉞，實預甄收㉟。職在近臣，欲致盡規之義；世當大有㊱，更懷下比之嫌。用自絕於高閎㊲，非敢忘於舊德。逖㊳聞新命，竊仰遐風㊴，瞻望門闌，不任鄉往㊵之至。

【章旨】稱頌韓琦功勳蓋世，讚揚他知進退、出處之義。

【注釋】❶伏審　敬副詞。❷司徒　三公之一，詳見❻。❸侍中　官名。門下省長官，輔佐皇帝商議大政，審查中外出納。極少除授，有時以他官兼領而不參與政事。元豐改制，以尚書左僕射兼門下侍郎執行侍中職務，另置侍郎為輔佐。韓琦此時以司徒兼侍中出判相州，他又是相州安陽（今屬河南）人，故曰「歸榮故鄉」。❹寵辭上宰　在皇帝的寵幸下辭去宰相的職務。據《宋史》卷三百一十二：「神宗立，拜司空兼侍中，為英宗山陵使。琦執政三世，或病其專。御史中丞王陶劾琦不赴文德殿押班為跋扈。琦請去。……永厚陵復土，琦不復入中書，堅辭位。除鎮安武勝軍節度使、司徒兼侍中、判相州。」故下文曰「兩鎮」。❺節麾　此謂執掌權柄以指揮，有權力有作為之意。節，本是符節，執掌權柄的符信。麾，即用以指揮兵眾的旗子之類。❻三公　宋承唐制，先以太師、太傅、太保為三師，太尉、司徒、司空為三公，不常置，皆宰相、親王、使相加官，其特命者不預政事。凡有除授，則自司徒遷太保，自太傅遷太尉。太尉原在三師下，由唐至宋，逐漸升於太傅之上。宰相官至僕射致仕，或在位久，或已任司徒、司空，則拜太尉、太傅等官，太師則屬特殊待遇，僅用以待少數開國元勳或累朝重臣。❼亢滿之累　《易・乾》上九爻辭：「亢龍有悔。」亢即窮極高位。亢滿用此意，意謂窮極高位又志驕意滿，不能睿智清醒對待自己，終將得禍而有所悔恨。故曰「亢滿之累」。❽褒加　褒獎加賞。據《宋史》卷三百一十二〈韓琦傳〉，韓琦辭相後，神宗「賜興道坊宅一區，擢其子忠彥祕閣校理」。❾在於觀瞻　舉動為人所注意。瞻，觀望。曹丕〈與吳質書〉：「動見瞻觀。」❿孰不慶羨　誰不慶幸、羨慕。孰，疑問代詞，誰。⓫受天間氣　據《宋史》卷三百一十二〈韓琦傳〉：「琦風骨秀異，弱冠舉進士，名在第二。方唱名，太史奏日下五色雲見，左右皆賀。」⓬元龜　古代用以占卜問天，認為牠承載著神明的意志。此用為神明睿智，是世人仿效的楷模。⓭誠節　忠誠的品節。⓮德望　道德聲望。⓯典司密命　掌管國政大略。典司，掌管。密命，《易・繫辭上》：「幾事不密，則害成。」此處指皇帝所謀劃的國政大略。⓰總攬中權　掌握朝廷機要大權。

總攬，握持。總，也作「摠」。中權，朝中機要大權。⓱毀譽　詆毀與稱讚。⓲用捨　指被任用或黜免。⓳鴻樞　要害權柄。⓴遂躋元輔　於是升任首相之職。躋，登；上升。元輔，首相。據《宋史》卷三百一十二〈韓琦傳〉：「嘉祐元年，召為三司使，未至，迎拜樞密使。三年六月，拜同中書門下平章事、集賢殿大學士。」㉑以人才未用為大恥四句　據《宋史》卷三百一十二〈韓琦傳〉：「時二府合班奏事，琦必盡言，雖事屬中書，亦指陳其實。同列或不悅，帝獨識之。」又：「帝既連失三王，自至和中得疾，不能御殿，中外惴恐，臣下爭以立嗣固根本為言，包拯、范鎮尤激切。積五六歲，依違未之行，言者亦稍怠。至是，琦乘間進曰：『皇嗣者，天下安危之所繫。自昔禍亂之起，皆由策不早定。陛下春秋高，未有建立，何不擇宗室之賢者，以為宗廟社稷計？』……一日，琦懷《漢書．孔光傳》以進，曰：『成帝無嗣，立弟之子，彼中材之主，猶能如是，況陛下乎？願以太祖之心為心，則無不可者。』又與曾公亮、張昪、歐陽脩極言之。」㉒臻　到達。㉓英宗以哀疢荒迷二句　據《宋史》卷三百一十二〈韓琦傳〉：「英宗暴得疾，太后垂簾聽政。帝疾甚，舉措或改常度，遇宦官尤少恩。左右多不悅者，乃共為讒間，兩宮遂成隙。琦與歐陽脩奏事簾前，太后嗚咽流涕，具道所以。琦曰：『此病固爾，病已，必不然。子疾，母可不容之乎？』脩亦委曲進言，太后意稍和，久之而罷。後數日，琦獨見上，上曰：『太后待我無恩。』琦對曰：『自古聖帝明王，不為少矣。然獨稱舜為大孝，豈其餘盡不孝耶？父母慈愛而子孝，此常事不足道；惟父母不慈，而子不失孝，乃為可稱。但恐陛下事之未至爾，父母豈有不慈者哉？』帝大感悟。」哀疢，憂苦。荒迷，迷亂。謙沖，謙遜淡泊。㉔揆　揣度，此處作審察任用、知人善任之義。㉕周勃霍光之於漢二句　周勃，西漢丞相，初從漢高祖劉邦起兵，先後拜為虎賁令、將軍，在楚漢之戰中屢立戰功。高祖曾說：「勃厚重少文，然安劉氏者必勃也。」其後高祖死，呂后聽政，委重權於諸呂親族。呂后死後，周勃與陳平等共誅諸呂，迎立代王為文帝，晚年亦受忌。霍光，詳見〈委任〉一文注釋。他死後，亦被告發謀反，抄家滅族。㉖姚崇宋璟　二人皆為唐武后、睿宗、玄宗朝名相。姚崇在武后晚年與張諫之等擁立中宗即位；睿宗立，他奏請太平公主退居東都，遭外貶。玄宗即位後，他向玄宗提出禁止宦官、貴戚干預朝政，禁止營造寺廟、道觀，獎勵群臣進諫等十事，對開元之治極有貢獻。宋璟曾為武后所重，但他不阿當時權臣張氏兄弟，有節操。玄宗時繼姚崇為相，減刑法、寬賦稅、禁銷惡錢、選拔人才，政績輝煌，與姚崇並稱為「姚宋」。《新唐書》、《舊唐書》皆有傳。㉗元功　首功。㉘獨運廟堂　指獨自在朝廷要位上運籌帷幄。㉙弼亮三世　輔佐三代君主，即宋仁宗、英宗、神宗。㉚敉寧　安定；安撫。㉛煥　發出光彩。㉜懿　美德。㉝進退指其升降榮辱。㉞某久叨庇賴　韓琦於宋仁宗慶曆五年主知揚州時，王安石曾在其幕府。據說王安石其時每每通宵達旦讀書不息，以致日間甚有疲容。韓琦以為他放縱聲色，曾曉以大義，而安石不為之解釋。㉟甄收　經鑒別選擇而收留。甄，甄別。㊱世當大有　《易》有〈大有〉卦，其意為大有所為，大有收穫。此處言當世正值大有所為之時。㊲高閎　高明遠大。㊳逖　遠。㊴遐風　優雅的風度。㊵不任鄉往　不勝嚮往。不任，不勝；承受不住。鄉往，即嚮往。

【語　譯】審判府司徒侍中韓琦，榮幸地辭去宰相之職，光榮地歸返故鄉；身上肩負著兩鎮的權柄，又具備三公的典禮儀策。窮極高位，富貴至極，卻能謙恭自持無所驕矜；功名成就，激流勇退，皇帝賜予崇高的榮譽與獎賞；言行舉止備受關注，誰不慶幸羨慕您的際遇？秉承天地瑞氣，是當代的楷模；忠誠與氣節在當時就有所表現，道德與聲望在近代首屈一指。掌管國政大略，總攬朝中大權；詆毀與稱譽幾乎無所不至，國家的安危常在一念之間。因此，四海之內都把韓公是否執政視為國家的安危所在。政績顯著，執掌權柄，擔任首輔；為人才不得任用而感恥辱，又因儲皇未立而深深擔憂。能言直諫，敢於任事；至於革故鼎新，成效卓然。英宗因為憂苦而迷亂，太后謙遜淡泊來託付。在朝廷之內，知人善任；在朝廷之外，處理萬機。國家沒有危亂動盪，人民安靜如一。漢代的周勃與霍光，雖然能謀定國家的大策，最後卻不得善終；唐代的姚崇與宋璟，雖然擅長治理天下，卻從未遇到國家的動盪變亂。他們在前代史書中，號稱首功。但未若韓公這樣，獨自在朝廷要位上運籌帷幄，幾次使國家安定，輔佐三代，安撫四方。超然在各位大臣之上，光彩絢爛直至今天的美德。至於仕宦的進退升降，合於人義，與時相適，又是特殊的美德。我曾經受韓公的選拔，長久蒙受庇護。現在我在皇帝身邊任職，希望盡自己的職責加以規勸；當世正要大有所為，我更有與下朋比的嫌疑。我自己與您的高遠宏大疏離，卻不敢忘記舊時的恩德。現在聽到最新的任命，私下仰望您優雅的風度；站在門前觀望，不勝嚮往之至。

九　記

度支副使廳壁題名記

【題解】北宋仁宗嘉祐五年（西元一〇六〇年）五月，四十歲的王安石進入宋中央財政機構三司任度支判官。他應三司副使呂景初的要求，寫下此文。王安石繼給仁宗的萬言書後，又在本文闡述了整理財政的重要性。文章開頭簡括地敘述「廳壁題名」的大概；接著就此展開議論，直抒己見，這是本文的中心；強調當時地主、富商、豪民的兼併活動對國家財政經濟的嚴重危害，主張完善法制，選用有能的官吏來理財，並在實踐中考察他們的能力，同時強調了三司副使職務的重要性。這正是作者寫作本文的目的。最後又回到廳壁題名上來，點明廳壁題名的用意。文章論斷明確，斬釘截鐵，推論清晰，語勢緊湊，表達了改革政治、興利除弊的氣魄和決心。

三司❶副使，不書❷前人名姓。嘉祐五年，尚書戶部員外郎❸呂君❹

沖之，始稽之眾史❺，而自李紘❻已❼上至查道❽，得其名；自楊偕❾已上，得其官❿；自郭勸⓫已下，又得其在事之歲時⓬。於是書石⓭而鑱⓮之東壁。

【章旨】說明度支副使廳壁題名的由來。

【注釋】❶三司　官署名。北宋最高財政機構。宋承五代之制，以鹽鐵、度支、戶部三部合為三司，統籌國家財政。鹽鐵掌坑冶、商稅、茶、鹽等項收入，修護河渠，給造軍器等。度支掌各種財政開支、漕運、供應全國費用等。戶部掌戶口、兩稅、上供、榷酒等。三司號稱計省；三司使位亞執政，號稱計相。依官位高低，有判三司使、權三司使、權三司使公事、權發遣三司使、權發遣三司使公事等名目。副職有同判三司使、三司副使、權三司副使、權發遣三司副使等名目。又有三司判官、推官、巡官，協助三司使分掌各項財務。太宗至真宗時，兩度廢三司為三部，分設鹽鐵使、度支使、戶部使。一度分全國為十道，於東京開封府設左計使，西京河南府設右計使，分掌十道財賦，旋增設總計使判左、右計事。咸平六年（西元一〇〇三年），又將三部合為三司，重設三司使，三部保留鹽鐵副使、判官，度支副使、判官，戶部副使、判官，作為三司屬官，分掌三部事務。元豐改制，廢三司，三司大部分事務並歸戶部左曹及戶部所屬度支、金部、倉部。三司副使，官名。太平興國元年（西元九七六年）始置。為三司副長官，由員外郎以上曾任河東、河北、陝西三路轉運使及淮、浙、江、湖六路發運使者擔任。當戶部、鹽鐵、度支分置三使時，三部亦有判官，稱三部判官。❷書　記載；書寫。❸尚書戶部員外郎　官階名稱。從六品，是一種品秩、資格，並不實際任職。中央六部中有戶部，在宋神宗元豐以前，只設判部事一人，並無職掌。❹呂君　即呂景初，字沖之，開封酸棗（今河南延津）人。以戶部員外郎兼侍御史知雜事，判都水監，改度支副使。❺稽之眾史　考察各種檔案和史料。稽，考察；考核。眾史，此處泛指各種檔案及史料。❻李紘　字仲綱，宋州楚邱（今河南滑縣）人。歷任梓州、陝西、河北路轉運使，遷侍御史，後遷知雜事，權同判流內銓，為三司度支副使。史書記載，宋仁宗明道二年八月，皇上曾命他為契丹國主生辰使。❼已　同「以」。❽查道　字湛然，歙州休寧（今安徽休寧）人。咸平四年（西元一〇〇一年），舉賢良方正之士，授右正言，直史館。不久，出任西京轉運使。咸平六年（西元一〇〇三年），朝廷下令三司使分部設置副使，即將其召入，官拜工部員外郎，任度支副使。他是三司設置各部副使時出任度支副使的第一個人。❾楊偕　字次公，坊州中部（今陝西黃陵）人。以尚書員外郎兼侍御史知雜事，判吏部流內銓，景祐三年（西元一〇三六年）正月，改任三司度支副使。❿得其官　弄清他們以什麼品秩的官任度支副使。⓫郭勸　字仲褒，鄆州須城（今山東東平）人。曾以兵部員外郎兼起居舍人的官職出使西夏，還朝兼侍御史知雜事，權判流內銓，後遷任工部郎中、度支副使。⓬在事之歲時　即任度支副使的具體時間。⓭書石　刻寫在石頭上。⓮鑱　鑿刻。

【語　譯】三司副使，歷屆擔任這一官職的人的姓名都沒有記載。嘉祐五年，尚書戶部員外郎呂沖之，才開始查考許多有關三司的史料和檔案，結果，從李紘以前一直到查道，弄清了他們的名字；對楊偕以前的人，又查到了他們的官階；對郭勸以後的人，又查清了他們在職的時間。於是將這些名字刻在石碑上而且鑲嵌在官廳東面的牆壁。

夫合❶天下之眾者財，理❷天下之財者法，守❸天下之法者吏也。吏不良，則有法而莫守；法不善，則有財而莫理。有財而莫理，則阡陌閭巷之賤人❹，皆能私❺取予之勢❻，擅萬物之利❼，以與人主❽爭黔首❾，而放其無窮之欲❿，非必貴強桀大⓫而後能。如是而天子猶為不失其民⓬者，蓋特號而已⓭耳，雖欲食⓮蔬衣⓯敝⓰，憔悴其身⓱，愁思其心，以幸天下之給足，而安吾政，吾知其猶不得也⓲。然則⓳善吾法⓴，而擇吏以守之，以理天下之財，雖上古堯、舜猶不能毋㉑以此為先急㉒，而況於後世㉓之紛紛㉔乎？

【章旨】論述改善法令，選擇良吏，以管理財政的重要性。

【注釋】❶合　聚合；聚積。❷理　管理；整頓。❸守　維護；執行。❹阡陌閭巷之賤人　民間一些沒有官職爵祿的人。這裡指富商豪民。阡陌，田間小路。東西叫阡，南北叫陌。這裡指農村。閭巷，泛指街巷。賤人，身分地位不高的人，指玩弄兼併手段的地主和投機商。❺私　私自壟斷。❻取予之勢　指商業中買賣的時機。取，收入。予，支出。勢，權力；權勢。❼擅萬物之利　獨占各種物資的利益。指囤積居奇、壟斷物資。擅，獨占。❽人主　指皇帝。❾黔首　指百姓。❿放其無窮之欲　放縱他們永無止境的欲望。放，放縱。⓫貴強桀大　指貴族豪強。⓬猶為不失其民　還沒有失去對人民的統治權。⓭蓋特號而已　大概只是空有其名罷了。特，只。號，名義。⓮食　吃。⓯衣　穿。⓰敝　破衣服。⓱憔悴其身　指操勞過度，面容憔悴，身體虛弱。⓲以

幸天下之給足三句　只盼天下人能夠衣食充足而使自己的政權得以穩定，我斷定這也是做不到的。幸，希望。給足，供給充足。安，穩定。政，政權；政局。⑲然則　既然這樣；那麼。⑳善吾法　完善我們的法令、政策。㉑毋　不。㉒先急　最先最急之事。㉓後世　這裡暗指北宋時期。㉔紛紛　時局混亂。

【語譯】聚合天下的臣民要依靠財力，管理天下的財政要依靠法制，維護天下的法制要倚仗官吏。官吏不好，那麼有法制也不能執行；法制不完善，那麼有錢財也無法管理。有錢財卻不能管理，那麼城鄉的地主豪商等卑賤之徒，就可以私自把持操縱財貨的出入，壟斷一切物質財富，獨占一切貨物、土地等利益，以此來跟皇上爭奪百姓，放縱他們永無止境的貪欲，並非一定要地位尊貴、權勢強大的人才會這樣。如果這樣發展下去，要說皇上還沒有失去老百姓，大概也只不過是保留一個名號罷了。到了如此地步，皇上就是想要吃蔬菜，穿破衣，操勞得疲憊不堪，每天憂心忡忡，從而希望求得天下富足、政治安定，我知道這還是辦不到的。既然這樣，那麼完善我們的法令制度，並且選拔賢能的官吏來執行它，以此來管理天下的財政，雖然是上古時代的堯帝、舜帝，也不能不把這作為當務之急，何況後來紛亂動盪的時代呢？

三司副使，方今之大吏❶，朝廷所以尊寵之甚備❷。蓋今理財之法，有不善者，其勢皆得以議於上而改為之❸。非特❹當守成法❺，吝出入❻，以從有司之事❼而已。其職事如此，則其人之賢不肖，利害施❽於天下如何也！觀其人，以其在事❾之歲時❿，以求其政事之見於今者⓫，而考其所以佐上理財之方⓬，則其人之賢不肖，與世之治否，吾可以坐而得矣。此蓋呂君之志也⓭。

【章旨】指明度支副使的重要，揭示廳壁題名的用意。

【注釋】❶方今之大吏　現在的重要官吏。方今，當今；如今。大吏，大官；高官。❷尊寵之甚備　表示尊重和優待的方式十分周到，無微不至。尊寵，尊重寵信。甚備，非常周到；無微不至。❸其勢句　擔任三司副使的官員有權在皇帝面前進行討論，經過修改然後再去執行。勢，地位；權勢。議，商議。上，指朝廷。改為之，加以修改然後去執行它。❹非特　不只是。❺成法　現成的法規。❻吝出入　嚴格控制財計上的收入與支出。吝，本指吝嗇，此指嚴格控制。出入，收入與支出。❼從有司之事　按照職責去辦；例行公事。❽施　施行，這裡有關係到、影響的意思。❾在事　任職。❿歲時　時間。⓫以求其政事句　從而探求他們所推行的、直到今天還能看到的各種政事。以，進而。求，探求。其政事之見於今者，他們那些今天還可以看得到的政事。⓬考其所以句　研究他們幫助皇帝理財的方法。考，考察。佐上，輔佐皇帝。方，方法。⓭此蓋呂君之志也　這大約就是呂君為什麼要題名刻石的意圖吧。此句話借呂君之口說明寫作本文的目的，實際上是王安石自己的意思。蓋，大概。志，用意；宗旨。

【語譯】三司副使，是現在執掌大權的重要官吏，所以朝廷賜予他們顯貴的地位和優厚的待遇，可以說是非常周到、無微不至。目前管理財政的法令制度，如有不夠完善的地方，按照他們的職權都能向皇上建議並加以修改，然後再去執行。不應當只是維持現有的法令制度，嚴格控制收入和支出，做些自己職責內應做的事就算了。副使的職責既是這樣，那麼擔任這一職務的人是好還是壞，這關係到天下的利害該是如何的巨大啊！考察歷任的副使，根據他在職的時間，找出他當時施政措施對今天的效果，進而探討他輔佐皇上管理財政的方法，那麼這個人究竟是有能力還是沒有能力，以及當時的政局是安定還是混亂，我們坐在這裡就可以輕易知道了。這大概就是呂君要鐫刻這篇題名記的用意所在吧。

芝閣記

【題　解】芝閣就是收藏靈芝的樓閣。靈芝是一種菌類植物，古人以為瑞草。該文作於皇祐五年（西元一〇五三年），通過靈芝在真宗和仁宗兩朝截然不同的境遇，感嘆帝王一時的好惡，竟能造成天下的時尚；人才貴賤的機緣，常常出於偶然。文章題為「芝閣記」，意卻在借靈芝的遭遇，從而抒發關於人才興廢的感嘆。全文因事明理，借題發揮，頗能引人入勝。沈德潛謂此文「峭而折，用意多在題外」（《唐宋八大家文讀本》）。

祥符時，封泰山以文天下之平，四方以芝來告者萬數❶。其大吏❷，則天子賜書以寵嘉❸之；小吏若❹民，輒❺錫❻金帛。方是時，希世❼有力❽之大臣，窮搜而遠采❾；山農野老，攀緣狙杙❿，以上至不測⓫之高，下至澗溪壑谷，分崩裂絕⓬，幽窮隱伏⓭，人迹之所不通，往往求焉。而芝出於九州⓮、四海⓯之間，蓋幾於盡矣。

【章　旨】寫祥符年間靈芝被重視，身價甚高，人們爭相採掇。

【注　釋】❶祥符時三句　《續資治通鑑》卷二十七：宋真宗大中祥符元年（西元一〇〇八年）四月下詔將赴泰山封禪，以知樞密院事王欽若、參知政事趙安仁並為封禪經度制置使。八月王欽若獻芝草八千本，九月趙安仁獻紫芝八千七百餘本，十月王欽若等獻紫芝三萬八千餘本。十月真宗率百官到泰山封禪。祥符，宋真宗趙恆的年號（西元一〇〇八—一〇一六年），全稱「大中祥符」。封泰山，戰國時一些儒生認為五嶽中泰山最高，帝王應到泰山祭祀，登泰山築壇叫「封」，在南山梁父山上闢基祭地叫「禪」。其後，不少帝王為宣揚天命論，都去泰山封禪。宋真宗祥符元年亦去泰山封禪。文，文飾。❷大吏　大官。❸寵嘉　恩寵和嘉獎。❹若　與；和。❺輒　就。❻錫　同「賜」。❼希世　迎合世俗。❽有力　有權勢。❾窮搜而遠采　令人窮盡搜羅而到遠方去採集。❿攀緣狙杙　像猿猴那樣攀緣登高。攀緣，攀登。狙杙，像猴子一樣攀著小木樁。狙，猴的一種，古書中指獮猴。杙，安插在懸崖絕壁上的小木樁。人們攀登險峰或下至壑谷時，手拉上杙，腳蹬下杙，輾轉交替行進。⓫不測　不能測量，即言山高。⓬分崩裂絕　指斷裂的山岩絕壁。⓭幽窮隱伏　指深幽隱蔽之處。⓮九州　傳說中的我國上古地理區域，九州為冀州、兗州、青州、徐州、揚州、荊州、豫州、梁州、雍州（見《尚書・禹貢》）。後泛指全中國。⓯四海　古人認為中國四面被海環繞，合稱四海。後泛指四方之地。

【語　譯】祥符年間，真宗皇帝登上泰山行封禪儀式，用來粉飾天下的太平景象，這時各地拿靈芝來獻的人數以萬計。其中有做大官的，皇帝親自頒下詔書，賜給他們恩寵和嘉獎；對於小官和百姓，就賞賜給一些金錢帛布。在當時，一些附和世俗、有錢有勢的大臣，派出人員到遠方採集，極力搜羅；山野裡的農夫老人，為找尋它像猿猴般攀緣登高，以致上達無法測量的高峰，下涉山澗溪谷、分崩裂絕的險地，甚至幽深隱蔽、人跡罕至之處也常常去找尋。於是天下各地的靈芝，幾乎被採完了。

至今上❶即位，謙讓❷不德❸。自❹大臣不敢言封禪，詔❺有司❻以祥瑞告者皆勿納❼。於是神奇之產，銷藏❽委翳❾於蒿藜榛莽❿之間，而山農野老不復知其為瑞也。則知因一時之好惡，而能成天下之風俗⓫，況於行先王之治哉？

【章旨】寫仁宗時靈芝委棄於野草叢木間，世人不再知它為祥瑞之草。

【注釋】❶今上　指宋仁宗趙禎，他於西元一〇二二年即位，卒於西元一〇六三年，在位四十二年。❷謙讓　謙遜退讓。❸不德　不以有德自居。❹自　從。❺詔　下令。❻有司　官府。❼納　接受。❽銷藏　消失埋沒。❾委翳　丟棄；摒棄。❿蒿藜榛莽　指蕪雜叢生的草木。蒿藜，指代野草。榛莽，泛指雜樹。⓫風俗　指社會風氣。

【語譯】到了當今皇上即位，他為人謙虛謹慎，不以有德自居。大臣們都不敢建議封禪的事，皇上又命令有關部門，對於來獻祥瑞的人不再予以理睬。於是這種神奇的物產，消失埋沒在蕪雜叢生的野草之間；山溝裡的農夫野老，不再認為靈芝是祥瑞之物。由此得知，因皇帝一時的好惡，能形成天下的風尚，何況是實行先王的治國之道呢？

太丘❶陳君❷學文而好奇。芝生於庭，能識其為芝，惜其可獻而莫售❸也，故閣❹於其居之東偏，掇取而藏之❺。蓋其好奇如此。噫！芝之一也，或貴於天子，或貴於士，或辱❻於凡民，夫豈不以時乎哉？士之有道，固不役志於貴賤，而卒所以貴賤者，何以異哉❼？此予之所以嘆也。

皇祐五年❽十月日記。

【章旨】先寫陳君建閣藏芝，點明題意，而後由靈芝的不同遭遇，感嘆人才的貴賤時常出於偶然。

【注釋】❶太丘　古縣名。縣治在今河南永城西北。❷陳君　生平不詳。❸售　實現；達到。❹閣　建閣。❺掇取而藏之　把靈芝採來予以珍藏。掇，拾取；摘取。❻辱　輕視。❼士之有道四句　士能心懷道義，本來不必繫心於顯貴或者貧賤，但最終分出了顯貴與貧賤，這又與靈芝的遭遇有什麼不同呢。❽皇祐五年　指西元一〇五三年。皇祐，宋仁宗年號。

【語譯】太丘陳君，習文而又喜歡珍奇異物。靈芝生於庭園，他能辨認出是靈芝，只是遺憾它可以進獻，但朝廷卻不接受，所以就在自己住處偏東一角建了一閣，把靈芝採來並珍藏在此。他就是這樣的愛好獵奇。唉！同是靈芝，或在天子那裡身價貴重，或在士大夫那裡身價百倍，或在凡夫平民那裡受到屈辱而不被看重，這難道不是時勢的原因嗎？士能心懷道義，本來不必繫心於顯貴或者貧賤，但最終地位卻有貴有賤，這又與靈芝的遭遇有什麼不同呢？這就是我感嘆的緣故。皇祐五年十月某日記。

遊褒禪山記

【題解】本文寫於宋仁宗至和元年（西元一〇五四年）。作者時任舒州通判。文章借遊山探洞來明理言志，是一篇以議論為主，記遊為次，通過記遊進行說理的優秀散文，反映出宋代散文發展中議論化的傾向。文中著重說明世上任何奇偉壯麗、異乎尋常的境界，常在險遠之處，必須具有不畏險阻、堅持到底的意志和充足的力量、必要的客觀條件才能達到。這表現出王安石堅毅不拔的積極進取精神。文章結構謹嚴，說理步步深入，敘議結合，事理交融；語言凝練且富有邏輯性，引人入勝。

褒禪山亦謂之華山，唐浮圖慧褒始舍於其址，而卒葬之，以故其後名之曰褒禪❶。今所謂「慧空禪院」者，褒之廬冢❷也。距其院東五里，所謂華山洞者，以其乃華山之陽名之也❸。距洞百餘步❹，有碑仆道❺，其文漫滅❻，獨其為文猶可識，曰「花山」。今言「華」如「華實」之「華」者，蓋音謬也❼。

【章　旨】敘述褒禪山和華山洞的由來，辨明把「花山」讀成「華山」是錯誤的。

【注　釋】❶褒禪山亦謂之華山四句　講山名的由來。褒禪山，在今安徽含山北。浮圖，梵文即印度古文字Buddha的譯音，也譯作「浮屠」、「佛圖」，有佛教徒或佛塔等不同意義，這裡指佛教徒。慧褒，唐朝著名的和尚。他因喜愛含山縣北的山林之美，築室定居於此。舍，築舍定居。址，基址，引申為山腳。卒，後來；終於。跟上文的「始」字照應。葬，埋葬。禪，古印度語「禪那」的省稱，原為入定，是一種宗教修養方法，後泛指佛教中的人和事物，如「禪院」、「禪師」、「禪杖」等。❷廬冢　房舍與墳墓。❸以其句　因它在華山的南面而得名。以，因為。乃，在。陽，古時稱山的南面、水的北面為陽。名，命名。❹步　古代的一種長度單位，這裡泛指腳步的步。❺仆道　倒在路旁。仆，倒下。❻其文漫滅　碑文已經模糊不清。文，指碑上成篇的文章。下句「獨其為文猶可識」中的「文」，指碑上殘存的個別文字，即「花山」二字。漫滅，指碑文剝蝕，模糊不清。❼今言華如華實之華者二句　現在把「華」讀作「華實」的「華」，大概是字音讀錯了。漢初時有「華」字無「花」字，讀華如花音，後來才造新字「花」，於是花、華分家，讀音也就不同了。碑文上的「花山」是按「華」的古音而寫，如把它唸作「華實」的「華」，是讀了「華」的今音，所以王安石認為是讀錯了。

【語　譯】褒禪山也叫作華山，唐代和尚慧褒當初在山腳下蓋房定居，後來又葬在這裡，因此後人就稱它「褒禪山」。現在所謂的「慧空禪院」，就是慧褒的屋舍和墓地。離院子東五里，有個「華山洞」，因它在華山的南面而得名。離洞一百多步，有塊石碑倒在路旁，碑文已經模糊不清，只有從殘存的文字中還可以認出「花山」兩字。現在把「華」字唸作「華實」的「華」，大概是讀音錯了。

其下平曠❶，有泉側出❷，而記遊者❸甚眾，所謂前洞也。由山以上五六里，有穴窈然❹，入之甚寒，問其深，則其好遊者❺不能窮❻也，謂之後洞。余❼與四人擁火以入❽，入之愈深，其進愈難，而其見愈奇。有怠❾而欲出者，曰：「不出，火且❿盡。」遂與之俱出。蓋予所至，比好遊者尚不能十一⓫，然視其左右，來而記之者已少⓬。蓋其又深，則其至又加少矣⓭。方是時⓮，予之力尚足以入，火尚足以明也。既其出，則或咎⓯其欲出者，而予亦悔其隨⓰之，而不得極夫遊之樂⓱也。

【章旨】記述遊華山後洞的經歷，後悔沒能行進到洞的最深處。

【注釋】❶曠　空。❷側出　從旁流出。❸記遊者　在洞壁上題字留念的人。❹窈然　幽暗深遠的樣子。❺好遊者　喜歡遊覽山水的人。❻不能窮　不能到達盡頭。窮，走到盡頭。❼余　與下文的「予」都是「我」的意思。❽擁火以入　舉著火把進去。擁，舉著。以，而。❾怠　懈怠，指不想往前走。❿且　將要。⓫比好遊者尚不能十一　與那些喜愛遊玩的人相比還不到他們的十分之一。比，跟……相比較。尚不能十一，還不到十分之一。⓬然視其左右二句　但看看左右，來到這裡並寫下自己名字的人就已經很少了。視，環視。其，代指洞壁。⓭蓋其又深二句　大概洞越深，到的人更加少了。前一個「其」指山洞，後一個「其」指遊人。⓮方是時　指當從洞裡退出來的時候。方，正當；當……的時候。⓯或咎　有人埋怨。或，有人。咎，埋怨；責備。⓰悔

其隨　後悔自己跟著出來。其，指自己。隨，跟隨。⑰極夫遊之樂　盡興享受這次遊覽的樂趣。極，盡。夫，代詞，指這次。

【語　譯】洞下平坦而開闊，有一股泉水從旁湧出，到此地遊覽和題字留念的人很多，這就是人們所說的前洞。沿山而上五六里，有一個幽深的洞，入洞後，寒氣襲人，深邃莫測，就是那些喜好遊玩的人也不能走到盡頭，這就是後洞。我與四個同伴舉著火把進去，越到深處，步行越困難，而見到的景象卻越來越奇妙。有位因疲倦而想出去的人說：「如果不出洞，火把就要燃完了。」於是我就和他們一起出來。大概我們所到達的地方，與那些喜歡遊玩的人相比還不到十分之一，但環視洞壁的兩邊，到過這裡並記下姓名的人已經很少了。大約洞越深，到的人就越罕見了。那時候，我的體力還足以繼續前進，火把也還能照明一段時間。退出山洞後，有人責怪那個主張出洞的人，而我也後悔自己的盲從，不能盡情享受這次遊玩的快樂。

於是予有歎❶焉。古人之觀於天地、山川、草木、蟲魚、鳥獸，往往有得，以其求思❷之深而無不在❸也。夫夷以近，則遊者眾；險以遠，則至者少❹。而世之奇偉瑰怪❺、非常之觀❻，常在於險遠，而人之所罕至焉。故非有志者，不能至也。有志矣，不隨以止也❼，然力不足者，亦不能至也。有志與力，而又不隨以怠，至於幽暗昏惑而無物以相之，亦不能至也❽。然力足以至焉❾，於人為可譏，而在己為有悔。盡吾志❿也而不能至者，可以無悔矣，其⓫孰能譏之乎？此予之所得⓬也。

【章旨】抒寫遊華山後洞的感慨體會，認為世上的奇偉瑰怪，非常之觀，常在於險遠，必須有堅定的意志、足夠的力量和必要的外力幫助才能達到。

【注釋】❶歎　感嘆。❷求思　探求思索。❸無不在　無所不至；全面。❹夫夷以近四句　路平坦而近，來遊的人就多；艱險而遙遠，到達的人就少。夫，發語詞。夷，平坦。以，而且。❺瑰怪　瑰麗奇特。❻非常之觀　不同尋常的景色。❼隨以止也　跟著別人而停止不前。❽有志與力四句　有了志向和力氣，不跟著別人停下來，但要達到幽深昏暗而使人迷惑的地方，如果不借助客觀物質條件，也不可能成功。怠，懈怠。暗，幽深昏暗。昏惑，迷惑；迷惘。相，輔助。❾然力足以至焉　可是能力足夠達到（而不至）。此句疑有脫文。❿盡吾志　盡了我最大的努力。⓫其　語助詞，加強反詰語氣。⓬得　心得；體會。

【語譯】於是我對本次探洞經歷深有感慨。古人觀察天地、山川、草木、蟲魚、鳥獸，往往有些心得，這是他們思考問題深刻而全面的緣故。道路平坦而近的地方，遊覽者就多；道路艱險而遙遠的所在，去的人就少。然而世上雄偉、奇麗、非同尋常的景色，常在那些艱險遙遠、遊人罕至的地方。所以缺乏毅力，是不能到達的。有了毅力，又不盲從別人半途而止，但是體力不足，也是不能到達奇異之境的。既有毅力體力，又不隨人止步，可是到了幽僻昏暗而易於使人迷惑的地方，如果缺乏外物的幫助，也同樣不能成功。然而自己能力足以達到卻不去努力，在別人看來是可笑的，而在自己則應感到懊悔。盡了努力仍然不能到達，那就沒有什麼好後悔的了，誰又會譏笑呢？這就是我的一點心得。

余於仆碑，又以悲夫❶古書之不存，後世之謬其傳❷而莫能名❸者，何可勝道❹也哉？此所以學者不可以不深思而慎取之也❺。

【章旨】由碑石倒下產生慨嘆，認為研究學問應該深思而慎取。

【注釋】❶又以悲夫　又因此而感嘆。以，因此。悲，感嘆。夫，語氣助詞。❷謬其傳　以訛傳訛。傳，流傳。❸莫能名　不能形容、說明。指真相不明。❹勝道　說完。勝，盡。道，說。❺此所以句　這就是學者對於過去的東西不能不深思而慎重採取的原因。慎取，慎重吸取。

【語譯】對於那塊倒在道旁的石碑，我又感嘆古代文獻沒有留存下來，致使後世的人以訛傳訛，不明真相，類似這樣的事又怎能一一枚舉呢？這就是今天的學者不能不深思和慎加取捨的原因。

四人者：廬陵❶蕭君圭❷君玉，長樂❸王回❹深父，余弟安國❺平父，安上❻純父。至和❼元年七月某日，臨川王某❽記。

【章　旨】寫同遊人姓名和記遊時間。

【注　釋】❶廬陵　今江西吉安。❷蕭君圭　字君玉，生平不詳。❸長樂　今福建長樂。❹王回（西元一〇二三—一〇六五年）字深父（亦作深甫）。嘉祐進士，為亳州衛真簿，稱病未赴。退居潁州，不仕。其學宗歐陽脩。曾作〈告友〉一文，闡述君臣、父子、夫婦、兄弟、朋友之道。為宋代著名理學家。❺安國（西元一〇二八—一〇七四年）字平父，王安石長弟。幼敏悟，以文章稱於世，然屢舉進士不第，熙寧元年（西元一〇六八年），韓絳等薦其材行，賜進士及第，除西京國子監教授，未幾授崇文院校書，改著作佐郎、祕閣校理。與兄政見不合，非議新法，且結怨於呂惠卿；及安石罷相，遂被惠卿以事奪官，放歸田里。著作有《王校理集》。❻安上　字純父，王安石幼弟，曾任勸發遣江南東路提點刑獄。❼至和　宋仁宗趙禎的年號（西元一〇五四—一〇五六年）。❽王某　王安石自稱。

【語　譯】同遊的四個人是：廬陵人蕭君圭君玉、長樂人王回深父、我的弟弟王安國平父、王安上純父。至和元年七月某日，臨川王安石記。

揚州龍興講院記

【題解】本文是王安石為僧人慧禮所建的揚州龍興講院寫的一篇記。文章記述了龍興講院興建的由來經過，表彰了僧人慧禮過人的才能和高尚的品行，並流露出對那些虛有其名的儒生的批判。值得注意的是，此時王安石對釋家子弟的推崇已隱隱表現出他對佛家的嚮往之情，這也是他晚年沉溺佛教的原因之一。

予❶少時客遊金陵，浮屠❷慧禮者從予遊。予既吏淮南❸，而慧禮得龍興佛舍，與其徒日講❹其師之說。嘗出而過焉，庳❺屋數十椽❻，上破而旁穿，側出而視後，則榛棘出人❼，不見垣❽端。指以語予曰：「吾將除此而宮❾之。雖然，其成也，不以私吾後，必求時之能行吾道者付之。願記以示後之人，使不得私焉。」當是時，禮方丐食飲以卒日，視其居枵然❿。余特戲曰：「姑成之，吾記無難者。」後四年來，曰：「昔之所欲為，凡百二十楹⓫，賴州人蔣氏之力，既皆成，盍⓬有述焉？」

噫，何其能也！

【章　旨】簡述龍興講院興建的由來經過。

【注　釋】❶予　我。❷浮屠　見〈遊褒禪山記〉注釋。❸予既吏淮南　指王安石於宋仁宗慶曆七年出任淮南判官。❹講　講習討論。❺庳　低矮。❻椽　椽子，安在桁上的木條。❼出人　比人還高。❽垣　矮牆。❾宮　此處作動詞，指建築寺廟。❿榻然　空虛貌。⓫楹　堂屋前面的柱子。此處用作量詞，計算房屋的單位。⓬盍　何不。

【語　譯】我年輕時曾遊歷金陵，僧人慧禮與我為友。後來我出任淮南判官，慧禮也到了龍興佛舍，與他的弟子們每天探討師傅的學說。我曾經過那裡，低矮的房舍，只有數十根椽子，房頂破漏，牆壁壞穿，從側面出來就可看到屋後，草木比人還高，蕪雜叢生不見圍牆。他指著那個地方對我說：「我要把這些東西去掉，建一座寺廟。但建成後也不把它作為我的私產，而要找一個能實行佛道的人交給他。希望你寫一篇記來昭示後人，使它不會被據為私有。」當時，慧禮還靠化緣求乞飲食度日，所居之處空空蕩蕩，一無所有。我故意同他開玩笑說：「你就去做吧！等到寺廟修好了，我寫一篇記是不難的。」四年後他又來找我說：「我當初希望建一百二十間房，依靠揚州蔣氏的幫助，都已經完成了，你何不寫一篇記呢？」唉，他是多麼能幹啊！

蓋慧禮者，予知之。其行謹潔，學博而材敏，而又卒之以不私❶，宜❷成此不難也。今夫❸衣冠❹而學者，必曰自孔子。孔氏之道易行也，非有苦身窘形、離性禁欲，若彼❺之難也。而士之行可一鄉❻、材足一官者常少，而浮圖之寺廟被❼四海，則彼其所謂材者，寧獨❽禮耶。以彼其材，由此之道，去至難而就甚易，宜其能也。嗚呼！失之此而彼得焉，其有以❾也夫！

【章　旨】讚揚慧禮的過人才能與高尚品行，並隱含對材行短淺卻言必稱孔子的士人的不滿。

【注　釋】❶卒之以不私　不是出於私人利益來完成這所寺廟。卒，完成。❷宜　應該。❸夫　那些。❹衣冠　指那些道貌岸然的儒生。❺彼　代指佛教徒。❻可一鄉　能夠為一鄉的表率。可，合乎；能夠達到……。❼被　遍及。❽寧獨　豈肯。寧，豈。獨，只有。❾以　原因；理由。《詩經・邶風・旄丘》：「何其久也？必有以也。」

【語　譯】慧禮這個人，我是了解的。他行為謹嚴，品德高尚，學問淵博，才思敏捷，修建時又無私心，因此要建成這座寺廟應當不是很困難的。現在那些衣冠學士，必稱出於孔子。孔子之道容易推行，不像僧人修行那樣困難，身心受苦，形體受難，離絕五倫，不吃葷娶妻。但現在的士人，品行能夠為一鄉的表率、才能足以做官的常常很少，而高僧的寺廟卻遍布四海，那麼他們中有才能的人難道僅有慧禮一人嗎。以這樣的才能和精神，不去苦苦修行，而去讀書做官，也應該綽綽有餘的。唉！他們不熱衷於做官，卻在修行上有所得，這是有理由的啊！

石門亭記

【題　解】石門，山名，在今浙江青田西七十里，兩峰壁立，對峙如門。山中石洞幽深，有飛瀑噴瀉，上有軒轅丘，道書以為三十六洞天。青田縣與鄞縣（今浙江寧波）相距不遠，文中又有「以書與其甥之婿王某（安石）」句，故本文可能是王安石慶曆七年（西元一〇四七年）至皇祐元年（西元一〇四九年）知鄞縣時所作。文名雖為「記」，敘事卻寥寥無幾，而多為議論之筆。蓋作者為文本意，不在於簡單陳述亭子的建築，而在於借此闡發自己對「仁」之見解。通過對「仁」的表述，作者那「先天下之憂而憂」的高尚胸懷與理想，亦洋溢而出。文章連用五個排比，氣勢聯綿磅礴，言辭不枝不蔓，邏輯嚴密，層次清晰，鮮明地體現了王安石記敘文的特色。

石門亭在青田縣若干里，今朱君為之❶。石門者，名山也。古之人咸❷刻其觀遊之感慨，留之山中，其石相望❸。君至而為亭，悉❹取古今之刻，立之亭中，而以書與其甥之婿王某❺，使記其作亭之意。

【章　旨】簡述寫作此篇記的緣起。

【注　釋】❶令朱君為之　青田縣令朱君建造了石門亭。❷咸　都。❸相望　指山峰對峙。❹悉　全部；盡。❺王某　代指作者王安石。

【語　譯】石門亭在青田縣西七十里，是縣令朱君建造的。石門是一座名山。過去，遊客都把自己遊覽所生發的感慨刻下，留在山中，山中石峰對峙。朱君到了此地，便建造起這所亭子，並把古今遊客所刻，都取來立在亭中，又寫書信給他外甥女婿王安石，讓他作文記下建亭的本意。

夫❶所以作亭之意，其直好山乎❷？其亦好觀遊眺望❸乎？其亦於此問民之疾憂❹乎？其亦燕閒❺以自休息於此乎？其亦憐夫❻人之刻❼暴剝偃踣❽而無所庇障且泯滅❾乎？夫人物之相好惡必以類❿。廣大茂美，萬物附焉以生，而不自以為功者，山也。好山，仁也⓫。去郊而適野⓬，升高以遠望，其中必有概然者⓭。《書》不云乎：「予耄遜于荒⓮。」《詩》不云乎：「駕言出遊，以寫我憂⓯。」夫環顧其身無可憂，而憂者必在天下，憂天下亦仁也。人之否⓰也敢自逸⓱？至即⓲深山長谷⓳之民，與之相對接而交言語⓴，以求其疾憂，有其壅而不聞㉑者乎？求民之疾憂，亦仁也。政不有小大㉒，不以德則民不化服㉓。民化服然後可以無訟。民不無訟㉔，今其㉕能休息無事，優遊以嬉㉖乎？古今之名者，其石幸在，其文信善，則其人之名與石且傳而不朽。成人之名而不奪其志，亦仁也。作亭之意，其然乎，其不然乎？

【章　旨】闡述作亭之本意即在於「仁」。

【注　釋】❶夫　用在句首的發語詞，以引起下文的議論。❷其直好山乎　他難道只是特別喜歡山嗎。其，表示強烈的反問語氣，難道。直，特意。❸觀遊眺望　遊覽觀賞，登高遠望。❹問民之疾憂　意謂關心民生疾苦。❺燕閒　安閒休息。燕，通「宴」。❻夫　代詞，那。❼人之刻　指人的碑文石刻。❽暴剝偃踣　暴露剝蝕傾臥倒伏。偃，仰臥。踣，仆倒。❾且泯滅　將要湮沒消失。❿夫人物句　意謂君子小人因好惡不一、志趣不同，所愛好之物亦以類相分。⓫好山二句　《論語・雍也》：「子曰：知者樂水，仁者樂山。知者動，仁者靜。」古時大山，草木茂美，人類因之以採集狩獵為生，故古人認為山之德行，負載萬物任其生長而不自以為功，故稱山為仁。⓬適野　到達野外。適，到……地方去。⓭概然者　指有天下之志的志士仁人。概然，即慨然，憤激、慷慨之貌。⓮予耄遜于荒　語出《尚書・微子》：「吾家耄，遜于荒。」鄭玄注：「耄，混亂也。在家不堪耄亂，故欲遁出于荒野。」遜，逃遁。⓯駕言出遊二句　語出《詩經・邶風・泉水》：「思須與漕，我心悠悠。駕言出遊，以寫我憂。」朱熹注：「安得出遊於彼，而寫其憂哉！」駕，駕車。言，助詞。寫，通「瀉」。宣洩；抒洩。⓰人之否　指人困窘不順。否，《易》有否卦，象徵窮困否塞。⓱自逸　自我放縱。⓲至即　接觸；靠近。⑲深山長谷　指窮鄉僻壤，不與外界相通之處。⑳交言語　互相交談。交，互相。㉑壅而不聞　阻塞不通，不被人所知。㉒政不有小大　意謂政教之事無論大小。㉓化服　服從教化。《管子・七法》：「漸也，順也，靡也，久也，服也，謂之化。」㉔民不無訟　（如果）民眾不是沒有訴訟之事。㉕其　表強調的語氣助詞。㉖優遊以嬉　優閒遊覽嬉樂。

【語　譯】他建造亭子的本意，難道只是特別喜歡山嗎？難道只是喜歡遊覽風景、登高望遠嗎？他也在亭中詢問民生疾苦吧？他也在此安閒休息吧？他是否也因人們的碑刻暴露剝蝕、傾臥倒伏、沒有屏障即將湮沒而感到憐憫？君子小人因好惡不一、志趣不同，所愛之物亦以類相分。那廣大、茂盛、秀美，萬物附在上面生長卻不自居為功的，是大山。愛山，是仁。離開城郊，來到野外，登高望遠，其中一定有慨然興嘆的仁人志士。《書經》不是說：「我離開混亂的家，逃到野外。」《詩經》不是說：「駕車出遊，抒洩我的憂愁。」環顧自己一身，沒有什麼憂慮的，所憂慮的是天下大事，憂慮天下也是仁。人在窮困否塞時敢於自我放縱嗎？接觸到窮鄉僻壤的民眾，和他們相互交談相處，來了解他們的疾苦憂愁，有阻塞不通未為人知的嗎？力求了解民生疾苦憂愁，也是仁。政事無論大小，不憑德行則民眾不會順服，民眾順服以後才可能沒有訴訟。民眾如果有訴訟，縣令能夠空閒休息、悠閒遊覽嬉樂嗎？古今的名人達士，他們的石刻仍在，文章也確實好，那麼他們的名字與石刻將要流傳不朽。成就他們美好的名聲，不改變他們的志向，也是仁。朱君建亭的本意，是這樣嗎？或不是這樣呢？

揚州新園亭記

【題　解】本文是王安石最早的一篇記敘文，作於慶曆三年（西元一〇四三年）四月，當時王安石正任揚州簽判。文章依次記述了園亭興建的緣起、經過、方位規模，最後一段則點明撰文的本意。寫作手法饒有特色，敘述簡潔明暸，議論要言不煩，多用排比，句式整齊，富有節奏感；文字簡練，結構緊湊，氣勢酣暢。

諸侯❶宮室臺榭❷，講軍實❸，容❹俎豆❺，各有制度。揚，古今大都，方伯❻所治處，制度狹庳❼，軍實不講，俎豆無以容，不以偪❽諸侯哉？宋公❾至自丞相府，化清事省❿，喟然⓫有意其圖之也。

【章　旨】說明園亭興建的緣起。

【注　釋】❶諸侯　古代中央政權分封各國國君的統稱。周代分為公、侯、伯、子、男五等，漢分為王、侯二等。諸侯名義上服從王朝的政令，向王朝進貢、述職、出兵、服役。漢時諸侯國則由皇帝委派相或長史治理，王侯僅食賦稅。❷臺榭　建築在高土臺上的敞屋。❸講軍實　演習軍事。❹容　陳列。❺俎豆　古代祭祀用的器具。❻方伯　一方之長。❼狹庳　簡陋低下。❽偪　狹窄侷促，此處是使動用法。❾宋公　指宋庠，字公序，北宋政治家、文學家。他曾任參知政事（副宰相），因與呂夷簡不和，出任揚州知州，自慶曆元年至三年知揚州，故文中曰「至自丞相府」。❿化清事省　教化清明，政事簡省。⓫喟然　嘆息的樣子。

【語譯】諸侯的宮室樓臺，用來講習軍事，陳列祭器，各有規模制度。揚州是古往今來的大都市，是一方諸侯發令施政的地方，而宮室樓臺的規模法度簡陋低下，既不能講習軍事，又無處陳列祭器，對於諸侯的身分而言，不是過於簡陋了嗎？宋公來自宰相府，教化清明、政事簡省，對此感慨嘆息，並有心規劃這件事。

今太常❶刁君❷實集❸其意，會公去❹鎮鄆❺，君即而考❻之。占府乾隅❼，夷茀❽而基❾，因城而垣❿，並⓫垣而溝，周六百步，竹萬箇覆其上；故高亭在垣東南，循而西三十軏⓬，作堂曰「愛思」，道僚吏之不忘宋公也。堂南北鄉⓭，袤⓮八筵⓯，廣六筵，直北為射埒⓰，列樹八百本，以翼其旁。賓至而享，吏休而宴，於是乎在。又循而西十有二軏，作亭曰「隸武」，南北鄉，袤四筵，廣如之，埒如堂，列樹以鄉。歲時，教士射戰坐作之法，於是乎在。始慶曆二年十二月某日，凡若干日卒功⓱云。

【章旨】詳細介紹園亭的興建經過和方位規模。

【注釋】❶太常　掌管祭祀禮樂之官。❷刁君　指刁繹，授太常博士，後通判揚州，王安石有〈祭刁博士繹文〉。❸集　成就。❹去　離開。❺鎮鄆　指宋庠於慶曆三年自揚州移知鄆州。鄆州，今山東東平。❻考　古代宮廟落成時始祭廟主的一種儀式。《春秋．隱公五年》：「九月，考仲子之宮。」❼乾隅　乾燥的地方。❽夷茀　削平除治。❾基　打下地基。❿垣　建構矮牆。⓫並　通「傍」。挨著。⓬軌　車轅前端與車衡銜接處的銷釘。這裡指車轅兩端間的距離。⓭鄉　通「向」。朝向；面向。下同。⓮袤　南北之長。下文的「廣」指東西之長。⓯筵　席位，此處也指距離長度。⓰射埒　射場四周的圍牆。埒，矮牆。⓱卒功　完成；成就。

【語譯】現在太常博士刁君實際上成就了宋公的心願，恰逢宋公去鎮守鄆州，刁君立即著手將它建成。園亭占據了府署乾燥的地勢，削平道路，除治雜草，打下地基，依城造牆，挨牆挖溝，四圍長三百丈，萬竿竹子覆蓋在它上面；以前的高亭在牆東南，順著它往西三十軌處，建堂叫「愛思」，表示同僚們沒有忘記宋公。堂是南北朝向，南北長八席，東西寬六席，一直往北是射場的圍牆，排列著八百棵樹木，用來遮擋四旁。賓客來了要享樂，官吏休假要宴請，就是在這個地方。又順著往西十二軌處，建亭叫「隸武」，南北朝向，南北長四席，東西寬相同，牆同堂一樣，排列著樹木，面向亭子。每年一定時候，教授士兵射擊作戰、防守進攻，就是在這個地方。園亭始建於慶曆二年十二月某日，共若干日完工。

初，宋公之政，務❶不煩其民。是役也，力出於兵，材資❷於宮之饒，地瞰❸於公宮之隙❹，成公志❺也。噫！揚之物與監❻，東南所規仰，天子宰相所垂意，而選繼乎宜有若宋公者，丞❼乎宜有若刁君者。金石可弊❽，此廢無已。慶曆三年四月某日，臨川王某記。

【章　旨】點明作記的本意在於稱頌宋公、刁君的政績。

【注　釋】❶務　致力。❷資　依賴；憑藉。❸瞰　俯視；遠望。❹隙　空地。❺成公志　成就宋公的志向。❻監　宋地方行政區劃名，在坑冶、鑄錢、牧馬、產鹽等地設置。有兩種：一與府、州同級，隸屬於路；一與縣同級，隸屬於府州。揚州之監屬於前者。❼丞　此處指縣丞。❽弊　敗壞。

【語　譯】起初，宋公為政，務求不煩擾百姓。這一工程，人力出自士兵，財物依賴宮館的富裕，地點在宋公館旁的空地，成就了宋公的心願。噫！揚州的物產與行政區劃，為東南地區所效法仰慕，為皇上宰相所垂青留意，因而挑選繼任者應該像宋公一樣，屬官應該像刁君一樣。金石可以敗壞，園亭不會荒廢。慶曆三年四月某日，臨川王安石記。

十 序

周禮義序

【題解】序，亦作「敘」，是一種說明著述或出版意旨、編次條例和作者情況、以及對作家作品的評論的文體。《周禮》又稱《周官》，相傳為周公所作，漢世初出。西漢末年列於經而屬於禮，故有《周禮》之名，分〈天官〉、〈地官〉、〈春官〉、〈夏官〉、〈秋官〉、〈冬官〉六篇。西漢時，河間獻王得《周官》，缺〈冬官〉，補以〈考工記〉，但其所載與周時制度不合。熙寧六年（西元一〇七三年）三月，神宗命王安石修撰《周禮義》、《詩義》、《書義》。其中《周禮義》為王安石親撰，《詩義》、《書義》則由王安石主持，王雱、蔡卞等人分撰。熙寧八年六月修成，合稱《三經新義》，播諸學館。元祐年間（西元一〇八六—一〇九四年）司馬光等舊黨人物執政，焚毀《三經新義》，紹聖以後，新黨「紹述」王安石新法，又以《三經新義》為教科書，進退士人，靖康之後又被廢棄。今佚，程元敏有《三經新義輯本》。

南宋晁公武《郡齋讀書志》卷二〈新經周禮義〉按語曰：「介甫以其書理財者居半，愛之，如行青苗之類，蓋稽焉。所以自釋其義者，蓋以其所創新法，盡傳著之。」清四庫館臣在《四庫全書總目・周官新義》提要中又云：「安石之意，本以宋當積弱之後，而欲濟之以富強，又懼富強之說必為儒者所排擊，於是附會經義，以鉗儒者之口，實非真信《周禮》為可行。」這些都指出了王安石撰《三經新義》的目的，在於為其推行以理財為中心的新法尋找理論依據，亦即所謂託古改制，該序則集中體現了這一點。而其行文則又簡潔老練，筆力俊拔，也體現了王安石散文的特色。

士弊於俗學❶久矣，聖上閔❷焉，以經術造之❸。乃集儒臣，訓釋❹厥❺旨，將播之校學❻，而臣某❼實董❽《周官》。

【章旨】首先敘述修撰《周禮》的緣起，即為了以經術造士。

【注釋】❶弊於俗學　為漢唐的章句注疏之學所欺騙蒙蔽。俗學，此指漢唐章句訓詁之學。其特點是「疏不破注」，而不注重對儒家經典義理之闡發。北宋初，也承襲了這種學風，至仁宗慶曆年間，遭到歐陽脩等人的批評。歐陽脩說：「自秦之焚書，六經盡矣。至漢而出者，皆殘脫顛倒，或傳之老師昏耄之說，或取之冢墓屋壁之間，是以學者不明，異說紛起。」（《歐陽脩全集・居士集》卷四八〈問進士策三首〉）孫復指出：「漢魏而下，諸儒紛然四出，爭為註解，俾我六經之旨益亂，而學者莫得其門而入。」（《孫明復小集・寄范天章書二》）於是義理之學代替了章句注疏之學，儒典的精義開始得到闡發。王安石的《三經新義》亦是慶曆以後義理之學的一項重要成果。❷閔　通「憫」。憐惜之意。❸以經術造之　以儒典中的經世致用之學來培養造就人才。造，造就；培養。❹訓釋　訓詁，注釋。❺厥　代詞，猶其。❻校學　指當時的太學與各州府學。詳見〈上仁宗皇帝言事書〉注釋。❼臣某　即王安石自稱。❽董　負責；督察。

【語　譯】讀書人被世俗流傳的章句、注疏之學所蒙蔽已經很久了，聖上對此十分憐惜，就用經術培養、造就他們。於是召集儒臣，注解訓釋經典的要旨大意，並且將傳播至學校，而我實際負責《周禮》一書的訓釋注解。

惟道❶之在政事，其貴賤有位，其後先有序，其多寡有數，其遲數❷有時。制而用之存乎❸法，推而行之存乎人。其人足以任官，其官足以行法，莫盛乎成周❹之時；其法可施行於後世，其文有見於載籍❺，莫具❻乎《周官》之書。蓋其因習❼以崇❽之，庚續❾以終之，至於後世無以復加❿。則豈特⓫文、武⓬、周公之力哉？猶四時之運，陰陽積而成寒暑，非一日也。

【章　旨】概述《周官》一書的重要性，指出其書已至「後世無以復加」的地步，「道之在政事」莫具乎此書。

【注　釋】❶道　儒家之道。在王安石看來，儒家之道正在於經邦治世，亦即所謂的「經術」。《宋史・王安石傳》載熙寧初年王安石答神宗詢問時對曰：「經術正所以經世務，但後世所謂儒者，大抵皆庸人，故世俗皆以為經術不可施於世務爾。」故此處言「惟道之在政事」。❷遲數　即遲速。數，通「速」。快。《禮記・曾子問》：「不如其已之遲數，則豈如行哉？」鄭玄注：「數讀為速。」❸存乎　在於。❹成周　西周初年，成王年幼，由叔父周公旦攝政。周公建立了一系列影響後世深遠的典章制度，又提出「明德慎刑」等為政原則。成王及其子康王相繼推行其政策，史稱「成康之治」。❺載籍　即書籍。❻具　詳盡。❼因習　沿襲。❽崇　推重。❾庚續　繼續。❿無以復加　意謂已經完善到極點。⓫豈特　難道僅僅。⓬文武　文指周文王，武指周武王，均見〈伯夷〉一文注釋。

【語　譯】儒家之道的本質即在於經邦治世。表現在政治事務上，它要求貴賤有一定的位置，先後有一定的次序，多少有一定的數目，快慢有一定的時間。它的制定和運用關鍵在於法令，它的推廣與施行關鍵在於人。人們有能力擔任官職，官職的設立足以使法令得以推行，沒有比周成王時代更為興盛的了；可以施行於後世的法令，可以在典籍上見到的文章律曆，沒有比《周官》這本書更加詳盡的了。它代代沿襲而受到推重，連續不斷地接受修改直至完善，以至於後世再也不能加以更改增刪。這難道僅僅是因為周文王、周武王和周公的力量嗎？好比四時的運行，陰陽二氣相互作用的時間長了，才形成寒暑季節，絕不是一天就能達到的。

自周之衰，以至於今，歷歲千數百矣。太平之遺迹，掃蕩❶幾盡，學者所見無復全經❷。於是時❸也，乃欲訓而發❹之，臣誠不自揆❺，然知其難也。以訓而發之之為難，則又以知夫立政造事❻、追而復之❼之為難。然竊觀聖上致法就功❽，取成於心❾，訓迪在位❿，有馮有翼⓫，亹亹乎鄉六服承德之世⓬矣。以所觀乎⓭今，考⓮所學乎古，所謂見而知之⓯者。臣誠不自揆，妄以為庶幾⓰焉。故遂昧冒⓱自竭⓲，而忘其材之弗及⓳也。謹列其書為二十有二卷，凡⓴十餘萬言。上之御府㉑，副在有司㉒，以待制詔頒焉。謹序。

【章旨】從變革現實政治的要求出發，申述修撰《周禮》經義的必要性。

【注釋】❶掃蕩　掃除；滌蕩。❷學者所見無復全經　學者們再也見不到完整的經書。❸是時　此時。❹發　闡發；闡明。❺臣誠不自揆　即使我當真不自量力。誠，的確；當真。揆，揣度；度量。❻立政造事　意謂變更法度，大興政事。❼復之　恢復上古時代的盛世。❽就功　謀取功業。就，此處作謀求、求取之義。《詩經·大雅·生民》：「以就口食。」馬瑞辰通釋：「就之言求也。」❾取成於心　心中選取成功的經驗。❿訓迪在位　語本《尚書·周官》：「訓迪厥官。」意謂教誨、訓導他的官吏。⓫有馮有翼　語出《詩經·大雅·卷阿》。

馮，通「憑」。依靠。翼，輔助。⑫亹亹乎句　語本《尚書・周官》：「六服群辟，罔不承德。」孔安國傳曰：「六服諸侯，奉承周德。」亹亹，勤勉的樣子。鄉，通「向」。趨向。六服，指除去少數民族居住的中原地區。服，古代稱王畿外圍的地方。⑬乎　於。下一句中的「乎」同此。⑭考　考核。⑮見而知之　《孟子・盡心下》：「由堯、舜至於湯，五百有餘歲，若禹、皋陶，則見而知之；若湯，則聞而知之。」意謂五百年左右必有聖人出現，如皋陶、禹為堯舜之臣，是親見堯舜而得知其所行之大道的；至於商湯，則距離堯舜已經五百多年，只是聽說過堯舜之道，遵而行之。⑯庶幾　差不多。⑰昧冒　即冒昧。⑱自竭　盡力。⑲弗及　不及。⑳凡　總共。㉑御府　即指皇帝居住、處理國家大事的地方。㉒副在有司　書籍的副本在有關的部門。

【語　譯】自從周代衰亡，一直到現在，已經歷一千幾百年了。太平盛世的遺跡，已經幾乎掃滌淨盡，學者們再也見不到完整的《周官》一書了。在這時卻要闡明經典的大義，即使我不自量力，也知道工作的艱難。解釋、闡發經義已是困難，由此可知，變革法度、大興政事來恢復上古時代的盛世，就更為艱難。然而我私下看到聖明的皇上正在建立法度以求成功，吸取成功的經驗，牢記在心；又訓導教誨在位的官員，並且有賢臣的輔佐；勤勉為政，以求周代的太平盛世。用在今世所觀察的，考核從古代經典中所學習到的，這就是所謂的「見而知之」。我實在是不自量力，妄以為差不多可以做到這一點，所以就冒昧盡力而為，而忘記了自己的才能遠遠不夠。謹在此編列這部書為二十二卷，共十幾萬字。呈獻給皇上，並且錄製副本給有關部門，以等待皇上下令頒布。謹以為序。

詩義序

【題解】詩即《詩經》，是我國古代第一部詩歌總集，共收入自西周初期（西元前十一世紀）至春秋中葉（西元前六世紀）約五百年間的詩歌三百零五篇（〈小雅〉中另有笙詩六篇，有目無辭），最初稱詩，漢代儒者尊為經典，乃稱《詩經》。王安石對《詩經》素有研究，據其學生陸佃稱：「荊公有《詩正義》一部，朝夕不離手，字大半不可辨。世謂荊公忽先儒之言，蓋不然也。」（陸游《老學庵筆記》卷一）他尤其強調《詩經》的「美刺」作用，曾撰有〈國風解〉等文，解說其中某些詩篇。不過，他之所以重視乃至親自參與《詩經》義的訓釋，是因為他始終認為「《詩》、《禮》足以相解，以其理同故也」（〈答吳孝宗書〉），即《周禮》與《詩經》可以相互發明，互為解釋，這也是王安石新學中的一個重要觀點。因此直至晚年撰寫〈字說〉，他仍認為：「詩者，寺言也。寺為九卿所居，非禮法之言不入，故曰思無邪。」本文即是王安石為《詩義》所寫的序文，主要說明《詩經》的價值及其難以訓釋，接著評價《詩義》修撰的意義。文中大量運用儒家經典上的語句，辭氣高古，筆力老練，與〈周禮義序〉、〈書義序〉同為王安石後期散文的代表作。

《詩》三百十一篇。其義具存，其辭亡者，六篇❶而已。上既使臣雱❷訓其辭，又命臣某❸等訓其義。書成，以賜太學❹，布之天下，又使臣某為之序。謹拜手稽首❺言曰：《詩》上通乎道德，下止乎禮義❻。放❼其言之文❽，君子以興焉❾；循❿其道之序⓫，聖人以成焉。然以孔子之門人，賜也商也⓬，有得於一言，則孔子悅而進之⓭。蓋其說之難明如此。則自周衰以迄⓮於今，泯泯紛紛⓯，豈不宜哉？

【章旨】首先指出《詩經》一書具有重要的價值意義，它「上通乎道德，下止乎禮義」。

【注釋】❶六篇　指〈南陔〉、〈白華〉、〈華黍〉、〈由庚〉、〈崇丘〉和〈由儀〉六首詩，又稱為「六笙詩」。❷雱　即王雱，字元澤，王安石長子。《宋史》卷三百二十七有傳，稱其「性敏甚，未冠，已著書數萬言」。曾受詔修撰《詩義》。❸臣某　王安石自稱。❹太學　詳見〈上仁宗皇帝言事書〉注釋。❺拜手稽首　拜伏磕頭。❻止乎禮義　語出〈毛詩序〉：「故變風發乎情，止乎禮義。」意謂能使人不越禮義。❼放　擴展。❽文　文采。❾君子以興焉　語出《論語・泰伯》：「興於詩，立於禮，成於樂。」❿循　遵循。⓫序　次序。⓬賜也商也　賜，端木賜，字子貢。商，卜商，字子夏。二人都是孔子的學生。⓭孔子悅而進之　語本《論語・學而》：「子貢曰：『貧而無諂，富而無驕，何如？』子曰：『可也。未若貧而樂，富而好禮者也。』子貢曰：『《詩》云：「如切如磋，如琢如磨。」其斯之謂與？』子曰：『賜也，始可與言《詩》已矣。告諸往而知來者。』」又《論語・八佾》：「子夏問曰：『「巧笑倩兮，美目盼兮，素以為絢兮」，何謂也？』子曰：『繪事後素。』曰：『禮後乎？』子曰：『起予者商也，始可與言《詩》已矣。』」⓮迄　至。⓯泯泯紛紛　紛亂的樣子。

【語譯】《詩經》共三百十一篇。其中詩義還存在，而詩句已經亡佚的，只有六篇。皇上已經委派王雱解釋它的詞句了，又命臣下我等闡釋它的大義。書寫成以後，賜給太學，頒布天下，又命我為它作一篇序言。在此我誠懇鄭重地說：《詩經》上通道德，下能夠使人不越禮義。擴展它議論的文采，君子就能觸發感興；依照它指引的次序，聖人就能獲得成功。然而以孔子的學生端木賜和卜商這樣的賢者，對其中的一句有所心得，孔子就高興地稱譽他們，可見《詩經》的意義是如何的難以理解。那麼，從周代衰亡直至現在都解釋紛紜，難道不是很自然？

伏惟皇帝陛下，內德純茂❶，則神罔時恫❷；外行恂達❸，則四方以無侮❹。日就月將，學有緝熙於光明❺，則〈頌〉❻之所形容，蓋有不足道也。微言奧義❼，既自得之，又命承學❽之臣，訓釋厥遺❾，樂與天下共之。顧❿臣等所聞，如爝火⓫焉，豈足以賡⓬日月之餘光？姑承明制⓭，代匱⓮而已。傳曰：「美成在久。」⓯故〈棫樸〉之作人，以壽考為言⓰，蓋將有來者焉，追琢⓱其章，纘⓲聖志而成之也。臣衰且老矣，尚庶幾⓳及見之！謹序。

【章旨】敘述《詩義》一書的修撰緣由，闡明其目的在於「作人」，便於使後人「纘聖志而成之」。

【注　釋】❶純茂　純粹豐美。❷神罔時恫　語出《詩經・大雅・思齊》：「神罔時怨，神罔時恫。」神，指祖先之神。罔，無。時，所。恫，傷心。意謂祖先的神靈無所傷痛。❸恂達　暢通，明曉。❹四方以無侮　語出《詩經・大雅・皇矣》：「是類是禡，是致是附，四方以無侮。」意謂四方諸侯因此莫敢欺侮。❺日就月將二句　語出《詩經・周頌・敬之》。意謂日積月累，經常學習，由淺到深，漸明事理。就，久。《廣雅》：「就，久也。」將，長久。《詩經・商頌・烈祖》：「以假以享，我受命溥將。」緝熙，猶今云深廣。❻頌　〈毛詩序〉曰：「頌者，美盛德之形容，以其成功告於神明者也。」意謂「頌」是用來讚美君王的盛業美德，並且告訴祖先神靈的。❼微言奧義　精微的言辭，深奧的意義。❽承學　受學。❾厥遺　遺留下的。厥，代詞，它。❿顧只是。⓫爝火　小火把。《莊子・逍遙遊》：「爝火不息。」⓬庚　繼續。⓭姑承明制　姑且接受聖明的命令。⓮代匱　替代缺乏。匱，缺乏。⓯傳曰二句　語出《莊子・人間世》。郭慶藩注曰：「美成者，任其時化，譬之種植，不可一朝成。」意謂美好的收成在於長久的努力。⓰故棫樸之作人二句　《詩經・大雅》有〈棫樸〉篇：「周王壽考，遐不作人。」意謂周王長壽，何不培養人才。壽考，長壽。遐，何。作人，培養人才。⓱追琢雕刻；雕琢。⓲纘　繼承。⓳庶幾　幾乎；差不多。

【語　譯】我想皇帝陛下，能使內在的道德純粹豐美，則先王的神靈不會感到傷痛；外在的言行暢通曉達，四方的諸侯不敢欺侮。學習日積月累，由淺到深漸明事理，即使〈頌〉所形容的也仍不足道。精微的言辭，深奧的意義，自己已經領悟了，又命令受學的臣下，解釋它的遺留部分，與天下的臣民共享理解的歡樂。只是我等所知道的，正如小小的火把，怎麼能夠接續日月的餘光呢？姑且接受皇帝的命令，以補匱乏而已。文獻記載說：「美好的收成在於長久的努力。」所以〈棫樸〉講周文王培養人才，從長壽的角度立論。大概是希望後繼有人，能夠雕琢增補他的政策，繼承聖人的意志而成就事業。我已經衰老了，還差不多可以看到吧！謹此為序。

書義序

【題　解】書即《尚書》，是儒家重要經典之一。該書是現存最早記錄中國上古歷史文件、事跡的著作，相傳由孔子編選而成，有《古文尚書》、《今文尚書》二種，篇目略有不同。本文是王安石於熙寧八年為《書義》所作序文，雖僅僅一百多字，卻篇法嚴密，明茅坤言：「其詞簡，而其法度自典則。」（《唐宋文舉要》甲編卷七）清方苞亦言：「皆宜雖未能盡應於義理，而辭氣芳潔，風味邈然，於歐、曾、蘇氏諸家外，別開戶牖。」

熙寧二年，臣某以《尚書》入侍，遂與政❶，而子雱實嗣講事❷。有旨為之說以獻。八年，下其說太學❸班❹焉。

【章　旨】簡述《書義》的修撰經過。

【注　釋】❶以尚書入侍二句　宋神宗即位後，召王安石為翰林學士兼侍講，為皇帝講解《尚書》。熙寧二年（西元一〇六九年）二月庚子，以王安石參知政事，遂與政。❷而子雱實嗣講事　《續資治通鑑長編》卷二百二十：「熙寧四年二月己卯，前旌德縣尉王雱為太子中允、崇政殿說書。」嗣，接續。❸太學　見〈上仁宗皇帝言事書〉一文注釋。❹班　頒行。

【語　譯】熙寧二年，臣下作為侍從官為皇上講解《尚書》，於是參與朝政，而我的兒子王雱實際上繼續講解經書。聖旨命令寫出《尚書》解說以呈進。熙寧八年，聖上下令把解說的文字頒布到太學。

惟虞、夏、商、周之遺文❶，更秦而幾亡❷，遭漢而僅存❸。賴學士❹大夫誦說❺，以故不泯❻，而世主❼莫或❽知其可用。天縱❾皇帝大知❿，實始操之⓫以驗物，考⓬之以決事；又命訓⓭其義，兼明天下後世⓮。而臣父子以區區⓯所聞，承乏⓰與榮⓱焉。然言之淵懿⓲，而釋以淺陋；命之重大，而承以輕眇⓳。茲榮也，祇所以為愧歟⓴！謹序。

【章　旨】敘述修撰經義的緣起。

【注　釋】❶虞夏商周之遺文　指《尚書》，其中有〈虞書〉、〈夏書〉、〈商書〉、〈周書〉等篇章，記載唐虞到周代的典章訓誥。❷更秦而幾亡　指秦代焚書禁學，《尚書》亦在被禁焚之列，而濟南伏生獨壁藏之。❸遭漢而僅存　據《漢書．藝文志》記載，漢代建立以後，向天下求得《尚書》二十九篇，是為《今文尚書》。漢武帝末年，魯共王從孔子舊宅壁中發現《尚書》，是用秦漢以前的古文字書寫，較《今文尚書》多十六篇，稱之為《古文尚書》。❹學士　此處泛指讀書人，非官職稱謂。❺誦說　背誦講解。❻泯　泯滅；消失。❼世主　即各朝代的君主。❽莫或　沒有幾個人。❾天縱　天之所使。語出《論語・子罕》：「固天縱之將聖。」後世常用為諛美帝王君主之辭。❿大知　英明睿智。⓫操之　運用它。⓬考　考究。⓭訓　訓釋；注解。⓮兼明天下後世　意謂使天下後世明白、清楚。明，使動用法，使……明白。⓯區區　微薄；小小。是自謙之詞。⓰承乏　擔任空乏之事，是自謙之詞，表示所擔任的職務一時無適當人選，暫且由自己充任。⓱與榮　榮幸；光榮。⓲淵懿　精深美好。⓳輕眇　輕微渺小。眇，通「渺」。⓴茲榮也二句　語本揚雄《法言・學行》：「顏苦孔之卓之至也。或人瞿然曰：『茲苦也，祗其所以為樂也歟！』」茲，這。

【語　譯】虞、夏、商、周的遺文，經歷秦代後幾乎亡佚盡了，到漢代才得以保存。幸賴學士大夫們的背誦講解，因此沒有完全遺失，但是歷代的君主沒有幾個人知道它能經世致用。上天賦予我聖上英明的智慧，他開始實際運用《尚書》來檢驗事物，依據它來決定天下大事，又命令臣下解釋它的意義，讓全天下和後世的人都明白清楚。我們父子以微薄的見聞，參與其中，不過是聊充其職分享榮耀罷了。然而《尚書》的言論精美淵深，卻由臣下以淺見陋聞來解釋；使命重大，卻由渺小輕微的我們來承擔。對於這個榮耀，我們只有感到慚愧啊！謹此為序。

老杜詩後集序

【題解】此文作於皇祐四年，與其詩〈杜甫畫像〉一時先後之作，可以相互參讀。王安石素來對杜甫有所偏愛。首先，作為一名詩人，杜甫詩作的高度藝術技巧和雄渾沉厚的氣魄使王安石心折，正如他在詩中所言：「吾觀少陵詩，為與元氣侔。力能排天斡九地，壯顏毅色不可求。浩蕩八極中，生物豈不稠。醜妍巨細千萬殊，竟莫見以何雕鎪。」其次，同樣作為儒家之道的忠誠追隨者，杜甫的忠義之懷更使王安石心有戚戚，堪稱杜甫的隔代知音：「所以見公畫，再拜涕泗流。惟公之心古亦少，願起公死從之遊。」因此王安石在任鄞縣縣令期間，大力搜羅杜詩並編撰成集。

余考古之詩，尤愛杜甫氏作者。其辭所從出，一莫知窮極，而病未能學也。世所傳已多，計尚有遺落，思得其完而觀之。然每一篇出，自然人知非人之所能為，而為之者，惟其甫也，輒能辨之。予之令鄞❶，客有授予古之詩世所不傳者二百餘篇。觀之，予知非人之所能為，而為之實甫者，其文與意之著也。然甫之詩其完見於今者，自予得之。世之學者至乎甫，而後為詩不能至，要之不知詩焉爾。嗚呼！詩其難惟有甫哉？自〈洗兵馬〉下，序而次之，以示知甫者，且用自發❷焉，皇祐壬辰❸五月日，臨川王某序。

【章旨】簡敘自己編撰杜甫詩集的由來和意義，表達對杜甫的崇敬之情。

【注釋】❶令鄞　擔任鄞縣的知縣。❷自發　自振。❸皇祐壬辰　即仁宗皇祐四年（西元一〇五二年）。

【語譯】我遍覽考究古代流傳下來的詩篇，尤其喜歡杜甫的詩歌。它妙辭生發，全不知窮盡，而我深深遺憾自己不能學到。世間流傳的杜詩已經很多了，估計仍有散佚失落的殘篇，於是一直希望得到他完整的詩作來觀摩學習。然而每一篇詩被發現，人們自然深知這絕非一般人所能寫出來的，能作這樣的詩的，只有杜甫，於是便可以辨認出來。我擔任鄞縣縣令時，有位客人贈給我二百多篇散佚的杜詩，我仔細觀摩，知道這絕非別人所能寫出的，其文辭與詩意的豁達，表明作者只能是杜甫。然而杜甫的詩作能完整地顯現於當世，是我得到並編輯的。後世的人學識能夠趕上杜甫，但作詩卻不能和杜甫相比，主要是他們不懂得詩而已。唉！詩作到了難以企及之境的人只有杜甫吧？我把自〈洗兵馬〉以下的詩作按順序編次起來，用以昭示懂得杜甫的人，並憑它來自我鞭策振發。皇祐四年五月某日，臨川王某序。

靈谷詩序

【題　解】這是王安石為其舅父吳氏的詩歌所作的序言。在序中，王安石深情地描繪了故鄉壯麗奇偉的山川風物，稱頌吳氏的詩歌創作深具山川的「淑靈和清之氣」。文章在寫作上頗具特色，首先以山川風物的描繪作襯托，然後才論述吳氏其人其詩，最後以反問作結，行文曲折跌宕，極盡委蛇波瀾之致。

吾州❶之東南有靈谷者，江南之名山也。龍蛇之神❷，虎豹、翬翟❸之文章❹，楩柟❺、豫章❻、竹箭之才，皆自山出。而神林❼、鬼冢❽、魑魅❾之穴，與夫❿仙人、釋子⓫、詼譎之觀⓬，咸⓭附託焉。至其淑靈⓮和清之氣，盤礴⓯委積⓰於天地之間，萬物之所不能得者，乃屬⓱之於人，而處士⓲君實生其阯⓳。

【章　旨】描寫靈谷壯麗奇譎的景色。

【注　釋】❶吾州　指王安石的故鄉撫州（今屬江西）。❷神　神奇。❸翬翟　羽毛五彩的長尾野雞。❹文章即文采，指錯綜華美的色彩或花紋。❺楩枏　南方的一種高大喬木。❻豫章　即樟樹。❼神林　神仙所居住的樹林。❽冢　墳墓。❾魑魅　古代傳說中山澤裡的鬼怪。❿夫　那。⓫釋子　佛教徒的通稱，意即佛祖釋迦牟尼的弟子。⓬詼譎之觀　離奇神異的景觀。⓭咸　皆；都。⓮淑靈　溫和靈秀。⓯盤礴　指廣大無邊的樣子。⓰委積　積聚。⓱屬　託付。⓲處士　古時稱有才德卻隱居不仕的人，此處指王安石的舅父。⓳阯　即「址」。山腳。

【語譯】我家鄉撫州的東南有一座靈谷山，是江南的名山。神奇的龍蛇，文彩絢爛的虎豹、野雞，質地精良的楩枏、豫章、竹箭，都產自這座山中。而且，神仙居住的神林、冥鬼的墳墓、山澤鬼怪的洞穴，以及仙人、僧徒和奇妙神異的景觀，也都隱藏在這裡。它的淑靈清和之氣，縈聚在這廣大無邊的天地之間，是萬物所不能得到的，卻屬意於人，而處士吳先生就生長在這座山腳之下。

君姓吳氏，家於山阯，豪傑之望❶，臨❷吾一州者，蓋五六世，而後處士君出焉。其行，孝悌❸忠信；其能，以文學知名於時。惜乎其老矣，不得與夫虎豹、翬翟之文章，楩枏、豫章、竹箭之材，俱出而為用於天下，顧❹藏其神奇，而與龍蛇雜此土以處也。然君浩然❺有以自養❻，遨❼遊於山川之間，嘯歌謳吟❽，以寓❾其所好，終身樂之不厭，而有詩數百篇，傳誦於閭里⑩。他日，出靈谷三十二篇以屬其甥⑪曰：「為我讀而序之。」惟君之所得，蓋有伏⑫而不見者，豈特⑬盡於此詩而已？雖然，觀其鑱刻⑭萬物，而接之以藻繢⑮，非夫詩人之巧者⑯，亦孰能至於此？

【章旨】讚美處士吳君的品行及其詩歌創作。

【注釋】❶望　瞻仰；敬慕。❷臨　到；及。❸孝悌　指孝順父母，順從兄長。❹顧　反而。❺浩然　浩然之氣的省稱，指正大剛直之氣。❻自養　自我修養。❼遨　遊。❽謳吟　歌唱詠吟。❾寓　寄託。❿閭里　鄉里。⓫其甥　即王安石。⓬伏　潛伏。⓭豈特　難道只是。⓮鑱刻　刻劃。⓯藻繢　比喻文采。繢，同「繪」。⓰巧者　巧手。

【語譯】先生姓吳，家在山腳下。吳氏家族素為豪傑之士所瞻仰，到我們這一州的，已經有五六代了，而後處士先生出生了。他品行端正，孝敬長輩，尊重兄長，忠厚老實，講究信義；他才能卓越，以文學知名當世。可惜他已經老了，不能與文彩絢爛的虎豹、野雞，質地精良的楩楠、豫章、竹箭，一齊出山為天下國家效力，反而隱藏他的神奇，與龍蛇雜處在此地。然而吳先生胸懷正大剛直之氣，又能自我修養，遨遊在山川之間，歌唱詠吟，用來寄託自己的愛好，終身如此，從未厭倦，並且有詩歌數百篇，在鄉里傳誦。一天，他拿出靈谷詩歌三十二篇，囑咐我說：「你為我看看，並寫一篇序言。」只是先生的才華，還有深藏未露的，難道僅僅體現在這些詩歌中嗎？雖然如此，他的詩歌深刻地表現萬物，又富有文采，若不是詩人的巧手，又有誰能達到這樣的境地呢？

張刑部詩序

【題　解】本文寫於慶曆三年（西元一〇四三年），其時王安石由揚州返回臨川，應友人張彥博的邀請，為其父的詩稿撰寫了這篇序。在序中，王安石稱讚張刑部的詩「明而不華，喜諷道而不刻切」的特色，並由詩及人，讚揚張刑部人品之高尚，體現了王安石對傳統儒家文學思想的繼承，是現存王安石最早的一篇文論。張刑部，名保雍，字粹之，官至刑部郎中，曾鞏撰有〈刑部郎中張府君神道碑〉。

刑部張君詩若干篇，明而不華❶，喜諷道❷而不刻切❸，其❹唐人善詩者之徒❺歟！

【章　旨】直接讚美張刑部的詩「明而不華」，「喜諷道而不刻切」，可與唐人媲美。

【注　釋】❶明而不華　簡明而不華麗。❷諷道　即諷諭。❸刻切　刻薄；苛刻。❹其　大概，表揣測。❺徒　指同類的人。

【語　譯】刑部郎中張君的詩若干首，明白曉暢而不雕琢華麗，喜歡諷諭卻不刻薄，他大概是和唐代詩人同一類型的吧。

君並楊、劉生❶。楊、劉以其文詞染❷當世，學者迷其端原❸，靡靡然❹窮❺日力以摹❻之，粉墨青朱❼，顛錯叢厖❽，無文章黼黻❾之序；其屬情藉事❿，不可考據⓫也。方此時，自守不汙⓬者少矣。君詩獨不然，其自守不汙者邪？子夏曰：「詩者，志之所之也。」⓭觀君之志，然則其行亦自守不汙者邪？豈⓮唯⓯其言⓰而已！

【章　旨】讚揚張君的詩作不苟同楊、劉，「自守不汙」，進而讚美張君的人品行事亦如其詩。

【注　釋】❶君並楊劉生　意謂張君與楊、劉生於同時。楊，即楊億，字大年，北宋浦城（今屬福建）人。宋真宗時曾經擔任翰林學士兼史館修撰，與劉筠、錢惟演等人相互唱和，編成《西崑酬唱集》，號「西崑體」。其詩歌主要學習唐代李商隱，內容是表現宮廷侍臣空虛無聊的享樂生活，表現手法上以玩弄典故、堆砌辭藻、講求對偶工整為特色，影響極大。《宋史》卷三百五有傳。劉，指劉筠，字子儀，大名（今屬河北）人，官至翰林承旨兼龍圖閣直學士。其詩歌與楊億齊名，時稱「楊劉」。《宋史》卷三百五有傳。❷染　影響。❸端原　方向；途徑。❹靡靡然　傾倒的樣子，形容極端崇拜。❺窮　極；盡。❻摹　摹擬。❼粉墨青朱　比喻作品堆砌華麗的辭藻色彩。❽叢厖　龐雜。❾黼黻　古代禮服上繡的花紋。黼是黑白相間。黻是黑青相間。此處比喻文章的結構。❿屬情藉事　抒情用事。⓫考據　即考證，指對古籍的文字意義及古代的名物典章制度等進行考核辯證。⓬自守不汙　堅守自己的志向，不同流合汙。⓭子夏曰三句　語出《詩經・毛詩大序》。子夏，卜氏，名商，孔子的學生。相傳《詩經》、《春秋》等典籍就是他傳下的。〈毛詩大序〉據傳是子夏所作，其中比較典型地闡述了儒家的文學觀。⓮豈　難道。⓯唯　只是。⓰言　指文詞。

【語　譯】張君和楊億、劉筠生活在同一年代。楊、劉二人憑藉文采辭藻，影響當世。學習詩歌創作的人迷失了作詩的根本與方向，對楊、劉二人十分傾倒，耗盡時間精力去模仿他們。文章中堆砌了形形色色的華麗辭藻，顛倒錯亂，雜亂無章，結構淩亂而沒條理，抒情用事也無法考核辯證。在當時，能夠堅持自己寫詩的原則而不受楊、劉影響的人是很少的。張君的詩獨能不迎合時俗，他的詩真具有自己獨特的風格。子夏說：「詩，是內心情感志向的流露。」觀察張君的志向，他的行為也是卓然不趨流俗的，豈止是詩文如此呢！

畀❶予詩而請序者，君之子彥博❷也。彥博字文叔，為撫州❸司法❹，還自揚州識之，日與之接云。慶曆三年八月序。

【章　旨】說明寫作序言的緣起。

【注　釋】❶畀　給予。❷彥博　即張彥博。事跡詳見王安石為其所撰寫的〈尚書司封員外郎張君墓誌銘〉。❸撫州　今江西撫州。❹司法　是負責州縣獄中訴訟的小官。

【語　譯】給我詩稿並請我寫序的是張君的兒子張彥博。彥博字文叔，任撫州司法，是我從揚州返回家鄉時認識的，經常與他來往。慶曆三年八月序。

送孫正之序

【題解】本文作於慶曆二年（西元一〇四二年），作者時年二十二歲。王安石少年作〈憶昨詩示諸外弟〉「材疏命賤不自揣，欲與稷契遐相希」已胸懷大志。此文是作者與友人以道相尚之作，為臨別贈言。文中不滿當時處處步趨古人的俗儒，以前人「不以時勝道」的精神激勵友人，說明了作者倡導獨立思考、不隨時風浮沉的思想。孫正之，名侔，字少述，吳興人，「文甚奇古，內行孤峻，雖鄰不與通也。慶曆皇祐中，與王安石、曾鞏遊，名聞江南」（見蔡上翔《王荊公年譜考略》）。序，文體名。原為評價作品內容的文字，這裡指贈序，其內容多推重、讚許或勉勵之辭，和序跋的序不同。

時然而然，眾人也❶；己然而然，君子也❷。己然而然，非私己❸也，聖人之道❹在焉爾❺。夫君子有窮苦顛跌❻，不肯一失詘❼己以從時者，不以時勝道也。故其得志於君❽，則變時而之道若反手然❾，彼其術素脩而志素定❿也。時乎楊、墨，己不然者，孟軻氏而已⓫。時乎釋、老⓬，己不然者，韓愈⑬氏而已。如孟、韓者，可謂術素脩而志素定也，不以時勝道也，惜也不得志於君，使真儒之效不白⑭於當世，然其於眾人也卓⑮矣。嗚呼！予觀今之世，圓冠⑯峨如⑰，大裾⑱襜如⑲，坐而堯言，起而舜趨⑳，不以孟、韓之心為心者，果異眾人乎？

【章旨】指出眾人是「時然而然」，君子是「己然而然」。明確表達了自己企慕孟軻、韓愈，要求「變時之道」的志向。

【注釋】❶時然而然二句　時俗崇尚這樣，就認為如此，那是尋常人的見識。時，時尚。然，這樣。眾人，普通人。❷己然而然二句　經過自己獨立思考認為正確的就堅持，這是有見地有操守的人。君子，有道德的人。這裡指堅持獨立思考的人。❸私己　自以為是。私，偏愛。❹聖人之道　指儒家的政治主張和倫理觀念。❺焉爾　於此而已。❻顛跌　跌倒，引申為困苦。❼詘　通「屈」。屈服。❽得志於君　受到君王信用，得行其志。❾則變時句　那麼就很容易改變時俗，使之合乎儒道。變時，改變時俗。之，往；至。反手，喻事情極易辦到。❿術素脩而志素定　治國之術早有準備，奮鬥目標早已認定。素，平時；向來。脩，學習；研習。定，確定。⓫時乎楊墨三句　是說楊、墨之學風行一時，而自己不盲從的，只有孟軻罷了。楊，指楊朱，又稱楊子，魏國人，戰國初期哲學家。相傳他反對墨子的「兼愛」和儒家的倫理思想，主張「貴生」、「重己」、「為我」等思想。墨，指墨翟，春秋戰國之際的思想家、政治家，墨家學派的創始人。相傳原為宋國人，後長期住在魯國。曾學習儒術，因不滿其煩瑣的「禮」，另立新說，成為儒家的反對者。他主張「兼愛」、「非攻」、「尚賢」、「尚同」等思想，對當時思想家影響很大，與儒家並稱顯學。孟軻，字子輿，鄒（今山東鄒縣）人，戰國中期的思想家、教育家。受業於孔子之孫子思的門下，為當時儒家學派的代表人物，是孔子學說的繼承者，有「亞聖」之稱。著有《孟子》。⑫釋老　釋，佛教創始人釋迦牟尼的簡稱，後泛指佛教。老，先秦哲學家老子的簡稱。老子後被道教奉為始祖，故這裡泛指道教。⑬韓愈　字退之，河南河陽（今河南孟縣）人。唐代著名哲學家、文學家，思想上尊儒排佛，力反六朝以來的駢偶文風，提倡散體，曾在中唐發起古文運動，有「文起八代之衰」之譽。著有《昌黎先生集》。⑭不白　不明白，這裡指不能明顯地表示出來。白，清楚；明白。⑮卓　獨特；出眾。⑯冠　帽子。⑰峨如　高聳貌。⑱裙　古指下裳，男女同用。與今專指婦女的裙子不同。⑲襜如　整齊貌。⑳坐而堯言二句　謂士大夫說話走路處處模仿古人。堯，又稱陶唐氏，史稱唐堯。中國古代傳說中的部落聯盟首領，相傳在位九十八年，禪位於舜。舜，又稱有虞氏，史稱虞舜，中國古代傳說中的部落聯盟首領，相傳在位十八年，禪位於禹。堯、舜都是中國古史中稱頌的賢明君主。趨，小步而行，表示恭敬。

【語　譯】盲從時俗，這是普通人的處世態度；自己有了主見，堅持去做，這是君子的作風。堅持主見去做，倒不是自以為是，而是把儒家的思想道德融匯在自己的言行裡了。君子遭受窮苦挫折的時候，也不肯放棄一點原則來附和時俗，不願隨波逐流而損喪道義德行。所以當他得到君主重用時，改變時俗潮流使它符合治世之道，就易如反掌，那是因為他的學術素有修養，志向早已確立了。戰國時代，楊、墨學說風行一時，但能表示獨立見解、不隨眾附和的，只有孟軻一人而已。中唐時期佛道二教思想盛行，而能堅持己見、不人云亦云的，只有韓愈一人而已。像孟軻、韓愈，可以說學術素有修養，並且志向早已確定，不會因時尚而放棄自己的學術和主張，可惜他們得不到君主的重用，使真正儒家學說的政治效用不能彰顯於當代。然而他們跟一般人比較起來也算是很優秀的了。啊！以我看來，當今的世界，某些人頭戴高大的禮帽，身穿整齊的大裙，坐下說話像古代堯帝那樣不離仁義，站起走路像古代舜帝一樣合乎禮儀，可是並不把孟軻、韓愈的思想當作自己的思想，他們比起一般的人難道真有什麼不同嗎？

予官於揚❶，得友曰孫正之。正之行古之道❷，又善為古文❸，予知其能以孟、韓之心為心而不已者也。夫越❹人之望燕❺，為絕域❻也。北轅而首之，苟不已，無不至❼。孟、韓之道去吾黨❽，豈若越人之望燕哉？以正之之不已而不至焉，予未之信也。一日得志於吾君，而真儒之效不白於當世，予亦未之信也。正之之兄官於溫❾，奉❿其親以行，將從之，先為言⓫以處予⓬。予欲默⓭，安得而默也？慶曆二年閏九月十一日。

【章　旨】激勵孫正之致力於真儒之道，並點明贈別之意。

【注　釋】❶官於揚　在揚州做官。官，做官；當官。慶曆二年（西元一〇四二年），王安石舉進士，任簽書淮南節度判官廳公事（簡稱「簽判」），治所在揚州。在此他結識了孫正之，並成為摯友。❷道　指儒家學說。

❸古文　文體名，指先秦兩漢以來用文言寫成的散體文，相對六朝的駢體而言。唐代韓愈及宋代歐陽脩、王安石等大力提倡古文，反對駢文。❹越　春秋戰國時的古國，其地在浙江紹興一帶，後也稱此地為越。❺燕　周代分封的諸侯國，其地在今河北北部和遼寧西端，後也稱此地為燕。❻絕域　極遠的地域。謂由越望燕相距甚遠，用以比喻達到孟韓之道有一段相當遙遠的路程。❼北轅而首之三句　比喻只要方向對而又前進不止，終能到達。轅，車轅，這裡用作動詞，指駕車。首，向；朝。已，停止。至，到達。❽吾黨　我輩；我們。❾溫州，今屬浙江省。❿奉　侍奉；陪侍。⓫為言　寫贈言。⓬慰予　安慰我。慰，安慰。予，我。⓭默　什麼也不說。

【語譯】我在揚州做官，結交了朋友孫正之。正之奉行儒家學說，又擅長寫作古文，我了解他是那種能把孟軻、韓愈的思想作為自己的思想，並會不斷追求的人。越地的人望燕地，距離無疑是遙不可及的了。但如果駕車北向而行，不停地走，沒有不到達目的地的。孟、韓之道與我們的距離，難道像越人望燕地那樣遙遠嗎？憑正之這樣孜孜不倦的追求，而不能實現理想，我是絕不會相信的。他若一旦得到君主的重用，儒家學說的真正效用不能在當時顯現出來，這樣的事，我也是感到不可思議的。正之的哥哥到溫州做官，陪侍父母一同前往，正之也將隨行，先寫贈別文章來安慰我。我想不說什麼，但又怎能不說呢？慶曆二年閏九月十一日。

十一 祭文

祭歐陽文忠公文

【題解】歐陽脩，字永叔，號醉翁居士，晚年又號六一居士，宋吉州廬陵（今江西吉安）人。生於真宗景德四年（西元一〇〇七年），卒於神宗熙寧五年（西元一〇七二年）閏七月二十三日，諡文忠。這篇祭文稱讚歐陽脩文章事業的傑出成就和果敢剛毅的氣節，抒發對歐陽脩的無限悼懷之情，感情深摯沉痛，語語發自肺腑，用筆「一氣奔馳，不可控抑」（沈德潛《唐宋八大家文讀本》），在當時眾多的祭奠歐陽脩的文章中，這是得到較高評價的一篇。清人蔡上翔云：「歐公之其人其文，其立朝人節，其坎坷困頓，與夫平生知己之感，死後臨風想望之情，無不具見於其中。」（《王荊公年譜考略》卷一七）

夫事有人力之可致，猶不可期，況乎天理之溟漠，又安可得而推❶？

惟公生有聞❷於當時，死有傳於後世❸，苟能如此足矣，而亦又何悲？

【章旨】感嘆歐陽脩去世，讚頌他功成名就，激起下文。

【注釋】❶夫事有人力之可致四句　意謂人力可為之事，尚且不能期其必然；天意幽昧難明，更無從捉摸。無可奈何地惋嘆歐陽脩的忽焉病逝。夫，發語詞。致，做到。猶，還。期，一定。溟漠，一作「溟溟」。渺茫。推，推測；預計。❷有聞　有名聲。❸有傳於後世　指其學問、道德能流傳於後世。

【語譯】有些事情，憑人的能力可以做到，但仍然不能預期成功，何況自然法則高深莫測，又怎麼可以推測呢？您生前享譽當時，死後又有業績流芳後世，如果能做到這樣，也就足夠了，還有什麼可悲痛的呢？

如公器質❶之深厚，智識❷之高遠，而輔❸學術之精微，故充❹於文章，見❺於議論，豪健俊偉，怪巧❻瑰琦❼。其積於中❽者，浩❾如江河之停蓄❿；其發於外⓫者，爛⓬如日星之光輝。其清音幽韻⓭，淒⓮如飄風⓯急雨之驟至⓰；其雄辭閎辯⓱，快如輕車駿馬之奔馳。世之學者，無問⓲乎識與不識，而讀其文，則其人可知。

【章　旨】讚頌歐陽脩的器質見識和學術文章。

【注　釋】❶器質　才識、資質。❷智識　智能、見識。❸輔　輔助。❹充　充塞。❺見　同「現」。顯現；表現。❻怪巧　異常巧妙，此指新奇。❼瑰琦　玉石，用以形容事物、文章的卓異不凡。❽積於中　蘊藏於胸中，指道德學問。中，胸中；內心。❾浩　廣大。❿停蓄　流水匯聚。⓫發於外　指文章事業。⓬爛　燦爛。⓭清音幽韻　清雅幽怨的音韻。⓮淒　寒冷；冷清。⓯飄風　旋風。⓰驟至　迅速到來。⓱閎辯　博大的議論。閎，宏大。⓲無問　不論。

【語　譯】像先生那樣具有深厚的器質、高遠的識見，再加上精湛深邃的學問，所以這一切充沛在文章裡，表現在議論中，便顯得豪放剛健、俊逸壯偉、奇妙卓越。當這些積蓄於心中，浩瀚如水波不興的江河湖泊；當這些表露在外面，燦爛如光彩奪目的太陽星辰。他那清幽的音韻，如同驟然而至的旋風急雨，令人涼意撲面；那雄辯博大的議論，滔滔不絕如駿馬駕著輕車在奔馳。世上的學者，不論是否與您相識，只要讀到您的文章，就可以知道您的為人。

嗚呼！自公仕宦四十年❶，上下往復❷，感世路之崎嶇❸。雖屯邅困躓❹，竄斥流離❺，而終不可掩❻者，以其公議之是非❼。既壓復起，遂顯於世❽。果敢❾之氣，剛正❿之節，至晚而不衰。

【章　旨】讚頌歐陽脩雖經宦途崎嶇而果敢剛正之氣始終不衰。

【注　釋】❶仕宦四十年　歐陽脩自宋仁宗天聖八年（西元一〇三〇年）舉進士、任西京留守推官，至宋神宗熙寧四年（西元一〇七一年）以觀文殿學士、太子少師致仕，約四十年。❷上下往復　指歐陽脩仕途坎坷。上下，指官位的提升與下降。往復，指貶官外調與回任朝廷。❸感世路之崎嶇　頗感人生道路的艱難曲折。世路，人生道路。崎嶇，高低不平的樣子。此指仕途的坎坷。❹屯邅困躓　處境困頓失意。屯邅，處境困難。《易經・屯》：「屯如邅如。」困躓，遭受挫折。❺竄斥流離　多次遭受流亡放逐。竄斥，放逐。流離，輾轉流亡。❻掩掩蓋；埋沒。❼公議之是非　謂是非自有公論。吳充〈歐陽公行狀〉：「公既以申范文正（仲淹）坐謫夷陵，而尹洙、余靖亦連貶。蔡君謨為〈四賢詩〉，世傳之。」可參見歐陽脩〈與高司諫書〉一文。公議，公論；客觀標準。❽既壓復起二句　歐陽脩貶夷陵後，至康定元年（西元一〇四〇年）召還京師，不久遷集賢校理、知制誥。慶曆五年，因受人毀謗，貶知滁州，先後守揚州、潁州、南京，至和元年（西元一〇五四年）回到京師，至嘉祐五年（西元一〇六〇年）為樞密副使，次年拜參知政事，成為朝中大臣。壓，壓抑。起，被起用。❾果敢　勇於決斷。❿剛正　剛強正直。吳充〈歐陽公行狀〉：「公為人剛正，質直閎廓，未嘗屑屑於事，見義敢為。患害在前，直往不顧，用是數至困逐。及復振起，終不改其操。」

【語　譯】啊！先生為官四十年來，仕途坎坷，幾經沉浮，反反覆覆，感嘆人世間道路的崎嶇不平。雖然仕途艱難困厄，貶官外放四方流離，而始終不能將您埋沒，因為是非自有公論。您在遭受壓抑之後重被起用，於是顯赫於世。您勇敢果斷的氣概，剛強正直的品行，到晚年也不衰減。

方❶仁宗皇帝臨朝❷之末年，顧念後事❸，謂如公者，可寄以社稷之安危❹。及夫發謀決策，從容指顧❺，立定大計❻，謂千載而一時❼。功名成就，不居而去❽，其出處❾進退，又庶乎❿英魄靈氣，不隨異物腐散⓫，而長在乎箕山之側與潁水之湄⓬。

【章旨】讚頌歐陽脩建立不朽功績，功成引退，出處有節，精神長存。

【注釋】❶方　當……的時候。❷臨朝　執政。❸顧念後事　考慮身後皇位的繼承人。❹謂如公者二句　認為像您這樣的人，可以把社稷的安危寄託給他。謂，認為。如公者，像您這樣的人。寄，託付。社稷，指國家。❺從容指顧　態度從容而決策迅速。指顧，手指、目視，比喻迅速。❻立定大計　指立英宗事。仁宗無子，以太宗曾孫宗實為子，賜名曙。後即位為英宗。韓琦〈歐陽公墓誌銘〉載歐陽脩「凡兩上疏請選立皇子以固根本。及在政府，遂與諸公參定大議」。❼謂千載而一時　可謂建立了千載難得的功勳。❽不居而去　不居功而辭官。歐陽脩自英宗治平三年（西元一〇六六年）起不斷上表求去，於熙寧四年（西元一〇七一年）致仕。居，居功。去，辭官。❾出處　出仕與隱退。❿庶乎　幾乎；大概。⓫英魄靈氣二句　意猶歐陽脩〈祭石曼卿文〉：「生而為英，死而為靈。其同乎萬物生死而復歸於無物者，暫聚之形；不與萬物共盡，而卓然其不朽者，後世之名。」謂死者的精神不朽。英魄靈氣，指死者的精神。英靈是對傑出人物之稱。異物，指屍體。腐散，腐敗散失。⓬箕山之側與潁水之湄　皇甫謐《高士傳》載唐堯時隱士許由耕於「潁水之陽，箕山之下」。後人因而稱箕、潁為隱士所居的地方。箕山，在河南登封東南。潁水，源出登封縣西境潁谷，流經潁州（治所在今安徽阜陽）入淮河。按：歐陽脩晚年退居潁州，故用此典。湄，水邊。

【語　譯】當仁宗皇帝治理朝政的最後幾年，考慮身後的事情，說像您這樣的人，可以託付國家安危的大事。等到您出謀決策時，從容迅速，毫不猶豫，立即決定國家的大計，可以說是一時間建立了千年的功勳。功成名就以後，又不肯居功而退職。您出仕、隱退既能如此，大概您的英靈魂魄，不隨一般死去的人腐化飛散，而長存於箕山之側和潁水之濱。

然天下之無❶賢不肖❷，且猶為涕泣而歔欷❸。而況朝士大夫，平昔遊從❹，又予心之所嚮慕而瞻依❺。

嗚呼！盛衰興廢之理，自古如此；而臨風想望，不能忘情❻者，念公之不可復見，而其誰與歸❼！

【章　旨】抒寫對歐陽脩的衷心仰慕，痛悼他的永逝。

【注　釋】❶無　無論。❷賢不肖　指賢明和不賢明的人。❸歔欷　嘆氣、抽咽聲。❹平昔遊從　往昔的朋友和弟子。平昔，往日。❺又予心句　指歐陽脩與王安石有師友之誼。宋仁宗嘉祐元年，因曾鞏之薦，王安石與歐陽脩相識定交，歐陽脩有〈贈王介甫〉詩云：「翰林風月三千首，吏部文章二百年。老去自憐心尚在，後來誰與子爭先。朱門歌舞爭新態，綠綺塵埃試拂絃。常恨聞名不相識，相逢罇酒盍留連。」對王甚為推許，而王安石則有〈奉酬永叔見贈〉：「欲傳道義心雖壯，學作文章力已窮。他日若能窺孟子，終身何敢望韓公！摳衣最出諸生後，倒屣嘗傾廣座中。衹恐虛名因此得，嘉篇為貺豈宜蒙。」推崇歐陽脩為韓愈，並以門下之士自居。（詳見宋詹大和等撰《王荊公年譜三種・王荊公年譜考略卷之五》。）嚮慕，嚮往仰慕。瞻依，瞻仰、憑依。❻不能忘情　不能忘懷；不能不感傷。❼其誰與歸　將歸向誰呢。其，將。

【語　譯】既然天下的人，無論賢明與否，尚且為您的逝世而落淚嘆息。何況那些平素與您交遊往來的朝中大臣，以及我內心有份仰慕、尊敬並追隨您的情感呢。

啊！盛衰興廢的道理，自古如此；但我臨風想望不能忘情的原因，就是想到再也不能見到您了，今後我將歸向誰呢！

十二 墓表

寶文閣待制常公墓表

【題解】墓表是舊時立在墓前，記載死者生平並加以頌揚的石碑，後來亦稱刻在墓表上的文為「墓表」。這篇墓表，作於宋神宗熙寧十年（西元一〇七七年）。墓主常秩，字夷甫，潁州汝陰（今安徽阜陽）人。是王安石的好友，贊成新法並以學術精深著稱當時，《宋史》卷三百二十九有傳。本文對常秩的官績一筆帶過，而著重闡述其高尚的道德品行，議論他不朽的人格力量，表現出王安石墓誌銘長於議論的特色。文章多用排比、對偶的修辭手法，造成一種簡古剛勁的風格。明人茅坤評道：「通篇無一實事，特點綴虛景百數十言，當屬一別調。」（《唐宋文舉要》甲編卷七引）

右正言❶、寶文閣待制❷、特贈右諫議大夫❸汝陰常公，以熙寧十年二月己酉❹卒，以五月壬申❺葬。臨川王某誌其墓曰：公學不期言❻也，正其行而已；行不期聞❼也，信其義而已。所不取也，可使貪者矜❽焉，而非彫斲❾以為廉；所不為也，可使弱者立❿焉，而非矯抗以為勇⓫。官之而不事，召之而不赴⓬，或曰：「必退者也，終此而已矣⓭。」及為今天子所禮，則出而應焉⓮。於是天子悅其至，虛己而問⓯焉。使莅諫職，以觀其迪己也⓰；使董學政，以觀其造士也⓱。公所言乎上者無傳，然皆知其忠而不阿⓲；所施乎下者無助，然皆見其正而不苟⓳。《詩》曰：「胡不萬年⓴？」惜乎既病而歸死也。自周道㉑隱㉒，觀學者所取舍，大抵時所好㉓也。違俗而適己㉔，獨行而特起㉕。嗚呼！公賢遠㉖矣！傳載公久，莫如以石㉗。石可磨也，亦可泐㉘也，謂公且㉙朽，不可得也。

【章　旨】讚揚常秩行鎮義信、忠而不阿、正而不苟的道德品行。

【注　釋】❶右正言　諫官之名。宋初改唐代的左右拾遺為左右正言，仍掌規諫，左正言屬門下省，右正言屬中書省。❷寶文閣待制　英宗治平四年（西元一〇六七年）五月二十八日始置。寶文閣，在天章閣之東西序。治平四年，神宗即位，始置學士、直學士、待制，地位如同龍圖閣，並以英宗御書附於閣。按宋代官制，在正式官職之外，另以諸閣學士、直學士、待制加給文官，作為銜號。而凡是帶待制以上職名，均為侍從官標識，本為侍從之臣，實無職守，但為文臣差遣貼職。其名起於唐代，本為輪番值日以備顧問之意。❸特贈右諫議大夫　特贈，指並未正式擔任，是由於特殊原因，如去世才贈給的頭銜。諫議大夫，官名。掌規諫諷諭，凡是朝政闕失，大臣百官任用不當，三省至百司事有誤，皆得諫正。左諫議大夫屬門下省，右諫議大夫屬中書省。宋初為寄祿官，必須另有詔令方赴諫院供職。元豐改制，定左右諫議大夫為諫院長官，專掌規諫。❹己酉　己是天干的第六位，酉是地支的第十位。二月己酉即二月六日。❺壬申　壬是天干的第九位，申是地支的第九位。五月壬申即五月九日。❻不期言　不希望別人的表揚。期，期冀；希望。言，表揚。❼聞　指為人所知。❽矜　收斂；拘謹。❾彫斲　指過分修飾。彫，同「雕」。❿立　自立。⓫矯抗以為勇　假託剛直以為勇敢。矯，假借。抗，剛直。⓬官之而不事二句　據《續資治通鑑長編》卷一百九十一：「嘉祐五年（西元一〇六〇年）五月己亥，潁州進士常秩為試將作監主簿、本州州學教授。」同書卷二百五：「治平二年（西元一〇六五年）六月，試將作監主簿常秩為忠武軍節度使推官，知長社縣，……命下，秩辭不赴。」另《宋史》卷三百二十九〈常秩傳〉：「神宗即位，三使往聘，辭。」⓭必退者也二句　意謂這肯定是一個隱士，一生就將如此。退者，指隱居不仕的人。⓮及為今天子所禮二句　據《宋史．神宗本紀》：「治平四年（西元一〇六七年）冬十月，詔將作監主簿常秩赴闕。」另〈常秩傳〉：「熙寧三年（西元一〇七〇年），詔郡『以禮敦遣，毋聽秩辭』。明年始詣闕。」⓯虛己而問　虛心地詢問。據《宋史．常秩傳》載：「帝曰：『先朝累命，何為不起？』對曰：『先帝亮臣之愚，故得安閭巷。今陛下嚴詔趣迫，是以不敢不來，非有所決擇去就也。』帝悅，徐問之……。」⓰使莅諫職二句　據《續資治通鑑長編》卷二百二十二：「熙寧四年（西元一〇七一年）夏四月甲戌，試將作監主簿常秩為右正言、直集賢院、管勾國子監。」莅，到。此處指到職。迪，開導啟迪。⓱使董學政二句　指讓常秩管勾國子監事。董，監督。造士，造就、培養士子。⓲不阿　不阿諛奉承。⓳苟　苟且；隨便。⓴胡不萬年　語出《詩經．曹風．鳲鳩》。胡，疑問詞，為什麼。㉑周道　指周代的道義，相傳為周公所施行，被儒家推崇為最高的道德標準。㉒隱　埋沒。㉓大抵時所好　大都是時尚的愛好。大抵，大都。㉔違俗而適己　違背時俗，滿足自己。㉕特起　卓異。㉖遠　指超出眾人很多。㉗傳載公久二句　記載常公的事跡要長久流傳，沒有比得上石刻。㉘泐　石裂。㉙且　將要。

【語譯】右正言、寶文閣待制、特贈右諫議大夫汝陰人常公，在熙寧十年二月六日去世，五月九日安葬。臨川王安石為他寫墓誌銘：常公治學不期望得到表揚，只是想端正自己的所做所為；他的處世行為不期望出名，只求符合自己的道義。他有所不取，可以使貪婪的人收斂，而不是過分修飾以為廉潔；他有所不為，可以使懦弱的人自立，而不是假託剛直以為勇敢。授予官職他不做，召他赴京而不去，有人說：「他一定是位隱士，一生甘於隱居。」當他受到當今皇上的禮遇時，便應召而出。於是皇上十分高興，虛心請教。讓他擔任諫官之職，來考察他如何啟迪自己；讓他監督太學，來考察他如何培養士子。常公向皇上所言未能得到流傳，然而人們都知道他剛直不阿；他給予下屬的恩惠未使人受助，然而人們都看到他剛正不苟。《詩經》說：「為何不永保萬年？」可惜他得病回家後就死去。周代道義衰微後，學者們所取捨，大都是當時所好。違背世俗而滿足自己，獨立行事而異於眾人。啊！常公是多麼賢明！記載常公的事跡要長久流傳，沒有能比上石刻。石刻可能磨滅，可能碎裂，但說常公將朽滅，卻不可能。

十三 墓誌

王平甫墓誌

【題　解】王平甫，即王安國，王安石的大弟。王安石兄弟七人，兄安仁、安道早亡，他與安國最為相得。王安國工於詩文，著有《王校理集》。陳振孫《直齋書錄解題》卷十七《王校理集》解題：「安國雖安石之弟，而意氣頗不合，尤惡呂惠卿，卒為所陷。坐鄭俠事，奪官歸田，亦為惠卿扳安石故也。尋復之，命下而卒。」熙寧七年八月，王安國因病去世，終年四十七歲。六年後，王安國墓落成，已經退隱金陵的王安石便為亡弟撰寫這篇墓誌銘。

君臨川王氏，諱安國，字平甫，贈太師❶、中書令❷諱明之曾孫，贈太師、中書令兼尚書令❸諱用之之孫，贈太師❹、中書令兼尚書令康國公諱益❺之子。自丱角❻未嘗從人受學，操筆為戲，文皆成理。年十二，出其所為銘、詩、賦、論數十篇觀者驚焉。自是遂以文學為一時賢士大夫譽歎❼。蓋於書無所不該❽，於詞無所不工，然數舉進士不售❾。舉茂才❿異等，有司⓫考其所獻〈序言〉第一，又以母喪不試⓬。

【章旨】簡敘王安國前半生事跡，突出其才華過人。

【注釋】❶贈太師　太師之名，始於西周，本為皇帝師、保之任，在北宋前期為虛銜，是宰相、親王等加官，元豐新制時為寄祿官，正一品。贈，指生前未擔任，死後由朝廷贈予的榮譽稱號。❷中書令　官名。始自漢武帝時，由服侍禁中的宦官擔任。北宋前期中書令不與政事，為加官或贈官。元豐新制時，以尚書右僕射兼中書侍郎行中書令之職，為正一品。❸尚書令　官名。秦漢時已有，為少府屬官，北宋沿設，但為親王加官，或作大臣贈官不與政事，為正一品。❹太師　詳見〈賀韓魏公啟〉注釋。❺益　即王安石的父親王益。王安石有〈先大夫述〉。❻丱角　古時兒童束髮成兩角的樣子，亦稱總角，代指童年。❼自是句　從此以後就因文學而被當時的賢士大夫們所讚嘆稱譽。王安國工詩文，魏泰〈挽王平甫二首〉其一曰：「海內文章傑，朝廷亮直聞。黃瓊起處士，子夏遽修文。貝錦生遷怒，江湖久離群。傷心王佐略，不得致華勳。」（《全宋詩》卷七八二）又王安石〈中秋夕寄平甫諸弟〉有「千里得君詩挑戰，夜壇誰敢將風騷」二句，高度肯定安國的詩歌創作。❽該　通「賅」。通曉之意。❾不售　沒有成功，專指科舉落榜。❿茂才　即秀才。為避東漢光武帝劉秀的諱，改秀才為茂才，後世遂沿稱。⓫有司　有關主管部門。⓬母喪不試　因母親去世，不參加進士考試。王安國之母吳氏卒於嘉祐八年（西元一〇六三年）八月。

【語譯】王君是臨川人，名安國，字平甫，贈太師、中書令王明的曾孫，贈太師、中書令兼尚書令王用之的孫子，贈太師、中書令兼尚書令康國公王益的兒子。童年尚未跟從別人學習時，就能拿起筆來戲寫東西，文辭都很有條理。十二歲那年，取出自己所寫的銘、詩、賦、論數十篇，看到的人都很驚奇。從此他便因文學才能為當時的士大夫們所讚嘆稱譽。他讀書沒有不全部通曉的，文辭沒有不擅長的，然而幾次參加進士考試都沒有成功。後來受推薦參加茂才異等的考試，主管官員評定他所獻的〈序言〉為第一，結果又因母親去世而未能參加。

君孝友，養母盡力。喪三年，常在墓側，出血和墨，書佛經甚眾，州上其行義❶，不報❷。今上❸即位，近臣共薦君材行卓越，宜特見招選，為繕書其〈序言〉以獻，大臣亦多稱之。手詔褒異，召試，賜進士及第❹，除❺武昌軍❻節度推官❼，教授西京❽國子監❾。未幾，校書崇文院❿，特改著作佐郎⓫、祕閣校理⓬。士皆以謂君且顯矣，然卒不偶⓭，官止於大理寺丞⓮，年止於四十七。以熙寧七年八月十七日不起，越元豐三年四月二十七日，葬江寧府鍾山母楚國太夫人⓯墓左百有十六步。有文集⓰

六十卷。妻曾氏，子旄、斿，女婿葉濤⑰，處者⑱四女。濤有學行，知名，旄、斿亦皆嶷嶷⑲有立。君祉⑳所施，庶㉑在於此。

【章旨】概述王安國品行卓越卻與世相乖，表達了作者對亡弟早逝的痛惜。

【注釋】❶州上其行義　州府向上司反映他的忠義品行。❷不報　即沒有得到回答。❸今上　指宋神宗趙頊，他於治平四年（西元一〇六七年）七月即位。❹賜進士及第　熙寧元年（西元一〇六八年）七月，賜布衣王安國進士及第。❺除　任命。❻武昌軍　治所在鄂州。❼節度推官　幕職官名。與本府幕職官分治案事，佐理府政其繫銜冠以節度軍額名。❽西京　即河南府（今河南洛陽）。北宋設有四京：東京、西京、南京、北京。❾國子監　簡稱「國子」、「國監」等。始置於隋煬帝大業三年，北宋沿置，元豐新政後，職掌國子、太學、律學、武學、算學之政令與訓導事，以及刻印書籍等。❿校書崇文院　校書，即校書郎，負責書籍校勘，訂正訛誤。崇文院，宋初以昭文館、史館、集賢院並祕閣總稱為崇文院，元豐後仍歸祕書省。崇文院校書是試官名，凡有文學而薦於朝廷可以供擢拔使用者，因為資歷較淺，先授以此職，處於館閣，以備朝廷訪問與差使，二年後，依據其實績或轉為館職，或授予實職，或與外差遣。《續資治通鑑長編》卷二百二十七：「十月壬申，前武昌軍節度推官王安國為崇文院校書。」⓫著作佐郎　魏晉時設，兩宋沿置。宋初寄祿官名，元豐改制後職事官名，屬祕書省，協助著作郎編每日時事。⓬祕閣校理　祕閣，為古代皇宮藏書之所。校理，負責書籍的校勘抄寫等。⓭不偶　不遇；時命不好。⓮大理寺丞　大理寺是官司名，始於北齊，北宋時是中央司法機構。宋前期掌推敲覆審怨訴或上奏，然後送審刑院或御史臺斷，元豐新制後，掌斷刑兼治獄。大理丞為其屬官。⓯楚國太夫人　即王安國之母吳氏。⓰文集　王安國著有《王平甫集》，已佚，今存輯本一卷。⓱葉濤　字致遠，處州龍泉（今屬浙江）人，王安國之婿。神宗熙寧六年（西元一〇七三年）進士，為國子直講，以事免官，哲宗立，為太學博士。紹聖初為祕書省正字，進校書郎。曾布薦為起居舍人，擢中書舍人。罷知光州。以龍圖閣待制提舉崇禧觀，卒。《宋史》卷三百五十五有傳。⑱處者　未出嫁的女子。⑲嶷嶷　形容體態魁梧。⑳祉　福。㉑庶　幸，表示希望。

【語譯】王君孝友，侍奉母親盡心盡力。他守喪三年，常在墓旁以血和墨書寫了許多佛經。州府曾向上反映他的忠義品行，卻沒有回答。當今皇上即位後，親近的侍從一致推薦王君材行卓越，應該特別招來參加選拔，並且抄寫了王君所寫的〈序言〉獻給皇上，大臣們也稱讚器重他。於是皇帝下手詔表彰他卓越的才華，召他前來參加考試，賜進士及第，任命他為武昌軍節度推官，西京國子監教授。不久，就入崇文院校書，並特詔改任為著作佐郎、祕閣校理。士人們都認為王君將要顯貴了，然而他最終沒有顯達，官止於大理寺丞，年齡僅四十七歲。他於熙寧七年八月十七日去世，元豐三年四月二十七日，葬在江寧府鍾山母親楚國太夫人墓的左面一百十六步的地方。有文集六十卷。妻子曾氏，兒子王旊、王斿，女婿葉濤，未出嫁的女兒四人。葉濤有學問品行，知名於世；王旊、王斿也都體格魁梧，卓然自立。王君的福氣，大概表現在這裡吧。

王深父墓誌銘

【題　解】此文作於宋英宗治平二年（西元一〇六五年）。王回，字深父，福建侯官人。與曾鞏同門，是頗有時譽的理學家。敦行大誼，言行中矩，又不像周、程那樣刻板，更不似某些理學家汲汲於功名。他曾以進士授衛真縣主簿，年餘便稱病辭職，別人勸他出仕，他以奉養母親為由推辭。後由於多人力薦，治平中被任命為忠武軍節度推官南頓縣知縣，詔書始下而已去世，不幸英年早逝，未能一展才華。王安石與他相識於京師並結為知己，同被稱為「有道君子」。在文中作者高度讚頌王回不迎合世俗、潔身自好而又堅持履行道義的精神，並對他未能為世人所知而展其才華表示惋惜。文章感慨曲折，筆勢跌宕。明人茅坤稱其「多沉鬱之思」（轉引自《唐宋文舉要》甲編卷七），道出了本文的藝術特色。本文也同樣體現了王安石墓誌銘善於議論的特點。

吾友深父，書足以致其言❶，言足以遂其志❷，志欲以聖人❸之道為己任，蓋❹非至於命❺弗止❻也。故不為小廉曲謹❼以投眾人耳目❽，而取舍進退去就必度❾於仁義。世皆稱其學問文章行治❿，然真知其人者不多，而多見謂迂闊，不足趣時合變⓫。嗟乎！是乃所以為深父也⓬。

令⓭深父而有以合乎彼⓮，則必無以同乎此矣。

【章　旨】寫王深父的遠大志向及勵志篤行不為世俗所動的品格。

【注　釋】❶書足以致其言　著作足以表達他的言論。書，指他的著作。致，表達。言，言論。❷遂其志　反映他的志向。遂，猶言實踐。志，志向。❸聖人　指品德最高尚、智慧最高超的人。❹蓋　大概。❺非至於命　不到達生命的終結。至，到達。命，生命。❻弗止　不停止。❼小廉曲謹　小處廉潔謹慎，意謂不識大體，只知拘執小節。❽以投眾人耳目　用來迎合一般人的趣味。投，投其所好；迎合。❾度　衡量。❿行治　品德行為。⓫而多見謂迂闊二句　大多數人認為他拘泥而不切合實際，不能迎合時勢、適應變化。意謂王深父一生行跡，求大節仁義，不委曲心志，因此，世人多議論他迂闊，認為他這種態度行為不足以趨時適順變化。迂闊，迂遠而不切實際。趣，同「趨」。趨附。合，迎合；適應。⓬是乃所以為深父也　這才是深父之所以成為深父的原因。是，這。為，成為。⓭令　讓。⓮合乎彼　迎合那些人。

【語　譯】我的朋友深父，他的著作足以表達他的言論，他的言論足以反映他的志向，而他的志向就是把履行聖人的道義作為自己的責任，不到生命的終結就絕不放棄。因此他不是謹小慎微地一味迎合一般人的趣味，而是無論取捨、進退、去就都能遵循仁義的標準。世人都稱讚他的學問文章和品德行為，然而真正理解他的人並不多，大部分認為他拘泥而不切實際，不能迎合時勢，順應變化。唉！這才是深父之所以成為深父的原因。若讓他迎合那些世俗的人，那麼他必然就不是現在這樣的了。

嘗❶獨以謂❷天之生夫人❸也，殆將以壽考成其才❹，使有待而後顯❺，以施澤❻於天下。或者誘❼其言，以明先王之道，覺❽後世之民。嗚呼！孰以為道不任於天，德不酬於人❾，而今死矣。甚哉，聖人君子之難知❿也！以孟軻⓫之聖，而弟子所願，止於管仲、晏嬰⓬，況餘人乎？至於揚雄⓭，尤當世之所賤簡⓮，其為門人者，一侯芭⓯而已。芭稱雄書以為勝《周易》。《易》不可勝也，芭尚不為知雄者。而人皆曰：「古之人生無所遇合⓰，至其沒久⓱而後世莫不知。」若軻、雄者，其沒皆過千歲，讀其書，知其意⓲者甚少。則後世所謂知者，未必真也。夫此兩人以老而終，幸能著書，書具在⓳，然尚如此。嗟乎深父！其智雖能知軻，其於為雄，雖幾可以無悔，然其志未就⓴，其書未具㉑，而既早死，豈特無所遇於今，又將無所傳於後。天之生夫人也，而命之如此，蓋非余所能知也。

【章　旨】將王回與孟軻、揚雄等前代聖賢作比較，對他不遇於今、不傳於後而又英年早逝表示深切的惋惜。

【注　釋】❶嘗　曾經。❷以謂　認為。❸夫人　這樣的人。夫，指示詞。❹殆將以壽考成其才　大約是要用高壽來成就他的才能。殆，大概。以，用。壽考，年高；長壽。成其才，成就他的才具功業。❺有待而後顯　有所憑藉然後再充分顯現。❻施澤　施恩惠。❼誘　誘導；教導。❽覺　使……覺悟。❾道不任於天二句　沒來得及充分履行上天的道義，沒來得及布施德惠於人間。任，承擔；履行。酬，實行；實現。❿難知　難以理解。⓫孟軻　（約西元前三七二—前二八九年）字子輿，魯國鄒（今山東鄒縣）人。他曾受業於孔子的孫子子思的門下，是孔子的再傳弟子。他與孔子一樣為了實現自己仁政的政治主張，曾遊說於各國諸侯之間，但終未受到重視。晚年和門徒從事著述，序《詩》、《書》，發揮了孔子的學術思想。孟子卒，門人萬章、公孫丑之徒記其言行為《孟子》，這其實是一部記述孟子的哲學思想、教育思想、政治經濟思想的著作，全書共七篇：〈梁惠王〉、〈公孫丑〉、〈滕文公〉、〈離婁〉、〈萬章〉、〈告子〉、〈盡心〉。⓬管仲晏嬰　二人皆春秋時期的名相。管仲輔助齊桓公九合諸侯，一匡天下，成就齊桓公春秋霸主的事業；晏嬰連任齊靈、莊、景三朝正卿，執政五十餘年，以節儉力行、謙恭下士著稱於世，並銳意改革政治，成為春秋時期的名相。孟子不稱道管、晏，事見《孟子·公孫丑上》。王安石此言是要求眼光遠大，不以時俗對人物的毀譽為懷，而是越過眼前之事、時俗之尚，傳播治國平天下的至道。⓭揚雄　（西元前五三—前十八年）字子雲，西漢蜀郡成都人。少好學，長於辭賦，多仿司馬相如，有〈甘泉〉、〈羽獵〉、〈長楊〉等賦，又仿《易經》、《論語》作《太玄》、《法言》。《漢書》有〈揚雄傳〉，後人輯有《揚侍郎集》。⓮賤簡　輕視怠慢。⓯侯芭　鉅鹿人，跟隨揚雄學《太玄》、《法言》。⓰生無所遇合　活著的時候沒有受到賞識。⓱沒久　死後很久。⓲知其意　理解他們的意思。⓳書具在　書都存在。具，全；都。在，幸存；存在。⓴未就　沒有實現。㉑具　寫成。

【語譯】我曾以為上天降下這樣的人，大概是要用高壽來成就他的才能，好讓他有所憑依，然後再充分顯露，以此施澤惠於天下的老百姓。或者通過他的言論來闡明先王道義，使後世的百姓有所醒悟。唉！哪裡知道他還沒來得及充分履行上天的道義，還沒來得及布施德澤於人間，就離開了我們。聖人君子真難以讓人理解啊！像孟軻這樣的人，他的弟子所傾慕的不過是管仲、晏嬰這種人，更何況其他的人？至於揚雄，尤被當時人所輕視、所怠慢，做他學生的只侯芭一人而已。侯芭稱讚揚雄的著作，認為勝過《周易》。《易》實際上是不可超過的，侯芭還算不上是理解揚雄的人。但人們都說：「古人活著時沒有遇到賞識，到他死後很久，後世的人沒有不知道的。」像孟軻、揚雄，他們逝世已超過千年，讀他們的著作，理解他們的人其實很少。那麼後世所謂理解他們的人，未必是真正理解。這兩人以年老而去世，幸而能寫書，書都完整地保存著，還尚且如此。啊，深父！他的智慧雖然達到理解孟軻意思的程度，他和揚雄相比雖然幾乎沒有什麼悔恨，然而他的志向沒有實現，他的著作沒有寫成，卻過早地死去，難道只是在當今沒有受到賞識，又沒有東西流傳於後世。上天生下這樣的人，卻讓他命運如此多舛，這不是我所能知道的。

深父諱❶回，本河南王氏。其後自光州之固始❷遷福州之侯官❸，為侯官人者三世❹。曾祖諱某，某官；祖諱某，某官；考諱某，尚書兵部員外郎❺。兵部❻葬潁州之汝陰❼，故今為汝陰人。深父嘗以進士補亳州衛真縣❽主簿，歲餘自免❾去。有勸之仕者，輒辭以養母❿。其卒以⓫治平二年⓬七月二十八日，年四十三。於是朝廷用薦者⓭，以為⓮某軍節度推官，知陳州南頓縣⓯事。書下而深父死矣。夫人曾氏，先⓰若干日卒。子男一人某，女二人皆尚幼⓱。諸弟以某年某月某日葬深父某縣某鄉某里，以曾氏祔⓲。

銘曰：嗚呼深父！惟德之仔肩⓳，以迪祖武⓴。厥艱荒遐㉑，力必踐取㉒。莫吾知庸㉓，亦莫吾侮㉔。神則尚反㉕，歸形此土。

【章　旨】簡介王回的家庭、仕宦經歷。並於銘文表達對他的由衷讚美和敬意。

【注　釋】❶諱　指已故尊長者之名。❷光州之固始　即今河南固始。❸福州之侯官　即今福建閩侯。❹三世　三代。❺考諱某二句　指他的父親曾任過兵部尚書員外郎。考，死去的父親稱考。❻兵部　這裡用他父親官名借代其父親，即王回之父王平。❼潁州之汝陰　即今安徽阜陽。❽亳州衛真縣　在今河南鹿邑東。❾自免　自己辭職。❿輒辭以養母　就用撫養母親作為辭職理由。輒，就。⓫以　在。⓬治平二年　即西元一〇六五年。治平，宋英宗趙曙的年號。⓭用薦者　採用推薦者的意見。用，採納。⓮以為　「以之為」的省略，即任命他擔任某官的意思。⓯陳州南頓縣　在今河南項城北。⓰先　前；早於。⓱幼　小，即指未成年。⓲祔　合葬。⓳仔肩　肩負責任。此言將道德作為其責任、使命。語本《詩經・周頌・敬之》：「佛時仔肩。」⓴以迪祖武以循著祖先的腳印前進。迪，追隨。祖武，祖先的蹤跡。《詩經．大雅．下武》：「繩其祖武。」武，腳步，這裡指蹤跡。㉑厥艱荒遐　其使命艱難而又重大遼遠。厥，其。荒，大。遐，遠。㉒力必踐取　一定努力追求既定的目標。踐，依循；按照。㉓庸　任用。此言時俗沒人了解任用。㉔亦莫吾侮　意謂很恭敬，不敢輕侮，不敢怠慢。語出《左傳．昭公七年》記正考父鼎銘：「循牆而走，亦莫余敢侮。」㉕神則尚反　神魂還要返回人間。反，通「返」。返回。

【語　譯】深父名回，本出河南王氏。王氏的後代從光州的固始遷到福州的侯官，成為侯官人已三代了。曾祖父名某，任某官；祖父名某，任某官；父親名某，任尚書兵部員外郎。兵部安葬在潁州的汝陰，所以他現在成為汝陰人。深父曾經以進士敘任為亳州衛真縣主簿，做了一年多就自己辭職離去。有人勸他做官，他總以要撫養母親為由堅決辭謝。他死於治平二年七月二十八日，享年四十三歲。這時朝廷採納推薦者的意見，任命他為某軍節度推官、知陳州南頓縣事。任命書下達時深父卻已死亡。夫人曾氏，早於他若干日死去。兒子一人名某，女兒二人都尚年幼。幾個弟弟在某年某月某日安葬深父於某縣某鄉某里，與曾氏靈柩合葬。

銘文上說：啊，深父！擔負道義的重任，追隨德高功偉的先人足跡前行。道路是如此的艱難而又僻遠，仍努力追求既定的目標。可是時俗沒人如我一樣了解您，您沒有受到重用，也無人像我一樣對您充滿敬意，不敢輕慢。您形體雖歸此土，但神魂仍要重返人間。

泰州海陵縣主簿許君墓誌銘

【題解】這篇墓誌銘寫作於宋仁宗嘉祐年間（西元一〇五六—一〇六三年）。墓主許平是一個縣級下層小吏，雖然極富才華，也善於投機趨時，卻時命多乖，始終未受重用。因此，王安石在墓誌中對他的評價也有所保留。一方面，對許平的懷才不遇深表同情；另一方面，對他的「窺時俯仰」也頗有微詞。本文較為典型地體現了王安石墓誌銘的特色：不虛美，不隱惡；以議論代敘事，不屑於平庸事跡，家庭瑣行；感慨深摯動人，跌宕昭朗。

君諱平❶，字秉之，姓許氏。余嘗譜其世家❷，所謂今泰州海陵縣❸主簿❹者也。君既與兄元❺相友愛稱天下❻，而自少卓犖不羈❼，善辯說，與其兄俱以智略為當世大人❽所器❾。寶元❿時，朝廷開方略之選⓫，以招天下異能之士，而陝西大帥范文正公⓬、鄭文肅公⓭，爭以君所為書以薦。於是得召試為太廟齋郎⓮，已而選泰州海陵縣主簿。貴人⓯多薦君有大才，可試以事，不宜棄之州縣；君亦常慨然自許⓰，欲有所為。

然終不得一用其智能以卒。噫⑰！其可哀也已⑱。

【章　旨】簡敘墓主生平，感嘆他雖屢得「大人」、「貴人」推薦卻始終未能一展才華，為下文的議論奠立基礎。

【注　釋】❶諱平　即名平。諱，本指對君王、尊長輩的名字避開不直稱，此在人死後書其名時，前面加「諱」，以表示尊敬。❷譜其世家　為他編寫家譜。譜，家譜，此處用作動詞，編寫家譜。世家，家族世系。王安石曾撰有《許氏世譜》。❸泰州海陵縣　泰州當時屬於淮南東路，州治在海陵縣（今江蘇泰州）。❹主簿　此處指縣主簿，是知縣的佐官，掌管文書、官物出納等。❺兄元　指許平之兄許元，字子春，歷知揚、越、泰州，卒。據《宋史》卷二百二十九，他「以聚斂刻剝為能，急於進取，多聚珍奇以賂遺京師權貴」，而「自以為當然，無所愧憚」。❻稱天下　為天下的人所稱頌。❼卓犖不羈　卓絕出眾，不為時俗所拘束。犖，特出；超異。不羈，不受約束。❽大人　對德高望重者的尊稱，此處也指權貴人士。❾器　器重。❿寶元　宋仁宗趙禎的年號（西元一〇三八—一〇三九年）。⓫方略之選　為選拔具有治國用兵才能的人而設置的一項非常性的制舉科目，必須由皇帝的近臣推薦才能參加考試。⓬范文正公　即范仲淹，字希文，蘇州吳縣人，卒謚文正公。他曾任陝西經略安撫副使，故此處稱之為大帥。《宋史》卷三百一十四有傳。⓭鄭文肅公　鄭戩，字天休，蘇州吳縣人，卒謚文肅。他曾經擔任陝西四路都總管兼經略招討使。⓮太廟齋郎　在皇帝的祖廟裏掌管祭祀的小官，隸屬太常寺，漢朝始有。據《續資治通鑑長編》卷一百四十一：「慶曆三年（西元一〇四三年）五月乙未，以試方略人……許平為太廟齋郎。」⓯貴人　指上文所說的范仲淹、鄭戩等達官要人。⓰自許　自負；自信。⓱噫　嘆詞，表示悲痛或嘆息。⓲也已　用在句末的語氣助詞。

【語　譯】君名平，字秉之，姓許。我曾經為他的家族編撰過世系家譜，他就是家譜上所載、現任泰州海陵縣主簿的人。許君與他的哥哥許元相互友愛，著稱天下；又從小便卓越超群、不受拘束，善於辨析議論，和他的哥哥都以智謀才略為當時德高望重的達官要人所器重。寶元年間，朝廷開設「方略」這一制舉科目，來招納天下具有特殊才能的人，陝西大帥范仲淹、鄭戩爭先將許君所寫的文章向皇上推薦。於是許君被召應試，任太廟齋郎，不久被選任為泰州海陵縣主簿。達官要人大多推薦許君有大才，可以任以職事，不應該把他拋棄埋沒在州縣任上；許君自己也常常慷慨激昂，充滿自信，希望有所作為。然而最終沒能施展他的才智就死去了。唉！多麼可悲呀。

士固有❶離世異俗❷，獨行其意，罵譏笑侮❸，困辱而不悔。彼❹皆無眾人❺之求，而有所待於後世❻者也，其齟齬❼固宜。若夫❽智謀功名之士，窺時俯仰❾，以赴勢物之會❿，而輒不遇⓫者，乃亦不可勝數⓬。辯足以移萬物⓭，而窮於用說之時⓮；謀足以奪三軍⓯，而辱於右武之國⓰。此又何說⓱哉？嗟乎⓲！彼⓳有所待而不悔者，其知之矣。

【章　旨】由上文展開議論，感嘆趨時之士亦未必得到重用，從而指出君子應貴於自守。

【注　釋】❶固有　本來就有。❷離世異俗　超脫塵世，不同凡俗。❸罵譏笑侮　詬罵、嘲諷、譏笑、侮辱。

❹彼　代詞，他們。❺眾人　指一般人。❻有所待於後世　指希望流芳百世。❼齟齬　上下牙齒不相合，比喻與世不合。❽若夫　至於。❾窺時俯仰　指窺測時機，隨機應付。❿以赴勢物之會　奔走於權勢財利的場合。⓫輒不遇　總是不能顯貴。輒，總是；每每。⓬不可勝數　數不過來，不可窮盡。⓭辯足以移萬物　辯說議論能夠感化萬物。移，感化；打動。⓮窮於用說之時　在崇尚遊說的時代中遭受困窘。說，遊說；勸說別人聽從自己的意見。⓯謀足以奪三軍　用《論語・子罕》「三軍可奪帥」之意，指謀略可以俘獲敵軍和其統帥。三軍，指左、中、右三軍。⓰右武之國　崇尚武力的國家。右，尊崇。⓱說　解釋。⓲嗟乎　語氣詞，表示強烈的感嘆惋惜。⓳彼　代詞，那些。

【語　譯】士人中本來就有這樣一種人，他們超凡脫世、不同凡俗，任意而行，即使遭到謾罵、譏諷、嘲笑和侮辱，困窘受屈，也不悔恨。他們都沒有一般人對功名富貴的追求，而期望流芳百世，他們與時不合原是必然的。至於那些有智謀、有功名心的士人，窺測時機，隨機應付，奔走於勢利場合，卻總是未能顯貴的，竟也不可勝數。辯論能夠感化萬物，卻在看重遊說的時代遭受困窘；智謀能夠降服三軍，卻在崇尚武力的國家遭受屈辱。這又如何解釋呢？唉！那些有所期待而不悔恨的人，大概是悟透了其中的道理。

君年五十九，以嘉祐某年某月某甲子❶，葬真州之揚子縣❷甘露鄉某所之原❸。夫人李氏。子男❹瓌，不仕；璋，真州司戶參軍❺；琦，太廟齋郎；琳，進士。女子五人，已嫁二人：進士周奉先、泰州泰興縣❻

今陶舜元。銘曰：有拔而起之❼，莫擠而止之❽。嗚呼！許君，而已於斯❾，誰或❿使之？

【章旨】按墓誌體例記敘了許君墓葬的時地及其親屬情況，以銘文概括全文。

【注釋】❶甲子　甲是天干的首位，子是地支的首位。古代以天干和地支遞次相配，如甲子、乙丑、丙寅之類，統稱甲子，用來記日或記年。此處是用來記日。❷真州之揚子縣　真州當時屬於淮南路，州治在揚子縣（今江蘇儀徵）。❸原　原野。❹子男　兒子。❺司戶參軍　縣令、知州的佐官，掌管戶籍賦稅、倉庫受納，隋初設。❻泰興縣　今江蘇泰興。❼有拔而起之　有人提拔而起用他。拔，提拔。起，起用。❽莫擠而止之　沒人排擠並阻止他。擠，排擠。❾而已於斯　就停職在這個官職上。斯，代指主簿這個小官。❿誰或　代詞，誰，表示疑問。「誰或」是同義連文。

【語譯】許君享年五十九歲，於嘉祐某年某月某日，安葬在真州揚子縣甘露鄉某處的原野。夫人姓李。兒子許瓌沒有做官；許璋，任真州司戶參軍；許琦，任太廟齋郎；許琳，是進士出身。女兒五人，已出嫁的二人，分別嫁給進士周奉先、泰州泰興縣令陶舜元。銘文說：有人提拔起用他，沒人排擠阻止他。唉！許君，你卻終止在這個官職上，是誰使你落得這樣的結局呢？

王逢原墓誌銘

【題解】王逢原，即王令（西元一〇三二—一〇五九年），廣陵（今江蘇揚州）人。他是北宋中期才華橫溢的青年詩人，王安石的布衣之交，荊公「生平第一畏友」（梁啟超語），著有《廣陵先生文集》。至和元年（西元一〇五四年）秋，王安石由舒州通判任滿入京，路過高郵（今江蘇）時王令獻詩求見。當時王令不願做官，在當地授學，生活貧困。王安石讀其詩文後，深為其才華品行所感動，大力揄揚，並為王令作媒，把表妹嫁給他。可惜天不假英年，王令二十八歲就因病去世。王安石深為痛悼，先後寫了挽詞和墓誌銘以及大量的詩文，如〈思王逢原〉、〈與崔伯易書〉等，寄託自己的哀思。本文是王安石所作墓誌銘中的經典之作。其情真，故語不矯揉造作而感人肺腑；其識遠，又對亡友了解至深，故無需作世俗之阿諛，而是在王令身上挖掘出與孔孟一脈相通處，這也是荊公自己所孜孜以求。因此，本文又有捧琴掛劍之意在。從寫作手法上看，文章以強烈的議論感慨起筆，以此表達了對王令的惺惺相惜；文筆沉鬱頓挫，在轉折處寄託著作者深切的痛悼之情。

嗚呼！道❶之不明邪，豈特教之不至也，士亦有罪焉。嗚呼！道之不行邪，豈特化❷之不至也，士亦有罪焉。蓋無常產而有常心者，古之所謂士也❸。士誠有常心，以操聖人之說❹而力行之，則道雖不明乎天下，必明於己；道雖不行於天下，必行於妻子。內有以明於己，外有以行於妻子，則其言行必不孤立於天下矣。此孔子❺、孟子❻、伯夷❼、柳下惠❽、揚雄❾之徒，所以有功於世也。

【章旨】以議論起筆，重申「士」之涵義。

【注釋】❶道　指儒家之道。❷化　教化。❸蓋無常產而有常心者二句　語本《孟子・梁惠王上》：「無恆產而有恆心者，惟士為能。」恆產，固定的產業。❹聖人之說　指孔孟的儒家學說。❺孔子　參見〈孔子世家議〉一文題解。❻孟子　（約西元前三七二—前二八九）名軻，戰國鄒人。曾受業於子思的門徒，遊說於齊梁之間，未見用，退而與其門徒公孫丑等注書立說。他繼承孔子學說，兼言「仁」與「義」，提出「仁政」思想，認為人性本善，強調養心、存心等內心修養工夫，是宋代理學家心性說之本。《史記》有其傳。❼伯夷　參見〈伯夷〉一文注釋。❽柳下惠　即春秋魯國大夫展禽，因食邑柳下，諡惠，故稱柳下惠。任士師時，曾經三次被黜，與伯夷並稱夷惠。其事跡見於《論語・微子》、《孟子・萬章下》、《國語、魯語上》等。❾揚雄　西漢著名辭賦家、哲學家、語言學家。參〈王深父墓誌銘〉注。

【語譯】唉！道義未能昌明，豈只是因為教育的不足，士人也有責任。唉！道義未能推行，豈只是因為教化的不足，士人也有責任。古代所謂的士，就是沒有固定的資產卻有恆心的人。士人若確有恆心，領會聖人的學說而身體力行，那麼道義即使不能昌明於天下，也必能使自己明瞭；道義即使不能推行於天下，也必能推行於妻兒。對內自己能明瞭道義，對外道義能推行於妻兒，那麼他的言行必然不會孤立於天下。這就是孔子、孟子、伯夷、柳下惠、揚雄等人有功於世的原因。

嗚呼！以予之昏弱不肖❶，固亦士之有罪者，而得友焉。余友字逢原，諱令，姓王氏，廣陵人。予始愛其文章，而得其所以言；中予愛其節行❷，而得其所以行；卒予得其所以言，浩浩❸乎其將沿❹而無窮也。得其所以行，超超乎其將追而不至也。於是慨然嘆，以為可以任世之重而有功於天下者，將在於此，余將友之而不得也。嗚呼！今棄余而死矣，悲夫！

【章旨】回顧自己與王令的交往過程，高度評價王令的文章節行，表達自己痛失知音之情。

【注釋】❶昏弱不肖　愚昧軟弱不賢。❷節行　品德行為。❸浩浩　盛大貌。❹沿　通「沿」。

【語譯】唉！我愚昧軟弱又不肖，固然是士人中有過失的，卻得到一位好友。他字逢原，名令，姓王，廣陵人。起初我喜歡他的文章，從而得以和他交談；隨後我喜歡他的節行品操，得以與他交遊；最後我得到他的文章，浩蕩盛大彷彿順流而下沒有窮盡。他的所作所為，我怎樣也追不上。

於是我感慨嘆息，認為可以擔負世上重任有功於世的人，將在這裡，我將與他為友卻不能相配。唉！如今他卻離我而去，可悲啊！

逢原，左武衛大將軍諱奉諲之曾孫，大理平事諱珙之孫，而鄭州管城縣主簿諱世倫之子。五歲而孤，二十八而卒。卒之九十三日，嘉祐四年九月丙申，葬於常州武進縣南鄉薛村之原。夫人吳氏，亦有賢行，於是方娠❶也，未知其子之男女。銘曰：壽胡❷不多？天實爾嗇❸。曰天不相❹，胡厚❺爾德？厚也培之，嗇也推❻之。樂以不罷❼，不怨以疑。嗚呼天民❽，將在於茲❾。

【章旨】簡述王令生平，作銘以悼。

【注釋】❶娠　指懷孕。王令有一遺腹女，後來王安石為其擇婿完婚。❷胡　為何。❸嗇　指上天使王令短命夭亡。❹相　輔佐；幫助。❺厚　指上天厚賜給王令高尚的品德。❻推　推重。❼罷　通「疲」。❽天民　指賢聖的人。❾茲　這裡。

【語譯】逢原，左武衛大將軍王奉諲的曾孫，大理平事王珙的孫子，鄭州管城縣主簿王世倫的兒子。他五歲成孤兒，二十八歲就去世了。死後九十三天，嘉祐四年九月丙申，安葬在常州武進縣南鄉薛村的原野。妻子吳氏，也有賢慧的品行，這時正懷孕，還不知胎兒是男是女。銘文說：為何你壽命不長？蒼天真是吝嗇。若說天不相助，為何厚賜你高尚的品德？上天厚賜的品德，你加意培養；上天吝賜的年壽，你加意推揚。你樂此不疲，無怨無疑。唉！賢聖之人，將安葬在這裡。

長安縣太君王氏墓誌

【題　解】此文寫於元豐六年（西元一〇八三年），時王安石已經辭相居金陵。長安縣太君王氏，即王安石之妹文淑，比部郎中張奎之妻。太君，是古代對年長女性的尊稱。王安石與其妹感情甚篤，互有詩文相贈，如〈示長安君〉：「少年離別意非輕，老去相逢亦愴情。草草杯盤供笑語，昏昏燈火話平生。自憐湖海三年隔，又作塵沙萬里行。欲問後期何日是，寄書應見雁南征。」

長安縣太君臨川王氏，尚書都官員外郎❶、贈太師中書令兼尚書令❷、潭國公諱益❸之女，尚書左丞❹張公諱若谷之婦，尚書比部郎中諱奎❺之妻，國子博士❻覘、開封府雍丘尉❼覰之母。十四而嫁，五十一而老❽，五十六而卒。其卒在潁州子覘官舍，實元豐三年正月己酉❾。

【章　旨】簡述墓主的生平經歷、身分及去世年月。

【注　釋】❶尚書都官員外郎　尚書省屬官。都官，即尚書左右司郎官之簡稱，包括左右司郎中和員外郎。員外郎，階官，職事官名。唐永昌元年（西元六八九年）始置，北宋沿置，前期無職事，從六品上。❷贈太師中

書令兼尚書令　指死後才追贈的官位。詳見〈王平甫墓誌〉注釋。❸諱益　即王安石之父王益，《宋史・王安石傳》載其「都官員外郎」。另外，王安石撰有〈先大夫述〉詳細記載了其父事跡。諱，對死去親人長者的避諱。❹尚書左丞　階官，職事官名。尚書丞為秦官，東漢初分為左右，北宋沿置。前期無職事，為文臣遷轉官階，位六部尚書下依唐制正四品上。❺尚書比部郎中諱奎　奎史不載。同時又有一張奎，張亢之兄，官至給事中，非此張奎。比部，官署名，屬於刑部。❻國子博士　階官名，學官名。戰國時齊魏均置，北宋沿隋唐置，為文官遷轉官階，前期無職守，為正五品上。❼開封府雍丘尉　即開封府雍丘（今河南開封雍丘）縣尉。尉，即縣尉，職事官名，階官名。西漢始置，北宋沿置，並分為東西二尉，掌一縣治安。❽五十一而老　志其喪夫。意謂在她五十一歲時丈夫去世。❾元豐三年正月己酉　即西元一〇八〇年正月九日。己，天干的第六位。酉，地支的第十位。此處己酉表紀日。

【語　譯】長安縣太君、臨川王氏，是尚書都官員外郎、死後追贈太師、中書令兼尚書令、潭國公先君王益的女兒，尚書左丞張若谷的兒媳，尚書比部郎中張奎的妻子，國子博士張覘、開封府雍丘縣尉張覛的母親。她十四歲出嫁，五十一歲時喪夫，五十六歲時去世。她去世在兒了張覘的潁州官舍裡，當時正是元豐三年正月九日。

君為婦而婦，為妻而妻，為母而母，為姑而姑❶，皆可譽歎，莫能間毀❷。工詩善書，強記博聞，明辨敏達❸，有過人者。循循恭謹❹，不自高顯❺。晚好佛書，亦信踐之❻。衣不求華，食不厭疏❼。慈哀所使，不治小過，欲歸歸之，欲嫁嫁之❽。君二女，長不慧❾，不可以適人❿；其季⓫，殿中丞⓬龔原妻也。卜六年葬江州德化縣，兄安石為誌如此，弟安上⓭書丹⓮。

【章　旨】讚揚王氏恪守婦道，敏達好學，品德高尚。

【注　釋】❶君為婦而婦四句　意謂王氏恪守禮節，是一位好兒媳、好妻子、好母親、好婆婆。姑，古人稱丈夫的母親。❷間毀　詆毀。❸敏達　敏慧聰明。❹恭謹　恭敬謹慎。❺不自高顯　不自己突出自己、炫耀自己。❻信踐之　相信並實踐佛經上的話。❼食不厭疏　意謂飲食樸素，不求精奢的食品。❽慈哀所使四句　她慈愛憐憫，對於下人，不因小小的過錯就懲罰他們，想要回家的就讓他們回家，應該出嫁的就把她們嫁出。❾長不慧　長大後不聰明。❿適人　嫁人。⓫其季　指第二個女兒。⓬殿中丞　即殿中省丞，北宋前期文官寄祿官階名。無職事，隋大業三年置殿內省丞，唐武德改為殿中省丞，為從五品上。⓭安上　王安上，王安石之弟，字純甫，臨川（今屬江西）人。神宗熙寧八年（西元一〇七五年）為右贊善大夫、權發遣度支判官，權三司使。十年，權發遣江南東路提點刑獄。元豐三年（西元一〇八〇年），因事被追兩官勒停。晚年管勾江寧府集禧觀。⓮書丹　即撰寫。

【語　譯】她恪守禮節，是一位好兒媳、好妻子、好母親、好婆婆，值得人們讚嘆，沒有人能夠詆毀。她精通詩文，記憶超人，見聞廣博，聰明靈敏而又善於言辭，有超出眾人之處。她循規蹈矩，恭敬謹慎，不突出自己、炫耀身分。她晚年喜歡佛經，衷心相信並實踐奉行。她服飾簡樸，飲食疏淡。她秉性仁慈哀憐，不因別人小小的過錯便懲罰，下人中有想回家的就讓他們回家，有到結婚年齡的就讓她們出嫁。她有二個女兒，長女不聰明，不能嫁人；次女是殿中丞龔原的妻子。選定於元豐六年安葬在江州德化縣，兄長王安石為她撰述這篇墓誌銘，弟王安上書寫。

古籍今注新譯叢書

書種最齊全
注譯最精當

【哲學類】

新譯四書讀本　謝冰瑩等編譯
新譯學庸讀本　王澤應注譯
新譯孝經讀本　賴炎元等注譯
新譯論語新編解義　胡楚生編著
新譯易經讀本　郭建勳注譯
新譯乾坤經傳通釋　黃慶萱著
新譯易經繫辭傳解義　吳怡著
新譯禮記讀本　姜義華注譯
新譯儀禮讀本　顧寶田等注譯
新譯孔子家語　羊春秋注譯
新譯老子讀本　余培林注譯
新譯帛書老子　趙鋒注譯
新譯老子解義　吳怡著
新譯莊子讀本　黃錦鋐注譯
新譯莊子讀本　張松輝注譯
新譯莊子本義　水渭松注譯
新譯莊子內篇解義　吳怡著
新譯列子讀本　莊萬壽注譯
新譯管子讀本　湯孝純注譯
新譯墨子讀本　李生龍注譯
新譯公孫龍子　丁成泉注譯
新譯晏子春秋　陶梅生注譯
新譯鄧析子　徐忠良注譯
新譯荀子讀本　王忠林注譯
新譯尹文子　徐忠良注譯
新譯尸子讀本　水渭松注譯
新譯鶡冠子　趙鵬團注譯
新譯鬼谷子　王德華等注譯
新譯韓非子　傅武光等注譯
新譯呂氏春秋　朱永嘉等注譯
新譯韓詩外傳　孫立堯注譯
新譯淮南子　熊禮匯注譯
新譯春秋繁露　朱永嘉等注譯
新譯新書讀本　饒東原注譯
新譯新語讀本　王毅注譯
新譯潛夫論　彭丙成注譯
新譯論衡讀本　蔡鎮楚注譯
新譯申鑒讀本　林家驪等注譯
新譯人物志　吳家駒注譯
新譯張載文選　張金泉注譯

新譯近思錄　張京華注譯
新譯傳習錄　李生龍注譯
新譯呻吟語摘　鄧子勉注譯
新譯明夷待訪錄　李廣柏注譯

【文學類】

新譯詩經讀本　滕志賢注譯
新譯楚辭讀本　林家驪注譯
新譯楚辭讀本　傅錫壬注譯
新譯文心雕龍　羅立乾注譯
新譯六朝文絜　蔣遠橋注譯
新譯世說新語　劉正浩等注譯
新譯昭明文選　周啟成等注譯
新譯古文觀止　謝冰瑩等注譯
新譯古文辭類纂　黃　鈞等注譯
新譯樂府詩選　溫洪隆注譯
新譯古詩源　馮保善注譯
新譯千家詩　邱燮友等注譯
新譯詩品讀本　成　林等注譯
新譯花間集　朱恒夫注譯
新譯南唐詞　劉慶雲注譯
新譯唐詩三百首　邱燮友注譯
新譯宋詩三百首　陶文鵬注譯

新譯宋詞三百首　汪　中注譯
新譯宋詞三百首　劉慶雲注譯
新譯元曲三百首　賴橋本等注譯
新譯明詩三百首　趙伯陶注譯
新譯清詩三百首　王英志注譯
新譯清詞三百首　陳水雲等注譯
新譯唐人絕句選　卞孝萱等注譯
新譯唐才子傳　戴揚本注譯
新譯拾遺記　石　磊注譯
新譯搜神記　黃　鈞注譯
新譯唐傳奇選　束　忱等注譯
新譯宋傳奇小說選　束　忱注譯
新譯明傳奇小說選　陳美林等注譯
新譯容齋隨筆選　朱永嘉等注譯
新譯明散文選　周明初注譯
新譯人間詞話　馬自毅注譯
新譯白香詞譜　劉慶雲注譯
新譯幽夢影　馮保善注譯
新譯菜根譚　吳家駒注譯
新譯小窗幽記　馬美信注譯
新譯圍爐夜話　馬美信注譯
新譯郁離子　吳家駒注譯
新譯歷代寓言選　黃瑞雲注譯

新譯賈長沙集　林家驪注譯
新譯揚子雲集　葉幼明注譯
新譯曹子建集　曹海東注譯
新譯建安七子詩文集　韓格平注譯
新譯阮籍詩文集　林家驪注譯
新譯嵇中散集　崔富章注譯
新譯陸機詩文集　王德華注譯
新譯陶淵明集　溫洪隆注譯
新譯江淹集　羅立乾等注譯
新譯庾信詩文選　歸　青注譯
新譯初唐四傑詩集　李福標注譯
新譯駱賓王文集　黃清泉注譯
新譯王維詩文集　陳鐵民注譯
新譯孟浩然詩集　楊　軍注譯
新譯李白詩全集　郁賢皓注譯
新譯李白文集　郁賢皓注譯
新譯杜甫詩選　張忠綱等注譯
新譯杜詩菁華　林繼中注譯
新譯高適岑參詩選　孫欽善等注譯
新譯昌黎先生文集　周啟成等注譯
新譯劉禹錫詩文選　閻　琦注譯
新譯柳宗元文選　卞孝萱等注譯
新譯白居易詩文選　陶　敏等注譯

新譯元稹詩文選　郭自虎注譯
新譯李賀詩集　彭國忠注譯
新譯杜牧詩文集　張松輝注譯
新譯李商隱詩選　朱恒夫等注譯
新譯范文正公選集　王興華等注譯
新譯蘇洵文選　羅立剛注譯
新譯蘇軾文選　滕志賢注譯
新譯蘇軾詞選　鄧子勉注譯
新譯蘇轍文選　朱　剛注譯
新譯曾鞏文選　高克勤注譯
新譯王安石文選　沈松勤注譯
新譯唐宋八大家文選　鄧子勉注譯
新譯柳永詞集　侯孝瓊注譯
新譯李清照集　姜漢椿等注譯
新譯陸游詩文集　韓立平注譯
新譯辛棄疾詞選　聶安福注譯
新譯歸有光文選　鄔國平注譯
新譯唐順之詩文選　馬美信注譯
新譯徐渭詩文選　周　群等注譯
新譯薑齋文集　平慧善注譯
新譯顧亭林文集　劉九洲注譯
新譯方苞文選　鄔國平等注譯
新譯袁枚詩文選　王英志注譯
新譯李慈銘詩文選　潘靜如注譯
新譯聊齋誌異全集　袁世碩等注譯
新譯聊齋誌異選　任篤行等注譯
新譯閱微草堂筆記　嚴文儒注譯
新譯浮生六記　馬美信注譯
新譯弘一大師詩詞全編　徐正綸編著

【歷史類】

新譯史記　韓兆琦注譯
新譯漢書　吳榮曾等注譯
新譯後漢書　魏連科等注譯
新譯三國志　吳樹平等注譯
新譯資治通鑑　張大可等注譯
新譯史記—名篇精選　韓兆琦注譯
新譯尚書讀本　吳　璵注譯
新譯尚書讀本　郭建勳注譯
新譯周禮讀本　賀友齡注譯
新譯逸周書　牛鴻恩注譯
新譯左傳讀本　郁賢皓等注譯
新譯公羊傳　雪　克注譯
新譯穀梁傳　顧寶田注譯
新譯春秋穀梁傳　周　何注譯
新譯戰國策　溫洪隆注譯
新譯國語讀本　易中天注譯
新譯說苑讀本　左松超注譯
新譯說苑讀本　羅少卿注譯
新譯新序讀本　葉幼明注譯
新譯吳越春秋　黃仁生注譯
新譯西京雜記　曹海東注譯
新譯列女傳　黃清泉注譯
新譯越絕書　劉建國注譯
新譯燕丹子　曹海東注譯
新譯東萊博議　李振興等注譯
新譯唐六典　朱永嘉等注譯
新譯唐摭言　姜漢椿注譯

【宗教類】

新譯金剛經　徐興無注譯
新譯高僧傳　朱恒夫等注譯
新譯碧巖集　吳　平注譯
新譯百喻經　顧寶田注譯
新譯楞嚴經　賴永海等注譯
新譯梵網經　王建光注譯
新譯法句經　劉學軍注譯
新譯六祖壇經　李中華注譯
新譯禪林寶訓　李中華注譯

軍事類

教育類

政事類

地志類

◎新譯白居易詩文選

陶敏、魯茜／注譯

白居易是中唐有名的社會寫實詩人，詩歌作品平易近人，老嫗能懂。他所倡導的新樂府運動，重視文學的實用性，帶動詩歌革新，影響深遠。本書精選其詩文共二二〇首（篇），注釋簡明，語譯淺近，力求保留作品原有的風致和神韻。研析以文本藝術鑑賞為中心，並適時介紹學界相關研究成果。透過本書，讀者當能深入體會白居易的理想、智慧與藝術才華。